올빼미의 숲

-

사회비평
선언

올빼미의 숲
―사회비평 선언

초판 제1쇄 2017년 7월 24일

지은이 소영현
펴낸이 우찬제 이광호
펴낸곳 ㈜문학과지성사
등록번호 제1993-000098호
주소 04034 서울 마포구 잔다리로 7길 18(서교동 377-20)
전화 02)338-7224
팩스 02)323-4180(편집) 02)338-7221(영업)
전자우편 moonji@moonji.com
홈페이지 www.moonji.com

ⓒ 소영현, 2017. Printed in Seoul, Korea
ISBN 978-89-320-3029-6 03800

이 도서의 국립중앙도서관 출판예정도서목록(CIP)은 서지정보유통지원시스템 홈페이지(http://seoji.nl.go.kr)와
국가자료공동목록시스템(http://www.nl.go.kr/kolisnet)에서 이용하실 수 있습니다.(CIP제어번호:
CIP2017016807)

소영현 지음

올빼미의
숲

-
사회비평
선언

문학과지성사

사회비평 선언

1990년대 이후로 지속되던 비평의 위기론은 비평 영역이 점차 좁아진 변화의 재언이지만 그 자체로 비평의 입지를 좁혀온 역설적 힘이었다. 문학과 삶의 관계 재설정이 위기 타개를 위한 방법론으로 지속적으로 탐구되었고, 문학의 정치(화)와 정치의 문학화가 오랫동안 논의되었다. 사유가 스타일이 되는 비평의 문학화가 시도되었고 추상적 보편의 자리를 마련하려는 이론의 천착이 거듭되었다. 비평의 위기에 직면하여 각기 다른 항해술과 새로운 문학 지도가 그려졌다. 그런데 개별 논의들의 유용성과는 별개로, 이 논의들에는 비평이 여전히 새로운 담론의 주창자라는 믿음이 전제되어 있었다. 문학을 제대로 읽어내기만 한다면, 제대로 읽을 방법(이론)이 마련되기만 한다면, 새롭게 마련된 담론을 통해 그간의 위기가 저절로 해소될 것이라는 낙관과 비평의 권위에 대한 회의 없는 믿음이 전제되어 있었다.

때로 자발적으로 때로 강제적으로 비평 풍경의 밑그림이 무엇이고 밑그림의 전제는 무엇인지 반복해서 질문해야 했다. 비평을 둘러싼 낙관과 믿음의 정체를 확인하지 않은 채 비평 작업을 지속하기는 거의 불가능한 상황이었기 때문이다. 비평 풍경을 둘러싼 질문은 결국 문학과 삶이 만날 수 있는지, 그것은 어떻게 가능한지로 수렴되어야 했다. 우리의 삶은 어떤 모습인가, 아니 문학이 만나고 개입해야 할 삶이란 무엇인가. 돌이켜보자면 비평 풍경의 밑그림인 이런 것들을 우리가 좀더 집요하게 물어야 했던 것은 아닌가 곱씹게 된다. 우리가 삶을 몰랐다는 게 아니다. 삶을 묻기 위해 '우리가 삶을 물을 수 있는가'를 둘러싼 비평의 역량과 태도를 좀더 진지하게 둘러봐야 했던 것은 아닌가 반추하게 되는 것이다. 비평의 권위에 대한 성찰이 이어졌지만, 문학 담론의 신화화에 기여한 형체 없는 권위에 대해서는 전면적인 질문이 필요했다. 비평이 위기 해결의 주체라는 여전한 믿음에는 좀더 치명적인 의구심을 던져야 했다.

두말할 것도 없이 비평의 지반에 대한 질문은 비평의 무용성에 대한 근거 찾기가 아니라 시대 정합적 비평의 얼굴을 찾으려는 안간힘이다. 이 책에서는 지금 이곳의 비평을 틀 지우는 물질성에 우선적으로 시선을 두었다. 비평과 비평가 주도하에 마련된 문학 제도들, 계간지 시스템, 등단과 문학상 제도, 문학가와 비평가의 재생산 시스템, 젠더 편향적 문단의 성격 등이 자체 동력으로 점차 시작과 끝을 알 수 없는 매끈한 장치가 되어버렸음을 되짚어보았다. 비평이 문학비평이 되면서 얻은 것과 잃은 것, 비평 주도로 구축된 문학 제도의 공과를 짚어보고 비평의 물질성을 탐색했다. 자연화된 제도의 안정성에 균열을 내고 역사적 문맥을 도입하면서 지금 이곳의 비평이 특정한 시공간의 산물임을 환기하고 담론의 갱신으로는 열 수 없는 닫힌 제도의 출구를 마련해보기 위해서였다.

　칠흑 같은 문학-숲에서 파국의 전조를 응시하고 있다고 믿었다. 어두운 숲 너머를 미리 봤다고도 생각했다. 비평의 물질성을 더듬거리며 본 것, 감지한 것, 희미하게 보이는 것을 좀더 소리 높여 말해야 한다고, 이제 날갯짓을 시작할 때가 되었다고 믿었던 것 같다. 2015년 이후 문학장에 예기치 못한 사태가 연이어 일어났다. 지금 이곳의 문단 풍경을 둘러보자면 표절 사태에서 #문단_내_성폭력 고발 사태까지, 한국문학이 처한 난국 앞에서 위기라는 말조차 사치스러운 푸념이 되었다. 혼란스러운 풍경 속에서 비평은 문단 적폐의 주요 원인 가운데 하나로 지목되고 있기도 하다. 좀 냉정하게 돌아보자면 돌연 불어온 변화의 회오리 앞에서 차곡차곡 쌓아왔다고 여겼던 다른 비평을 위한 그간의 사유-상상이 그저 어두운 숲 한가운데 웅크린 눈먼 올빼미의 무용한 망상이었을 뿐임을 확인해야 했다. 삶 혹은 현실 쪽의 변화를 감지하지 못한 비평의 착시가 아니라 시대 요청에 적절하게 개입하지 못한 비평의 경직성을 어느 때보다 절실하게 문제적으로 인지할 수밖에 없었다. 새삼 폭로된 비평의 무능과 대면한 시간이 아니다. 인지하지 못한 사이에 이제 누구도 비평에는 눈길을 주지 않으며 더 이상 어떤 기대도 걸지 않게 된 현실에 너무 늦게 눈뜨게 된 상황인 것이다.

　그러나 이러한 사정이 곧바로 비평의 무용성을 증명하지는 않는다. 1978년 강연 「비판이란 무엇인가?」에서 푸코가 강조한 정의를 전유하자면, 비평은 모든 권위에 대한 무차별적 폐기가 아니라 '이런 식의' 권위에 맞서는 적대의 기술이다. 비평은 '이러저러한' 원칙을 더 이상 용납하지 않으려는 의지이자 거기서 발생한 저항의 태도다. 지금 이곳의 권위와 그 지반인 원칙들의 효력을 정지시키는 것이 비평의 기능이다. 비평이 구석에 처박힌 철 지난 사과처럼 보인다 해도 문학-삶에 대한 비평의 필요성 자체가 그리 쉽게 폐기될 수는 없다. 비평은 몰락하는 것들의 질긴 미련을 마지막 한 자락까지 지켜보는 최후의 파수꾼이다. 허무주의적 종말론으로 치닫지 않고 스스로도 알지 못하거나 감지하지 못하는 미래를 열어줄 유일한 실마리인 것이다.

태도로서의 비판에 대한 환기와 함께 이 책에서 낮은 목소리로 제안하는 것은 사회비평으로의 전회(였)다. 사회비평 선언은 사회에 대한 비평의 요청이 아니다. 비평이 놓인/놓여야 할 콘텍스트인, 시공간적으로 전체적이고 거시적인 시야에 대한 환기이다. 문학과 사회, 예술과 삶 사이의 관계 재설정을 의식하며 감성을 키워드로 한 사유-상상에 사회비평의 이름을 붙여두었고, 거기에서 희미하나마 시대 정합적 비평의 얼굴을 스케치해보았다. 문학의 사회적 상상력에 대한 환기는 문학 혹은 비평의 본래적 기능 복원이 아니라 지금-이곳의 문학적, 정치사회적 환경이 요구하는 비평 기능의 재수립을 의미한다. 본래적으로 대상 의존적인 비평의 속성에 의해 비평의 존립은 텍스트화된 삶에 '감응하고/감응되는' 과정 자체에서 입증되어야 한다.

삶이라고밖에 부를 수 없을 거대한 집체의 힘이 예기치 못한 순간에 이미 많은 것들을 과거의 시간으로 밀어 넣었다. 그 힘에 떠밀리듯 지금 우리는 거대한 변혁의 입구에 이미 성큼 들어와 있다. 흔들리고 흐르며 변해야 비평이며 흔들리는 비평만이 미래의 문학 혹은 다른 삶의 기미를 잡아챌 수 있다고 믿었다. 그 믿음의 지속적 유효성 속에서도, 지금 이곳에서는 짙어지거나 옅어지는 어둠의 미묘한 흐름과 그 유동성의 예기치 못한 효과를 가장 나중까지 응시하는 일에 사유를 통한 세계 상상인 비평의 시대적 요청이 놓인 것은 아닌가 되새기게 되는 시절이다. 이 책은 문학, 아니 다른 삶의 흐릿한 움직임을 포착하기 위해 출구 없는 미로를 더듬었던 논의의 기록이다. 어지럽게 흩어져 있는 사유의 파편들이 스스로는 알지 못하거나 상상하지도 못할 삶을 열어줄 수 있기를 바랐다. 고백건대, 급작스럽게 열려버린 출구 앞에서 그간의 사유-상상이 시효 만료된 상황을 확인하게 되어 당혹스럽다. 하지만 어제와 다른 오늘과 내일이 그만큼 또 기대되기도 한다. 이 책이 새롭게 시작되고 있는 문학-삶의 미래를 두고 의미 있는 실패의 기록으로 남을 수 있기를 바란다.

다른 세계로 향한 문은 언제나 예상치 못한 곳에서 열린다는 명징한 사실 앞에서, 비평이 온 길을 돌이켜 짚어보고 새 길을 만들고자 흔들렸던 사유-상상 작업은 암중모색의 기록일 수밖에 없다. 단단해진 제도의 내부를 들여다보고 그 물질성의 역사를 짚어보는 작업들이 자체로 고통스러웠다면, 갈팡질팡했던 작업들을 되짚어보면서 사유-상상의 흔적을 추스르는 일은 그보다 더 답답한 시간을 필요로 했다. 무겁게 가라앉았다 뜻 없이 부유하기를 거듭하던 사유 실험에 완급의 균형감을 부여해준 이민희 씨와 조은혜 씨, 그리고 문학과지성사에 깊이 감사드린다.

2017년 7월

소영현

차례

비평의 우울을 고백하다

『이토록 사소한 정치성』(문학과지성사, 2006)의 「책머리에」에서 이광호는 "비평의 우울을 고백하는 것으로부터 '다른 호명'의 가능성을 찾으려 한다"고 밝힌 바 있다. 신세대 논쟁에 깊숙이 관여했던 비평가 다수가 1990년대적 문학과 부침(浮沈)을 같이했던 경향과 달리, 이른바 '신세대 논쟁'의 대표 주자이자 1990년대적 감각을 발견하고 그 욕망의 출로를 열어젖힌 이광호는 미묘하게 변주되는 새로운 감각들에 기민하게 반응해왔다. 그는 『이토록 사소한 정치성』에서 섬세하고 유려한 문체로 아직 종결되지 않은 1990년대 문학의 의미를 재-점검하고 2000년대 이후 문학의 선(先)미래를 징후적으로 독해했다. 그런데 왜 이광호는 '비평의 우울'을 고백하는 것으로 5년 만에 새롭게 묶어낸 비평집을 시작해야 했을까. 왜 그의 비평은 우울해야 했을까.

'비평의 우울'이 적실한 대상을 상실한 비평 언어의 애통함이나 자기애에 사로잡힌 골방 비평의 폐쇄성과는 관계가 없음을 짚어두자. 그의 비평 언어를 빌려 말해보면 '비평의 우울'은 비평에 대한 첨예한 자의식의 피할 수 없는 산물이다. 비평을 포함한 문학을 획일적으로 명명하려는 시도에 예민하게 반응하고 고정되어 불변성을 주장하는 형식을 거부하려는 '태도'를 유지하려는 한, 비평은 우울할 수밖에 없다는 것이다.

이광호는 기성의 틀에 사로잡힌 태도를 단호히 거부하는 깨어 있는 비평의식을 '탈(脫)' 혹은 '포스트'의 태도로 이해하면서, 이것을 '다수성'과 '평균성'의 척도가 박탈한 낯선 문학의 개체성 옹호 논리로 전환했고, 이를 통해 박탈의 논리적 근간인 위계와 경화된 체계를 비판하고자 했다. '탈'과 '포스트'의 태도로 그는 비평과 문학의 정의를 쉼 없이 수정하고 그 이름이 허용하는 최대치를 실험했다. 2000년대 이후로 무규칙의 이종성을 드러내는 시와 소설들을 '무정부주의 혹은 시적 아나키즘'(「시의 아나키즘과 분열증의 언어」), '무중력 공간을 만들어내는 혼종적 글쓰기'(「혼종적 글쓰기, 혹은 무중력 공간의 탄생」)라는 '다른' 이름으로 호명하고 그 가운데서 교란하고 전복시키는 힘을 발견한 것은 주목할 만한 실험의 결과였다. 이런 면에서 보면 그의 비평적 자의식은 미학적 새로움을 예민하게 포착하고 거기에 이름을 마련하는 작업, 그것이 왜 어떤 지점에서 미학적 새로움일 수 있는가를 기술하는 작업, 결과적으로 체제 논리의 타당성을 내파시키는 연쇄적 여진(餘震) 효과를 통해 폭발력을 발휘했다.

세세하게 따지자면 비평에 대한 그의 자의식이 새로움을 형식화하고 '옹호'하기 위한 자리에서만 편의적으로 작동하지는 않았다. 제도와 이념으로 포착되지 않는 문학적 개체들을 고정하고 위계화하는 방식, 힘의 논리로 문학의 구체들을 규정하려는 장면에 기꺼이 개입하고 적극적으로 반응해야 한다는 것을, "진부한 이론에 대한 비판 역시 진부한 것이 되지 않기 위해서는, 차라리 그 진부한 것들을 살아남게 하는 구조에 대해 말해야"(「문제는 리얼리즘이 아니다」, p. 54) 한다는 것을 그는 잘 알고 있었다. 때문에 그는 "그 '오염된 이름'을 애써 외면하는 것이 아니라, 차라리 그 호명을 둘러싼 담론들 내부의 모순을 적극적으로 사유하"(「혼종적 글쓰기, 혹은 무중력의 탄생」, p. 86)는 동시에 가령 리얼리즘의 대표적 논객들을 일일이 불러내어 낱낱이 해체하고 "자발적인 나태와 전략적인 무능"(p. 55)을 단죄하는 방식으로, 리얼리즘이 더는 리얼하지 않게 된 사정, 그 진부한 것들을 살아남게 한 구조에 대해 비판했다(「문제는 리얼리즘이 아니다」).

그의 비평적 자의식은 비평적 권력을 구조적으로 재승인하는 곳이라면 이론틀과 개별 텍스트를 막론하고 어디서나 예외 없이 발동했다고 말해도 좋다. 문학성과 정치성의 진부한 이분법을 돌파하는 '전방위적으로 날선' 균형감, 그의 비평적 자의식을 두텁게 신뢰하게 된 이유가 여기에 있다.

*

그렇다면 왜 그의 비평은 우울해야 했을까. 아마도 그것은 비평의 으뜸 자질 가운데 하나인 시의성에 응답해야 한다는 그의 비평적 자의식 때문이 아니었을까. 문학에 대한 애정이나 비판적 분석력, 개성적 문체만큼이나 비평의 시의성은 중요하다. 서평이 비평의 주요한 형식이 되고 있는 현재의 경향 속에서 당위적 사실로 치부될 수도 있다. 그렇지만 시의성이란 그저 시의적으로 단편적 의미를 부여하거나 읽어낸다는 것을 뜻하기보다, 문학과 현실의 상관성에 대한 압력으로 이해되어야 한다. 그의 '비평의 우울'은, 말하자면 비평적 자의식을 문학의 당대성이라는 지평에서 관철하고자 할 때 발현한 것이라 해야 한다.

문화산업 논리가 문학의 자율성 자체를 상품화하는 바깥 없는 자본의 시대에도 비평적 자의식은 견지되어야 한다. 그러나 그 비평적 자의식은 비평이 처한 환경과 불화 중이었다. 비평의 악조건이야말로 비평이 직면한 피로감의 원천이 아닐 수 없다. 그 자신이 지적한 바 있듯 문학적 자율성의 공간과 문학시장 사이의 경계 혼융이 노골화되고 있었다. 이데올로기적 양분 구도가 희미해지고 경계해야 할 지배 담론이 모호해졌으며, 모두가 이방인이자 소수자인 시대, 아니 누구나 이방인이거나 소수자인 시대, 이것과 저것의 규정 불능 시대가 되고 있었다.

비평을 둘러싼 환경 변화를 두루 염두에 두면서, '비평의 우울'이라는 고백 앞에서 그때의 나는 물었다. '제도화된 존재방식'으로서의 비평 권력이 한없이 불투명하게 미시화되던 그때, "문화적 '소수화'를 실천하는 문학" "스스로 이방인이 되는 문학" "문학 자신에 대한 뼈아픈 비명, 혹은 날카로운 침묵이 된"(p. 29) 문학, 그런 문학은 어떻게 가능한 것인가에 관해. 징후적 독해와 사후적 해석이 아니라면 깨어 있는 비평적 자의식은 과연 무엇을 할 수 있는지에 관해. 미학적 자의식에 의지하는 것, 그것만이 '새롭고 다양한' 문학의 가능성을 발견할 수 있는 유일한 단서라는 그의 판단에 전적으로 동의했지만, 그럼에도 묻지 않을 수 없었다. 이전의 성찰을 기억하지 않는 성찰과 고정된 모든 것을 거부해야 하는 날선 긴장 그리고 끊임없이 비평/문학 내부로 파고들어야만 드러나는 틈새가 진정 문학의 외부/가능성을 꿈꾸기 위한 유일한 통로인가에 대해. '고립과 자폐'를 피하는 '교란과 전복'은 어떻게 가능하며, '호명'과 '다른 호명'은 어떻게 구별될 수 있는가를. 그때를 살았던 누구에게라도 그 질문에 대한 답변이 쉽지 않다는 것, '비평의 우울'은 그 사실에 대한 냉철한 인식에서 시작된 것이 아니었겠는가를.

*

이제 문학의 상품화라는 말이 무색해진 돌이킬 수 없는 자본의 시대가 되었다. 이데올로기 따위는 개나 물어갈 것이 된 지 오래고, 문학은 소비 없는 잉여 생산이라는 기이한 욕망의 배출구가 되는 중이다. 나는 바로 이때에 비평의 우울을 고백하는 것에서 '다른 호명'의 가능성을 찾으려 한다는 그의 말을 다시 옮겨 적어본다. 더 깊어진 비평의 우울 앞에서 그의 고백을 곱씹어보는 일은 미뤄둔 숙제처럼 내게로 돌아왔다. 그가 던진 질문들을 되새기는 일은 자체로 시대적 요청으로서의 의미를 가질 테지만, 시대적 요청에 응답하는 그 일이 그에게 던진 질문들에 스스로도 답해야 한다는 묵은 부채감의 일부나마 덜 수 있는 기회도 되었으면 한다. 그는 그때 이전에는 없던 문학에 맞춤한 이름을 붙여주자고 동료들을 독려했지만, 이제 와 돌이켜보면 그가 찾으려 했던 '다른 호명'은 비평을 위한 것이 아니었을까 생각된다. 그때 그/우리가 찾던 것이 문학의 다른 이름이 아니라 비평의 다른 얼굴은 아니었는지 그간 곱씹어왔다. 나는 이제 그를 뒤잇는 릴레이 선수처럼 비평의 우울을 우물거리며 비평의 다른 얼굴 아니 그 가능성을 찾으려한다.

1. 비평, 어디서 무엇을 해야 하는가

> 우리 시대는 진정한 비판의 시대이며, 모든 것은 비판에 부쳐져야 한다.
> ─칸트
> 보다 넓은 삶의 실현에 대한 믿음 없이 무엇을 부정하고 비판할 수 있는가.
> ─김우창

1. 비평은 무엇인가─플랫폼으로서의 비평 재고

비평이 무엇인가라는 질문에 단답형의 답안을 제시하기는 어렵다. 비평은 특정 영역의 소유물이 아니며, 정치비평, 사회비평, 역사비평, 문학비평, 음악비평, 미술비평, 예술비평, 문화비평, 미디어비평, 생태비평, 젠더비평 등 분과학문/준분과학문에 기초한 전문 영역뿐 아니라 딜레탕트의 아마추어적 영역과도 접속 가능하다. 시대와의 소통을 강조하고 '인간다운 삶의 고양'을 지향하는 사회인문학적 시각에서 비평은 전문가/비전문가의 구분 없이 수행되는 자신의 시대에 대한 해석이자 개입이고 음미이자 판단이라 하지 않을 수 없다.[1] 비평의 현상적 존재형식이든 인문학적 관점

---

1) 사회인문학과 비평/성찰 등의 상관성에 관해서는 백영서, 「사회인문학의 지평을 열며」, 『동방학지』 149, 2010; 박명림, 「사회인문학의 창안」, 『동방학지』 149, 2010; 박영도, 「성찰적 사회비평으로서의 사회인문학과 경계의 사유」, 『동방학지』 150, 2010

에서의 요청이든 (critique 혹은 criticism을 의미하는) 비평 혹은 비판이라는 말 자체가 광범위한 쓰임새를 가지고 있으며 또 그래야 한다는 당위가 요청되고 있는 것이다. 그리고 바로 이러한 사정, 비평의 존재형식으로부터 도출된 비평의 광범위한 쓰임새가 비평에 대한 총괄적 논의를 어렵게 하는 일차적인 원인이라고 해야 한다. 여기에 더해 '비평적' 혹은 '비판적'이라는 일상적/수사적 활용의 스펙트럼까지 두루 염두에 두자면 범람하는 용어의 홍수 속에서 이른바 보편타당한 비평의 정의는 차치하더라도 실질적으로 비평의 정의를 마련하고 총괄적으로 논의하는 일 자체가 불가능에 가까운 시도라는 발언도 그저 볼멘소리만은 아님을 충분히 수긍할 수 있을 것이다.

비평을 정의하는 일의 어려움은 비평을 제한적으로 다루면서 특정 영역에 한정된 것으로 좁혀보아도 쉽사리 해소되지 않는다. 문학비평의 문제로 다루어보더라도 비평을 문학작품에 관한 분류, 해석, 음미, 검토, 판단, 평가, 매개 작업으로 단정 짓고 말기에는 미진함 혹은 불편함이 남는 것이 사실이다. 가령, 문학연구literary scholarship를 개념적으로 공식화하고자 한 초기의 시도들이 보여주는바, 비평은 문학 자체가 아니라 문학'에 관한' 학문이나 취미 활동 전체를 가리키는 말로 사용되었으며 점차 비평 자신만의 의장

등을 참조할 수 있다. 아울러 연세대학교 국학연구원 HK사업단은 사업단 차원에서 사회인문학과 비평의 상관성에 지속적 관심을 기울여왔다. 비평과 정치/사회/윤리 등의 관계, 비평과 글쓰기의 관계 등 대(對) 사회적 태도이자 방법론으로서의 비평에 대한 논의를 축적해왔다. 『비평과 정치』(제3차 연세대 국학연구원─동경대 UTCP 국제 워크숍 자료집, 2010. 3. 3.); 『전통 시기 사회인문학의 자원 탐색: 비평으로서의 사회인문학』(연세대 국학연구원 제17차 사회인문학 포럼 자료집, 2011. 1. 11.) 등 참조.

을 마련하기 위해 분주하게 움직여왔다. '예술이자 과학'으로서의
비평 개념을 확립하려는 시도가 계속되었고 문학연구의 가능성과
비평의 독립성(자율성)에 대한 관심도 동반해서 커져왔다.[2] 물론
비평이 문학이론과 문학사 사이의 경합/보충이라는 절합적 관계
지평 속에서 존재해왔던 점도[3] 기억해두어야 할 주요 사안 가운데
하나일 것이다.

비교적 전문적인 의미 체계를 확보하고 있다고 할 수 있는 문학/
예술 영역에서도 비평의 위상이 그리 안정적이거나 고정적이지 않
았음을 확인할 수 있다. 좀더 노골적으로 표현하자면 문학과 비평
의 상관성 논의는 지금껏 해소되지 않고 반복적으로 등장하는 골
칫거리 가운데 하나다. 비평의 위상과 기능에 관한 이 질문은 문학
범주가 창작물에 한정된 것이냐는 질문으로 이어지고 다시 문학
'에 대한' 문학이 창작일 수 있는가라는 질문으로 꼬리를 문다. 비
평 행위가 문학의 내부에 속하는가 외부에 위치하는가라는 문제는
여기서 피할 수 없는 질문으로 재귀하게 된다.

한 발을 예술에 다른 발을 이론에, 혹은 한 발을 문학에 다른 발
을 과학-철학-사회학-언어학-인류학-심리학……에 걸치고 있
기에 비평의 행보는 늘 기우뚱거리며 비평을 가능하게 하는 판단
의 기준을 수립하고 적용하기 위해 좌충우돌할 수밖에 없다.[4] 문

---

2) 노스럽 프라이, 『비평의 해부』, 임철규 옮김, 한길사, 1982, pp. 11~25.
3) René Wellek, *Concepts of Criticism*, edited and with an introduction by Stephen
   G. Nichols, Jr., New Haven: Yale University Press, 1963, pp. 1~20.
4) 문제의식은 다르지만, 문학과 비평, '아마추어적인 것과 전문적인 것', 상아탑과 문학
   장의 긴장 속에 놓인 비평(가)의 위상을 검토한 글로 이수형, 「아마추어와 전문가 사
   이에서」, 『자음과모음』 2010년 여름호: 오창은, 「비평의 자유와 살림의 비평」, 『오늘

학비평이 비평 행위의 대상인 완결체로서의 작품뿐 아니라 그것을 통해 진단/개입/소통/공감할 수 있는 시대 현실과 결코 무관할 수 없는 것은 비평의 이러한 존재조건 때문이다. 이에 따라 비평의 (글쓰기) 형식에 관해서도 균일하고 체계적인 틀을 마련하기 쉽지 않다. 비평 내부에는 '지식으로서의 비평과 취미에 의해 주어지는 가치판단'[5) 모두가 포함되어 있는데, 학제적 시스템의 규제를 받지 않는다면 '대상에 관한' 행위의 기록들(논문 글쓰기academic writing와 비판적 에세이critical essay, 문학연구와 비평)을 두고 뚜렷한 형식 규정을 마련하기도 용이하지 않다. 문학비평이 무엇인가라는 질문은 또 하나의 출구 없는 미궁의 출발지라 하지 않을 수 없다.

비평과 그에 대한 논의가 처해 있는 이러한 사정으로부터, '태도' 혹은 '글쓰기 전략'으로서의 비평을 넘어서는 비평 고유의 특성에 대한 논의가 과연 가능한가에 대한 근본적인 질문을 던지게 되는 것이 사실이다. 그러나 비평을 정의하기 어렵다는 사실의 확인에서 비평론의 불가능성이 인과 논리로서 도출되는 것은 아니다. 비평 고유의 지위는 피할 수 없는 비평의 '애매함'에서 생겨나는 것인지도 모르는데, 인문학이 가진 활력의 원천이자 존재 이유라고 할 수 있는 지점, 인문학과 사회와의 관계성 회복에 주력하고자 하는 사회인문학의 관점에서 비평의 정의 불가능성은 역설적으로 비평의 가능성에 대한 새로운 발견의 지점을 시사해준다고 해야 한다. 단독으로는 존재할 수 없는 것이자 늘 다른 것에 붙어 다

의 문예비평』 2008년 여름호; 김태환, 「문학, 비평, 이론」, 『문학과사회』 2006년 겨울호 등을 참조할 수 있다.
5) 노스럽 프라이, 같은 책, p. 45.

녀야 하는 것이 비평이라면, 낯선 것들 사이의 예기치 않은 대화(/소통)를 가능하게 하는 것이 또한 비평이어야 하지 않은가.

물론 정확하게 말하자면 비평의 정의 불가능성이 그 존재형식 자체에서 비롯된 것만은 아니다. 비평을 다루는 자리에서 직면하게 되는 '애매함'은 학적 체계화와 밀접하게 연관되어 있다. 그 애매함은 분과학문으로 대표되는 세분화·전문화된 영역과의 연관 속에서 비평의 위상을 고려하고자 할 때 발생하는 것으로, 지성계가 겪는 탈국적적 공통문제인 것이다. 문학에 대한 구조주의적 접근에서 얻어낸 비평의 내재성이나 자기 완결성과 거리를 두면서 세계 진리와 사회 윤리와의 관련성을 회복하는 쪽으로 선회하는 과정에서 츠베탕 토도로프Tzvetan Todorov가 고려했던 것도 비평이 처한 당대적 상황과 그에 대한 인식이었다. 문학과 비평에 대한 성찰이 적극적으로 요청된다는 토도로프의 판단에는 서구 비평계의 흐름뿐 아니라 지성계 전반의 움직임이 참조되고 있었다. 역사주의 비평과 구조주의(비평)에 대한 저항/극복 경향으로도 요약할 수 있는바, 절대적이고 공통된 준거와 보편적 척도가 존재한다는 굳건한 믿음을 상실한 뒤 생겨난, 보편을 구성했던 인간과 개별에 대한 새로운 인식은, 극단적 상대주의와 개인주의, 허무주의까지 이끌어내며, 문학과 비평에도 고스란히 영향을 미치고 있음을 의식하고 있었던 것이다.[6] '비평의 비평'의 필요성을 절감한 토도로프의 경우가 말해주듯, 비평이 처한 사정에 대한 원인 분석과 함께 비평에 대한 근본적인 성찰이 요청된다는 인식은 비평 내적 요

6) 츠베탕 토도로프, 『비평의 비평』, 김동윤·김경온 옮김, 한국문화사, 1999, pp. 17~18.

구만이 아닌 것이다.

이에 비평에 대한 성찰이 요청된다는 인식을 지성계가 처한 탈국적적 위기나 지형 변화와 연동된 것으로 보고, 그 변화에 대한 대응책 마련이라는 차원에서 비평에 대한 새로운 논의 가능성을 타진해볼 필요가 있다. 구체적으로 비평에 관한 한 전문적인 고유 영역을 마련하기 위한 노력의 결과물이 축적되어 있다고 할 수 있는 문학비평을 대표 사례로 검토해볼 수 있다. 비평의 존재형식을 검토하고 비평이 직면한 난점을 확인하면서 비평에 관한 중층적 차원의 접근법—'비평에 관한' 논의와 '대상세계에 관한' 논의로서의 비평—에 주목해봄으로써 보편성에 대한 열망으로서의 비평 정신과 그것을 가능하게 할 비평의 테크놀로지 복원 가능성을 따져볼 필요가 있는 것이다. 해석 공동체의 '사이들' 혹은 비평이 놓인 '장소'를 통해 구현되는 '보편성'에 대한 비평의 열망을 실체화하는 작업이야말로 인문학의 새로운 활력을 되살리기 위해 반드시 요청되는 선결 과제이기 때문이다. 이러한 작업을 통해 서로 이질적인 영역의 접속을 가능하게 하는 플랫폼으로서의 비평의 역할을 좀더 증대시킬 수 있을 것이다.

2. 비평은 가능한가 — 비평의 에세이화를 위한 변론

1) 신자유주의 문학장과 비평의 '리뷰화'

자기(시대)를 음미, 분석, 판단, 평가하는 반성력이 비평 행위의 출발점이라는 점에서 비평이 근대정신의 정수임을 새삼 강조할 필요는 없을 것이다. 비평 시대를 열어젖힌 칸트의 작업을 떠올려보아도 좋을 것이다.[7] 반성력의 힘이 이전까지의 동양/서양의 문명적 위계를 뒤집고 유럽중심주의를 전지구적으로 확산시키는 결정적 동력이었음은 주지의 사실이다. 여기서 비평이 근대의 산물이자 총아라는 점, 즉 시대 현실에 대한 성찰적 눈을 가지는 것이 비평 행위의 시작임을 다시 한 번 짚고 넘어가고자 하는 것은, 우리 시대에 과연 성찰적 눈으로서의 비평 혹은 비평정신이 필요하고 또 가능한가를 묻고자 하기 때문이다.

오해를 줄이기 위해 덧붙이자면, 비평이 시대적 요청인가라는 이 질문은 비평에 대한 신자유주의적 회의의 시선이라기보다 비평 영역이 협소해지고 있는 상황에 대한 정밀한 분석 요청에 가깝다. 비평이 가능한가라는 질문은 비평 형식의 현상적 변화에 대한 검토와 함께 세기 전환기의 사회문화적 전변의 지점을 고려하는 자리에서, 무엇보다 물적 토대 변화에 주목하는 것에서부터 시작되어야 한다는 새삼스러운 확인인 것이다.

1990년대 중반을 지나면서 한국 사회 전반에 범람했던 온갖 종류의 종언론/위기론 가운데에서도 두고두고 반추되었던 것이 바로 인문학/문학/비평을 둘러싼 종언론/위기론이었다. '포스트와 탈-'의 형태로 등장한 모더니티 논쟁이 유럽중심주의 사유에 대한 발본적 검토의 가능성을 열어주었다면, 한편으로 현실 사회주의 체제의 붕괴와도 무관하지 않은 현상으로서 거대담론의 몰락과 거

---

7) Howard Caygill, "Kant and the 'age of criticism'", *A Kant Dictionary*, Blackwell, 1995, pp. 7~34.

시적 시각의 실종 혹은 총체적 시각의 거부라는 상황이 연출되었다. 이데올로기의 시대가 가고 자본의 시대가 왔으며, 이행기를 거치면서 개인/문화/일상에 대한 관심이 폭넓게 확대되었다. 그리고 전 지구적 자본의 일원화 경향에 의해 우리 삶의 구석구석이 자본의 논리에 의해 재편되었다. 바우만Zygmunt Bauman을 빌려 말해보면, 액화하는 모더니티의 힘이 경화된 제도와 틀을 해체하는 것에서 나아가 체제를 사회로, 정치를 생활정책으로 변모시켰고, 사회적 공존을 미시적 차원으로 끌어내렸다. 우리는 상호 결속 시대의 종말을 맞이하게 되었다. 더 이상 자명한 것은 없을 뿐 아니라 모든 것이 미결정적인 상태로 지속되는 시대를 맞이하여 우리는 사슬에서 풀린 채 개인들로서 떠돌게 되었다.[8]

현재 비평이 현상적으로 겪고 있는 가장 큰 문제는 비평의 '리뷰화' 경향이다. 비평은 총체적이고 거시적인 조망권을 확보하지 못한 채 신간 출간물 소개에 주력하고 있다. 서평으로 한정된 비평은 거기에 그치지 않고 대개 팬시 상품에 가까운 신간 선전문구 형식으로 변모되고 있는데, 이러한 현상은 비평정신이 피폐해 있으며 비평의 가능성이 출판 자본에 의해 잠식되고 있음을 단적으로 보여준다. 비평의 위기에 대한 분석과 모색이 지속되고 있지만, 사실상 인문학의 위기에 가장 영향력 있는 대처 방안을 제시하고 또 활기를 불어넣은 것이 [국가/자본과 인문학의 관계를 두고 그것을 위기(론)에 대한 타개책이라 부르거나 인문학의 새로운 활력 창출이라고 말하는 것이 정당한가에 대해서는 일단 논외로 하자면] 준국가기구

---

8) 지그문트 바우만, 『액체근대』, 이일수 옮김, 강, 2005, pp. 13~25.

에 기반한 자본이었던 것과 마찬가지로 문학의 위기와 비평의 위기에 기민하게 반응하고 위기 담론의 장소를 이동시키면서 새로운 위기/활력 담론을 마련해간 추동력은 저널리즘과 결탁한 출판 자본이었다.

이러한 사정으로 인해, 출판사의 주력 상품이 리뷰의 대상이 되는 경우가 다반사이지만, 리뷰에서 비평가의 고유한 평가 기준을 만나기는 쉽지 않다. 비평의 리뷰화로 전면화되지는 않았으나, 그간 비평정신의 실종에 대한 지적이 끊이지 않았다. 문단을 이끄는 메이저 잡지와 출판사를 중심으로 문학/비평의 담론적 재생산 시스템이 구축되면서 문단 패권주의 문제가 불거져 나왔고, 그저 상찬 일색일 수밖에 없는 작품 끝에 붙는 '해설'이 '주례사 비평'의 이름으로 논쟁거리가 되었다. 그러나 그때만 해도 비평의 가능성과 필요성 자체에 대한 합의에 그저 미세한 균열만 있었을 뿐인, 이른바 '좋은 시절'이었다.

IMF 외환위기가 사회에 실질적인 영향력을 행사하기 시작한 2000년대 전후로, 국가가 파산을 할 수도 은행이 망할 수도 있으며, 우리가 발 딛고 있는 삶의 기반이란 언제든지 무너져 내릴 수 있는 일시적이고 잠정적인 것일 뿐이라는 사실, 우리가 상시적 위험사회를 살고 있음을 너나없이 인식하게 되었다. 사회의 무드에서 일상 습속에 이르기까지 한국 사회는 한국전쟁 이후 가장 심각한 변동기를 거쳤으며 그 변화의 여파는 점점 더 구체화/미세화되었다.[9] 문학장의 지각변동은 당연하고도 불가피한 것이었다.

9) IMF 외환위기가 한국 사회 전반에 전면적인 변화를 야기했다고 할 때, 그것은 단지

출판시장의 장기적 침체와 함께 한국문학이 고전을 면치 못하던 2000년대 초반을 지나면서 책이 소비재라는 인식과 함께 문학을 '창작-수용'이 아니라 '생산-소비'의 틀로 접근하는 관점이 점차 힘을 얻어가기 시작했다. 한국문학의 부진을 극복하기 위해 2000년대 중반을 전후로 장편소설 대망론(大望論)이 담론적 영향력을 행사하기 시작했으며,[10] 박범신의 『촐라체』로 시작된 문학 웹진 시대가 활짝 열리면서 문학 생산의 포스트-포디즘 시대를 맞이하는 것은 아닌가 할 정도로 문학장의 범위가 세분화되는 동시에 확대되었다.[11] 근본적이고 전면적인 변화가 아니더라도 자본의 요구는 '순문학'과 이른바 '장르문학'의 간극을 좁혔으며, 인터넷에서의 자유로운 창작 활동이 활기를 띠면서 전문/비전문 작가 사이의 넘어설 수 없는 진입 장벽에도 균열이 생기기 시작했다. 인터넷 공간의 문학적 활용은 거부할 수 없는 대세가 되었다. 그렇다고 문학 웹진의 미래가 마냥 밝기만 한 것은 아니었다. 웹진을 거점으로 붓

구제금융 신청과 함께 전 세계적 자본의 요동에서 벗어날 수 없는 국제사회의 일원이 되었다는 것만을 의미하는 게 아니다. 그 시절을 거치면서 '기준'에 대한 신뢰가 붕괴되었고, 흔들리던 거대담론의 최종적 붕괴가 선언되었다. 국가, 경제, 법 등의 공적 담론이 고정된 것도 신뢰할 만한 것도 불변하는 것도 아니라는 인식이 널리 유포되었으며 삶에서 개인의 욕망 외에는 남는 것이 없게 되었다. 미래를 상상할 수 없으며 진보에 대한 믿음이 더 이상 존속하기 어려운 시절, 모더니티의 진보 이념을 부정하면서 니체가 선언한바, 영원회귀의 시대 혹은 거대한 허무주의의 시대가 도래한 것이다.

10) 『창작과비평』 2007년 여름호에 실린 글들을 참조할 수 있다. 최원식·서영채 대담, 「창조적 장편의 시대를 대망한다」; 최재봉, 「장편소설과 그 적들」; 공지영, 「삶의 보편적 통찰을 복원하는 장편소설」.

11) 소영현·강정·고봉준·백영옥·손택수 좌담, 「한국문학, 인터넷과 만나다」, 〈문장 웹진〉 2009년 10월.

물 터지듯 무차별적으로 장편소설이 연재되었고 연재가 끝나자마자 단행본으로 출간되는 문학출판계의 출판-속도전이 일상화되었다. 그 와중에 사실상 대부분의 작품들이 비평의 대상이 되기는커녕 출간 여부가 대중에게 제대로 알려지기도 전에 소리 없이 사라지는 아이러니한 현상이 벌어졌다.

출판사의 뉴미디어적 광고의 창구가 되어버린 장편 연재 시스템(웹진)이 철저하게 자본의 논리에 의해 움직인다는 점에서, 소비를 고려하지 않는 과잉 공급이 불러온 문학 대망(大亡)의 사태는 이미 예견된 것이었다. 신경숙, 공지영, 황석영, 김훈 등의 스타 작가를 중심으로 한 베스트셀러가 한국문학시장을 잠식하게 되었으나 한국문학 전반에 대한 독서시장의 관심은 현저하게 약화되었다. 무차별적인 과잉 공급 시스템에 동원되었던 작가들의 작품 양산이 완성도를 포함한 문학의 질적 저하를 가져왔고 그 와중에 입도선매식 출판 계약의 부작용으로 거대 시스템을 유지하기 위한 부품처럼 신진 작가들의 창작 능력과 열정이 착취/소진당하는 사태가 심상한 일처럼 벌어지게 되었다.

좀 기이하게 들릴 수도 있지만, 문학장의 관심은 온통 계열 출판사를 여럿 거느린 거대 출판사를 중심으로 베스트셀러를 생산해낼지도 모를 '미래의 스타 작가' 발굴을 목적으로 하는 기획 사업에 쏠렸다. 출판 자본에 의해 문학장이 재편되는 이런 움직임은 자연스러운 귀결로서 작품에 관한 리뷰 이상의 비평을 더 이상 요청하지 않는 비평 무용론을 불러왔다. 리뷰의 길이와 무관하게 출판사의 하청 리뷰어가 증가하면서 신뢰할 만한 전문 리뷰어로서의 비평(가)에 대한 신뢰조차 급속하게 붕괴되었다. 작품에 대한 판단,

나아가 시대 현실에 대한 음미와 평가에서 파워 블로거에 대한 의존도가 높아가는 것은 이러한 현상과 무관하지 않다.

비평의 리뷰화 현상으로 압축할 수 있는 현재의 비평 현상을 두고 비평가 스스로가 즐거운 비평의 지평을 열어가야 한다는 한 젊은 비평가의 제안은[12] 비평의 위기에 대한 유용한 대안적 선택지로 고려되어야 할 것이다. 쏟아져 나오는 신간과 출판시장이 주목하고 싶은 작품들을 대상으로 어쩔 수 없는 리뷰어가 되어야 하는 현실 속에서 그 소용돌이에 휘말리는 동안 비평가 스스로 리뷰 이외의 비평에 대한 고민을 하지 못하게 되고 결과적으로 비평(/비평가)을 점점 더 불필요하고 무가치한 행위로 만들고 있는지도 모르기 때문이다. 문학장의 신자유주의적 재편에 의한 것이든 거기에 비평가가 울며 겨자 먹기 식으로 동조한 결과이든, 현재 비평은 꽤 절망적인 상황에 놓여 있는 것이 분명하다.

2) 해석 공동체 문제와 비평의 '에세이화'

물론 비평의 리뷰화가 비평을 절망적인 상황으로 몰아넣고 있는 근본 원인이자 결과라고 말할 수는 없다. 이름뿐인 비평가-유령의 위상이 학문적 위계에서 벗어나거나 문학과의 관계를 새롭게 정립하는 것에서 재수립되지는 않을 것이며, 비평이 스스로 생존할 수 있는 기반을 만들고 '비평의 자립'——이는 비평의 이론화가 아니다——을 얻어내는 것으로 비평의 위기가 단숨에 해결될 것이라 생

---

12) 정여울, 「비평가 즐거운 비평을 위하여」, 구보학회, 『박태원 문학과 창작방법론』, 깊은샘, 2011.

각되지도 않는다. '청탁에 의해 이루어지는 비평쓰기 시스템'을 거부하고 '문제 중심의 전작 시스템'을 마련하는 일[13]과 비평의 가능성을 탐색하는 일은 맥락이 다른 문제인 것이다.

가치판단을 전면화하는 일을 부담스러워하는 비평계의 흐름이 비평의 리뷰화로 형식화되는 것은 어떤 면에서 자연스러운 귀결이다. 작품의 선택과 배치를 가치판단과 동일시하는 것은 '판단과 평가'로서의 비평과 거리를 두려는 태도가 마련한 세련된 해결책이될 수 있기 때문이다. 그리하여 때때로 비평에서 비평가 개인의 취향을 드러내는 일이 역설적이게도 비평의 긍정적 실천행위로 오해되는 일도 생겨난다. 비평가 개인의 호오의 감정이 작품에 대한 '판단과 평가'(비평)로 호도되기도 하고, 시대와의 호흡이 강조되면서 비평이 새것에 대한 강박과 혼동되는 경우도 적지 않다.

2000년대를 거치면서 '판단과 평가'를 일단 보류하고 비평의 형질변경을 요청하거나 실행하면서 문학의 '새로움' 자체에 집중하는 비평작업들이 대거 등장하기 시작했다.[14] 레이먼드 윌리엄스 Raymond Williams가 비평을 문제 삼을 때, 그것이 자기성찰 없이 수락되는 '판단과 평가'로서의 비평 혹은 권위였다고 할 때,[15] 2000년대 한국 비평의 형질변경은 그 나름의 충분한 발생 근거를 가지고 있었다. '새로운 소설 쓰기에 대한 사례 보고'에도 비평에 대한

---

13) 조영일, 「비평과 이론」, 『오늘의 문예비평』 2008년 여름호, p. 72.

14) 이광호, 『이토록 사소한 정치성』, 문학과지성사, 2006; 김형중, 『변장한 유토피아』, 랜덤하우스중앙, 2006; 허윤진, 『5시 57분』, 문학과지성사, 2007; 신형철, 『몰락의 에티카』, 문학동네, 2008 등.

15) 레이먼드 윌리엄스, 『키워드』, 김성기·유리 옮김, 민음사, 2010, p. 122.

새로운 실천 행위라는 의미가 담겨 있었다. 이른바 작가와 전문/비전문 독자 모두에게 권위적 힘으로 작동했던 '지도비평'에 대한 거부의 의미가 새겨져 있었던 것이다. 그러나 그 '녹이는' 힘은 권위에 대한 효과적 해체를 넘어서서 모든 가치가 공존하는 미결정성의 상태, 사실상 어떤 가치평가도 불가능한 무가치의 상태를 불러오게 되었다. 그러는 사이에 '판단과 평가'를 배제한 '선택과 배치' 자체가 비평의 전부일 수도 있다는 인식이 점차 비평 일반론으로 거부감 없이 받아들여지게 되었다.

돌이켜보건대, 비평의 위기에 대처하는 방식에는 서로 상충되는 해법들이 공존해왔다. 비평과 시대현실(사회, 독자)의 관계에 위기의 중핵이 놓였다는 진단과 그것이 내놓는 위기 해소의 방안들을 살펴보면 그 충돌하는 면모들이 쉽게 확인된다. 가령, 비평가라기보다 인문학자라 불러야 할 도정일이 줄곧 강조해온 것은, 비평의 대사회적 소통의 힘을 회복하는 일이었다. 비평의 위기를 몰고 온 요인들에 대한 비평 자체의 성찰이 우선적으로 필요하다는 입장에서 그는 비평의 독자 상실과 사회적 소외 문제를 선결 과제로 파악했고, '비평은 가능한 한 그 관심 영역을 확장하고 사회적 삶의 위기와 인문적/문화적 가치의 위축에 대응해야 하며 비평의 쇄신을 위해 무엇이 필요한가를 심사숙고해야 하고, 비평담론을 독자 대중의 삶과 가치문제와 연결시켜 사회적 소통력을 회복해야 한다'는 점을 강조했다.[16] 도정일은 비평이 전문성을 확보하는 과정에서 독자 대중을 상실/외면하게 된 사정에 주목했다.

16) 도정일, 「비평의 위기와 비평의 활력」, 『오늘의 문예비평』 2007년 겨울호, pp. 44~47.

그런데 도정일의 이러한 위기 진단은 독자 대중과의 영합, 즉 비평의 '리뷰화'로 단면화될 수 있는 비평의 신경향에서 위기를 짚어내는 진단과는 상충된다. 위기의 원인에 대해 공통된 진단을 내리면서도 서로 정반대의 해결책을 제시하는 이러한 방식은 (인)문학의 위기에 대한 논의에서도 이미 반복된 바 있다. 그간 책을 비롯한 인쇄물의 소비가 점차 줄어드는 상황, 국문학을 포함한 인문학 관련 학과들이 존립 위기에 처한 상황, 그럼에도 문학 창작을 꿈꾸는 아마추어 작가와 지망생이 넘쳐나며, 정작 작가는 대학의 창작과를 통해 통조림 찍어내듯 배출되는 상황, 이러한 인문학의 위기에 대한 해결책이 다양하게 제시되었는데 그 가운데 상반된 것들이 적지 않았다. 가령, 신자유주의 시대의 문학을 구원하기 위해 문학의 정치성을 회복하는 길과 문학의 탈정치성을 강화하는 길이 동시에 요청되기도 했는데, 현재에도 이러한 경향이 완전히 해소되었다고 보기는 어려울 것이다.[17]

상반된 해결책이 공존하는 이러한 상황은, 그 해결책이 근본적인 원인 탐색에까지 이르지 못했음을 말해주는 동시에 리뷰화로 구체화된 비평의 위기와 그것을 추동한 원인에 대한 좀더 근본적인 탐구의 필요성을 요청한다고 하겠다. '주례비평' 'PR비평'으로 이어지는 비평의 리뷰화가 독자의 입맛을 고려한 맞춤형 비평이라는 비판에서 자유로울 수는 없을 것이다. 그럼에도 비평의 위기와 독자의 상관성에 관한 논의 전개가 보여주는바, 과연 시대 현실(사

---

17) 다른 한편으로, 스토리텔링과 콘텐츠학 등을 통한 제도적 환골탈태가 강력하게 요청되었다. 소영현, 「북 쇼핑 시대의 문학, '완득이'라는 낯선 영토」, 『분열하는 감각들』, 문학과지성사, 2010, pp. 85~90.

회, 독자)과의 거리를 좁히거나 벌리는 과정에서 비평이 처한 위기를 해결할 수 있는가를 다시 묻게 된다. 이러한 질문은 독자 외면이냐 영합이냐가 아니라 더 상위의 문제들, 가치판단과 해석 공동체의 층위라는 확장된 지평과 분석 시야를 요청하게 된다.[18]

그렇다면 문제는 '판단과 평가'로서의 비평의 가능성이다. 비평의 리뷰화 경향을 두고 살펴보았듯 현재의 문학장에서 비평이 '판단과 평가'(혹은 그 기준)를 필수요건으로 갖추어야 하는가 의장처럼 두르기만 해도 되는가를 두고, 다른 입장들이 피력되고 있다. 어느 한쪽의 정당성 여부를 가늠하기 이전에 먼저 생각해두어야 할 것은, '판단과 평가'로서의 비평이 가능한가, 그렇다면 과연 어떻게 가능한가의 문제일 것이다. '판단과 평가'에는 반드시 기준혹은 준거가 필요하다. 다원주의와 상대주의 사이에서 갈팡질팡하는 문학장과 학술장뿐 아니라 우리 사회 전체를 두고 보아도 신자유주의 시대의 극단적 개인화 경향은 분명 어떤 문제에 관해서든 합의된 기준 혹은 준거를 마련하기 어려운 상황을 불러왔다. 2000년대 중반 이후, 현재의 것이 매번 '새로움'의 이름으로 가치를 부여 받게 된 문학장 내의 사정은 합의된 기준이 마련되기 어려운 한국 사회의 경향성과 맞물려 있는 것이다.

그래서 비평의 리뷰화보다 더 심각한 문제는 비평의 '에세이화'라고 해야 한다.[19] 앞서 언급했듯 '대상(문학)에 관한' 행위이자 기

---

18) 문학/비평/가치판단과 해석 공동체의 상관성에 대해서는, 리처드 로티와 김우창의 대담 「문학적인 문화를 위하여」(『문학과사회』 2001년 가을호) 참조.

19) 앞선 작업을 통해 비평의 형질변경의 한 특징을 비평의 에세이화로 명명했다. 이 챕터에서는 해석 공동체의 붕괴라는 측면과 결부시켜 진전된 논의를 마련해보고자 했

록으로서의 비평이 갖추어야 할 실정적 요건을 마련하기는 쉽지 않다. 최소한의 형식적 규정은 역설적으로 학제에 따른 강제적/편의적 구분에 의해서나 가능한데, 학술지가 요청하는 형식적 틀에 입각한 '논문 글쓰기'가 아닌 '비판적 에세이'를 포괄적인 의미에서 비평에 요청되는 최저선의 형식적 합의틀로 이해할 수 있다.[20] 비평의 '에세이화'란 바로 이런 의미에서 '비판적' 규정력을 상실한 '바판적 에세이'의 편제화를 가리킨다. 이 글에서는 리뷰 형식이든 아니든 비평에서 '판단과 평가'가 배제되는 현상을 일컬어 비평의 '에세이화'라 통칭하고자 한다. 이러한 명명법을 통해 비평의 형질변경의 한 경향성, 즉 보편적 판단기준의 상실이 야기한 비판적 판단력의 결여가 비평을 글쓰기 형식으로 축소시키고 있는 현재 상황을 강조하고자 하는 것이다. 따라서 비평의 '에세이화'는 심미적 감상이 극대화되는 글쓰기의 형식적 특징만을 가리키지 않는다. 비평의 '에세이화'는 개별 비평가의 시선이 보편자의 눈높이로 오인되는 상황에서 발생하는 비평의 변이 양상의 다른 이름이다.

　문제는 현재의 비평이 수사적 문체에 모든 것을 걸고 복화술사의 자세를 견지할 때에도 여전히 보편타당한 진리를 포착하거나 전달하고 있다는 착각에 빠져 있다는 점이다. '객관과 보편'이라는

다. 해석공동체의 붕괴에 대처하는 구체적 방안은 다음 챕터에서 다룬다. 소영현,
「캄캄한 밤의 시간을 거니는 검은 소 떼를 구해야 한다면」, 『분열하는 감각들』, pp.
75~79.
20) 문학연구와 비평, '논문 글쓰기'와 '비판적 에세이'의 경계 혹은 경계 짓기의 어려움
에 대한 제도/역사적 측면의 검토는 이 책의 4장 「연구와 비평 사이, 메타문학의 곡
예」 부분 참조.

합의점이나 보편자의 눈높이를 상실하고 있으면서도 여전히 형해화된 그 형식성에 사로잡혀 있는 한, 진정성 이후의 문학에 진정성에 대한 열망을 주입하는 것에서 비평의 임무를 발견하는 한,[21] 비평의 위기는 좀더 심각한 수준에 이르게 될 것이다. 이는 비평가 자신의 목소리를 노골적으로 드러내든 난해한 이론으로 중무장하고 작품을 낱낱이 해체하든 개별 비평(가)의 평가들이 그 자신의 영역 바깥으로 나가지 못하는 문제와 긴밀하게 연관되어 있다. 여기에는 해석 공동체의 붕괴라는 피할 수 없는 조건이 전제되어 있는 것이다. 비평가가 전문 독자 혹은 분석과 판단의 권위자로서의 지위를 상실하게 된 것도 이러한 비평의 사사화(私事化) 경향이 낳은 결과다.

물론 비평의 '에세이화'가 그 자체로 무조건적으로 부정되어야 할 현상인 것만은 아니다. 비평의 사사화가 현실 비평에서 차지하는 지분이 적지 않은 것은 그 자체로 음미해야 할 증상이며, 비평의 '에세이화'는 통일성/총체성/심층 구조 개념에 기반한 기성 비평의 전제적 권위에 대한 거부로서의 의의를 가지고 있기도 하다. 더구나 비평의 가능성에 대한 질문은 '단 하나의 비평'을 향한 탐색이 아니다. 오히려 가능한 비평을 단 하나의 형식으로 규정하고자 하는 방식과 거리를 두면서 비평은 존재형식의 다변화 가능성을 탐색할 필요가 있다. 이에 따라 권위가 해체/실종된 듯 보이는 현재의 비평이 처한 상황을 비평에 대한 근본적인 점검 작업이 가

---

21) 권희철, 「진정성 이후의 비평을 위한 여섯 개의 노트」, 『자음과모음』 2010년 여름호 참조.

능한 전환 국면으로 읽어볼 필요가 있다. 비평에 관한 논의를 곧바로 '대상 세계에 관한' 논의로 한정하기에 앞서, 비평의 현실적 존재형식의 극복 방안을 우선적으로 모색해야 하는 것이다. 다시 말해 비평의 '에세이화'로 현상하는 비평, 보편적 판단 기준을 상실한 채로 주관적 해석 공동체에 매몰되어 있는 비평, 그 비평'들' 사이의 심연을 들여다보고 돌파구를 마련하는 작업이 선결되어야 하는 것이다. '해석 공동체들 사이에서 비평은 무엇을 할 수 있으며 어떻게 존재할 수 있는가', 이 질문이 답안을 찾는 자리에서, '비평은 어떻게 가능한가' '공통의 준거를 갖지 않는 비평이 가능한 장소는 있는가, 그곳은 어디인가'와 같은 질문이 비로소 시작될 수 있는 것이다.

3. 비평은 어떻게 가능한가 ── 비평의 장소와 비평(가)의 임무

1) 타자의 눈으로 보기

가라타니 고진(柄谷行人, 이하 '가라타니')은 『트랜스크리틱』에서 인식, 도덕, 예술(진, 선, 미)을 대상으로 한 칸트의 세 비판을 두고, 칸트가 비판을 통해 각 영역의 특이성과 그것들의 관계 구조를 밝혔음을 지적하는 동시에, 무엇보다 세 영역의 구분이 칸트의 '비판'에 의해 발견되었음을 짚었다. 그는 칸트 이전과 이후에 인식, 도덕, 예술 등의 구분이 근본적으로 변했으며, 따라서 이 구분에 기초해서 칸트의 책을 읽는 것이 아니라 구분 자체를 초래한 칸트의 '비판'을 읽어야 한다고 지적했다.[22] 가라타니가 그 새로운 구분법보다 강조한 '비판'의 핵심은 '타자적 시점'의 도입이었다. 가라타니는 그 '비판'을 칸트 특유의 '반성'으로 이해했는데, 그가 해석한 칸트의 '반성'은 '타자적 시점'의 도입에 기초한 '비판'이 의미하는 바를 좀더 명료하게 보여주는 동시에 사회인문학적 지평에서 비평의 가능성을 검토하는 작업에도 유용한 지침을 제공해준다.[23)

가라타니는 거울, 초상화, 사진 등을 거론하며 반성에 내장된 공범성을 지적했다. 그에 따르면 '타인의 시점'을 도입하는 것은 공범성이 생겨나고 강화되는 과정에 대한 도전을 의미한다. '타인의 시점'의 도입이란 나 혹은 우리의 무의식적 공범성을 환기하고 깨뜨리려는 시도인 것이다. 가라타니의 논의를 따라가보자. 반성은 항상 거울에 자신을 비춘다는 비유로 말해진다. '타인의 시점'으로 자신의 얼굴을 보는 것이다. 거울은 물론이고 초상화나 사진 속의 자신의 얼굴을 보거나 기계 장치를 통해 자신의 목소리를 듣고 불쾌를 경험하게 되는 일은 흔하다. 거기에 '타인의 시점'이 나타나 있기 때문이다. 그러나 '타인의 시점'에 섰다고 해도 거울에 의한 반성에는 여전히 공범성이 남아 있다. 거울은 좌우가 반대이기도 하며, 우리는 언제나 자기 좋을 대로만 자신의 얼굴을 보기 때문이다. 초상화가 화가의 주관에 의한 객관성을 담지한다면, 사진에서 그 주관의 영역은 있다고 해도 매우 협소할 뿐이다.

가라타니가 칸트를 통과하면서 강조하고자 한 비판은 바로 이러

---

22) 가라타니 고진, 『트랜스크리틱』, 송태욱 옮김, 한길사, 2005, p. 74.

23) 오해를 줄이기 위해, 이 글에서는 칸트의 『순수이성비판』에 대한 이해의 타당성을 가늠하는 문제가 아닌, 사회인문학적 비평의 범주 구성이라는 문제를 주된 논점으로 두고 가라타니 고진의 '비판/비평'에 대한 이해를 원용하고 있음을 밝혀둔다.

한 맥락, 즉 '나의 시점'이 최대한 배제된 객관의 지평이라는 의미에서의 '타인의 시점' 도입이다.[24] 가라타니는 칸트를 통해 "내성이 가진 공법성을 깨뜨리려고 한" 시도, 즉 "종래의 내성(거울)과는 다른 어떤 객관성(타자성)의 도입을 발견"[25]하고자 한 것이다.

사실, 타자의 겹눈을 도입하는 것, 이는 비평의 '이차적' 성격 혹은 비평의 사회적 기능을 재확인하고 내화하는 행위이다. 칸트 분석과는 정반대 방향에서 가라타니는 비평과 광고의 '이차적' 행위성과 TV광고와 해석 공동체의 모놀로그적 관계를 지적한 바 있다(「정치, 혹은 비평으로서의 광고」). 같은 이차적 행위라 해도 광고가 동일성 담론으로의 반복적 행위임을 지적한 것이다.[26] 문면으로 분명하게 밝히고 있지 않지만 그의 관점에 따르면 비평은 해석 공동체의 범위를 넘어서거나 재설정할 수 있는 '내부이자 바깥'의 자리에 놓인다.

어떤 자리의 외부인 동시에 내부인 장소, 즉 의심을 품은 채 그 주변을 어슬렁거리는 어떤 영토의 경계는 때때로 가장 놀라운 창조적 사유가 샘솟는 장소이기도 하다.[27]

흥미로운 것은 포스트모던적 사유에 격렬한 거부반응을 보이는

---

24) 가라타니 고진, 같은 책, pp. 91~93.

25) 같은 책, p. 93.

26) 가라타니 고진, 「정치, 혹은 비평으로서의 광고」, 『언어와 비극』, 조영일 옮김, 도서출판 b, 2004, p. 337.

27) 테리 이글턴, 『이론 이후』, 이재원 옮김, 길, 2010, p. 64.

이글턴Terry Eagleton이 비평정신의 회복을 부르짖으며 지향하고자한 장소가, 칸트와 마르크스를 경유해서 가라타니가 도달한 바로그 장소와 다르지 않다는 사실이다. 이는 이데올로기적 지평과 무관하게 비평이 자기가 속해 있는 해석 공동체 혹은 언어 규칙으로부터 끊임없이 떠나고 헤매고 머물렀다 다시 돌아오는 이동성 자체가 되어야 한다는 점을 다시 한 번 되새기게 한다. 비대칭적 차이로 만나는 언어 규칙들 사이의 커뮤니케이션이 비평이 지향해야 할 바라면, 사실상 비평이 가능한 장소를 마련하는 일은 비평의 '이차적' 존재형식을 자기-인식하는 과정에 다름 아니다. 스스로의 사유가 일차적이고 원형적이라는 착각에서 벗어난 상태를 유지할 수 있을 때, 이차적 입장position과 끊임없는 이동 자체를 장소화할 수 있을 때, 그때 비로소 비평은 '비평적'일 수 있다.[28] 그리고 그것은 칸트가 '판단력 비판'에서 오성의 판단능력으로 해소되지 않는 초월의 장소를 위해 '상상력'의 도움을 요청할 때에 그러했듯—그때의 '상상력'은 준거틀을 공유하지 않는 해석 공동체들 '사이'의 차이를 다루는 최선의 방법이었을 것인데[29]—불가능의 층위를 만들어내려는 말 그대로 죽음을 각오한 도약이 되어야한다.

여기서 주의를 기울여야 할 것은, 타자의 눈의 도입이 동일한 시공간의 지평 안에서만 행해지는 것이 아니라는 점이다. 아직 오지

---

28) 가라타니 고진, 「정치, 혹은 비평으로서의 광고」, 같은 책, p. 318.
29) 가라타니가 지적하고 있듯이, 칸트의 '비판'이 철저한 것은 그가 취미판단적 보편의
영역이 가능한가라는 질문, 즉 '비평'에서부터 출발했기 때문이다. 가라타니 고진,
『트랜스크리틱』, p. 99.

않은 타자, 올 수 없는 타자, 우리의 해석 공동체 너머에 있는 미래의 타자를 고려하는 것, 과거의 눈과 미래의 눈을 겹쳐놓고 현재를 다시 보는 것, 비평이 타자의 눈을 도입한다는 것은 역사적 지평을 고려한 자리에서 경계 바깥을 상상하는 일이다. 그것은 '사람의 삶이 가장 기본적인 차원에서도 자신 이외의 것, 타자와의 관계를 통해서만 유지되며, 삶의 과정이란 타자와의 끊임없는 교환의 과정'이라는 의미에서의 문학과 그것을 매개로 한 시대현실(사회)의 초월적 차원을 복원하려는 시도,[30] 세계를 조망할 수 있는 시선의 가능성에 대한 탐색인 것이다.

그렇기에 타자의 겹눈을 도입하는 것과 상대주의 혹은 무한 다원주의는 아무런 관계가 없다. 타자의 겹눈을 필요로 한다는 것은 김우창이 가라타니를 거론하며 짚어두었듯 장소를 옮겨가면서 비판을 하는 것 외에 비평의 장소적 독립성을 확보할 방법이 없는 곤궁한 현재적 상황을 다시 확인하는 일인지도 모른다.[31] 그럼에도 여전히 비평의 가능성은 일상적으로 행해지는 '비평'에서 한 발 더 나아간 자리에 있는 비평, 일상적 시야가 포착하지 못하는 지점을 보는 눈으로부터 마련되는 것임에 분명하다. 이런 맥락에서 타자의 눈을 도입하는 것은 비평의 전문성을 회복하는 일을 의미한다. 비평의 전문성은 이론적 무장을 통한 '자족적 글쓰기'가 아니라 비가시의 지점까지 통찰하는 시선의 획득을 통해 마련되는 것이다.

---

30) 김우창, 「산업시대의 문학」, 『지상의 척도』, 민음사, 1981, pp. 46~47.
31) 김우창·코지마 키요시, 「'지성의 독립성'과 성찰의 근거에 대하여」, 『당대비평』 2000년 겨울호, p. 254.

2) 망명자의 질문법으로 묻기

그러나 근대 이후의 지배적인 사유방식이 그러했듯이 어떤 낯선 것도 결국에는 우리의 사유틀에 곧 동화된다. 타자의 눈 역시 낯선 첫 대면이 불러오는 놀라움으로 사유틀을 흔들지만 친숙한 것이 되고 낯선 것에 대한 예민한 감각은 곧 상실된다. 하나의 해석 공동체 내부로 성찰 없이 깊이 침잠하는 것은 비평이 피해야 할 위험천만한 태도가 아닐 수 없다. 이에 따라 타자의 시선을 도입하는 것과 함께 '문학에 대한' 행위이자 기록으로서의 비평의 새로운 가능성을 마련하기 위해 우리 시대의 비평가는 정신적 이동성을 지향하는 망명자의 태도를 취할 필요가 있다.[32]

앞서 서술했듯 1990년대 중반 이후 문학 연구 영역을 중심으로 모더니티 논쟁과 함께 문학의 자명성과 보편성 검토가 이루어졌으며, 문학을 문학으로 규정한 것들을 성찰하려는 시선이 문학의 경계 탐색과 경계 재설정에 대한 관심으로 이어졌다. 문화사에 대한 관심도 광범위하게 확산되어갔다. 문화사의 이름으로 문학의 자기 점검이 이루어졌고 그간 연구 대상 목록에서 배제되었던 일상/문화 차원의 모든 것이 학적인 연구 대상이 되었으며, 문학 범주를 둘러싼 권위와 위계에 대한 도전과 해체가 잇달아 이루어졌다. 현재의 문학연구에서 '문학'에만 관심을 두는 사례를 만나기는 오히려 어려운 상황이 되었고, 제도 차원의 다각적 연구가 축적되면서 더 이상 문학 아닌 것이 없어진 수준에 이르게 되었다.

그런데 관심 연구 대상이 동시대 문학이라는 것 외에 제도권 내

---

32) 지그문트 바우만, 같은 책, pp. 328~34.

의 문학연구와 별다른 차이가 없음에도 비평 영역은 문학연구 쪽과는 문학에 대한 관점과 지향에서 전혀 다른 행보를 보여주었다. 문학 범주의 경계가 실질적으로 와해되고 있는데도 비평의 관심은 여전히 순정한 문학의 장벽을 더 높이 쌓는 것에 집중되어 있었다. 순문학과 호러, 로맨스, SF, 만화, 드라마의 관계가 모호해지고 문학 내의 크고 작은 분할선들이 '이야기'의 이름으로 통합되어 재배치되고 있는데도 '문학에 대한' 행위이자 기록인 비평은 문학의 문학다움이라는 순정한 성지를 지키는 일에 힘을 쏟거나 자본에 의해 재편되는 문학장의 변화를 힘겹게 뒤쫓으며 기술하고 있었다.[33] 지향이나 문학에 대한 이해가 서로 다른 진영에서 '아감벤'이나 '랑시에르'에 동시에 열광한 현상은 현재의 비평이 자각하지 못한 채 공통적으로 순문학주의라는 지반 위에 서 있음을 역설적으로 말해준다. 제도권 문학연구의 장에서 내쫓긴 문학이 현실 비평의 장에서는 그 반동처럼 과도하게 존중되고 심지어 숭배되고 있는 것이다.[34]

고급문학/저급문학, 순문학/장르문학(대중문학), 한국문학/외국문학…… 한없이 이어질 이런 대쌍 구조에서 앞쪽에 놓인 말들의 연쇄에 문학장의 비평을 사로잡은 문학주의가 자리한다. 문학의 자율성에 대한 오해가 불러온 문학의 신화화 경향보다 우려스러운 것은 비평이 움켜쥐고 있는 문학이 이미 충분히 오염된 것임에도

---

33) 2015년 중반부터 비평장에 많은 변화가 생겨났다. 2017년 현재 비평장의 변화는 진행형이다. 이에 대해서는 이 책의 10, 11장을 참조할 수 있다.

34) '랑시에르' 열풍, 위기론에 대처하는 태도들에 대한 분석은 소영현의 글 「캄캄한 밤의 시간을 거니는 검은 소 떼를 구해야 한다면」, pp. 63~75 참조.

비평은 그 엄연한 사실조차 정면으로 대면하려 하지 않는다는 점이다.

물론 비평이 가능한 장소를 마련하기 위해 모두가 문학을 버리고 이른바 '문화' 영역으로 뛰어들어야 하는 것은 아니다. 문학의 심미적 가치에 모두가 등 돌려야 하는 것도 아니다. 한 비평가의 지적처럼, 사실 오늘날 대다수의 비평가들은 세계를 사유와 글쓰기의 무대로 간주하며 살아간다. 그들은 어떤 사상이나 문화의 국적을 따지지 않으며, '대중과 고급'이라는 문화의 주류적 경계를 고집하지도 않고 심지어 대중적 문화 현상에서 그것의 위반적 의미를 읽어낼 수 있을 정도의 감식안을 소유하고 있기도 하다.[35]

문제는 여전히 비평이 구태를 벗지 못하고 있다는 사실이다. 여기서 현재의 비평이 오랜 관습의 무게에 눌려 다른 비평을 상상하지 못하고 거기에 갇혀 있다고, 혹은 그 오랜 관습에는 제도적/이데올로기적 권력이 결합되어 있다고, 자본에 의한 문학장의 재편에는 속수무책일 수밖에 없다고, 사실 비평이 그 관습에만 매몰되어 있는 것은 아니라고 비판하거나 항변하는 것으로는 모자라다. 일단 데리다식의 절대적 환대 상태를 유지하는 일, 대가 없이 타인의 눈의 개입을 허락하고 기꺼이 받아들이는 일,[36] 동시에 타인의 눈으로 비평 자신의 심장을 겨누는 일, 궁극적으로 어디에도 속할 수 없는 불안정하고 애매한 위치에 놓인 비평이 자신이 머무는

---

35) 어쩌면 비평은 늘 경계 너머의 영역으로부터 학문적(/문학적) 자양분을 흡수하면서도 글쓰기의 차원에서만 관습화된 방식에 묶여 있는 것인지도 모른다. 고봉준, 「문학비평과 미학적 아비투스」, 『자음과모음』 2010년 여름호, p. 723.

36) 자크 데리다, 『환대에 대하여』, 남수인 옮김, 동문선, 2004, pp. 70~71.

장소 혹은 지반의 정당성을 묻는 일, 이런 것이야말로 현재의 비평에 절실히 요청되는 망명자의 질문법이라고 해야 할 것이다. 그리고 나아가 인쇄 매체, 영상 매체, 인터넷 매체에 이르기까지 다양한 매체에 반응하는 비평의 존재방식, 비평언어를 개발해야 하며 적극적으로 그 가능성을 실험하고 탐색해볼 필요가 있다.[37] 비평이 제도화의 힘에 의해 특정한 관습적 형식으로 고정되었다는 자기성찰 혹은 비판은 비평적 실천을 통해 바로 그 관습을 깨뜨릴 수 있는 유효한 힘으로 작동하는 데까지 이르러야 한다.

4. 비평은 무엇을 해야 하는가——다성적 보편성을 위한 비평의 테크놀로지

그러나 근본적인 차원에서 망명자의 질문법은 비평 테크놀로지의 바른 사용법을 구획 짓는 작업을 위해 활용되어야 한다. 비평의 가능성에 대한 탐색이 긍정적 답안과 만났다 해도, 비평의 반성력을 이전과 같은 형태로 복권시킬 수는 없다. 거시적 조망권을 확보하고 시대 현실을 총체적으로 인식할 수 있는 가능성을 타진할 수 있겠지만, 그것을 당위로서 요청할 수는 없다. 그러한 요청이야말로 비평을 시대 현실로부터 가장 먼 곳으로 밀어내는 것이며 비평이 놓인 자리에 대한 성찰 없음 혹은 무관심을 드러내는 것이리라.

---

37) 필자는 비평가 허윤진과 함께 웹진 연재를 통해 새로운 비평언어를 개발하고 '서 있는 곳과 눈 둔 곳이 다른' 사람들 사이의 소통 가능성을 타진해본 바 있다. 「만능 돼지코 인문학」, 〈문학 웹진 뿔〉, 2010. 7.~2011. 1.

반성력의 회복 여부는 비평이 여전히 가능한가라는 질문에 대한 충분한 답안이 되지 않는다.

타인의 시선을 도입하는 일과 그것을 통해 비가시의 지점까지 들여다보는 일 자체가 아카데미즘/저널리즘의 경계를 넘어서는 '비평'일 수 있는 것은 다음의 이유에서다. 작품이라는 구체적 대상을 통과한 작업이라는 것, 냉철한 분석의 출발점이 감각/감정의 층위라는 것, 비평이 비전문적이거나 무차별적인 비판과 구별되는 특성이 여기에 있다.[38]

비가시의 영역까지 포착할 수 있는 시선을 확보하는 일과 마찬가지로, 구체적 텍스트를 대상으로 한 감성적 사유를 습득하고 언어화하는 일은 숙련의 과정을 거치지 않고서는 결코 획득될 수 없다. 비평에서 전문적 훈련을 통한 테크놀로지의 습득이 중요한 것은 이러한 이유에서다. 망명자의 질문법이란 타인의 시선을 내 안에 품게 하여 타인과의 정서적 공감을 가능하게 하는 테크놀로지다. 망명자의 질문법을 획득하는 일이 중요하다면, 그보다 더 강조되어야 할 것은 비평의 궁극적 지향이라고 할, 비평가 개인 안에 자리 잡은 보편 추구 지향(과 그 외화) 자체가 충분한 훈련 없이 지속적으로 추구되기 어렵다는 사실이다.

요컨대, 망명자의 질문법을 습득하는 일은 새로운 비평의 가능성에 대한 탐색인 동시에 비평 고유의 기능을 복원하는 일이다. 비평이 문학의 문학다움을 수호하는 일에 몰두하거나 기성의 해석

---

38) 인문학이 사회 현실의 이해와 실천에 필수적인 것도 이러한 맥락에서다. 이에 대해서는 마사 누스바움의 강연회에 대한 김우창의 언급을 참조할 수 있다. 김우창, 「나라 사랑과 인간 사랑」, 『경향신문』 2008년 9월 10일 자.

공동체의 틀 안에 갇히는 일 없이 날것 그대로의 구체적 사건(/텍스트)을 만나면서 감성적 사유로서의 비평이라는 본연의 기능을 회복한다면, 이질적인 해석 공동체들 사이에서 새로운 보편의 가능성이 탐색될 수 있는 문은 좀더 활짝 열릴 수 있을 것이다. 물론 그때의 보편이란 선험적으로 존재하는 것이 결코 아니며, 총체적 통합과 미결정성의 아포리아 사이 혹은 양극단의 공존으로서의 다성성에 더 가까운 것이라고 해야 한다.[39] 취미판단에 따른 감상비평, 판단과 평가를 배제한 서평, 인상비평까지도, 비평은 가장 주관적일 때에도 객관적이다. '판단과 평가'로서의 비평, 그것을 가능하게 할 기준과 준거의 마련을 위한 다양한 시도가 타자의 눈을 끌어들이는 일이라면, 그러한 노력이 발견하는 '기준과 준거들', 그로부터 생성된 갈등하고 충돌하는 서로 다른 비평들은 지금-여기에는 없는 새로운 보편성을 향한 모색의 실패이자 지반이 될 것이다.

---

39) 페터 지마, 『데리다와 예일학파』, 김혜진 옮김, 문학동네, 2001, pp. 150~51.

2. 좀비비평 혹은 비평의 유령

1. '문학의 위기'가 '비평의 위기'를 불러왔는가

　"우리는 '문학'의 가치가 줄어드는 시대에 살고 있다. 문학에 대한 사회적 관심은 나날이 감소하고 있다. 그것은 한국만의 현상이 아니다. 매체의 발달은 세계 어느 곳에서나 문자문화의 위축과 문학의 주변화로 이어졌다. 오늘날 문학은 문화의 중심에 놓여 있지 않다. 당대의 주요 작가에 대해 들어본 적조차 없다는 것은 상당한 수준의 지식인에게도 이제 더 이상 수치가 아니다. 그것은 문학에 특별한 관심과 취향을 지닌 소수 계층의 관심사일 뿐이다."[1]

　『문학과사회』에 실렸던 한 비평문의 서두이다. 문학의 미래에 대한 비관적 전망으로 시작되는 이 글이 어떤 논지를 담고 있는가와는 무관하게, 문학이 처한 현실에 대한 이러한 진술은 회피할 수

---

1) 김태환, 「문학, 비평, 이론」, 『문학과사회』 2006년 겨울호, p. 270.

없는 진실성을 담보한다. '문학의 위기'가 곧바로 '비평의 위기'를 불러온다는 진술 또한 특화된 시선에 의한 비평적 현실 포착이기보다는 객관적 상황 기술에 가깝다.

조금 더 따라가보자. "문학의 주변화는 필연적으로 비평의 위기로 이어진"다는 판단 아래, 비평문은 "문학에 흥미를 잃은 사람들이 도대체 무엇 때문에 그것에 관한 비평에 귀를 기울이겠는가?"를 질문한다. 물론 비평가가 "문학과 독자 사이의 중재자로서 문학을 더욱 매력적으로 보이게 하고 사라져버린 독자의 흥미를 되살리는 적극적 역할을 수행할 수도" 있겠지만—또는 그렇게 해야 한다고 말해야 하겠지만—, 비평이 "본질적으로 문학에 의존하는 이차적이고 파생적인 글쓰기"라는 사실까지 망각할 수는 없지 않은가[2]를 자문한다. 전적으로 타당한 질문들이다.

여기까지 따라 읽고 보면 비평문이 잠언 형식으로 끄집어낸 결론들, "비평이 그 무엇으로도 대체될 수 없는 문학의 고유한 가치를 입증한다면, 문학에게도, 비평에게도, 구원의 가능성은 남아 있는 것"(p. 283)이라는 진술의 진정성을 부인하기는 쉽지 않다. 논리보다 상위에 놓인 '믿음'이라 할지라도, 그것을 부재하는 비평의 권위와 전문성에 대한 망상적 환각으로 치부할 수는 없다. 그런데 과연 그러한가. '문학의 위기'가 '비평의 위기'를 불러왔는가.[3]

---

2) 같은 글, pp. 271~72. 이 글에서 김태환이 강조하는 것은 문학과 비평 언어가 갖는 본래적 차이다. 말하자면 그는 문학의 고유성과 비평의 일반성 사이의 접점을 마련하려는 '불가능한 기획'에서 새로운 비평의 가능성을 발견한다.

3) 오해를 줄이기 위해 덧붙이자면, 문학의 위기와 비평의 위기의 상관성에 관한 비평문의 논지에 전적으로 동의한다. 글의 일부를 인용한 취지는 현재 비평이 처한 상황이 이보다 더 열악하며, 그에 따라 다른 사유의 필요성이 요청됨을 강조하는 데 있다.

2. '문학의 위기'가 '비평의 위기'인가

비평의 암울한 미래는 문학의 파국적 운명에서 야기된 것인가. 비평의 존립 여부는 문학의 그것으로부터 결정되는 것인가. 비평에 관한 두 개의 통념에 의하면 전적으로 그렇다. 우선 비평은 '~에 대한' 사유이자 언어 기록이다. 메타적 작업이라는 점에서 비평은 태생적으로 이차적이고 파생적으로 존립할 수밖에 없다는 말이다. 비평 범주가 자체로 확정될 수도 탈역사화될 수도 없다는 말이기도 하다. 우리에게 비평이 언제나 문학비평이었던 것은 아니지만, 현재 우리는 자연스럽게 문학과 비평을 문학과 문학비평의 관계로 상상한다. 비평이라는 말속에서, 그 앞에 괄호 안에 넣어 생략한 '문학'이라는 말을 자연스럽게 떠올리게 된다. 두 개의 통념을 전제하면 비평 범주의 불확정성은 근원적이고 태생적인 것이라고 해야 한다. 비평은 태생적 속성상 범주적 불확실성을 내상처럼 품어야 하며, 이때 그 불확정성의 본원적 기원은 우리의 통념에 의하면 '~'에 해당하는 '문학'에 놓인다. 그러니 현재 비평이 피할 수 없는 난국에 직면했다면 그것은 문학이 처한 난국과 밀접한 관련성을 갖는 것임에 분명하다.

사정이 이러하다면, 문학이 처한 위기를 극복하면 비평의 위기쯤은 저절로 극복된다고 말해도 좋은가. 문학의 변두리화로 정리하고 말기에는 문학이 처한 위기가 그리 단순하지 않다는 사실을 알 만큼은 알고도 있다. 문제의 복잡성은 문학의 변두리화가 문학 범주의 불안정성에서 야기된 것이라는 데 있다고 해야 한다.[4)]

한국 사회를 변혁의 소용돌이로 밀어 넣었던 1990년 전후의 국내외적 사건들(민주화 운동의 결과가 이끈 절차적 민주주의의 실현, 동구권의 몰락이 이끈 데탕트적 무드, 전 세계적 자본화 경향 등)은 한국 사회에 탈권위적, 탈이념적, 탈적대적인 거대한 흐름을 낳았으며, 사회를 지배하던 근대적인 것에 대한 대대적인 해체 작업을 이끌었다. 문학 범주와 개념에 대한 해체와 탈구축 작업 역시 전면적으로 이루어졌는데, 문학이 그간 국가, 민족, 이념, 사회의 통일성을 유지하는 정서적 산물로서 꽤 중요한 역할을 맡아왔음이 역설적으로 입증되는 과정이기도 했다.

특히 아카데미즘 영역을 중심으로 무엇이 문학이며 어디까지가 문학인가에 대한 논의가 문학에 관한 우리의 통념을 근본적으로 뒤흔드는 지점에까지 이르렀다. 문학 범주의 재역사화로 명명할 수 있는 이러한 작업이 사조 중심의 문학사 기술이나 특정 양식 중심의 문학 범주에 대한 유연한 시야를 요청하게 되었다. 문학과 문화의 상관성이 전면적으로 재검토되기 시작한 것은 1990년대 전반에 걸쳐 이루어진 문학 범주의 재고 과정을 거치면서다.

반복하거니와 위기는 중층적이다. '~에 대한' 사유이자 기록인 비평의 속성상, ('문학')비평은 이중의 불확정성 속에 놓여 있다. '비평이 무엇이며 무엇을 할 수 있는가'라는 질문이 오리무중의 상

---

4) 문학의 변두리화 경향에 대해서는 다각도의 분석이 덧붙어야 하지만, 필자를 포함한 다수의 비평가에 의해 그간 충분히 지적되었기에 이 글에서는 생략한다. 자본의 전횡과 정치적 퇴행 그리고 둘의 시너지 효과가 야기한 '현실-지옥'의 현현에 대해 그리고 좀더 직접적으로 출판시장의 변화와 스마트폰으로 상징되는 미디어 테크놀로지와 네트워크의 혁신이 문학의 변두리화를 촉진한 사정에 대해서도 이 글에서는 부가적으로 언급하지 않는다.

황에 처하게 된 것은 문학이 우리의 통념과는 다른 범주로 상정되고 있기 때문이다. 그간 문학과 문학 아닌 것을 나누던 구분선의 타당성이 질문되었고, 문학에 부여되었던 문화적 특권도 상당 부분 해체되었다. 우리는 문학에 관한 한 이제 더 이상 모두가 동의하는 단 하나의 정의를 갖기 어려워졌고, 문학의 위상도 폭넓은 의미에서 문화와의 관련성을 논의해야 할 상황에 처했다.

물론 한편에서는 이전의 문학 개념이 성배처럼 은밀하게 숭배되기도 하고, 다른 한편에서는 인간의 표현물 전부가 문학이라는 '나쁜 다원주의'가 유포되고 있기도 하다. 그렇다고 문학 범주의 해체/재구축 경향을 포스트모던풍으로 요약되는 서구의 학술 경향 변화의 일방적 수용물로 오해할 필요는 없다. 그것은 기성의 것에 대한 무조건적인 거부의 제스처가 만들어낸 치기 어린 '새것 콤플렉스'가 아니다. 그간 매우 협소하게 문학의 형식적 혁신이라는 의미로 차용되곤 했지만, 사실상 문학적 전위에 대한 요청이야말로 문학과 문학 아닌 것의 경계에 대한 재구축에의 날카로운 요청이었다.

1990년대 전반에 걸쳐 국가, 민족, 정치, 사회 변혁을 위한 기능을 수행하면서 억눌렸던 문학의 여타 기능들이 문학 범주의 재구축과 함께 존재 의의를 주장하게 되었다. 실질적으로 기성의 문학관과 해석틀로는 의미에 대한 해명도 존재 가치에 대한 이해도 어려운 문학들이 2000년대 이후로 대거 등장하면서 문학과 비평에 대한 이해에 전면적 변화가 요청되었다. 말하자면 비평에 대한 실질적 형질변경 요청은 문학이라는 이른바 텍스트화된 현실에 대한 이해와 해석의 불능으로부터 야기된 것이다. 어떻든 '비평이 무엇

이며 또 무엇을 해야 하는가'에 대한 합의가 가능하다는 믿음 자체
가 망상인 상황에 놓이게 된 것이다.

3. 비평의 구원은 가능한가

문학과 비평의 상관성이 불러온 질문으로 돌아가보자. 비평의
위기는 문학 범주의 유동성이 야기한 부수 효과인가, 문학의 변두
리화의 필연적 결과인가. 우선 확인할 점은, 사실상 문학의 변두리
화를 부인할 수는 없다는 사실이다. 이광호의 지적처럼 "'만 부의
기적'이 한국문학작품의 목표가 된 것은 이미 오래다". 문학의 변
두리화는 심지어 일시적 현상이 아니라 문화사적 필연처럼 보이기
도 한다. 문학은 이제 문학의 생산과 재생산의 장 그리고 저널리즘
의 영역에서, 즉 제도 차원에서나 명맥을 유지하고 있다.[5] 그럼에
도 일간지 신춘문예나 문학 계간지를 포함한 각종 문학상 공모를
통해 만나는 문학에 대한 불타는 열기가, 문단을 압도하는 문학의
위기나 죽음 담론을 무색하게 만들기 충분한 것도 사실이다. 뒤통
수를 얻어맞는 듯한 새로운 문학을 매번 만날 수 있는 것은 아니지
만 의외의 보석 같은 신인을 만날 때면 문학장을 감싸고 있는 각종
비관론이 과거의 영광에 사로잡힌 문단 또는 문단 관계자들만의
과장된 비명이 아닌가 돌아보게도 된다.

청(소)년에서 노년에 이르는 다양한 주체들이 본격적인 문학 생

---

5) 이광호, 「'인디'라는 유령의 시간」, 『문학과사회』 2006년 여름호, p. 297.

산의 장에 편입되고자 분투 중이며, 시, 소설, 드라마 대본, 영화 시나리오를 쓰기 위한 창작 열망이 들끓고 있다. 그 열기가 등단 제도에만 한정된 것도 아니다. 이른바 인터넷 문학으로 분류되는 장르, 팬픽 등이 보여주는 문단 제도 바깥의 창작 열기도 우리의 상상을 쉽게 뛰어넘는다. 모두가 창작에만 매달리는 것도 아니어서, 블로그나 SNS를 기반으로 한 각종 리뷰가 넘쳐나며 창작 못지않은 열의를 발산 중이고, 창작물과 그에 대한 리뷰의 경계도 상대적으로 유연해지고 있다.

과거에 문학의 대중화가 독서대중의 확대를 의미했다면, 이제 그것은 글쓰기와 창작의 대중화를 가리키게 되었다. 대체로 '쓰기-충동'으로 수렴되는, '쓰기/표현하기'의 민주화로도 명명 가능한 이러한 상황을 두고 문학의 위기나 죽음 담론을 들먹이며 개탄하는 일은 부적절하다. 오히려 이런 현상은 비평(가)이 무엇을 해야 할 것인가에 대한 진지한 질문을 이끄는 급격한 현실 변화의 일면으로 이해되어야 한다.[6] 무엇보다 이 모든 정황들은 문학을 둘러싼 거대한 변화의 소소한 증거물에 가깝다. 기성의 문학관으로는 작금의 현상에 대한 이해가 원천적으로 불가능하다는 사실이 거대한 변화의 핵심에 놓여 있다.

그런데 기민한 독자들은 이미 감지했겠지만, 문학에 대한 들끓는 열망이 비평에 대한 관심까지 포괄하고 있지는 않다. 기이할 정도로 비평에 대한 관심은 급격하게 줄어들어 거의 찾아보기 어려

6) 김태환, 「김현 10주기 기념 문학 심포지엄을 다녀와서」, 『문학과사회』 2000년 여름호, p. 501.

울 지경이다. 문학 출판에 직접적으로 관여하는 출판사의 공모가 아니라면 신춘문예를 통해 전문 비평가가 되고자 하는 공모자의 수는 점차 줄고 있다. 독자들은 소설 말미에 붙은 '해설-비평'에 더 이상 관심을 기울이지 않는다. 출간된 비평집이 독서 목록에서 배제된 것도 어제오늘 일이 아니다. 비평 주체의 획일성은 말할 것도 없이 비평 주체의 재생산 시스템은 동종교배적 성격을 강화하는 중이다. 실질적으로 드물게 전문 비평가가 되고자 하는 이들이나 현재 활발하게 활동하는 비평가들은 대개 기성 비평가의 후배이거나 제자이며, 절대 다수가 국문학 전공자들이자 문학 관련 고등교육 과정을 거친 이들이다.[7]

전문 비평가가 되는 일은 더 이상 새로운 문학 담론의 생산 주체가 되는 일도, 문학의 쇄신에 적극적으로 개입하는 능동성을 발휘할 수 있는 일도 아니다. 개별 비평가에게는 대개 판단과 평가를 배제한 수동적 리뷰어로서의 역할만이 할당될 뿐이다. 비평가의 비평 작업이 출판시장의 호객 행위와 별다르지 않게 된 현실을 두고 절망하지 않는 비평가를 찾기는 어렵다.[8] 여기서는 낯선 상상력을 발굴할 여지도, 새로운 해석의 출현 가능성도 현저하게 희박

7) 해방 이후 한국 사회에서 활발하게 이루어진 학문의 근대화는 일정한 수준의 세분화와 전문화를 이끈 반면 학문 사이의 거리를 넓혔고 제도 안뮤의 경계를 공고히 한 바 있다. 학문의 근대화의 부수적 여파라고도 볼 수 있는 비평 영역의 독립/고립화는 사실상 비평의 죽음이 비평의 주체나 비평장 내부의 문제만은 아님을 말해주고 있기도 하다. 그러나 이러한 전후 사정을 파악한다고 해서 비평 독자가 거의 존재하지 않는 현실과 전문 비평가가 되기를 열망하는 이들이 사라지는 현실 자체에 대한 대처 방안이 마련되는 것은 아니다.

8) 비평가에 대한 의혹과 추문에 관해서는 우찬제의 「비평의 새로운 가능성과 도전」(『문학과사회』 2000년 여름호, p. 479)에서의 압축된 정리를 참조할 수 있다.

하다.

얼핏 동일한 말처럼 들리지만, 비평의 변두리화와 비평의 죽음이 담고 있는 함의의 차는 크다. 전자가 비평의 상대적 가치 절하를 의미하는 반면 후자는 비평의 무용성과 존립 불가능성을 암시한다.[9] 계간지를 존속시키기 위한 청탁이 지속적으로 이루어지고 작품이 출간되며 그에 관한 리뷰 작업이 반복되고는 있지만, 현재 비평은 제도로서 유지되고 있을 뿐 죽었으나 죽지 못하는 좀비비평으로서 연명하고 있을 뿐이다. 비평의 죽음이라는 명명이 결코 과장이 아닌 상황이다. 문화 영역에서 문학이 점차 변두리화되고 있다면, 그 가운데에서도 비평은 더 이상 설 곳이 없는 벼랑 끝에 내몰려 있다.

역설적으로 이런 사정으로부터 비평의 위기와 문학의 위기의 직접적 인과론에 대한 재고의 필요성을 확인하게 된다. 말하자면 제도화되어 자체로 운용될 수 있는 틀과 룰을 갖추고는 있지만 감흥도 영향력도 독자도 없는 비평의 존립 근거가 다시 확보될 수 있는가를 질문하는 자리에서, 문학의 위기와 비평의 위기가 얼마만큼의 상관성을 갖는가(혹은 갖지 않는가)를 따지는 일은 더 이상 유용하지 않다. 비평의 위기를 문학의 위기와는 별도의 자리에서 재고해보아야 한다. 비평이라는 말 앞에 숨겨진 꾸밈말처럼 자동적으

---

9) 가령, 소설이 근대문학의 우점종이 된 이후로 시는 변두리 장르가 되었다. 이 과정에서 시는 문학의 대표이자 시대 양식으로서의 권위를 상실했다. 그렇다고 시가 문학으로서의 가치 전부를 상실한 것은 아니다. 더구나 시 생산과 소비의 기이한 활기를 떠올려보자면 문학의 변두리화가 암담한 미래만을 예기하는 것은 아니라고 자위하게도 된다.

로 떠올렸던 '비평＝(문학)비평'이라는 인식을 낯설게 바라볼 필요
가 있는 것이다.

비평의 다른 미래의 가능성이 아직 남아 있다면, 아마도 이로부
터 조심스럽게 비평의 구원을 점쳐볼 수 있을지 모른다. 물론 그
구원 가능성은 지금까지 우리의 통념과는 달리 비평과 문학이 겹
치는 영역 내부로부터가 아니라 문학과는 겹치지 않는 영역, 태생
적으로 불확정적인 비평 범주가 내장한 미지의 영역으로부터 나와
야 할 것이다.

4. 비평은 어떻게 '(문학)비평'이 되었는가──『문학과사회』의 경우

문학과 비평 사이에 있는 부정합의 공간을 고려하는 일은 1987
년 이후 한국 사회에 도래한 정치적 민주화가 몇 겹의 매개를 거쳐
문학의 자율성과 비평의 독립성을 획득(/회복)하게 했던 사반세기
의 시간을 거스르는 일이다.

다소 거친 역진을 시작해보자. 『문학과사회』의 '창간'은 사실상
무크지 시대의 종결과 계간지 시대의 새로운 시작을 알리는 선언
이었다. 『문학과사회』는 문학과 사회의 새로운 상관성에 대한 고
찰을 염두에 두고[10] 그 거점으로 비평 영역을 설정하고 있었다. 사

---

10) 1980년 여름 창간되었던 『문학과지성』의 10년 역사와, 『문학과사회』의 창간 이전까
지 매년 간행된 무크지 『우리 세대의 문학』(또는 『우리 시대의 문학』)의 정신을 계
승하면서도, 『문학과사회』 창간호에서는 『문학과사회』가 『문학과지성』의 복간이 아
니라 다른 제호로 시작되는 '창간'임이 강조되었다. 그 창간의 취지에서 "문학을 문

실상 이러한 지향은 『문학과지성』에서 이어받은 것이었다. 1960년대 중후반부터 문학 동인을 형성하고 문학 계간지를 창간하면서 새로운 비평적 문제틀 구상에 나섰던 비평가('지식인-비평가')들은 최우선적으로 '순수-참여' 대결식의 헛된 이원론을 척결하고, 이러한 비평행위에 전제된 '지도비평' 성격을 극복함으로써('구호비평'의 배제) 구시대적 비평행위와 결별하고자 했다.[11] 문학의 자율성을 존속시킬 수 있는 원동력, 즉 문학의 자기근거 확립을 문학비평에 대한 자의식에서 찾고자 했던 『문학과지성』의 노력을 계승하면서,[12] 새로운 계간지 시대를 맞이하여 『문학과사회』는 서로 다른 이론적 지반을 가진 비평관의 충돌과 개입을 통한 문학의 자율성 회복에 문학적 지향점을 두었던 것이다.[13]

학만으로 보던 관점은 적어도 우리의 80년대에는 사라져야 하고, 문학의 자율성을 유지하면서도 우리 생활 세계와의 조망을 통해 접근되어야 한다는 데" 대한 초월적 동의, 즉 "현실과의 유기적 연관성을 중시하겠다는" 태도의 공통성이 새겨져 있음 또한 강조되었다. 김병익, 「『문학과사회』를 창간하면서」, 『문학과사회』 1988년 봄호(창간호), p. 13.

11) 백낙청, 「새로운 창작과 비평의 자세」[『창작과비평』 1966년 겨울호(창간호)]; 김현, 「한국 비평의 가능성」(『68문학』, 1968) 등 참조.

12) 김동식, 「4·19 세대 비평의 유형학——『문학과지성』의 비평을 중심으로」, 『문학과사회』 2000년 여름호, p. 455.

13) 물론 "문학은 본래적으로 사회적이다". 여기서 사회적이란 것은 문학이 "삶 전체의 형성과 변화를 이루는 여러 사회적 활동들의 하나라는 것"을 뜻한다(정과리, 「'문학'이라는 욕망」, 『문학과사회』 1988년 겨울호, p. 1521). 다시 한 번 강조하건대, 여기서 문학과 사회의 관계는 "초역사적 범주가 아니라, 역사적으로 가변적인 것"이며, 무엇보다 "자신의 현실인식에 대한 부단한 반성, 현실의 변화에 수반될 수 있는 문학과 사회의 관계 변화에 스스로를 열어놓는 능동성"(성민엽, 「전환기의 문학과 사회」, 『문학과사회』 창간호, p. 18)이다. 그러나 문학과 사회의 새로운 관계정립을 전제로 하고 있었음에도 『문학과사회』의 비평문들에서 그 '사회'가 곧바로 현실세계('현실'이나 '정치' 또는 '공동체')로 환치되지는 않았으며, 종종 '텍스트 내의 사회'

문학의 자율성을 향한 이러한 지향은, 비평에 한정해서 말하자면, 이후 등장한 1990년대 비평의 성과를 1970년대 비평과의 상관성 속에서 논의하는 방식으로 구체화되었다. 이른바 '4·19세대 비평가'의 비평관이 앞선 세대와의 (과격한 인정투쟁으로도 명명되는) 단절을 선언하는 방식으로 구축되었다면, 1970년대 비평과 1990년대 이후 비평의 역사적 계보화 작업은 '4·19세대 비평'이 구조적으로 재생산될 수 있는 시스템이 제도로서 구축되었음을 역설하는 증거가 되었다.

김우창, 김현, 김주연, 김치수의 비평이 한결같이 "문학 자체로 귀속된 자리"에 머물고 있었다거나,[14] 1990년대에 새롭게 등장한 비평가군의 비평 작업이 "비평문학도 바로 문학 텍스트에서 출발해야 한다는 원론적 입장으로, '인간의 얼굴을 한 문학으로' 돌아" 온 것임을 지적할 때, 1990년대 비평가들의 해석 전략이 "문학 텍스트 바깥에서 비평하고 재단하는 것으로부터 텍스트 안으로 들어와 작품과 작가를 분석하는 데 보다 집중적인 노력을 기울이는" 비평의식으로 자리매김될 때,[15] 이러한 비평관을 통해 서서히 축조되고 확립된 것은 문학의 자율성에 입각한 비평의 독립(비평의 자

로 환원되곤 했다. 문학의 문학다움을 포착하고 재생산하는 작업에 집중하고자 한 이러한 노력 자체의 유의미성을 인정하면서도, 의도하지 않은 현실 '사회'에 대한 소거 또는 무관심이 2000년대 후반 이후로 문학 담론에서 다시 호명된 '문학과 사회', '문학과 정치'론에 대한 적극적 개입을 어렵게 한 측면이 있음을 지적하지 않을 수 없다.

14) 정과리, 「다시 문학성을 논한다?(2)」, 『문학과사회』 1992년 봄호, p. 58.
15) 김병익, 「90년대 젊은 비평의 새로운 양상」, 『문학과사회』 1993년 겨울호, pp. 1333, 1341.

율성)이었다. '4·19세대 비평'에 의해 '문학비평'이 하나의 독자적 문학 장르가 될 가능성이 타진되었다면,[16] 1990년대 비평에 의해서는 비평의 독립 장르화의 실현 가능성이 입증되었다.

이러한 국면 전환은, 말하자면, 『문학과지성』의 창간과 함께 던져진 '비평의 위상과 존재론'에 대한 김현의 질문, "나는 이제야말로 문학비평가가 정말 해야 하는 것은 무엇인가를 명확하게 생각해야 할 시기라고 생각한다. 반체제가 상당수의 지식인들의 목표이었을 때, 문학비평이 무엇이냐는 질문은 사치스럽기 짝이 없는 질문처럼 생각되었다. 그러나 이제는? 〔……〕 문학비평은 문학비평이 문학비평으로 남을 수 있게 싸워야 한다. 그 싸움과 동시에 문학비평은 문학비평이 정말 할 수 있는 것은 무엇인가, 문학비평이란 무엇인가라는 자신에 대한 질문과도 싸워야"[17] 한다는 반성적 질문에 대한 후속 비평 세대의 응답이라 하지 않을 수 없다.

물론 비평의 애매한 위상에 대한 지적과 우려들, 가령, 비평가는 "대체로 애매한 학자, 애매한 예술가인 동시에 애매한 저널리스트의 처지"[18]에 놓여 있다는 지적은, 비평의 죽음은 말할 것도 없이 비평의 독립도 문학과의 관계 설정 속에서만 논의될 수 없으며, 그 안에서만 온전히 완수되거나 해소될 수 없는 것임을 시사한다. 비평은 아카데미즘의 영역에서 구축되던 있는 문학연구 방법론과 차별화된 영역을 마련해야 했고, 저널리즘적 글쓰기라는 오명을 벗

16) 권성우, 「4·19세대 비평의 성과와 한계」, 『문학과사회』 2000년 여름호, p. 436.
17) 김현, 「비평의 방법」, 『문학과 유토피아』(김현문학전집 4), 문학과지성사, 1992, p. 346(『문학과지성』 창간호).
18) 홍정선, 「한국 현대 비평의 위상」, 『문학과사회』 1994년 봄호, p. 47.

으려는 노력도 개진해야 했다. 비평의 존립 자체가 녹록지 않은 상황에서 비평은 '학문과 예술 사이, 아카데미즘과 저널리즘 사이'에 난 좁은 길을 통과하면서 어떤 자율적 영역을 마련해야 했던 것이다.

비평의 자율적 영역을 두고 말해보자면, 비평에 단 하나의 존재방식만 가능하다는 논리는 터무니없는 것이며 이에 따라 특정한 비평의 존재방식에 대표성을 부여하기도 어렵다. 그럼에도 분명한 것은 『문학과사회』가 요청한 미래적 비평이 점차 "비평만으로도 재미있게 읽을 수 있는 비평" 심지어 "작품 없이도 홀로 설 수 있는 비평"[19]으로 구체화되고 있었다는 사실이다. 비평의 쇄신에 대한 요청이 "비평 자체를 읽을 만한 독자적 장르로 만드는 비평, 독자적인 문제와 작품분석으로 비평 자체가 또 하나의 작품이 될 수 있는 비평"[20]의 요구로 압축되고 있었던 것이다.

이러한 지향에 대한 비판적 검토가 다양한 버전으로 가능할 것인데, 여기서 강조하고자 하는 것은 이 과정에서 비평이 근대 이후 짊어져야 했던 사법관과 교사의 직분을 벗게 되었으며[21] 비평의 시야가 문학(텍스트) 내부로 되돌려지게 되었다는 점이다. 이러한 경향의 타당성에 대한 판단을 잠시 접어두고 보면, 비평의 독립성 획득은 앞서 언급한 김현의 질문에 적확하게 되돌려진 응답인 셈이다. 말하자면 이로부터 문학이 문학의 범주 속에서 인식되고 문학비평도 문학 범주 속에서 본래의 기능에 충실할 수 있게 된 것

---

19) 같은 글, p. 56.
20) 홍정선, 「맥락의 독서와 비평」, 『문학과사회』 1996년 여름호, p. 679.
21) 정과리, 「특이한 생존. 한국 비평의 현상학」, 『문학과사회』 1994년 봄호, p. 30.

이다.

그간 특별히 주목받지 않았지만, 이러한 국면 전환이 역설하는 것은 이 과정에서 '비평이 곧 ('문학')비평'이라는 인식이 영향력 있는 담론적 무게를 획득했다는 사실이다. 이를 두고 비평의 독립이 획득되었다고 말할 수 있을 것이다. 그러나 실상 그 비평의 독립 혹은 대상(문학)의 확정이 가져다주는 (비평적) 안정성은 문학과 겹쳐지지 않는 부분에 대한 비평적 기능의 포기를 통해 얻을 수 있는 것이었다. 비평이 자율적 영역을 획득하는 과정은 곧 문학의 하위 범주로 귀속되는 과정이었다.

물론 이러한 경향 변화가 비관적이고 부정적 결과만을 야기한 것은 아니다. 비평의 독립은 실질적으로는 비평이 문학양식 층위로 축소되는 과정이었지만, 그로부터 비평적 실천 작업에 적지 않은 변화가 야기되었고 거기에 꽤 긍정적인 의미도 담기게 되었다. 비평의 독립을 통해 문학장은 더 이상 되새김질이 필요 없는 낡디 낡은 문학 논쟁들에서 자유로워지게 되었다. 문학의 하위 범주가 됨으로써 비평이 열어젖힌 새로운 세계가 문학장의 변화와 맞물려 긍정적 결과를 이끈 것은 기억해둘 만한 성취이다.

예컨대, 비평의 시야를 텍스트 내부로 한정하자는 요청은 새롭게 등장한 문화/문학 경향에 대한 열린 태도를 허용하게 했다. 이 과정에서 '구호비평 배제'로 명명되었던 비평의 '부적절한' 권위를 걷어낼 수 있었다. 2000년대 중반을 지나면서 그간 반복적으로 회귀되었던 '리얼리즘/모더니즘' 논쟁이 폐기된 것도 이런 변화와 무관하지 않다. 이질적인 문학 출현에서 야기된 비평의 형질변경 요청이 비평을 가치판단하고 평가하는 자리에서 분석하고 독해하는

자리로 물러앉게도 했다. 보편이라는 이름이 억압했던 개별자들에
대한 대대적인 복원의 움직임과 현대사회에 대한 총괄적인 전망이
불가능한 사정과 맞물리면서 비평은 새로운 문학현상에 대한 거시
적 지형도를 그리는 작업에서 다소간 자유로워졌고 문학-개별자
들에 대한 섬세한 독해에 집중할 수 있게 되었다.

　김병익의 「신세대와 새로운 삶의 양식, 그리고 문학」(『문학과
사회』 1995년 여름호)은 말할 것도 없이, 이광호의 「'90년대'는 끝
나지 않았다――'90년대 문학'을 바라보는 몇 가지 관점」(『문학과
사회』 1999년 여름호)이나 「혼종적 글쓰기 혹은 무중력 공간의 탄
생――2000년대 문학의 다른 이름들」(『문학과사회』 2005년 여름호)
등은 (부정과 극복의 형식으로 반복되는) 세대론의 논리로는 설명될
수 없는 지점을 복원하려는 노력을 보여주었다. 그런데 매우 흥미
롭게도 접두어 없는 '신세대'를 호명하는 자리에서(김병익), 환멸
과 저항의 전선에서 벗어나 있는 '무중력 공간의 글쓰기'의 의미를
읽어내는 자리에서(이광호) 역설적으로 그들은 텍스트 바깥에서
비평적 시각을 압박해오는 틀과 룰의 재구축 요청에 직면하게 된
다. 텍스트 내부로 깊이 침잠해가는 동안 비평이 텍스트화된 현실,
즉 텍스트 바깥에 대한 독해를 요청하게(/받게) 된 것이다. 비평이
문학 내부의 양식으로 몸피를 줄이고 줄이는 동안 반동처럼 비평
은 문학의 경계와 문학 바깥에 대한 관심을 불러오게 되었다고 말
해도 좋다.

5. 비평의 미래 — 문학과 비평의 부정합 영역을 찾아서

비평이 문학의 하위 장르로서의 지위에 만족하는 한, 비평은 다음과 같은 상황에 적절하게 대응할 수 없다. 비평이 좀비비평의 오명을 뒤집어쓰게 되는 것은 다음의 상황에 직면한 비평이 보여주는 머뭇거림의 제스처 때문이기도 하다. 두 가지의 대표적 사례를 거론해보자. 2008년 촛불집회 이후, 혹은 2009년 용산 참사 이후의 사회에 대해 비평은 무엇을 (말)할 수 있는가. '아직' 텍스트화되지(/하지) 못한 현실이 비평가에게 독해와 판단을 요청하고 있다. 아직 텍스트화되지 않은 현실에 대해 비평은 언제까지 침묵해야 하는가. 비평의 머뭇거림은 전혀 다른 상황에서도 반복된다. 공중파 방송에서도 포착하지 못한 과거 회귀적 '현실-열망'을 케이블 방송의 드라마(「응답하라 1997」, 2012)가 텍스트화한 바 있다. 언어화되지 않은 텍스트에 대해서도 비평은 여전히 침묵해야 하는가. 대상에 대한 비평적 개입은 현실이든 가상현실이든 혹은 탈현실이든 텍스트화 이후에야 시작될 수 있는 것인가.

사실 우리는 이러한 경계에 대한 엄밀한 구분이 별다른 의미가 없는 시대를 살고 있다. 문학과 문학 바깥 혹은 가상과 현실의 유동적 경계에 대해서도 거부감 없이 받아들일 수 있는 시뮬레이션 경험을 축적해왔다. 우리는 이미 "'문학'과 '문화'가 각각 독립된 실체가 아니"며, 그것들이 실체로서 주어져 있는 것도 아니라는 사실을 알고 있다. "문학은 이제 문화적 관계망 안에서의 문학"으로 이해되어야 한다는 사실을, 따라서 문학적 혁신에 대해서도 더 이상 문학이라는 코드 안에서 논의할 수 없음을 분명하게 알고 있는 것이다.[22] 비평이 문학의 하위 장르로서의 위상에 대한 타당성을 묻지 않는 한, 말하자면 비평의 위상이 여전히 ('문학')비평으로 정립되어 있는 한, 현재의 비평은 '아직' 혹은 '다른' 방식으로 텍스트화된 현실을 '의도와 무관하게' 소거하게 된다. 영화, 만화, 가요, 스포츠를 포함한 다양한 대중문화에 대한 『문학과사회』의 관심이 종종 고급 취향의 캠프 감수성camp sensibility에 머무르게 되는 것도 문학과의 상관성에 갇혀 있는 비평 범주의 협소함과 무관하지 않다.

『문학과사회』의 비평관의 근저를 이루고 있다고 해도 과언이 아닐 비평문인 「비평의 방법」에서, 김현은 1970년대 비평 작업의 활기의 원인을 비평이 "70년대의 비평에 문화계가 던진 질문을 회피하지 않았"음에서 찾은 바 있다. 김현의 지적에 따르면, 비평의 범주는 "비평으로서 타개해나가야 할 문제와 문학적 삶에 대한 반성"으로 규정될 수 있다. 이러한 규정은 문학 내의 문제만이 아니라, "어떻게 살아야 하느냐 하는 문제를 다 같이 폭넓게 껴안"[23]는 자리에서, 즉 문학과 삶의 관계 혹은 경계에 대한 관심 속에서 비평의 성찰로서의 기능이 온전히 수행될 수 있음을 말해준다.

비평 범주의 불확정성에서 탈피하고자 한 비평 주체들의 염원, 즉 비평이 문학비평일 수 있는 시공간에 대한 열망에도 불구하고, 지금껏 확인한 비평의 변천사(『문학과사회』의 경우)는, 문학과 문

22) 이광호, 「문학은 무엇이 될 수 있는가?—오늘의 문화상황과 문학의 논리」, 『문학과사회』 2000년 가을호, p. 1160.
23) 김현, 「비평의 방법」, 『문학과 유토피아』, 문학과지성사, 1992, p. 337.

학 아닌 것 사이의 경계를 질문하던 지점에서 그리고 문학과 사회가 안정적 생산/재생산 구조에 맞춤한 텍스트를 산출할 수 '없던' 상황에서 비평이 그 본래의 기능을 더 잘 수행할 수 있었음을 시사한다. 문학의 위기 담론을 의식하는 일과는 별도로, 제도화된 비평의 정당성을 묻는 일, 그간 획득했다고 오해한 '비평의 자율성'의 의미를 되묻는 일, 비평의 존립 근거 자체로 질문을 모으는 일, 무엇보다 문학 영역을 벗어난 비평 범주와 기능을 회복하는 일, 좀비비평의 오명을 벗을 가능성은 이러한 작업들에 있음이 역설되고 있는 것이다.

3. 지식인-비평(가)에서 작가-비평(가)로
—성찰적 비평의 가능성에 대한 일고찰

1. 성찰 없는 시대와 비평의 행방

뉴미디어 시대의 도래와 함께 글쓰기와 독서장에서 실현되고 있는 민주주의의 일면은 창작과 소통, 재생산과 유통을 둘러싼 새로운 메커니즘을 만들고 있으며, 이에 따라 문학과 그것이 생산(/수용)되는 세계 사이를 매개하면서 가늠자의 역할을 했던 비평의 존재방식에 커다란 변화가 요청되고 있다. '매개'보다는 '직접성'을 향유하고자 하는 뉴미디어 시대의 글쓰기 문화가 '매개자'로서의 비평의 역할을 한없이 축소시키는 형국이다. 문학을 포함한 비평의 입지 자체가 좁아지는 현상은 이러한 흐름과 연동해 있다. 근대비평의 종언을 선언하지 않더라도 좁아지는 비평의 입지를 통해 비평의 죽음을 떠올리는 것은 그리 어려운 일이 아니다. 비평이 그간의 존재 가치와 의미를 상실하고 좀비비평 혹은 제도로서의 비평이라는 틀만 유지하고 있다고 말하는 것도 과장된 표현만은 아니다.

물론 비평의 입지가 좁아진 사정이 뉴미디어 시대의 도래가 마련한 '쓰기-읽기' 문화나 2000년대 이후의 문학장과 출판시장의 변화 때문만은 아니다. 비평의 위기는 자본이라는 이데올로기에 포획된 우리가 성찰이 없거나 혹은 더는 불가능한 시대로 진입하고 있기(/이미 진입했기) 때문이기도 하다. 선후 관계를 엄밀하게 따지기는 어렵지만, 최근 비평의 저널리즘화 경향이 뚜렷해지고 있다. 가치판단으로서의 비평의 역할이 축소되면서 비평은 점차 서평의 성격을 띠게 되었다. 리뷰, 작가론, 작품론을 모두 서평으로 카테고리화할 수는 없지만, 촘촘한 분석과 날카로운 해석이 내재적 판단의 선을 넘지 않기에 글의 길고 짧음과 무관하게 비평이 대개 가벼운 작품 소개나 독서 감상문의 수준에 머무르게 된 것이다.

1990년대 중반 이후로 문학/비평의 위기론이 지금껏 내용 없는 소문처럼 떠돌면서 때로 소란스러운 장면들을 연출하기도 했었다. 하지만 자본이 우리의 일상을 미시적으로 지배하면서 생겨난 변화들, 이윤으로 환산되지 않는 영역들에 대한 거침없는 배척의 일환으로서 문학/비평이 점차 무용하거나 심지어 해로운 것으로 치부되어온 시간은, 그 위기론에 그저 과장된 몸짓만 있었던 것이 아님을 증거한다. 성찰을 위한 거리가 도무지 유지될 수 없는 회오리의 와중에 놓이게 된 상황과 함께, 성찰의 불가능성보다 심각하게 다루어져야 할 문제는 성찰을 가능하게 했던 기존의 '준거들'이 더 이상 유용하지 않은, 그렇다고 새로운 준거틀이 뚜렷하게 마련되지도 못한(/될 수도 없는) 상황에 우리가 놓여 있다는 사실 자체인지도 모른다. 말하자면 현재 우리는 성찰을 가능하게 하는 '명석

판명한clear and distinct' 준거틀이 존재하지 않는 상황을 살고 있다.
유일무이한 비평의 임무는 아닐지라도 비평이 포기해서는 안 되
는 역할 가운데 하나인 가치판단과 평가가 온전히 수행되지 못하
고 있는 것은 그것을 가능하게 할 준거틀의 기능 마비와 연관되어
있다.

　준거틀의 상실이 불러온 비평의 형질변경이 '환영할 만한/우려
할 만한' 상황인지, 비평의 미래를 두고 '긍정적인/부정적인' 현상
인지를 단언하기는 어려울 것이다. 그것은 비평이 무엇인가에 대
한 정의를 마련하는 일이 쉽지 않아서이기도 하지만, 비평이 수행
될 수 있는 원점으로서의 '문학'에 대한 정의가 하나의 일반론을
가지기 어렵다는 데서 연유하는 것이기도 하다. 그럼에도 분명한
것은, 비평이 대상을 음미하고 그 특징을 분별하는 인식과 구체적
현상(대상)에 대한 직접적 판별 활동 사이의 작업이며, 인식과 판
별의 협업을 통해 문학을 메타적으로 다루는 작업으로서의 비평의
위상이 유지되고 있다는 점일 것이다.[1] 이에 따라 비평에 관한 이
러한 최저선의 규정, 즉 메타적 작업으로서의 비평의 위상에 기초
해서 비평이 문학-대상에 대한 사유이며 나아가 텍스트화한 현실
즉 세계와 인간에 대한 사유라는 점을 확인하는[2] 것에서 출발해서,
성찰성을 상실해가는 비평의 현재를 재고하고 그 미래를 가늠해볼

---

1) 사사키 겡이치, 『미학사전』, 민주식 옮김, 동문선, 2002, pp. 305~06.
2) 그렇다고 이러한 확인이 비평의 성찰성, 즉 세계와 인간에 대한 미적 사유로서의 비
　평의 타당성을 선언하는 절차인 것은 아니다. 오히려 이 글은 성찰로서의 비평의 현
　실정합성을 검토하는 데 목적을 둔다.

필요가 있다.[3]

이러한 문제의식은 당연한 수순처럼 문학과 사회(현실/세계/정치)의 상관성에 대한 논의가 그간 문학에 대한 메타적 작업으로서의 비평을 규정하는 자리에서 어떤 영향을 미쳤는가라는 질문을 이끈다. 문학과 사회(/현실/세계/정치)의 상관성에 대한 논의는 비평을 포함한 한국문학을 관통하는 핵심 논제 가운데 하나다.[4] 문학이 사회를 되비추고 좀더 나은 사회를 만들기 위한 거점이 되어야 한다는 인식과 그 인식이 지향했던 것은 문학과 사회(현실/세계/정치)의 절합articulation 관계인데, 그간 문학/비평은 이러한 인식틀과 매개적 논리에 기반해서 문화 영역 전반에서 상층부의 위상을 차지해왔던 것이 사실이다. 때로 국가, 민족, 공동체, 집단 주체 단위로 문학/비평은 상상력의 최대치를 실험하는 작업을 지속해왔다. 물론 동시에 문학/비평은 제도적 차원에서 전문적 자율성의 영역을 확대해왔다. 그리고 국가 시스템이 지식인과 지식 담론, 지식 사회까지 규율하기 시작한 2000년대 이후로 문학/비평은 제도에 의해 다시 한 번 전면적인 형질변경을 요청받고 있다. 2000년대 이후로 학술장에 미친 국가기구의 영향이 자본과 결탁하여 지

3) 앤서니 기든스·울리히 벡·스콧 래쉬, 『성찰적 근대화』, 임현진·정일준 옮김, 한울, 1998, pp. 163~65. 이때의 성찰성은 인식적 차원보다는 미학적이고 윤리적인 차원으로 초점화된 개념이다. 성찰적 근대성을 논의하는 자리에서 스콧 래쉬가 강조했던 바, '개별자를 통한 근대성의 보편자에 대한 비판'에 가까운 의미를 지닌다.
4) 문학사를 잠깐만 돌아보아도 식민지기의 카프, 프로문학을 둘러싼 논쟁, 해방이나 한국전쟁 전후 시기의 문학을 둘러싼 이념적 논쟁, 시민/민중문학 논쟁, 리얼리즘/모더니즘 논쟁 등 세밀한 부분에 이르기까지 문학과 사회의 상관성을 논의했던 역사가 결코 짧지 않음을 쉽게 확인할 수 있다.

성계 전반으로 퍼져가면서, 문학연구는 철저하게 제도적 규율의
대상이 되고 비평은 거기에서 배제되었다. 제도적 규율에서 자유
로워졌다기보다 학술 제도로의 편입이 어려워진 상황으로, 이 시
기 이후로 문학에 대한 메타적 작업으로서의 비평의 자리는 좀더
협소해졌다. 외부(국가/자본)의 힘에 의해 강제된 형질변경 요청인
셈이다.[5]

이에 따라 문학/비평이 그간 유지해온 활동 영역 혹은 지위가 재
편되는 과정과 그것이 초래한 결과들을 들여다보는 자리에서부터
현재의 비평이 처한 곤혹스러움과 그 해법에 관한 논의를 이끌어
낼 필요가 있다. 가치판단으로서의 비평의 의미가 상실되는 경향
에 대한 대처 방안, 즉 성찰 없는 시대의 비평이 나아가야 할 바를
가늠해보기 위해 문학과 사회에 관한 뚜렷한 논의의 진전을 마련
했던 시기를 역사적으로 되짚어볼 필요가 있는 것이다.[6] 2000년대
초/중반의 '리얼리즘/모더니즘' 논쟁을 비롯하여 2010년을 전후로

5) 테리 이글턴·프레데릭 제임슨, 『비평의 기능』, 유희석 옮김, 제3문학사, 1991, p. 13.
물론 비평이 처한 이러한 상황은 우리만의 것도 일국 단위의 것만도 아니다. 테리 이
글턴이 '비평의 기능'을 논의하며 영국 비평이 모든 실질적인 사회적 기능을 결여하면
서 문화산업의 선전 분야의 한 부분으로 전락하거나 아니면 순전히 학계의 내적 문제
가 되어버렸음을 탄식했을 때, 출판사를 위한 비평 혹은 학문적 연구의 일환이 되고
있는 현재의 비평이 이글턴이 우려했던 그 상황과 그리 다르지 않은 것이다.
6) 구체적으로는 2000년대 전후와 1970년대 전후로 이루어진 비평의 형질변경의 장면들
을 검토하고 그것이 이후의 비평에 미친 영향 관계를 고찰함으로써 현재의 비평이 처
한 난점을 역사적으로 문맥화해볼 것이다. 비평의 형질변경의 역사적 정당성을 고려
한 채로, 그럼에도 그들이 소홀히 취급한, 아니 의식하지 못한 채 배제했던 문제들이
유령처럼 귀환하는 장면을 목도하면서 우리 시대가 요청하는 비평에 대해 재질문해
볼 것이다. '리얼리즘/모더니즘' 논의나 거슬러 올라가 이른바 '순수-참여' 논의를 극
복하려는 시도로부터, 문학과 사회(현실/세계/정치)의 관계에 대한 새로운 지침을 얻
어보고자 하는 것이다.

한 '문학과 정치'론이 말해주는바, 문학과 사회의 상관성은 비평이 나아갈 지점을 탐색하는 데에서 여전히 주요한 논점이며 앞으로도 반복적으로 재론되어야 할 비평의 주요 논제 가운데 하나임에 분명하다. 비평의 형질변경의 계기들, 그 성과와 의의, 그리고 비평이 여전히 안고 있는 한계를 검토하고 계통적/계열적 반복과 탈구의 과정을 거친 비평의 현재와 미래, 즉 성찰로서의 비평의 가능성을 가늠해보아야 하는 것은 현재의 비평이 처한 난점들이 유령처럼 귀환하는 문학과 사회를 둘러싼 질문에 대한 새로운 답안을 요청하기 때문이다.

2. '작가-비평가'와 '분석적 읽기'의 이면

2000년대 중후반을 거치면서 점차 증폭된 '가치판단하는' 비평 영역의 협소화는 문단에 나타난 돌연변이 현상도 '신세대' 비평가 군에 의한 돌연한 융기 현상도 아니다. 따지자면 그것은 1990년대, 2000년대를 지나면서 현실의 모순과 그것의 지양이자 유토피아로서의 미래라는 틀의 원심력에서 문학이 좀더 자유로워진 현상과 연관되며, 그것이 불러온 부수효과의 여러 국면들 가운데 하나다. 특히 대(對) 사회적 관심이 가시 영역 바깥으로 밀려나거나 심층으로 내면화된 소설이 급격한 상승곡선을 그리며 등장하기 시작한 2000년대 초중반, 무조건적인 옹호의 대상처럼 여겨졌던 리얼리즘을 둘러싼 봉인이 깨지고, '리얼리즘/모더니즘'으로 대표되는 대쌍 구조의 틀이 그 유효성을 상실하기 시작한 시점과 긴밀하게 연관

된다.[7]

  비평의 존재방식에 질문을 던지며 2000년대 문학의 가치를 적극
적으로 옹호하고자 한 이광호나 김형중의 비평에서 형질변경의 표
지는 매우 뚜렷하게 나타나고 있었다. 2000년대 중반의 리얼리즘/
모더니즘 논쟁에 참여했고 공교롭게도 같은 해인 2006년에 비평
집(각기 다섯번째와 두번째)을 출간한 이광호와 김형중은, 개별 비
평문은 말할 것도 없이 서문 격에 해당하는 글에서도 비평이 형질
변경되고 있는 현장에 대한 실감과 그 형질변경의 필요성을 강경
한 어조로 피력하고 있었다. 가령, 이광호는 '2000년대적인 것'의
'다른 몸'을 풍부하게 드러낸 한국문학이 문학을 명명하고 구획 짓
는 재래적인 방식을 무기력하게 만들었다고 선언했고,[8] 김형중은
언어의 투명성에 대한 불신을 토대로 현실의 반영 불가능성과 리
얼리즘의 '애초부터의 불가능성'을 단언했다.[9] 비평의 형질변경의
정당성은 기성 비평의 무능에서 확보되었다. 기존의 호명 방식을
고수하려는 경화된 문학 제도가 비평권력으로 작동했을 뿐 아니라
작품의 개별성과 복수성을 박탈했음을 지적하면서 이광호는 "문
학비평이 만약 기존의 문학 제도를 공고히 하는 데 봉사하지 않으
려면, 그것은 이데올로기적 호명을 비껴가면서 텍스트의 개체성을
읽는 방식을 모색해야 한"다고 주장하고, "주어진 호명의 외부를
사유하고 낯선 호명을 창안하는 일"로부터 비로소 비평은 새로운

---

7) 2000년대 초반에 이루어진 '리얼리즘/모더니즘'론은 실상 그 논의의 불가능성 혹은
    폐기 요청을 불러왔다는 점에서 한국문학사에서 기억해둘 만한 논쟁이다.
8) 이광호, 「책머리에」, 『이토록 사소한 정치성』, 문학과지성사, 2006, p. 5.
9) 김형중, 「서문」, 『변장한 유토피아』, 랜덤하우스코리아, 2006, pp. 6~7.

"'생성'의 작업이 될 수 있"을 것임을 강조했다.[10] 물론 새로운 문학 경향을 포착하고자 하는 이광호나 김형중의 집중력은 그들 스스로가 인식하고 있었듯 과도한 호명(이광호)이거나 막대 구부리기(김형중)의 작업 형태로 구현되었다. 그리고 그 과도함은 분명히 개별 작품에서 발원한 2000년대 이후 문학의 의미를 '리얼리즘'이나 '모더니즘'과 같은 인식론적/창작방법론적 틀과 분리하고자 하는 과장된 제스처이기도 했다.

『창작과비평』 2004년 여름호에서는, '창비' 문학 관련 편집진이 총출동하여 통칭 '문학의 위기' 담론으로 얼버무린 채 뒷전으로 밀어두었던 2000년대를 전후로 한 문학의 성과를 검토한다. 여기에 실린 기획의 변은, 어떤 면에서 그 '과도함'의 연원에 대한 이해의 실마리를 제공해준다. 임규찬과 진정석의 편집자 대담이라는 다소 낯 뜨거운 형식 자체가 증거기도 하는바, 그 대담은 '창비' 문학란의 문제점과 그것을 해결해온 '창비' 식의 방법을 확인할 수 있는 자리였다. 대담에서 진정석은 '한국 소설의 새로운 가능성을 찾는다'는 기획이 그간의 '창비' 문학란의 직무유기와 직접적으로 연관되어 있음을 반성적 비판처럼 덧붙이고 있었다. 진정석의 허심탄회한 반성, 즉 "새로운 문학적 경향이 출현했을 때 거기에 적절한 이름을 붙이고, 당대적 의미를 부여하고 그 문학사적 맥락을 점검하는 실제비평"에 약했던 점, 실제로 신세대 문학, 대중문화, 뉴미디어 체험 등 1990년대 중후반부터 문학에서 자주 거론되었던 주제들 상당수에 '창비'가 사후적으로 추인하거나 논박하는 정도

10) 이광호, 「들어가며 ─ 잘못 부른 이름에 관하여」, 『이토록 사소한 정치성』, p. 11.

이상의 개입을 하지 못했던 점을 고스란히 인정하는 그 자리에서 '창비' 문학란의 비평적 모험의 에너지가 다시 발산되기 시작할 것처럼 보이기도 했다.[11]

'당대의 문학적 환경이 과연 그런 역사적 체계화를 자연스럽게 추동할 만큼 긴장된 문학적 움직임을 담지하고 있었는가'를 반문하는 발언에서 이미 어느 정도, 2000년대 전후의 우리 문학을 두고 '뛰어난 군소작가들의 시대'로 정리하거나 '창비' 문학란의 직무유기가 반드시 '창비' 쪽에만 책임이 있는 것은 아님을 확증하고자 하는 발언에서 상당 부분, 되살아날 것 같던 비평적 활기가 허공으로 흩어지고 있었던 것은 아쉬운 대목이 아닐 수 없다.[12] 그럼에도 기획 특집으로 묶인 비평들이 개별 작가나 작품에 대한 '분석적 읽기'(『창작과비평』 2004년 여름호, 진정석, p. 22—이하 저자 이름과 쪽수만 표기)에 집중한 것에서도 확인할 수 있듯 대담과 기획 특집은 '오류나 판단착오의 위험을 감수하면서' 2000년대 전후로 변화된 한국문학의 사태 자체로 과감하게 뛰어들어야 할 시점임을 사후적으로 추인하고 있었음에 분명해 보인다. 작품 자체로 진입해 들어가고자 하는 이런 움직임은 언뜻 그리 중요하지 않은 것처럼 보이기도 하지만, 실상 주목해도 좋을, 비평의 형질변경을 이끌어낸 주요 변곡점이었다고 해야 한다.

돌이켜보건대, 배수아, 김영하, 성석제, 김연수, 천운영, 이만교, 정이현, 공선옥 등의 작품을 대상으로 한 기획 특집이 그리 큰 성

---

11) 임규찬·진정석 대담, 「왜 이 작가들인가」, 『창작과비평』 2004년 여름호, p. 21.
12) 임규찬·진정석 대담, 같은 글, pp. 21~22.

공을 거두었다고 보기는 어렵다. 몇 편의 비평을 빼고 나면 편집자 대담을 덧붙여야 했을 정도로 개별 '분석적 읽기' 시도는 뚜렷한 경향성을 보여주지도 못했다. 그럼에도 소설적 성취의 지점들을 짚어내고 '소설임을 표방하면서도 제대로 소설이 되지 못한' 부분들에 대한 해석을 둘러싼 논의를 열어준 백낙청의 배수아론(「소설가의 책상, 에쎄이스트의 책상—배수아 장편 『에세이스트의 책상』 읽기」)이나 '소문자 역사의 집적을 통한 대문자 역사에 대한 질문이 역사소설이 나아가야 할 바인가'에 대한 물음을 던져준 최원식의 김영하/홍석중론(「남과 북의 새로운 역사감각들—김영하의 『검은 꽃』과 홍석중의 『황진이』」)에서 앞선 세대 비평가에 대한 신뢰감까지 저버리게 된 것은 물론 아니다.[13] 그들이 던진 질문들이 '리얼리즘/모더니즘'을 둘러싼 새로운 논의장을 열어젖혔다는 점만으로도 그들의 비평문은 소중한 작업으로 평가받아 마땅하다.

그러나 개별 비평의 성취는 그대로 인정한 채로, 기획 특집과 관련해서 눈여겨 검토해야 할 것은, 그들의 작업이 개별 비평가의 상위에 놓인 '창비'의 이름으로 이루어지고 있던 점이다. '한국 사회의 현실을 사실적으로 그려내는' 작가로 배수아를 고평하거나(백낙청, p. 46), 지금에 와서는 '실험'이라고 하기에도 멋쩍을 실험(가령 장과 부의 비대칭/비균질성)을 거론하며 리얼리즘/모더니즘을 횡단하는 서사로 김영하의 『검은 꽃』을 평가할 때(최원식, p. 54),

---

13) 백낙청, 「소설가의 책상, 에쎄이스트의 책상」; 최원식, 「남과 북의 새로운 역사감각들」, 『창작과비평』 2004년 여름호. 이들의 비평에 대한 상세한 검토로는 김영찬, 「2000년대, 한국문학을 위한 비판적 단상」(『비평극장의 유령들』, 창비, 2006)을 참조할 수 있다.

거기에는 분명 '과도한' 분석적 읽기의 욕망이 개입해 있었다. 물론 '과도함'이 작품의 크기를 넘어서는 상찬이나 비판으로서의 잉여를 가리키는 것은 아니다. 그럼에도 그들의 작업은 '창비'의 이름으로 수행되는 비평의 지반, 그 공통된 합의틀을 다시 한 번 논의장으로 불러들였다. '리얼리즘/모더니즘' 논쟁은 비평의 준거틀과 당대적 타당성을 재고하는 계기가 되었다. 이미 알고 있는 '진리'에 대한 이해와 그 '진리'에 얼마나 근접했는가 혹은 성공적으로 구현되었는가를 가늠자로 '작품에 대한 평가'가 수행되고 있던 점에서 개별 비평으로서의 가치에도 불구하고 배수아론이나 김영하론이 사실상 기존의 '리얼리즘적 성취' 혹은 '리얼리즘적 서사'라는 평가 방식에서 그리 멀지 않음을 확인하게 해주었다.

*

이광호가 '리얼리즘/모더니즘'의 이분법을 비판하면서 폭로하고자 한 것은 거기에 작동했던 비평적 권력의 폭력성이었다. 선험적이고 도식적인 이론틀을 고수함으로써 비평적 권력이 그 틀을 빠져나가는 개체 혹은 개별 텍스트의 운동을 포착하지 못할 뿐 아니라 '봉쇄하거나 포섭'하게 된다는 점을 지적하고자 한 것이다. 당연하게도 여기서 비평적 권력의 주체는 "진보의 관점에서 문학을 견인하는 유일한 프로그램이라는 관념"에 사로잡힌 리얼리즘을 의미했다.[14] 고정된 제도의 틀이 다 포착하지 못하는 운동들에 주

14) 이광호, 「문제는 리얼리즘이 아니다」, 『이토록 사소한 정치성』, p. 56.

목하는 것이야말로 문학의 정치성을 사유하는 길이라고 그는 말했다.

비평의 형질변경 요청을 선언한 비평 작업의 의의와 성과를 온전히 평가하기 위해서는 그것이 등장한 사적 문맥과 기존의 문학장에 불러온 효과를 충분히 고려해야 한다. '구체적인 동시에 추상적인 의미를 동반하고 있는 문학에 대한 가치판단으로서의 비평이 개별 문학의 선택과 배치 문제로 전환된' 비평장의 경향성에 대한 평가 역시, 논의 지반에 대한 충분한 검토에서 시작되어야 하는 것이다. 이러한 입장에서 보자면, 이광호와 김형중의 과도한 역-질주의 에너지, 즉 비평의 형질변경에 대한 요청은 그들의 입을 빌리자면 권위적인 비판의 목소리가 되어버린 그 '창비' 식의 '보편타당성'이 놓친 문학 자체에 대한 관심의 발현이자 역방향적인 바로잡기의 시도였다. 이광호와 김형중의 비평적 '과도함'의 역사적 정당성은 그것이 등장한 역사적 문맥 위에서 확보될 수 있는 것이다.

그러나 역사적 정당성을 승인한다고 해서, 그들의 과도한 역-질주의 결과 전부를 용인해야 하는 것은 아니다. 사실상 판단과 평가 자체를 거부하지 않았음에도 그들의 문제제기가 유의미한 지반을 잃어버리고 거부의 제스처와 그 정감적 강도를 강화해온 측면이 있다.[15] 이광호가 리얼리즘을 비판하면서 "생성의 문학은 그 척도

---

15) 이미 그것을 김명인이 "세계에 대하여, 역사에 대하여, 인간 일반에 대하여 말하지 '않기로' 하고 시작했던 1990년대 이후의 한국문학이 어느샌가 그런 것들에 대하여 말하지 '못하는' 문학"이 되고 말았음을(김명인, 「단자, 상품, 그리고 권력」, 『자명한 것들과의 결별』, 창비, 2004, p. 239), 그리고 김영찬이 "90년대 문학이 이루어낸 미학적 진화의 뜻하지 않은 부대비용"으로 적시하면서 '자아를 강조하는 가운데 한국문학이 알게 모르게 조금씩 문학이 실현해야 할 보편가치와의 연결지점을 상실해

의 '다수성'과 '평균성'에 저항하면서 급진적으로 개별화된 낯선 문학성을 제기하려 한다. 그것은 제도적인 척도로 주류적인 문학성으로부터의 고립과 자폐를 의미하는 것이 아니라, 그것을 교란하고 전복하는 개체의 운동을 실현하는 문학이다. 이 생성의 문학에 관하여, 더 이상 문제는 리얼리즘이 아니"[16]라고 말할 때, 그가 강조하는 문학의 정치성은 제도적 삶과 스타일을 미학적으로 전복하는 일, 즉 스타일의 전위성과 그리 다르지 않다.

사실 그의 관심이 문학의 정치성이 아니라 '문학성과 정치성이라는 이분법의 타파'[17] 자체였음에서도 확인할 수 있는바, 2000년대 소설의 새로운 상상력을 규정하기 위해 '무중력'의 공간을 상정하면서[18] 무심결에 드러냈듯 그의 비평가로서의 위상은 주류 소설 문법이 통용되고 비평의 준거틀이 위력을 행사하는 곳, 즉 ('무중력 공간'의 저 반대편인) '중력의 공간'을 의식하는 자리에서 형성되고 있었다. 배수아의 『에세이스트의 책상』이 관습적 성차의 해소를 시도하는, 한국문학사에서 가장 급진적인 문학적 실험 가운데 하나임을 강조하면서 그 실험이 이분법 자체에 대한 해소로 향하고 있다고 평할 때의 김형중 비평의 지향[19] 또한 크게 다르지 않았다. 2000년대 소설을 두고 핍진성과 개연성이 무시된 측면을 강

왔음'을 지적한 바 있기도 하다(김영찬, 「2000년대, 한국문학을 위한 비판적 단상」, 『비평 극장의 유령들』, 창비, 2006, p. 60).

16) 이광호, 「문제는 리얼리즘이 아니다」, 같은 책, p. 67.
17) 이광호, 「이토록 사소한 정치성의 발견」, 같은 책.
18) 이광호, 「혼종적 글쓰기, 혹은 무중력 공간의 탄생」, 같은 책.
19) 김형중, 「민족문학의 결여, 리얼리즘의 결여」, 『변장한 유토피아』, p. 35.

조하고, 객관에 대한 주관의 승리로서의 망상이 이야기를 구성하는 핵심 원리가 되고 있음을 강조할 때 김형중이 그러했듯, 이광호가 2000년대 문학 공간에서 발견하고자 한 것은 '저항'과 '위반'의 전선이라는 설정이 폐기된 문학적 모험의 시간이었다.

하지만 저항과 위반의 전선 없는 문학 공간이 그가 그토록 염원하는 '새로운' 문학 공간이었는가에 대해서는 의문의 여지가 없지 않다. 무중력의 문학 공간을 말하면서 의식하지 못한 사이에 이광호가 괄호 속에 넣어 생략한 말이 리얼리즘임을 염두에 두자면, 더욱 그러하다. 사실 따지자면 리얼리즘 소설로부터의 저항과 위반이 불필요한, 리얼리즘 소설의 중력과는 무관한 그런 공간에 대한 상상, 이것이 2000년대 문학을 두고 이광호의 비평적 시선이 발견하고 강조하고자 한 것이었다. '기어라, 비평!'이라는 김형중의 충격적인 선언을 통해 새로운 문학이 뿜어내는 운동성을 포착하고 맵핑하는 일의 불가능이 고백되기에 이르렀을 때,[20] 호명 작업의 무한한 미끄러짐의 또 다른 고백이 바로 '우울한' 비평 작업의 '익명의 사랑'화(이광호)였다. 그러니 그들의 최근 비평집의 제목(이광호의 『익명의 사랑』이나 김형중의 『단 한 권의 책』)에서 그들의 비

---

20) 김병익의 비평관에 대한 불편함을 드러내는 것으로 시작된 그의 고백의 내용은 이러하다. "나는 사상가이자 철학자이고 문명사가이자 미학자이기도 한 르네상스적 지식인이 전혀 아닌, 심지어 '인간의 내면적 가치' 자체를 믿지 못하는 초라하고 유약한 문학비평가, 미래에 대해 어떤 낙관적 전망도 가지고 있지 못한 비관적이고 우울한 문학비평가, 소설의 앞날을 미리 보여주고 나아갈 바를 지시해줄 엄두조차 내지 못하는 무기력한 문학비평가가 되었다. 나는 나를 그런 상태로 발견했다." 김형중, 「기어라, 비평!—2000년대 소설 담론에 대한 단상들」, 『단 한 권의 책』, 문학과지성사, 2008, p. 37.

평적 지향점, 비평을 글쓰기로 해소하거나 문학과 결합시키고자
하는 (모리스 블랑쇼와 같은) '작가-비평가'의 비평관을 상기하게
되는 것은 우연의 소산이나 '과도한' 독해가 아니다.

3. 집합적 정체성 정치와 '사회적인 것'의 재소환

  황종연이 1990년대 문학을 규정하는 핵심어 가운데 하나로 '진
정성'을 거론했을 때, 그것은 단지 문학에 대한 혹은 문학이 대면
해야 하는 사회(/현실)에 대한 '태도'만을 의미하지 않았다. 황종연
이 강조하고자 한 것은 '진정성의 이상'이었다.[21] 그는 1999년 『문
학동네』 겨울호 기획특집 「90년대 한국문학이란 무엇인가」에서 장
정일과 최인석을 거론하면서 '비루한 것'의 등장을 거명한 바 있다
(「비루한 것의 카니발—90년대 소설의 한 단면」). 크리스테바가 이
론화한 용어 'the abject'를 원용한 '비루한 것'은 이후 한국문학에
서 광범위한 영역을 차지한 '타자'를 호명하는 첫번째 용어가 되
었다. 이때 황종연이 '비루한 것'인 범죄자, 일탈자, 패덕자를 통

---

21) 윤리든 도덕이든 진정성은 부재이자 열망의 파토스 자체인 셈이다. 진정성은 실정
   적으로 정의된 어떤 행위나 상태를 표시하지 않으며, 진정성이 부재한다는 인식 속
   에, 진정성을 추구하는 행동 속에 존재하는 것이며, 단지 제스처가 아니라 "어떤 내
   용의, 어떤 품질의 삶이든지 간에 개인 자신에게 진실한 삶을 살려는 파토스"인 것
   이다. 사회의 불합리한 원칙을 거부하고 자신의 자아, 감정, 신념에 따라 자기 창조
   적 자유를 실현하는 것, 그것이 진정성을 추구하는 것이며 따라서 진정성을 추구하
   는 자아는 불가피하게 공동체의 윤리적 질서와 갈등을 빚을 수밖에 없는 것이다. 황
   종연, 「비루한 것의 카니발—90년대 소설의 한 단면」, 『문학동네』 1999년 겨울호,
   p. 464.

해 강조하고자 한 것은 개별자의 성찰적 인식에 기반한 위반/전복의 상상력이었다. 그것이 공동체의 윤리보다 건전할 수 있는 개별자의 도덕에 대한 강조였음은 주지의 사실이다. 말하자면 황종연은 진정성 범주를 거점으로 미래에 대한 어떤 유토피아적 상상도더 이상 불가능한 시대임을, 그렇기에 '인간 사회의 윤리적 통합'에 대한 어떤 믿음도 공허한 환상이거나 억압일 뿐임을 선언하는한편, 디스토피아 시대의 존재방식을 말하고 세계와 맞서는 개별자 자신의 내적 윤리(황종연은 그것을 윤리와 구분해서 도덕이라 지칭한다)의 진정성에 보다 신뢰할 만한 가치가 있음을 선언했던 것이다.[22]

관습적 규범의 유용성이 상실되고 세계에 대한 '전체적' 인식이불가능해진 상황, 그에 따라 더 이상 재현론의 맥락에서 글쓰기를논의하기 어려워진 사정에 대한 냉철한 인식이 "역사적, 경험적사실에 충실을 기하고 그것을 통일적으로 서술함으로써 진실에 이른다는 리얼리즘의 원칙"을 "철학적으로 오류일 뿐만 아니라 실제에서도 수상쩍은 전략"[23]으로 판정하게 했는데, 그가 관습적 독해법을 거부하고 개별 텍스트를 통해 세계와 대결하는 개별자의 도덕적 감각에 주목한 것은 이러한 맥락에서였다. 이광호와 김형중의 비평 그리고 '창비'의 기획에 앞서 '분석적 읽기'의 중요성을 강조하면서 비평의 형질변경을 전면적으로 요청한 기원적 작업으로

22) 김홍중은, 2000년대 이후의 현실을 두고 스노비즘의 내부에 균열을 내고, 스노비즘의 비속물적 실재를 드러내도록 유도하는 것이 비판의 '윤리적' 기획일 수 있음을 지적했다. 김홍중, 『마음의 사회학』, 문학동네, 2009, 3장 참조.

23) 황종연, 「개인주의의 귀환」, 『비루한 것의 카니발』, 문학동네, 2001, p. 199.

서의 황종연의 비평에 주목해야 하는 것은 이런 까닭에서다.

김형중의 비평을 2000년대적 비평으로 명명할 수 있다면, 그것은 개별 텍스트에 대한 분석/해석과 함께 그의 작업이 비평 개념의 교란과 재전유를 실천하면서 2000년대 문학의 신경향을 비평적 글쓰기로 되비추고 있기 때문이다. 가령, 진정성은 리얼리즘과 더불어 김형중에 의해 파열된 비평 개념의 대표 사례이다. '체험이 매개 없이 불가능해지고, 초자아와 자아가 결코 행복한 일치를 이루지 못하며, 사회가 비대해지는 반면 주체는 왜소해져서 망상이 아니고서는 현실에 대한 표상을 그려낼 수 없게 된 때에 작가들에게 여전히 진솔한 체험과 역사의식과 비판의식 같은 잣대를 들이밀며 그것만이 진정성이라고 강변하는 방식'이 과연 정당한가라는 질문과 함께, 그는 '진정성'을 하나의 '태도'로 무장해제한 바 있다.[24] 그러나 엄밀하게 말하자면 김형중이 재전유한 진정성의 범주는 기실 황종연의 그것과 그리 다르지 않다. 개념적 재전유임에도 '개별자'에 방점을 두고자 하는 논의라는 점에서 '작가-비평가' 비평으로 내달리는 김형중의 작업은 '문학비평가에게 충성을 요구하는 것이 어떤 철학적 체계나 정치적 대의라기보다 과거 및 현재의 문학작품이 산출한 새로운 지각과 인식'[25]이라는 황종연의 단단한 비평관의 상호텍스트적 변주이자 세속화된 버전에 가깝다고 해야 한다.

이러한 사정을 고려해보자면, 개별 텍스트와 '분석적 읽기'의 중

---

24) 김형중, 「진정할 수 없는 시대, 소설의 진정성」, 『변장한 유토피아』, pp. 62~65, p. 76.
25) 황종연, 「책머리에」, 같은 책, p. 5.

요성을 여전히 강조하면서도 황종연의 비평이 이후 공동체 혹은
'사회적인 것'과 다시 결부된 사정은 그의 비평적 영역의 유의미
한 확장이라 할 만하다.[26] 황종연은 『문학동네』 2004년 겨울호에
서 민주화 이후의 정치와 문학을 말하면서 "현대사회의 타당한 통
합 원리는 민주주의뿐"(p. 387)이라고 선언한 바 있다. 그 선언은
1987년 민주화 이후 한국 사회가 심각한 내적 분열을 겪고 있다는
판단에서 비롯되었다. 이러한 전제-판단으로부터 그는 계급, 성,

26) 그런데 이런 비평적 관점의 확장이 기존의 비평관과 충돌을 빚고 있는 것도 사실이
다. 가령, 진정성 논의가 그러하다. 자신을 되비추어볼 수 있는 성찰적 주체인 한에
서 근대적 주체란 공동체의 윤리에 맞서 자신의 세계를 구획하는 주체일 수 있을 것
인데, 이런 맥락에서 진정성에 대한 황종연의 논의는 모더니티의 기본 특징인 근대
적 개인에 대한 최소한의 정의, 즉 종교개혁과 르네상스를 겪은 서구 사회가 개인
을 발견한 과정에 대한 설명과 거의 같아진다. 황종연은 근대적 자아를 설명하는 개
념을 원용해서 1990년대 한국문학에 나타난 특정 인물이나 성격 유형을 특화하고자
했다. 이 원용의 과정이 그리 매끄럽다고 할 수는 없는데, 진정성 논의에 탈-민족주
의 담론과 관련한 최근 논쟁을 겹쳐놓고 보면 원용 과정에 내장된 균열이 뚜렷해진
다. 근대에 일어난 번역, 번안, 전유의 행위들을 고찰하고자 할 때, 민족문학에 관한
연구를 위해 그것을 구성한 세계문학적 개념, 범주, 장르 등이 한국에서 번역되고
정착된 순간에 주목하고자 할 때(황종연, 「문제는 역시 근대다—김흥규의 비판에
답하여」, 『문학동네』 2011년 봄호, pp. 442~43), 한국에 노블이 유입되고 정착된
경위에 주목하는 것이 세계문학이 한국문학에 일으킨 파장을 관찰하는 것이고, 세
계문학 질서 속에 한국문학이 편입된 순간을 포착하는 것이라고 할 때(p. 446), 이
런 구도 속에서 과연 민족문학은 해체되어야 마땅한 것인가가 궁금해지고, 무엇보
다 1990년대 이후 문학에 등장한 '비루한 것'에 대한 새로운 명명이 어떻게 정당성
을 확보할 수 있는지 의아해지는 것이 사실이다. 덧붙여 그가 사용하는 근대의 개념
이 지나치게 폭넓은 범주라는 문제도 지적해둔다. "정말 중요한 문제는 민족이 어떻
게 근대를 겪었는가가 아니라 근대가 어떻게 민족을 만들었는가"이고, "한국이 어떻
게 지금의 한국이 되었는가를 알기 위해 우리는 민족보다 근대에 대해 더욱 많이 생
각해야" 하며, 따라서 "문제는 역시 근대"(p. 452)라고 마무리하는 자리나, 민족담론
에 대한 좀더 철저한 해체가 "민족주의를 넘어서 정치와 윤리를 생각해야 하는 시대
의 요구"(p. 436)임을 강조하는 자리에서 확인할 수 있는바, 그가 활용한 '근대'라는
용어 속에는 시대구분에서 시대정신까지 지나치게 포괄적인 함의가 담기게 된다.

지역, 세대, 직업 등을 기반으로 하는 크고 작은 집합체들로 들끓는 한국 사회에 걸맞은 변화를 요청했다. "시민사회의 다원화 추세에 걸맞은 이념, 법률, 제도, 도덕"의 개발, "다원적 민주주의의 모색"(p. 388), 즉 "더욱 철저한 민주화"(p. 387)를 사회 혼란의 타개책으로 제시한 것이다. 민주화 이후의 문학에 요청되는 윤리적 과제를 논의하는 황종연의 문제제기는 김영찬의 말마따나 "그동안 많은 한국문학이 자발적으로 망각하고 있었던 보편가치에 대한 문학의 관계 맺음을 근원에서 다시 사고할 수 있는 가능성을 열어놓고 있"[27]기에 충분히 생산적이었다. 한국문학이 민주주의 학습의 대표 매체였으며, 특히 공백의 기표로서의 민중을 활성화함으로써 한국 사회의 민주적 통합 가능성을 타진한 민중-민족주의 기획의 의의와 시효 만료의 지점을 균형감 있게 지적하면서 이전과는 다른 의미에서의 비평의 전면적 형질변경을 예기했다는 점에서 더욱 그러하다.

민족주의가 철저한 민주화의 걸림돌로 작용할 수 있음을 해부하면서, 황종연은 라클라우Ernesto Laclau와 무페Chantal Mouffe의 급진적 민주주의론을 들어 다원주의적 불확정 시대에 처한 개인의 개인성을 획득할 자유로써 민주주의의 미래를 이야기하고자 했다. 이것이 아니더라도 "문학이 다수의 사람들에게 여전히 의미 있는 언어예술로 존속하려면 동시대 사람들의 자아를 둘러싼 경험을 구

---

27) 김영찬, 「2000년대, 한국문학을 위한 비판적 단상」, 『비평극장의 유령들』, p. 62. 그런데 이러한 판단이 "2000년대 한국문학은 아직 개인의 상상을 보편적 '전체'에 대한 상상과 결합할 수 있는 능력을 크게 결여하고 있다"(p. 77)는 평가로 이어지면서 서둘러 '전체'를 재호명하게 된다.

체적으로 이해하고, 자아정체성의 다중적이고 유동적인 연관들을 헤아리고, 집합적 정체성들이 교차하는 자리에서 새로운 윤리와 정치의 가능성을 발견하는 일에 좀더 많은 관심을 기울여야 한"[28]다는 방향 전환적 선언의 정당성이 훼손되어서는 안 될 것이다.

그러나 그럼에도 황종연의 비평은 정체성들의 복합체로 구현된 민주사회의 불확실성에 대한 활용과 보존이 어떻게 가능한가에 대한 뚜렷한 상을 제시하지 않으면서 민주화 이후의 현실 정치 자체를 문학장에 곧바로 대입시킴으로써, 문학장에 문학과 사회에 관한 해묵은 논의와 문학에 대한 사회의 기성 권위를 재소환한다.[29] 더욱 철저한 민주화가 다원주의와 개인의 자유주의 실현으로 이루어질 수 있는 것인가에 대해 다시 묻지 않을 수 없게 되는 것은 이러한 사정 때문이다. '정체성들의 충돌과 연대의 회로에 따라 확보되는 자기 인식적이고 해석적인' 개인이 과연 자유로운 개인일 수 있는가. 이는 근대 이후의 세계에 대한 평가와도 연관된 매우 중요하고 면밀한 검토가 필요한 질문이다. 탈마법화에 의해 개인이 등장하고 자유주의가 전면적으로 확보된다 해도 사회 내의 위계 전부가 사라지지는 않는다. 개인적인 것만으로 채워진 다원화된 사회가 비-개인적이거나 탈-개인적인 것들에 대한 해답을 자동적으로 만들어내지는 않는다. 집합적 정체성들 사이의 쟁투로 정체성

---

28) 황종연, 「민주화 이후의 정치와 문학—고은 『만인보』의 민중-민족주의 비판」, 『문학동네』 2004년 겨울호, pp. 409~10.

29) 그것은 아마도 인간 사회의 윤리적 통합 불가능성에 대한 확신(진정성론)이, 민중의 '표상/대표'가 아니라 집합적 정체성들 간의 헤게모니 쟁투에 의해 획득되는 통합논리와 그에 따라 유지/발전되는 다원화된 사회의 진보성에 대한 깊은 신뢰로, 내용상의 교체가 이루어지고 있었기 때문인지도 모른다.

들 내부의 위계 문제는 돌아보지 못하게 될 수도 있다.

따라서 이러한 질문들에 대한 좀더 섬세한 천착이 요청된다. 근본적인 문제는 현실 정치의 직접 대입이 문학에 대표성(/재현) 논의를 다시 끌어들이게 되고, 문학을 공동체나 보편타당성의 논리와 직접 결부시키게 된다는 점에서 비롯된다. 이러한 문제들이 '사회적인 것에 대한 문학의 존재 의의/임무'를 다시 묻는 쪽으로 비평의 논의틀을 이동시키게 되는 것이다. 그리고 여기서 백낙청이 1966년『창작과비평』창간호에서부터 강조했던바, "인간의 자유와 문학적 가치의 불가분성"[30]과 "작가가 자기의 문학적 재능을 살리는 것이 자기 사는 사회를 즐겁게 하는 것이요, 개인감정을 노래하는 것이 바로 사회를 반영하는 것이며 사회를 반영하는 것만으로 보다 나은 장래를 이룩하는 일을 돕는 결과"(p. 328)가 된다고 하는, 유토피아의 도래에 대한 비평가적 신뢰가 우여곡절 끝에 황종연의 비평에서도 변형된 형태로 유지되고 있음을 확인하게 된다. 이미 앞서 하나의 갈래가 '작가-비평가' 비평의 길임을 확인했다. 그렇다면 나머지 갈래에 대해 우리는 무엇을 말할 수 있는가, 아니 말해야 하는가.

---

30) 백낙청,「새로운 창작과 비평의 자세」,『창작과비평』1966년 겨울호(창간호)(『민족문학과 세계문학 I』, 창작과비평사, 1978, p. 323).

4. '지식인-비평가'와 문학의 소명 재고

식민지 시기 이래로 '순수-참여'라는 카테고리[31] 아래에서 반복된 문학 논쟁 가운데 하나가 바로 문학과 사회(/현실/정치)의 상관성이었음은 앞서 언급한 바 있다. 흥미롭게도 해방 이후 수립된 고등교육 시스템을 기반으로 새롭게 등장한 청년들이 문학 동인을 형성하고 잡지 매체를 거점으로 문학과 비평의 범주를 설정하고자 할 때 가장 먼저 청산하고자 한 것은 바로 '순수-참여' 대결 구도였다.[32] 문학이 이념 투쟁에 휘말리는 일에서 거리를 유지하고, 이

---

31) 해방 이후 김동리와 김동석을 중심으로 시작된 '순수-참여' 논쟁은 이 '순수-참여' 논쟁이 1963~64년에 걸쳐 김우종, 김병걸, 이형기 등에 의해 재론되었는데, 이후 문학과 현실(/사회/정치/참여)의 문제가 문인과 지식인의 관계, 세대교체론, 전위 그리고 문학의 자율성에 대한 논의로까지 확대되었다. 그 계기는 세계문화자유회의 한국 본부 주최로 1967년 10월 12일에 열린 원탁토론이었고, 사르트르와 카뮈를 들어 작가의 정치 참여를 비판한 김붕구의 「作家와 社會」의 여파는 김수영과 이어령 사이에서 벌어졌던 불온시 논쟁으로까지 이어졌다(김우종, 「破産의 純粹文學」, 『동아일보』 1963년 8월 7일; 김병걸, 「순수에의 訣別」, 『현대문학』 1963년 10월호; 김우종, 「流謫地의 人間과 그 文學」, 『현대문학』 1963년 11월호; 김진만, 「보다 실속있는 批評을 위하여」, 『사상계』 1963년 12월호; 이형기, 「文學의 機能에 대한 反省」, 『현대문학』 1964년 2월호; 김우종, 「저 땅 위에 道標를 세우라」, 『현대문학』, 1964년 5월호 등). 김영민, 『한국 현대문학 비평사』(소명, 2000)의 6장 참조. '문학과 현실'의 상관성을 둘러싼 이 논의들은 한국 비평을 '논쟁사'의 관점으로 이해하는 방식에 의해 부각된 측면이 있는데, '문학논쟁'이라는 제한적 시각에서 언급되고 재론되면서 대립 구도가 좀더 강고해졌다고도 할 수 있다.

32) 김현은 한국 비평의 가능성을 논하는 자리에서 '1930년대부터 논의되었던 참여 문제가 당대까지도 거의 아무런 논리적 전개를 형성하지 못하고 있음'을 지적하고 '사고의 악순환을 저지하는' 작업의 우선적 필요성을 강조했다. 김현, 「한국 비평의 가능성」, 『현대 한국문학의 이론/사회와 윤리』(김현문학전집 2), 문학과지성사, 1991, p. 106.

른바 '탈식민-국가 만들기' 기획[33] 아래 문학과 현실, 작가 의식과 정치 상황, 창작 활동과 좀더 나은 미래 구상 사이에서 매개적이면서도 유기적인 상관성을 어떻게 마련할 수 있는가를 고민하면서 1966년 『창작과비평』이, 『산문시대』『사계』『68문학』을 거쳐 1970년에 『문학과지성』이 창간되었다. 역사/지리적으로 특수한 위치에 놓여 있던 한국 '문학'을 근대-보편적 궤도 위에서 이해하는 관점도 자리를 잡았다. 청년 문인들은 문학과 비평에 관한 새로운 구상에 나섰고,[34] 비평의 토대와 지향 그리고 결과물에 대한 반성에 기초한 비평의 입지가 구축되어갔다.

이 근본적인 문제의 천착을 가장 방해하고 있는 것이 구호 비평이다. 〔……〕이 비평은 그 두 가지 비평의 극단화에서 야기된다. 사회학적 방향의 극으로 움직이면 그것에서 우리는 마르크스주의로 무장된 프롤레타리아 봉기 고취의 문학 비평과 부딪치며 미학적 방향의 극으로 움직이면 이해할 수 없을 만큼 난해한 모더니즘의 와중

33) 한국전쟁은 이데올로기적 지형과 인적 구성에서 '탈식민-국가 만들기' 기획의 지반을 특수한 형국으로 만들어놓은 측면이 있다. 따라서 해방과 함께 떠오른 '탈식민-국가 만들기' 기획이 실질적으로 새로운 국면을 맞이하고 실행력을 갖게 된 것은 한국전쟁 이후 특히 학생-지식인을 주축으로 정권이 바뀐 사건, 역사적 계기로서의 4·19를 거치면서부터라고 해야 한다.

34) 식민지라는 현실은 '정치운동은 그 방면 사람에게 맡기고 우리는 문학을 하겠다'는 한 문인(김동인)의 도발적 선언을 개체와 공동체에 대한 고민의 결과로 이해하게 하는 알리바이일 수 있었다. 그러나 이데올로기적 대결 국면과 전쟁을 거치고 '탈식민-국가 만들기' 기획이 본격화되는 1950년대 중후반 이후로 개체와 공동체의 관계에 대한 논의는 이전과는 다른 지층에 놓이게 되었다. 문학과 비평의 위상 역시 전통과 탈전통의 계보가 구축되는 가운데 마련되고 있던 '만들어야 할 우리'(개인, 사회, 국가)와의 상관성 속에서 논의되어야 했다.

에 빠져버린다. 한편에서는 도식적인 살인·방화가 고취되고 한편에
서는 작위적인 기괴함, 무기력한 단어 나열이 신성시된다. 그 어느
것도 우리나라와 같은 곳에서는 바람직한 것이 아니다. 그것들은 사
태를 더욱 악화시킬 따름이다.[35]

가령, 「새로운 창작과 비평의 자세」에서 백낙청에 의해 순수주
의란 우리의 현실과도 조응하지 않으며 역사적으로 규정된 이데올
로기일 뿐임이 지적되었다.[36] 「한국 비평의 가능성」에서 김현에 의
해 '내용-형식' '순수-참여'의 대결 구도가 헛된 이원론일 뿐이며[37]
문학비평의 진정한 임무가 '작품을 통하되 작품을 배태한 사회와
의 관계를 검토하고 나아가 그 사회를 벗어날 수 있는 지점을 포착
하는' 것에 있음이 논의되었다.[38] 방식은 달랐으나 두 비평의 극단
화를 조장하는 것은 권위만을 행사하는 '지도비평'일 뿐으로 비판
받았다. 냉전과 분단 문제를 안고 있는 이데올로기 편향적 사회에
서 문학과 사회(/현실/정치)에 관한 질문은 '순수와 참여' 식의 극
단적 논쟁을 어떻게 극복할 수 있는가로 모아졌다. 이것이 새로운
비평적 문제틀을 형성하기 위해 그들이 해결해야 할 첫번째 논제
였다.

1970년 3월 14일에 있었던 한 좌담(「4·19와 한국문학」, 『사상

---

35) 김현, 같은 글, 『현대 한국문학의 이론/사회와 윤리』, pp. 108~09.
36) 백낙청, 같은 글, 『민족문학과 세계문학 I』, p. 319.
37) 김현, 같은 글, 『현대 한국문학의 이론/사회와 윤리』, pp. 108~09.
38) 김현, 「비평 방법의 반성」, 『문학사상』 1972년 8월호(『현대 한국문학의 이론/사회와
윤리』, p. 187).

계』)에서 김현은, 한국문학이 담당해야 할 가장 중요한 과제로 '우리 사회의 가치기준의 확립'[39]을 거론하고 한국적 자본주의의 성격 규명이나 식민사관 극복을 통한 민족적 주체성을 논의했다. 4·19 정신의 의미를 되새긴 이 좌담에서, 역사(적 사건)와 문학(적 실천)의 상관성 혹은 관계 설정이 어떻게 가능할 것인가에 대한 실질적이고 본격적인 사유가 시작되었다고 할 수 있다. "진정한 리얼리즘을 논할 수 있는 것은 대한민국 수립 이후일 따름"[40]이라거나 "자유의 문학적 명칭이 바로 리얼리즘"(p. 299)이라는 식의 아포리즘에 가까운 좌담에서의 선언은 민족 구성과 국가 만들기를 위한 문학과 비평의 역할을 역설적으로 유추할 수 있게 해준다. '문학적 자유=리얼리즘'이라는 등식 아래에는 문학의 근대화와 그것이 이끌 '개인-사회-국가'의 근대화의 상관성에 대한 신념이 전제되어 있었다. 이러한 신념에 입각할 때에야 비로소 과거의 문학과 단절하고 언어를 조탁하며 감수성을 계발하여 독자의 취향을 고양시키는 것이 더 나은 사회를 선취하기 위한 직접적 정치일 수 있으며, '개인-사회-국가'의 미래상을 선취하기 위해 현재의 비합리적이고 비이성적인 이른바 전근대적 속성들과 대결하는 것으로서의 문학과 비평의 위상이 마련될 수 있었던 것이다.

　비평가가 비평가이기에 앞서 시대를 대표하는 지식인이 되어야 한다는 논리는 이러한 과정에서 타당성을 확보할 수 있었다. 1960년대 문학의 의미를 검토하는 자리에서, 잡지 『창작과비평』이 열

---

39) 구중서·김윤식·김현·임중빈 좌담, 「4·19와 韓國文學」, 『사상계』 1970년 4월호.
40) 김윤식, 「리포트──4·19와 韓國文學」, 『사상계』 1970년 4월호, p. 296.

어놓은 새로운 지평이 '지식인의 임무'에 관한 것이었다는 김윤식
의 지적은[41] 1960년대에 팽배하던 지식인론의 영향력이나 '탈식
민-탈봉건' 기획에 근거한 비평에의 시대적 요청과 관련해서 주목
해야 할 대목이 아닐 수 없다. '지식인'의 범주가 비로소 그 윤곽을
마련해가던 1960년대, 당시 지식인들은 학문과 사상의 자유를 억
압당하는 동시에 근대화의 이름으로 광범위하게 체재 내로 동원되
어야 했다. 4·19 이후로 문학과 현실(참여)에 관한 논의가 이전과
는 다른 구도를 마련하게 된 것은 권력과 지식(인)의 관계에 이러
한 중층 구조가 형성되었기 때문이다.[42]

　바로 이런 역사적 문맥과 더불어 미래 구상과 (국민) 감정교육의
주체로서, 비평가는 '지식인-비평가'의 역할을 떠맡아야 했다. 개
별 비평가들은 문학/비평관과 역사의식에서 이질적인 지향을 보여
주었지만, 1960년대를 마감하는 자리에서 그들에게 문학은 새로운
미래 구상에서 필수불가결의 요소로, 비평은 그러한 움직임을 독
려해야 할 역사적 요청으로 인식되고 있었다. 당대 문학을 수용할
준비가 되어 있지 않은 동시대인들을 이끌고 미래로 나아가야 하

---

41) 김윤식, 「60년대 문학의 특질」, 『운명과 형식』, 솔, 1992, pp. 168~69.
42) 홍석률, 「1960년대 지성계의 동향」, 한국정신문화연구원 편, 『1960년대 사회변화
　　연구』, 백산서당, 1999, pp. 195~216: 임대식, 「1960년대 초반 지식인들의 현실인
　　식」, 『역사비평』 2003년 겨울호; 홍석률, 「1960년대 한국 민족주의의 분화」, 노영기
　　외, 『1960년대 한국의 근대화와 지식인』, 선인, 2004; 정용욱, 「5·16쿠데타 이후 지
　　식인의 분화와 재편」, 『1960년대 한국의 근대화와 지식인』 참조. 엄밀하게 말하면
　　창작과 비평의 장에서 지식인의 몫을 강조한 논의는 전문적·기능적 지식인과 총체
　　적·현실비판적 지식인 문화의 분화를 촉진했던 1960년대 근대화론 위에서 움직이
　　고 있었다.

는 일, 이것이 모더니티의 본질적 속성 가운데 하나라면,[43] "참된 근대화의 기수"[44]로서 그리고 '작가이자 지식인'으로서 비평가는 "예술적 전위정신과 더불어 역사적, 사회적 소명의식, 그리고 너그러운 계몽적 정열을 갖추"(p. 342)고 그 미래를 선취해야 할 존재가 되어야 했다. 비평가는 모름지기 '잠재 독자에 대한 창작자의 관심에 전폭적 지지를 보내는 동시에 잠재 독자를 향한 창작의 결과를 가늠할 수 있는 감식안과 현실감각을 갖춘 존재'가 되어야 했다. "후진국에서는 문학 한다는 것과 문학을 위한 준비활동을 한다는 것을 겸하는 형태"(p. 344)가 모색되어야 했기 때문이다.

1970년대 전후의 문학과 비평은 사회 전체를 돌아보고 미래를 구상하는 성찰성을 마련해갔지만, 동시에 그 성찰의 준거는 국민국가 수립을 위한 요청들에 근접한 것이기도 했다. 때로 그것에 복무하고 또 저항하는 이질적 방식이 선택되었으나 사회 통합과 진보에의 믿음에서 흔들림 없는 지반을 만들고 또 공유해간 시간이었다. 황종연에 의한 '민주화 이후의 정치와 문학'에 대한 논의는 '지식인-비평가'가 그간 공유했던 논의 지반에 대한 비판과 다름없으며, '성찰의 준거가 다원화된' 시대의 비평에 대한 형질변경의 요청이었음에 분명하다. 그러나 엄밀하게 말해 그 논의가 '지식인-비평가'가 공유하는 지반의 근저에 대한 탐색으로까지 나아가지는 못했다. 랑시에르를 빌려 말하자면, 문학과 정치에 대한 새로운 구상이나 기존의 정치에 대한 격렬한 거부와 연관된 심미적 정

---

43) 앙투안 콩파뇽, 『모더니티의 다섯 개 역설』, 이재룡 옮김, 현대문학, 2008, pp. 31~34.
44) 백낙청, 같은 글, 『민족문학과 세계문학 I』, p. 353.

치성에 대한 지향이 그러한 탈정치 혹은 정치를 가능하게 한 권력 자체를 중지시키는 데에까지 이르지 못했던 것이다.[45] 그렇기에 공유할 수 있는 성찰의 준거가 없고 따라서 해석과 평가의 틀을 수립할 수 없는 시대를 맞이하여 "창작과 비평의 완고한 경계를 너무 가볍게 여"[46]기며 개별 텍스트 안으로 깊이 침잠하는 비평이 등장한 것은 그리 생뚱맞은 일도 기이한 현상도 아닌 것이다. 2000년대 이후의 비평 공간이 '작가-비평가'를 만나게 되는 것은 '지식인-비평가'를 요청했던 그 시공간에서부터 이미 예견된 일이었다고 해야 한다. 2000년대 이후의 비평 공간은 '국가 만들기' 기획이 억눌렀던 이질적인 것들의 희생 없는 비평이 어떻게 가능한가, 비평은 이질적인 것들로 채워진 사회(현실/세계)를 어떻게 포착할 것인가에 대한 충분한 고민 없이, 말하자면 국가에서 공동체로 준거틀이 이동해가는 동안 그간 폐기되었다고 여겼던 '사회적인 것'(다원화된 사회)의 귀환이라는 문제에 '준비 없이' 직면하게 된 것이다.

5. 열린 문학과 성찰적 비평을 위하여

'지식인-비평가' 비평에서 '작가-비평가' 비평으로 이동해간 비평의 형질변경의 장면들은, 비평이 문학과 사회(전체/국가/현실)

---

45) 자크 랑시에르, 『미학 안의 불편함』, 주형일 옮김, 인간사랑, 2008, pp. 63~65.
46) 김형중, 「부재하는 원인, 갱신된 리얼리즘」, 『단 한 권의 책』, p. 59.

의 관계를 재조정하는 자리에서 스스로의 영역을 구축해왔음을 다시 확인하게 한다. '작가-비평가'를 요청하는 비평의 출현은 오늘날의 비평이 '지식인-비평가'를 요청했던 비평의 다른 극단으로 향하고 있음을 단면으로 보여준다. '작가-비평가' 비평은 '국가 만들기' 기획이 지워버린 영역들, 텍스트로 구현되지 못한 '사회적인 것'의 복원 작업에서 비평의 임무를 새롭게 발견하고 있는 것이다. 이러한 변화는 미래에 대한 획일적 구상이 불가능해진 시대적 정황과 무관하지 않지만, 무엇보다 문학이 점차 '국가 만들기' 기획에서 자유로워진 사정과 연동해 있다.

엄밀하게 말하자면, 정치적 혹한기나 세대 구분이 무색한 실업 대란의 시대, 노동을 할수록 빈곤의 수렁에서 빠져나올 수 없는 워킹푸어working poor 시대를 살지 않는다 해도, 이 땅의 '잠재 독자'들에게 소설이나 '자신이 본 것'을 말하려고 하는 문학적 발언과 비평적 성찰은 특별히 예외적인 시공간을 제외하고서는 시대와 현실 전체의 관심사가 아니었다.[47] 랑시에르 이론에 기댄 문학의 정치(성)론을 둘러싸고 거기에 문학과 비평의 미래가 있는 것처럼 떠들썩했던 것도 사실이다. 예술의 진보적(/정치적) 가치에 회의하거나 예술이 공동체를 변화시킬 수 있다는 믿음과 결별한 듯 보이는 이들에게 적절한 반론을 제기하거나 미학의 정치적 가능성을 새롭

---

47) 가라타니 고진식으로 말하자면 문학의 사회적 지위는 문학이 오락 이상의 사회적 기능을 떠맡았던 것에서 연유했는데, 형성기의 근대국가에서 문학의 가치가 고평된 것은 그 때문이다. 문학이 제도적으로 자율적 시스템을 마련하는 과정은 문학이 이전의 지위를 회복하는 것일 수 있다.

게 제기하는 것처럼 보였기 때문일 것이다.[48] 그럼에도 문학과 비평이 협업하여 사회의 윤리를 마련하고 도덕적 책무를 떠맡았던 시절, '글'과 글을 쓰는 이들에게 특권적 지위가 부여되었던 시절을 우리가 이미 지나왔음을 인정해야 한다.[49]

문학이 미래에 대한 적극적 구상의 장이어야 할 당위에서 해방되어 점차 전문적 비평 영역을 구획하고 자율적 범주를 확립해온 과정은, 비평이 성찰적 사유를 위해 마련한 '사회적인 것'과의 거리가 역설적으로 비평의 현재적 위상을 협소화시켰음을 보여주며, 동시에 비평의 미래에 대한 진지한 고민의 필요성을 역설한다. 텍스트에 한정된 '분석적 읽기'를 넘어선 판단들의 요청 앞에서 비평이 문학과 사회의 상관성을 둘러싼 새로운 조정 국면에 접어들었다. 미래에 대한 구상이 불가능한 시대를 맞이하여 비평 혹은 비평의 미래에 관해 무엇을 말할 수 있는가라는 질문에 직면하게 된 것이다.

그런데 사실 비평이 무엇을 할 수 있으며 또 해야 하는가에 대한 질문은 우리에게만 주어진 특수한 난제가 아니다. 비평에 대한 성찰을 통해 20세기 정신의 모험 궤적을 검토하고 새로운 '입장'의

---

48) 진은영, 「감각적인 것의 분배」, 『창작과비평』 2008년 겨울호; 이장욱, 「시, 정치 그리고 성애학」, 『창작과비평』 2009년 봄호; 진은영, 「한 진지한 시인의 고뇌에 대하여」, 『창작과비평』 2010년 여름호 등 참조.
49) 한국에서 문학의 정치성에 관한 논의가 소설이 아니라 시에 한정되었던 것 역시 문학이 사회를 향한 성찰의 거점이 더는 아님을 역설하는 증거라 하지 않을 수 없다. 일상 정치가 실현되는 장인 삶이라는 매개를 거치지 않는 '문학의 정치/정치의 문학'은 비평사적 논의 구축물을 일고의 가치 없는 무용한 것으로 치부하는 일일 뿐 아니라 악무한의 논의틀에 가두는 일이다.

가능성을 타진하려 한 토도로프가 『비평의 비평』의 서문에서 노발리스를 빌려 보편성의 상실을 언급했을 때, 그것이 '비평'과 '미학'에 한정된 현상만을 의미하지도 않았다. 개별자의 기준을 용인하고 각자가 자신의 기준에 의해 판단할 권리를 인정함으로써 초월적 지평에 대한 탐구를 포기하게 된 것은 미학뿐 아니라 정치나 윤리 영역에서도 마찬가지였다.[50] 개별적인 것들이 사회 전부를 채우고 있는 것처럼 보이는 다원화 시대를 맞이하여 비평의 형질변경을 좀더 근본적인 층위에서 요청하게 되는 것이 비단 한국만의 사정은 아닌 것이다. 비평의 미래에 관한 한 성찰성의 회복은 전지구적으로 요청되는 중대 사안이다. 보편타당한 준거틀이 존재하지 않으며 외부로부터 주어질 수도 없는 이 상황이 오늘날 비평이 놓인 지반과 비평 자체의 형질변경의 사적 흐름에 대한 고찰을 요청하고 있는 것이다.

물론 비평의 형질변경, 즉 비평이 문학과 사회의 관계를 재조정해야 한다는 요청은 일차적으로는 '작가-비평가' 비평이 지워버린 것들에 대한 관심의 환기를 뜻한다. 그러나 문학에 대한 그간의 축적된 메타적 사유로부터 유추할 수 있듯이, 문학은 실정적 사회(현실/정치)와 직접적 관계를 맺지 않지만 언어유희의 극단에 이르러서도 문학의 바깥 전체와 연계되어 있다는 사실을 부인할 수 없다. 좀더 근본적인 차원에서 문학이 사회와의 관계를 새롭게 정립해야 한다는 요청은 이러한 의미 맥락 속에서 이해되어야 한다. 이에 따라 비평은 이질적인 것들로 채워진 사회(현실/세계)를 어떻게 포착

50) 츠베탕 토도로프, 『비평의 비평』, 김동윤·김경은 옮김, 한국문화사, 1999, p. 15.

할 것인가, 문학과 사회의 관계를 어떻게 재조정할 것인가에 대해 좀더 충분히 고민해야 하는 것이다. 문학과 그것을 둘러싼 상황이 불확정적으로 유동하는 현실에 기초해서 실재/가상의 경계를 가로지르며 장르변종적인 문화 생산물과 맞닿아 있는 현재의 문학을 어떻게 규정할 것인가, 문학은 타자의 타자성을 어떻게 포착할 것인가, 비평은 그 작업을 어떻게 평가할 것인가와 같은 당면 문제를 회피해서는 안 되는 것이다. 이런 질문들에 대한 답안을 모색하지 않는다면, 비평은 텍스트에 대한 가치판단과 그것이 매개한 현실에 대한 이해와 성찰의 길로 나아가기는커녕 읽고 쓰고 소통할 수 있는 '누구나'의 것이면서 동시에 허공으로 휘발되는 글쓰기 이상의 의미를 확보할 수 없을 것이다.

'작가-비평가' 시대를 맞이한 오늘날의 비평의 질문은 '민족/국가'와 결합되어 있던 문학에 대한 고정된 견해들을 재고하는 쪽에 던져져야 하는 한편, 무수히 많은 다원체와 다원체 들의 여백 사이에 은폐되어 있는 것들, 즉 비-개인적이고 탈-개인적인 문제들 사이의 상관성 쪽으로 모아져야 한다. 결과적으로 비평의 가치 기준이 전제되어 있고 그 기준에 의해 문학 개념이 지탱되는 상황에서는 불필요했던 질문, '문학이 무엇인가'라는 근본적 질문이야말로 비평에 의해 다시 제기되고 또 검증되어야 할 비평적 성찰의 대상인 것이다. 성찰로서의 비평의 21세기 버전은, 문학을 재정의하는 작업, 즉 텍스트화한 현실로서의 세계와 인간에 대한 재사유 작업이 되어야 하는 것이다.

4. 연구와 비평 사이, 메타문학의 곡예

1. 왜 '제도와 문학'인가

해방과 전쟁을 거치면서 한국에서 문학을 둘러싼 제도적 물질성은 명실상부한 양적, 질적 성장의 토대를 마련한다. 이 시기를 거치면서 대학(/학과)과 학회, 동인지 등을 중심으로 문학의 생산과 재생산을 가능하게 하는 제도의 구조적 기틀이 마련되고 그 결과물이 가시화되었다. '국문학' 개념의 규정 작업과 그 성격/지향에 대한 논의, '국문학'의 정전화와 '고전'의 범주 재설정 작업이 본격화되었다. 국문학과 외국 문학의 분화, 국어학/고전문학/현대문학으로 이루어진 국문학과의 3분과 체제가 안정화되기 시작한 것도 이즈음이다. 문학은 이러한 체계화를 거치면서 본격 학문의 영역으로 진입하고 있었다.

그간 식민지 시기 특히 근대 초기를 대상으로 문학의 자명성에 대한 성찰의 결과들이 축적되어왔으며, 이러한 연구 경향은 대학

제도와 문학/비평 영역의 상관성에 대한 관심으로 이어져왔다. 탈
식민성에 대한 학계의 요구는 점차 해방 이후의 문학과 제도에 대
한 관심으로 확대되고 있다. 1950~60년대를 중심으로 이루어진
문학과 제도의 상관성 고찰은 문예지와 등단 제도 등에 관한 관심
에서 제도로서의 '국문학'에 대한 연구까지, 대학으로 대표되는 제
도적·물적 토대에 대한 연구로 점차 확장되는 추세다.[1]

그간 제도에 대한 관심에는 가치중립성을 띤 객관적 토대로서
의 제도라는 신념이 전제되어 있었다. 문학을 제도적 관점에서 연
구하고자 한 그간의 논의는 제도가 학술 담론이나 연구 경향에 미
친 영향 관계에 비교적 무관심한 편이었다. 제도를 중립성의 공간
으로 이해함으로써, 문학과 제도의 상관성에 대한 관심이 문학연
구 방법론의 선별적 수립이나 전면적 유포 현상과 맞물려 있는 현
상 그리고 그 효과로서 논문 글쓰기의 형식성이 고착화된 점 등에
대한 검토로까지 이어지지 못한 것이다.[2]

1) 김건우, 『사상계와 1950년대 문학』, 소명출판, 2003; 한기형, 「'국어국문학(과)'의 미
래지향적 변화방향」, 『고전문학연구』 25, 2004; 최강민, 「〈사상계〉의 '동인문학상'
과 전후 문단 재편」, 문학과비평연구회, 『한국문학권력의 계보』, 한국출판마케팅연구
소, 2004; 이봉범, 「잡지 『문예』의 성격과 위상—등단제도를 중심으로」, 『상허학보』
17, 2006; 박연희, 「1950년대 '국문학 연구'의 논리」, 『사이間SAI』 2, 2007; 박연희,
「1960년대 외국문학 전공자 그룹과 김현 비평」, 『국제어문』 40, 2007; 박광현, 「'국문
학'과 조선문학이라는 제도의 사이에서」, 『한민족어문학』 54, 2009; 이봉범, 「1950년
대 등단제도 연구」, 『한국문학연구』 36, 2009; 이시은, 「1950년대 '전문독자'로서의
비평가 집단의 형성」, 『현대문학의 연구』 40, 2010; 김건우, 「한국문학의 제도적 자율
성의 형성」, 『동방학지』 149, 2010; 최기숙, 「1950년대 대학생의 인문적 소양과 교양
'知'의 형성」, 『현대문학의 연구』 42, 2010; 서은주, 「과학으로서의 문학 개념의 형성
과 "知"의 표준화」, 『동방학지』 150, 2010; 김현주, 「『동방학지』를 통해 본 한국학 종
합학술지의 궤적」, 『동방학지』 151, 2010 등.

그간의 축적된 연구 성과를 토대로 문학과 제도의 상관성뿐만 아니라 그 상관성이 문학을 둘러싼 연구방법론과 글쓰기 형식에 미친 영향 관계를 고찰해볼 시점이다. 그 시론적 작업으로서 먼저 문학이 학문의 대상이 되는 과정, 즉 문학을 다루는 전문적 영역과 주체가 등장하는 과정, 문학을 메타적으로 다루는 방식들 사이의 비균질적 지점들에 대해 검토해보고자 한다. 문학 연구방법론과 학술적 글쓰기가 형성되는 과정에 대한 추적이 가능할 것이며, 이를 통해 문학이 제도화되는 과정의 추동력이자 결과물인 문학의 아카데미즘화의 의미와 한계도 가늠해볼 수 있을 것이다.

2. 제도와 문학—대학과 아카데미즘

1) 아카데미즘과 저널리즘의 길항

문학이 학(문)적 대상이 된다는 것의 의미는 단일하지 않다. 한국 현대문학 연구사 기술의 난점과 관련한 조남현은 연구행위의 범주 설정 문제를 거론하고, 그와 관련한 선결과제로 연구행위와

---

2) 그간 비평뿐 아니라 문학연구에서 주제/대상/방법을 중심으로 한 유의미한 변화의 단층들을 역사적으로 고찰한 작업이 없지 않았다. 그러나 회고적 정리의 기점이 된 키워드들—해방, 정부 수립, 학회의 설립, 분단(예컨대, 국어국문학회 30년사, 국어국문학 50년사, 국문학 연구 50년사, 해방 50년사, 분단 50년사, 전후 50년사)—을 통해 확인할 수 있듯, 제도에 대한 검토에서 출발했다고 해도 문학연구 혹은 비평에 대한 사적 고찰은 대개 역사적 현실이나 정치적 상관성 혹은 내적 발전사의 관점에 입각한 것이었다.

비평행위(문학연구와 비평)³⁾의 관계 정립을 지적한다.⁴⁾ 문학을 학적 연구 대상으로 삼는 과정이 곧 문학의 아카데미즘화를 지칭하는가에 대한 의심이 행간에 담겨 있다.

문학을 바라보는 관점이나 다루는 방식의 차이에도 불구하고 문학에 관한 메타적 검토의 대표적 두 영역인 문학연구와 비평은 문학에 대한 인식과 연구 방법론에서 공유하는 지반의 폭이 넓다. 양자가 내적 개념 규정이 아니라 글쓰기 혹은 발표 매체로 대변되는 외적 형식성에 의해 차별화된 경향이 있기도 한데, 이는 문학을 메타적으로 다루는 방식들 사이에 뚜렷한 차별화가 불가능함을 역설해주는 것이기도 하다. 그렇다면 한국에서 문학연구와 비평은 어떻게 경계 지어졌으며 분화 혹은 재분화되었는가. 아니 문학연구와 비평은 과연 대타적 범주로 설정되어왔다고 할 수 있는가. 문학연구와 비평의 범주 설정과 문학의 아카데미즘화 경향은 어떤 상관성을 갖는가.⁵⁾

---

3) 이러한 구분은 학술적 글쓰기academic writing와 비판적 에세이critical essay로 재규정될 수도 있을 것인데, 양자는 연구 대상을 '당대 이전'과 '당대'라는 시기적 구분으로 차별화하는 방식을 통해 암묵적 경계를 형성해왔다.

4) 조남현, 「현대문학 연구사 총론」, 국어국문학회 엮음, 『국어국문학회 50년』, 태학사, 2002, p. 671.

5) 이와 관련하여, 논문 형식의 글쓰기가 제한하고 있는 암묵적 경계틀을 가로지르면서 문학연구와 비평의 경계 설정이 담지한 문제제기의 지점, 문학의 학문화 경향이 불러온 효과를 오늘날의 (인)문학이 처한 문제와 연계해서 고찰해볼 필요가 있다. 현재로서는, 문학과 문학을 둘러싼 논의를 '학문적' 대상으로 취급할 때 그 논의를 당대적인 문제에 대한 비판적 관심과 직접적으로 접목시키기 어려운 편이다. 이는 그간 문학이 학적 대상이 되어야 한다는 논리를 통해 문학이 과학적으로 분석/도해 가능한 영역으로 취급되어온 과정의 결과라고도 할 수 있다. 문학을 메타적으로 검토하는 오늘날의 방식이 문학연구와 비평의 구분 없이 문학을 아카데미즘의 차원에서 다룬다는

학문과 연구, 교양과 지식의 범주를 설정하는 과정에서 『사상계』는 선도적 역할을 담당했다. 문학연구와 비평의 경계 설정 과정에서도 직간접적으로 적지 않은 기여를 했다.[6] 1950년대 중후반부터 『사상계』에서는 (국)문학사와 그 서술방법에 대한 검토가 이루어졌다.[7] 비평의 범주와 '뉴크리티시즘'으로 대표되는 방법론(문학 평가의 '방법')도 소개되었다.[8] 문학을 학문의 대상으로 삼고자

비판에서 좀체 벗어나기 어려운 것도 이러한 사정에서 연유한다. 그러니 사실 오늘날의 문학연구와 비평이 처한 이러한 문제는, 문학이 학문의 대상, 즉 하나의 지식이 되어야 한다는 논리와 문학을 과학적으로 다루어야 한다는 논리가 불러온 부메랑 효과라고 해야 할지도 모른다. 더구나 문학연구와 비평의 범주 설정과 문학의 아카데미즘화 경향의 상관성에 대한 질문이 재등장할 수밖에 없는 것은, 문학을 학적 대상으로 취급한다고 해도, 여전히 문학에는 '학'의 대상이 될 수 없는 요소들이 내장되어 있으며, 그 '학'의 잉여로서의 문학에 대한 처리가 끊임없이 재요청되어왔기 때문이다. 이와 관련하여 '학'의 잉여로서의 문학에 관한 논의는 차후에 다른 논의에서 다루기로 기약한다. 문학연구와 비평에 대한 이 글의 관심은 문학이 처한 장르적 속성이나 수사학적 관심과는 다른 차원에 놓여 있다. 학문, 연구 그리고 비평이 무엇인가라는 질문은 원론적이고 이론적인 개념화 작업과 연관된 것인 동시에 제도적 정비와 그 과정에서 취사선택된 조건들, 대상의 범주나 그것을 다루는 방법론과 결부된 것이다. 후자의 관점에 좀더 밀착해 있다는 점에서, 추상해서 말하자면, 제도와 글쓰기 그리고 사회/현실의 상관성에 대한 고찰을 포괄하고자 하는 이 글의 관심은 삶과 사회에 대한 성찰Reflection을 (불/)가능하게 하는 기반으로서의 제도로 향해 있다.

6) 인문학적 학술장의 형성을 둘러싸고 『사상계』의 역할을 새삼 강조할 필요는 없을 것이다. 1953년 4월에 창간되어 1970년 5월에 통권 205호를 끝으로 폐간된 『사상계』는 인문학 담론 특히 지식인 담론의 형성과 유통을 둘러싼 주요 거점 역할을 한 월간 종합 교양잡지다.

7) 박영희의 「現代韓國文學史」(원제는 「朝鮮現代文學史」)가 『사상계』 57(1958. 4)부터 58(1958. 5), 『사상계』 63(1958. 9)에서 69(1959. 4)까지 총 10회에 걸쳐 연재 형식으로 소개된다. 백철, 「現代韓國文學史(1)―懷月의 文學史가 發表되는 데 앞서서」, 『사상계』 57, 1958. 4.

8) 손우성, 「批評의 創作性」, 『사상계』 24, 1955. 7; 백철, 「뉴크리티시즘에 대하여」, 『문학예술』, 1956. 11; 김용권, 「뉴크리티시즘」, 『문학예술』 1957. 4·5; 이어령, 「基礎文學函數論―批評文學의 方法과 그 基準」, 『사상계』 50, 1957. 9; 김용권, 「I·A·리챠즈의

하는 논리와 비평을 과학화해야 한다는 논리가 적극적으로 소개되
고 유포되었으며 실천되었다.

    많은 비평가가 문예지의 추천이나 신문, 신춘문예를 통해 나오고
있는데, 그분들의 처녀비평을 읽어보면 이것이 평론이냐, 아니며 대
학 졸업 논문이냐, 혹은 재학 시의 레포트냐, 하는 의문이 가는 경우
가 많더군요.
    가령 구체적으로 얘기하면, 그 평론의 내용 자체는 진지하고 충실
해요. 그렇지만 그것이 문학작품의 주석이나 해석에 그쳤지 문학비
평에 따라야 할 비판의식이 전혀 결여돼 있는 것 같아요.[9]

    실증적·과학적 기초가 결여된 비평이나 비평적·실천적 의식이
결여된 연구는 다 같이 비판되어야 하지 않을까 생각되는데, 요즘
현대문학을 전공하는 소장 연구자들의 경우는 어떻습니까? [……]
요즘 소장 현대문학 연구자들이 내놓는 논문이란 게 비평적 전망을
갖춘 '연구'에 해당하는 건지, 아니면 그야말로 크리티시즘으로서의
비평인지, 그도저도 아닌 어중간한 그 무엇인지 잘 분간이 가지 않

批評과 그 方法(上)―〈科學과 詩〉를 中心으로」, 『사상계』 52, 1957. 11; 김용권, 「I·A·
리챠즈의 批評과 그 方法(下)―〈科學과 詩〉를 中心으로」, 『사상계』 53, 1957. 12; 백철,
「뉴크리티시즘의 諸問題―그 現代性에 대한 評價와 攝取를 중심으로」, 『사상계』 64,
1958. 11; 김용권, 「뉴크리티시즘과 한국 비평문학」, 『자유문학』 1960. 10; 르네 웰레
크, 「20世紀 批評의 主流」, 김용권 옮김, 『사상계』 104, 1962. 2; 「讀書 쌀롱: 뉴크리티
시즘」, 『사상계』 109, 1962. 7 등.
9) 유종호·정창범, 「韓國文學風土와 批評의 모랄」, 『사상계』 158, 1966. 4, p. 269.

을 때가 있어요.[10]

『사상계』 1966년 4월호에 실린 문학 대담에는 문학연구와 비평에 대한 논평이 언급되어 있어 주목할 만하다. 1960년대 중반을 거치면서 문학연구와 비평에 대한 점검이 시작되었음을 보여주는 이 대담에서는 비평의 입각점, 문학비평의 범주 설정, 순수-참여 논쟁, 외국 문학과의 상관성, 문학 해석 방법론에서 등단 제도와 독자층의 형성에 이르기까지 문학을 둘러싼 다각적 문제가 다루어지고 논평된다. 인용문에서 관심을 불러일으키는 점은 대담자들의 위상과 이들의 발언이 보여주는 부정합적인 일면이다. 이들은 각각 대학강사이자 문학평론가(정창범)이고 대학교수이자 문학평론가(유종호)의 이름으로 대담에 임하고 있는데, 이들의 직위 혹은 위상과 이들이 논평한 위의 인용문을 겹쳐놓고 보면 문학연구와 비평에 대한 이들의 인식에서 불균질한 지점이 발견된다.

대담 자체의 성격상 깊이 있는 논의를 담고 있지는 않지만, 이들의 대담은 비평의 외연을 둘러싸고 비평이 문학연구와 구별되어야 하며 구분을 위해서는 '문학에 대한 주석적 작업이냐 가치의 비판적 창출이냐'가 따져져야 한다고 본다. 문학연구와 비평은 엄밀하게 구분 가능한가. 범주 구분이 가능한가에 대한 논의가 우선되어야 할 것으로 여겨지지만, 대담에서는 당위로서의 차별화가 강조된다. 누락된 논의는 차치하더라도, 대담의 당사자들은 '비평 작

10) 최원식·박희병·유중하·김명인·신승엽 좌담, 「국문학연구와 문학운동」, 『민족문학사연구』 창간호, 1990, p. 46.

업을 수행하는' 동시에 '문학연구와 교육을 담당하는' 존재들이었
으나 문학연구와 비평을 엄밀하게 '차별화되어야 할' 이질적 영역
으로 인식하고 있었다. 이 묘한 불일치에는 어떤 의미가 담겨 있는
가.[11]

　흥미로운 것은 "연구 과정 및 결과의 사적 소유라는 기존의 연
구풍토를 지양하고, 조직적인 연구를 통해 방법론을 모색한다"는
취지에서 국문학 연구의 전면적 반성을 시도하고자 했던 민족문학
사연구소의 좌담회에서, 관점이 역전된 채로, 문학연구와 비평의
차별성에 대한 논의가 다시 반복된다는 사실이다. 물론 이 좌담의
참석자들은 문학연구와 문학운동의 생산적인 절합 가능성을 타진
하자는 취지에 동의하며, 때문에 '비평가와 연구자를 엄격하게 인
적(人的)으로 분리하는 방식은 올바른 해결책이 아니'(신승엽)라거
나, '비평도 평가의 한 범주이고, 문학이론도 크게 보면 문학평론
과 문학사로 대별될 수 있을 것이므로, 문학사에 대한 이해와 비평
적 실천은 오히려 통합적으로 이해되어야 한다'(유중하)는 식으로
논의의 합의점을 마련해갔다. '비평가'가 '대학교수'와 겸업하는
인적 사정의 문제점을 지적하면서도(최원식), 결국 연구자와 비평
가 간의 조직적 협업(김명인)의 방식으로 극복해야 할 문제로 의견
수렴이 이루어지고 있었다.

　두 좌담 사이에 놓인 시차를 무시해서는 안 될 것이며, 문학 자
체와 문학을 둘러싼 이차적 작업의 결과들이 비약적으로 축적되던

---

11) 유종호는 1995년의 글인 「비평 50년」에서 비평의 중간화, 잡담화, 가십화가 가속화
　　되는 동시에 이른바 학술 논문적 성격의 비평이 양산될 것임을 전망했다. 유종호,
　　『한국현대문학 50년』, 민음사, 1995.

시기였음을 간과해서도 안 될 것이다. 그럼에도 논의틀이 보여주는 유비적 측면들과 그것이 내포하는 문학에 대한 관점을 좀더 세밀하게 들여다볼 필요가 있다. 두 좌담에서 문학연구와 비평은 외견상으로 갈등과 조정을 지속해가는 대타적 범주로 설정된다. 사실, 한국문학사에서 문학연구와 비평은 다소 거칠게 아카데미즘과 저널리즘적 경향으로 이해되곤 한다.[12] 현재에는 국어국문학과와 문예창작과라는 제도적 기반 위에서 문학연구와 비평이 서로 차별적인 영역을 마련하고 있는 것으로 보이기도 한다. 이러한 '외견상의' 상식을 두 좌담은 일정 부분 수용하고 있다. 두 좌담은 문학연구와 비평이 서로 다르다는 입장을 공유하며, 뚜렷하게 가를 수 없는 것임에도 그 차이가 제도에 의해 강화되고 있음을 공히 인정한다. 이런 점에서 두 좌담은 제도의 진화에도 불구하고 문학연구와 비평에 대한 논의가 큰 변화 없이 지속되고 있음을 역설적으로 보여준다.

문학연구와 비평을 대타적 범주로 설정하게 한 논리적 근거는 무엇이었을까. 두 좌담은 시차와 무관하게 문학을 '정확한 실증과 과학적 방법'에 따라 다루어야 한다는 입장을 견지한다. 이는 문학연구와 비평에 대한 논의의 축적이란, 문학이 향유의 대상인 동시에 학적 대상으로 자리매김되어간 과정이었음을 말해준다. 이렇게

---

12) 가령, 백철은 1953년 11월 15일 자 『동대신문』에 실린 글 「아카데미즘과 저어널리즘」에서, 대학이 아카데미즘을 대표하는 기관이라면 문단은 저널리즘을 대변하는 장소이며, 아카데미즘과 저널리즘은 그 문화적 차별성을 가지고 있다는 점, 그러나 문과대학과 문단의 관계는 아카데미즘과 저널리즘적 성격을 가지고 있으면서도 서로 "接近 교섭"해왔다는 점 등을 지적했다. 백철, 『白鐵文學全集 3—生活과 抒情』, 신구문화사, 1968, p. 330.

보면 문학연구와 비평을 아카데미즘과 저널리즘적 경향의 대결 구
도로 이해하는 관점은 문학연구와 비평의 모호한 경계 설정이 제
기한 문제에 대한 일종의 착시 현상이다. 그럼에도 민족문학사연
구소의 좌담이 보여주는 바, 문학연구와 비평 그리고 연구자와 비
평가의 '조직적 협업'이 논의될 수밖에 없는 것은, 좌담의 근저에
문학연구와 비평이 결코 동일한 것은 아니며 차별화되어야 한다는
논리가 전제되어 있음에도, 참석자 모두가 양자의 실제 작업에 별
다른 차이가 없음을 인지하고 있었기 때문으로 보인다.

　　한국문화 전반에 대한 비평을 주 대상으로 삼고, 비평의 대상이
되는 모든 글을 독자와 함께 성찰하기 위해 시, 소설 등의 문학에
만 한정하지 않고 평론 전 분야와 한국문화를 이해하는 데 도움이
될 만한 인문사회과학의 논문까지 전부 비평의 대상으로 삼고자
한다는 『문학과지성』의 창간사[13]를 고려해보아도 알 수 있듯, 문
학연구와 비평의 관계는 그리 단순하지 않다. 그간 비평의 '아마추
어적' 측면과 '전문성'을 확보한 영역이 서로 겹쳐진 채 '~에 대한
메타적 작업'이라는 의미의 공유지대를 형성해왔기 때문이다.[14] 좌

13) 「창간호를 내면서」, 『문학과지성』 창간호, 일조각, 1970, p. 6.
14) 문학비평의 전문성이 새삼 강조된다고 해도, 비평의 의미는 그 기원이 살롱이나 찻
　　집의 좌담 혹은 토론회에 놓여 있다는 샤를 생트-뵈브의 지적에서 전적으로 자유
　　로울 수 없다. 가령, 테리 이글턴이 『비평의 기능』에서 정리한 바 있듯이, (문학)
　　비평은 그 기원에서 미학으로서의 문학의 영역이 아니라 정치적인 색채와 분리되
　　지 않는 문화의 영역에 속한 것이었다. 18세기 초 영국의 대표적인 정기간행물인
　　『태틀러 The Tatler』를 거론하면서 그가 강조한 것은 비평의 교양 강좌적 성격이었
　　다. 당시의 비평은 문학을 통해 대중사회의 취향을 고양시키려는 성격을 강하게 띠
　　고 있었던 것이다(테리 이글턴, 『비평의 기능』, 유희석 옮김, 제3문학사, 1991, pp.
　　23~28). 이에 따라 모더니티의 체화라고도 할 수 있는 문학의 자율성 획득의 과정

담이 보여주듯, 문학을 다루는 방식을 전문화하고 체계화해야 한다는 입장을 견지하고 있었기에, 문학연구와 비평 범주를 통합하거나 엄밀하게 분리하기는 그리 쉽지 않았던 것이다. 이렇게 보자면, 문학연구와 비평의 경계 설정을 둘러싼 '반복된' 논의는 문학을 메타화하는 방식인 전문화하고 체계화해야 한다는 요청이 쉽사리 완수될 수 없으며, 거기에는 온전히 조정될 수 없는 잉여의 지점이 있음을 시사해준다.

2) 대학과 문학의 아카데미즘화 — 문학연구와 비평

돌아보면 글쓰기 층위에서 문학연구와 비평이 서로 다른 그룹에 의해 철저하게 분리된 영역을 확보한 경우는 없었다. 문학을 메타적으로 다루는 작업들이 엄격한 차별성을 갖추기도 어렵다. 더구나 제도적 토대가 완비되지 않았던 해방 이전에는 창작과 비평 작업이 뚜렷하게 분리되어 있지도 않았다. 사실상 창작자가 비평 작업을 겸하는 경우도 적지 않았다. 비평 범주를 처음 마련한 이광수와 김동인은 물론이고 염상섭과 임화, 김남천 등이 모두 창작과 비평 작업을 함께 했다. 비평은 창작과의 협업과 조정을 거치면서 그 영역을 마련해왔다. 해방 이후로 고등교육을 위한 제도적 시스템이 마련되면서 창작과 연구 혹은 비평 주체에 전면적 변화가 생겨났다. 특히 비평 작업을 담당한 주체에 관해 말하자면, 대학을 기반으로 한 문학연구가 본격화되면서 문학 관련 연구자들이 비평

은 비평이 담당했던 아마추어적 교양 강좌의 성격을 소거하는 형태로 나타났다고 할 수 있다. 그 과정에서 비평 역시 전문화되는 방식으로 존재 영역을 확보할 필요가 생겨나게 된 것이다.

작업을 맡게 되었다(물론 비평의 전문성에 대한 논의가 해방 이후에야 이루어진 것은 아니다. 1930년대 중후반 경성제국대학 출신인 최재서나 이원조 등의 전문 비평가가 등장하면서, 비평의 고유한 영역과 비평/비평가의 전문성에 대한 인식의 단초가 마련되고 있었다).

기억해야 할 것은, 이때의 비평이, 이론과 창작, 해석과 비판이 통합적으로 수행된 문학연구와 비평의 미분화 영역이라는 점이다. 비평이 문학연구라는 대타항을 설정하기 전까지 문학에 대한 메타작업은 '비평'의 이름으로 수행되었다. 따라서 비평과 문학연구의 개념을 정밀하게 규정한다 해도 그 진술들이 비평과 문학연구의 범주적 고유성을 명확하게 밝혀주지는 못한다고 해야 한다.

말할 것도 없이 문학연구와 비평의 분화는 대학 내에 문학을 다루는 분과가 만들어지는 제도화 과정과도 연관이 깊다. 문학연구 분과, 그 하위 체제로서 '현대문학 분과'가 고유의 영역을 마련한 과정이나 '현대문학(/근대문학)'이 학적 연구 대상이 된 과정과 무관하지 않은 것이다. 1950년대 전후로, 국어학과 국문학으로 나뉘어 있던 문과대학 내의 국어국문학과는 '현대문학'을 학적 연구의 대상으로 다루지 않았다. 국문학의 연구 대상은 부가 설명 없이 고전문학을 의미했다. 평단에서 활동하던 비평가가 대학 제도 안으로 편입되면서 근대 이후의 문학을 가리키는 용어인 '현대문학'이 제도 내에서 학문적으로 다루어질 수 있는 지평이 열렸다. 가령 저널리즘적 평론가로 불리던 백철은 우리말로 된 최초의 문학 개론서와 문학사인 『문학개론』(동방문화사, 1947. 3)과 『조선신문학사조사』(상권: 수선사, 1948; 하권: 백양당, 1949)를 기술하면서, 대학 교수가 되어 대학 내의 국문학 제도가 형성되는 과정에 깊이 관여

하게 된다.[15)]

백철의 문학 개론서 외에도, 평론가인 김영석과 나선영이 1946년 6월에 소비에트 문예이론가인 이반 비노그라도프Ivan Vinogradov가 중학생용 교과서로 만든『문학론 교정』제2판을 조선문예연구회의 이름으로 번역하고 9월에 선문사에서 발간한 최초의 문학 개론서인『문학입문』, 1946년 12월에 문우인서관에서 발행한 김기림의『문학개론』등을 거론할 수 있는데, 해방 이후로 문학 개론서가 전혀 없었다고 할 수는 없지만, 그럼에도 백철의『문학개론』와 함께 광범위한 영향력을 행사한 개론서로는 김동리의『문학개론』(1952)이나 조연현의『문학입문』(1954)을 들 수 있겠다.[16)] 문학 개론서의 등장은 우리말로 된 문학 개설서를 요구하는 시대적 요청에 부응한 결과이지만, 무엇보다 저술 주체들이 국어국문학과가 제도화되는 과정에서 대학 내 고등교육의 주체가 되었던 사정의 여파이기도 하다. 아울러 '국문학 연구'라는 범주가 설정되는 과정, 정확하게 말하면 1952년에 부산에서 서울대 문리대 국어국문학과 출신을 중심으로 결성된 '국어국문학회'와 그것으로 대표되는 새로운 '국문학 연구'가 문학장에 영향력을 행사하면서 제도화된 과정의 산물이기도 하다.[17)]

15) 김윤식, 『백철연구』, 소명출판, 2008, pp. 422~39, pp. 499~500; 문학 개념의 과학화/아카데미즘화, 문학 개론서와 대학 제도의 상관성에 관해서는 서은주, 「과학으로서의 문학 개념의 형성과 '知'의 표준화」, 『동방학지』150집, 2010. 6, pp. 87~115 참조.
16) 김명인, 「주체적 문학관 구성의 모색과 그 좌절—백철, 김기림의『문학개론』」, 민족문학사연구소 기초학문연구단, 『한국 근대문학의 형성과 문학장의 재발견』, 소명출판, 2004, pp. 274~95.

연구 대상으로서 현대문학 영역이 범주화되는 과정은 문예창작 중심의 학과가 형성되고, 창작이 테크닉의 차원으로, 즉 교육을 통해 계발 혹은 전수될 수 있는 것으로 표준화되는 과정을 의미하기도 했다. 1952~54년의 대학 붐으로 대학의 수가 급증했고 국어국문학을 연구하는 강좌가 마련되었다. 문예창작과의 설립도 이 시기에 이루어졌다. 문예창작과가 대학 내의 학과로 만들어진 것은 1953년의 일이다. 1953년에 서라벌예술학교의 문예창작과가 창설되었고 이듬해인 1954년에 첫 신입생이 선발되었다.[18] 문예창작과는 실기 지도 중심의 교육을 목표로 했기 때문에 강사진 역시 연구자나 평론가보다 현역 예술가들이 주축을 이루었다.[19] 새로 마련된 강좌를 담당할 수 있는 교수자 확보가 쉽지 않았던 상황에서, 다수의 문인들이 대학에 출강하게 되고 이 시기를 거치면서 문인 교수의 수도 급증하게 되었다.[20] 초기에 2년제 과정으로 운영되던 이 학과는 4년제로 바뀌어 1971년에 중앙대학교로 통합되었는

---

17) 물론 명실상부한 문학가협회의 설립은 그보다 앞선다. 1949년 12월 17일 문총회관에서 열린 청년문학가협회와 문필가협회가 발전적으로 해체되고 중간파와 연합해서 한국문학가협회가 설립되었다. 회장에 박종화, 부회장에 김진섭, 소설 분과위원장에 김동리, 시 분과위원장에 서정주, 희곡 분과에 유치진, 평론 분과에 백철, 아동문학 분과에 윤석중, 외국문학 분과에 김광섭, 고전문학 분과에 양주동 등이 참여했다.

18) 이후 그들은 문단을 대표하는 작가군이나 문학창작을 교육하는 국문학과와 문예창작과의 교수진으로 활동하게 된다. 대표적으로 김주영, 천승세, 홍기삼, 김원일, 박상륭, 이문구, 조세희, 한승원, 송수권, 이동하, 윤정모, 오정희 등이 있다.

19) 우영창, 「한국 문단의 최대 인맥—서라벌 중앙대 문예창작학과」, 『월간조선』 147, 1992년 6월호, p. 461.

20) 이시은, 「1950년대 '전문독자'로서의 비평가 집단의 형성」, 『현대문학의 연구』 40집, 2010, pp. 156~57.

데, 이 과정에서 문학 창작이 '표준화된 기술'로 제도화되었다. "文
科大學을 卒業하는 것이 文學者가 되는 必須條件은 아니"[21]었던 시절
을 지나서, 문단을 개신/재건해야 한다는 요청이 제도적인 차원에
서 구체적으로 실행되고 있었던 것이다.

국어국문학과와 문예창작과의 구별은 문학연구와 비평의 관계
와 마찬가지로 그리 선명하지 않다. 학과로서의 문예창작과는 아
니라 해도, 동국대학교에 서정주와 조연현이, 경희대학교에 황순
원이, 한양대학교에 박목월이, 고려대학교에 조지훈과 정한숙이,
연세대학교에 박영준과 박두진이 국어국문학과 안의 문예창작과
적 속성을 유지하고 있었다.[22] 이러한 현상은 창작에서 연구에 이
르는 문학의 스펙트럼이 대학 제도와 만나면서 아카데미즘의 세계
안에 안착하는 데 적지 않은 시간이 필요했음을 말해주며, 동시에
문학 창작이 아카데미즘 쪽에 전면적으로 흡수되기는 쉽지 않았음
을 역설적으로 보여준다.

근대문학이 시작된 이래로 가장 불모의 영역으로 지목되어왔던[23]
비평 범주에 대한 고찰이 비평 제도 내적 차원에서 본격화되고 분
화되기 시작한 것은 1950년대를 거치면서이다. 1950년대 중반 이

---

21) 백철, 「아카데미즘과 저어널리즘」, 『白鐵文學全集 3 ─ 生活과 抒情』, 신구문화사,
   1968, p. 329.
22) 홍정선, 「문예창작과의 증가와 국어국문학의 위기」, 『문학과사회』 2000년 봄호, pp.
   268~69.
23) 가령, 유종호는 비평이 "시인이 되려다가 시인도 못 되고, 작가가 되려다가 작가도
   되지 못한 문학적 낙오자가 끄적거리는 일종의 패배의 백서"로 취급되었던 정황을
   거론하면서, 1960년대를 전후로 비평문학의 전문성을 확보하고자 하는 신인들의 등
   장에는 어떤 시대적/내적 필연성이 있음을 언급했다. 유종호, 「비평의 반성」, 『비순
   수의 선언』, 민음사, 1995, p. 190; 「비평의 문제들」, 같은 책, pp. 219~20.

후로 비평문학을 전공한 신인들의 진출이 두드러졌으며 이들을 중심으로 문단에 신세대론이 전면화되었다.[24] 1960년대 전후로는 대학과 학과의 제도적 안정화가 비평 영역 형성의 물적 토대로서 작동하게 되었으며, 4·19 정신을 적극적으로 점유해가면서 비평 범주의 설정이 구체화되어갔다. 문학평론가 김현은 초기 비평을 통해 '4·19세대 비평가'로서의 자의식을 '65년대 비평가'라는 표현으로 명명한 바 있다. 그는 세대 구별을 위해 만들어낸 '65년대 비평가'라는 표현법으로, '55년대 비평가(유종호, 이어령 등)' 그룹과의 차별성을 마련하고 비평가적 자의식에 세대적 정체성을 결합시키고자 했다.[25] '성찰로서의 비평'[26]의 기원으로 명명되고 있기도 한 한국의 비평(가)적 자의식은 이 세대적 차별화 과정에서 출현했다.

그런데 문학장에서 발생한 세대적 차별화는 급격한 근대화가 한국 사회 전반에 야기한 세대 격차와 그리 다르지 않았다. 한국 사회에서 신세대는 이전 세대와 전면적 결별을 선언하지만 돌이켜보건대 신구세대의 차이는 예상보다 크지 않았다. 문학장의 경우도 다르지 않았다. 55년대 세대와 65년대 세대 사이에는 간극만큼이나 공유점이 많았다. 세대적 분할선으로 구현되는 차별화는 대개

---

24) 물론 문단의 높은 관심과는 달리, 당시의 신세대들이 기성세대와 구별되는 세대적 특질을 구체적으로 제시하지는 못했다. 김영민, 『한국현대문학비평사』, 소명출판, 2000, pp. 119~48.

25) 김현, 「한국 비평의 가능성」, 『현대 한국문학의 이론/사회의 윤리』, 문학과지성사, 1991, pp. 95~109.

26) 김윤식은 비평의 본령이 성찰에 있는 것이라면 성찰로서의 비평의 기원은 김현에서부터 시작되었다고 평가한다. 김윤식, 「어떤 4·19세대의 내면풍경」, 『김윤식 선집 3: 비평사』, 솔, 1996, pp. 395~96.

차이의 과장이나 축소를 통해 이루어지는 경우가 많다. 이런 점을 고려해보면 그간 비평 영역에 대한 논의가 보여주었던 '분할선' 자체에 대한 과도한 관심은 오히려 그 물적 추동력의 파악을 어렵게 만들 소지가 있다고 해야 한다.

1950, 60년대에 서로 차별적인 비평군이 인정투쟁을 거치면서 형성된 사실보다 중요한 것은 1950년대 중반과 1960년대 중반을 중심으로 신세대 비평가가 대거 등장했으며 대학 제도와 분과학문의 설립과 안정화 과정이 비평적 자의식을 마련할 수 있는 기반으로 전제되어 있었음을 간파하는 일이다.[27] 이 과정에서 문학을 메타적으로 다루는 작업을 둘러싸고 벌어진 (한)국문학과 외국 문학의 경쟁이 낳은 부수 효과도 간과할 수는 없다. 의도 여부와는 무관하게, 문학이 국가 만들기의 일환, 즉 국가적 이데올로기를 강화하는 역할을 수행하게 되면서 '문학이란 무엇인가'라는 본질적인 질문이 다시 제기되기 시작했다.

이 거대한 형성기에는 대학 안팎에서 문학연구와 비평 영역이 서로 분리되지 않고 대화적 공간을 형성한 것처럼 보이기도 했다.[28] 그러나 사실 이러한 협업의 분위기는 문학이 학문의 대상이자 하나의 지식이 되어야 한다는 논리가 국가 만들기 기획과 만나면서 증폭된 효과였다. 가령, 문학사 서술에서 '고전문학'을 어떻게 다룰 것인가를 문제 삼고 있는 백철의 「국문학사 서술방법론」

---

27) 대학 제도의 형성을 중점적으로 고려하는 관점은 외국 문학과 국문학의 분과 형성 문제와 문학연구/비평의 분화와 통합 사이의 상관성 또한 고찰해볼 수 있는 시야를 열어준다.

28) 김동식, 「4·19세대 비평의 유형학」, 『문학과사회』 2000년 여름호, p. 456.

이 보여주는 것처럼, 백철과 이병기와 정병욱의 협업이 가능했던 것은 연구자와 비평가(평론가)의 영역이 여전히 미분화되어 있었기 때문이라기보다 그들이 문학 특히 국문학에 관한 한 동일한 관념/지향을 공유하고 있었기 때문인 것이다. 그들은 문학사를 통해 국문학의 총체적 발전 과정을 체계적으로 파악하고자 했으며, 무엇보다 "현재 우리가 文化 예술적으로 歐美的인 것의 機械的인 이식을 포기하고 우리의 主體性을 민족적인 文化 각개 傳統에서 수립하는 것이 정말 필요하고 긴급하"²⁹⁾다고 인식하고 있었다. 여기에서 문학이 학적 대상이자 지식이 되어야 한다는 논리는 협업을 위한 전제였던 것이다.

요컨대, 문학연구와 비평 영역은 내적 발전사에 의해서라기보다 그것을 가능하게 한 다양한 물질적 제도화 과정에 의해 구축되었다. 미국에서 영문학이 학문의 대상으로 격상된 것이 학술 담론 내적 요청에서라기보다 1890년에 이루어진 대학입학 요건에 관한 논의에 의해서라는 점은 잘 알려진 사실이다. 아울러 영문학이 대학에서 본격적 학문의 대상이 된 시점이 민족적 동질성과 우월성에 대한 의식이 강력하게 요청되었던 시대와 긴밀하게 연관되어 있음을 환기할 필요도 있다.³⁰⁾ 대학 제도를 중심으로 한 문과대학과 국어국문학과/문예창작과의 설립은 문학의 아카데미즘화를 이끈 물적 기반이었던 것이다.³¹⁾

29) 백철, 「國文學史敍術方法論 —— 國文學史敍術과 그 方法에 關한 私見」, 『사상계』 44, 1957. 3, p. 315.
30) 송욱, 『영문학에 대한 반성』, 민음사, 1997, pp. 48~49.
31) 김동춘, 「한국 사회과학과 창비 30년」, 『창작과비평』 1996년 봄호, p. 86. 사회과학

3. 제도와 글쓰기 — 학회와 학술지

1) 실증주의 연구방법론과 뉴크리티시즘

문과대학/국어국문학과 등의 설립과 함께 문학을 학적 대상으로 삼고자 하는 아카데미즘화 경향은 문학 연구회의 설립을 추동했다. 해방 이후 급격하게 팽창하는 대학을 거점으로 국어국문학 연구자 중심 학술적 네트워크의 필요성이 요청된 것은 이러한 경향과 맞닿아 있다. 1948년 5월 29일에 서울문리대의 조선어문학연구회가 발기한 '全서울大學朝鮮語文學研究懇談會'는 서울문리대, 서울사대, 고려대, 이화여대, 숙명여대, 중앙대, 동국대, 국학대, 성균관대의 아홉 개 대학이 정기 월례 모임 기획을 세운 바 있다. 학술토론과 국어교육에 관한 문제, 고전을 자료로서 집성 간행하는 작업을 위해 우리어문학회의 전신인 '국어교육연구회'가 창립된 것도 이즈음인 1948년 6월이다. 국어와 문학을 본격적 학문의 대상으로 삼고자 한 경향 변화는 동인지 형태로 출발했던『국어국문학』지(1952. 9)와 그 배포 주체를 명확하게 하는 과정에서 설립된

의 경우에도 그러하듯 학적 토대를 마련한 제도적 기반이 대학 제도만을 의미하지는 않는다. 한국에서 사회과학 영역의 형성은 대학 제도의 고찰만으로 해명되지 않는다. 식민지 시기에 등장한 사회과학자들은 해방과 전쟁의 격변기를 거치면서 거의 사라지고, 이후 미국에서 교육받은 젊은 학자들이 학계의 주류를 형성해갔다. 그런데 이들은 한국 현실을 직접 연구 대상으로 삼는 연구 작업을 진행하기보다 1950, 60년대 미국의 사회과학적 흐름을 소개하는 차원에 머무르고 있었고, 때문에 1970년대까지도 사회과학 영역은 이른바 대학 제도권 바깥에서 운동 차원으로 명맥을 유지하고 있었다.

'국어국문학회'(1952. 12)로부터 본격화되었다.[32]

간행물의 성격을 "① 同人誌 ② 高校生의 大學入試 指導欄을 設置하지 않고, 純研究誌로 함. ③ 卷末에 材料(文獻)를 連載함"으로 규정한 '국어국문학회'와 『국어국문학』지는 '고전문학/국어학/현대문학/국어교육/민족학'을 연구 분야로 설정하면서 문학연구의 기틀을 마련해갔다. 국어국문학회는 1954년 9월 18일에 개최된 제3회 정기총회를 통해 국어국문학 연구를 4분과 체제(국어학/고전문학/현대문학/국어교육)로 구성했다.

제 나라의 語文研究를 國學運動이나 愛國實薦의 部分으로 認識했던 지금까지의 舊世紀的 觀點 乃至 方法論을 一蹴하고, 오로지 世界文化에 寄與하는 科學的 方法論 위에 堅實하게 터잡힌 眞正한 國語 國文學을 樹立하려는 情熱로 굳게 뭉쳐 나아가자는 主張이었다.[33]

이러한 일련의 흐름은 해방 이전 시기에 근대학문으로서의 국문학 연구 영역을 틀 지웠던 연구방법론의 두 흐름, 즉 '국학'과 '실

---

32) 김민수, 「學風의 改革 (中)—「국어국문학회」 草創期 5周年을 回顧하여—」, 『국어국문학』 19, 1958. 6; 「學風의 改革 (下)—「국어국문학회」 草創期 5周年을 回顧하여—」, 『국어국문학』 20, 1959. 2 참조. 1호에서 4호까지 16면으로 구성된 『국어국문학』지는 5호부터 20면으로, 6호부터는 국어국문학사의 이름으로, 그리고 8호부터는 서울에서 발행되었다. 9호부터 학회 발행으로 공식화되면서 동인지 성격의 학회지는 점차 연구지로서의 면모를 갖추어갔다. 자금난에 의한 비정기적 발행 문제는 13호 (1955. 6)에 이르러 사상계사의 조건 없는 인수 발행으로 해결되었다.

33) 김민수, 「學風의 改革 (上)—「국어국문학회」 草創期 5周年을 回顧하여—」, 『국어국문학』 18, 1957. 12, p. 181.

증주의적 경향'[34]을 재배치하는 과정이었다. 인용문이 보여주듯 '구세기적 관점과 방법론을 일축하고, 과학적 방법론에 입각해서 국어와 국문학을 연구하려는' 경향이 '국학'보다 '실증주의적 경향'을 강조하는 선택적 재배치로 귀결된 것이다. 전쟁 이후 분단 상황이 고착되는 과정에서 분단 극복의 문제가 절실한 학문적 지향으로 대두되었다. 그러나 실질적으로 학문장에서는 이념적 자유가 축소된 경향이 있다.[35] 이에 따라 문학연구는 주체의 현실적 실천성보다는 대상의 객관적 실체를 파악하는 쪽으로 움직이게 되었다.[36] 그리하여 백철의 『조선신문학사조사』(1947/1949)에서부터 시작된 실증주의적 경향의 연구성과가 이후 『한국근대문예비평사연구』(김윤식, 1973), 『근대 한국문학 연구』(김윤식, 1973), 『한국문학비평논쟁사』(김영민, 1992) 등으로 이어졌고, 문학연구의 장에서 실증주의적 입장(접근법)은 의문의 여지 없이 채택되어야 할 대표적 연구방법론으로 자리매김되기에 이르렀다.[37]

물론 4·19세대들이 본격적인 문학연구자로 등장하기 시작한 1960년대 중후반 이후에 실증주의적 입장과 그에 대한 비판으로서 민족문학적 전망을 견지한 관점이 서로 다른 학문적 흐름을 마련

---

34) 전자의 영역에 안확, 신채호, 정인보, 문일평, 최남선, 권상로 등이, 후자의 영역에 경성제국대학 출신으로 1930년대에 '조선어문학회'를 결성했던 김태준, 김재철, 조윤제, 이희승, 이재욱 등이 있다.
35) 이는 연구자의 학문적 세대 교체 과정으로도 이해될 수 있다.
36) 이화여자대학교 한국문화연구원 편, 『국문학 연구 50년』, 혜안, 2003, pp. 18~20.
37) 물론 실증주의적 연구 경향은 모더니티 논쟁과 만나면서 그 외연을 유연하게 넓혀 가는 추세다. 권성우, 「실증적 정리에서 해석학적 지평으로」, 이화여자대학교 한국문화연구원 편, 『국문학 연구 50년』, 혜안, 2003.

하고 있었다.[38] 실증주의적 입장에 대한 비판이 꾸준히 이어지고
있었던 것이다.

실증주의 비평의 본산은 대학이다. 주로 대학교수들에 의해 행해
지고 있는 실증주의 비평은 대체로 원문 비평의 형태를 취한다. 원
문의 출처와 제작 연대, 원천 탐구와 영향력 조사 등이 그 주된 내용
을 이루는 원문 비평은 한국 근대문학을 있는 그대로 복원시켜보겠
다는 의도를 가진 많은 비평가들을 매혹한다.[39]

김현은 '대학교수'에 의해 행해지는 실증주의적 연구가 대체로
원문비평의 형태를 취한다는 점, 원문비평이 대개 원문의 출처와
제작연대, 원천탐구와 영향력 조사로 이루어진다는 점을 들어 "실
증주의 비평의 본산은 대학"임을 적시했으며, 문학연구에서 현대
문학 중심주의가 형성된 근저에 "대학의 국문학 강의"가 놓여 있음
을 비판적으로 지적했다.[40] 김현이 제기한 문제의 핵심은 작품을
미적 대상으로 다루기보다 실증주의적으로 접근할 때 발생하는 난
점, 즉 사실의 복원이라는 모토 아래에서 과거를 답습하게 되는 곤

---

38) 가령, 김현은 「비평방법의 반성」(『문학사상』 1972년 8월호)에서, 실증주의 비평과
   교조주의 비평에 대해 전면적으로 비판하면서 문학 범주, 문학과 사회의 관계에 대
   한 새로운 관계 설정을 시도했다. 김현은 한국의 실증주의 비평이 '사실을 그대로
   복원시킨다는 것' 자체에서 발생하는 난점을 해결하지 못하고 있다고 보고, '사실을
   그대로 복원한다는 것'의 가능성에 대한 근원적 질문을 던졌다.
39) 김현, 「비평방법의 반성」, 『문학사상』 1972년 8월호(『현대 한국문학의 이론/사회와
   윤리』, 문학과지성사, 1991, p. 183).
40) 김현, 「비평의 방법」, 『문학과지성』 1980년 봄호, p. 164.

경에 놓여 있었다.[41] '실증주의 비평'으로 호명하면서 김현이 비판하고자 한 대상은 임화, 백철, 조연현의 비평관을 압축한 이식문학사, 논쟁 중심의 문학사, 문단 정치 중심의 문학사였다.[42]

오해를 줄이기 위해 덧붙이자면 이때의 '실증주의 비평'이란 대학 내의 문학연구만을 가리키는 것이 아니다. 백철은 1959년에 미국에서 돌아와 김병철과 함께 르네 웰렉René Wellek과 오스틴 워런 Austin Warren의 『문학의 이론Theory of Literature』을 번역/출간한 바 있는데, 이 저작에 기초한 비평, 즉 분석비평으로서의 뉴크리티시즘이 문학을 이해하는 '보편적' 방식으로 유포되기 시작한 것이 1960년대 중반 이후라는 점을 고려할 필요가 있다.

뉴·크리틱이라고 하면 批評界의 아카데믹한 필드를 개척한 점이다. 절반 야유하는 뜻도 있지만 뉴·크리틱에 속하는 젊은 批評家들을 批評家라고 하는 것도 이유가 있다. 그 점에서 뉴·크리틱의 태반이 大學에서 文學講義를 하고 있다는 사실이 오게 된다. 말하자면 뉴·크리틱이란 저널리즘을 대상으로 한 批評에 종사하는 사람들이 아니라 大學敎授를 하면서 批評을 겸직하는 사람들이다. 뉴·크리티시즘이 分析을 방법으로 하는 것도 뉴·크리틱들이 文學作品을 학생들 앞에서 구체적으로 증명하기 위한 실제적인 필요성에서 생겨진 뜻이

---

41) 물론 비평 범주를 둘러싼 세대적 인정투쟁의 성격이 없었다고 할 수 없다. 권성우, 「60년대 비평문학의 세대론적 전략과 새로운 목소리」, 문학사와비평연구회 편, 『1960년대 문학연구』, 예하, 1993, pp. 11~47.
42) 김현, 「비평방법의 반성」, 같은 책.

컸던 것이다.[43]

1957년 가을부터 1958년 6월까지 약 10개월에 걸친 미국 대학과 인문학에 대한 백철의 체험——실질적으로는 뉴크리틱에 속하는 문학교수들과의 만남——은, 회고의 시선을 통해 이렇게 정리된다. '새로운' 비평이자 하나의 방법론이 된 '뉴크리틱'이 비평계의 아카데믹한 영역을 개척한 점, 그것이 대학 내의 문학 강의에 기반하고 있는 점, 따라서 '뉴크리틱'이란 '대학교수를 하면서 비평을 겸직하는 사람들'이라는 점, 미국의 비평 동향에 대한 이러한 정리는 1960년대 이후로 지속되어온 우리의 대학과 문학 분과, 문학연구와 비평의 양상, 문학의 아카데미즘화 경향을 이해하는 데에 중요한 단서를 제공한다.

1960년대 중반을 거치면서, 문학작품은 그것을 배태한 시대나 작가로부터 독립된 고유의 세계를 가진다는 문학관, 말하자면 "文學을 하나의 특수한 지식으로 보"고 "문학작품 자체의 지식적인 조건에서 그 작품을 해명하고 그 결과를 판단하는 것"이 비평이라는 입장——이것이 "문학작품에 대한 뉴우크리틱"[44]한 입장인데—— 이 문학에 관한 보편적 원리로 수용된다. 1960년대 초중반을 거치면서 사회과학의 학문적 성과를 빌려 문학작품을 분석/고찰하는 비평에 대한 열망이 등장했고, 비평의 아카데미즘화에 상응하는

---

43) 백철, 「뉴·크리틱의 素描」, 이어령 편, 『戰後文學의 새물결』, 신구문화사, 1963, p. 154.
44) 백철, 「클린드 브룩스——批評精神의 素描」, 『白鐵文學全集 3: 生活과 抒情』, 신구문화사, 1968, p. 357.

실질을 채우고자 했던 '학으로서의 비평'이 본격적으로 정초되었다.[45] 문학을 학적 연구 대상으로 삼는 대표적 방법론, 즉 실증주의 연구방법론의 귀환이었다.[46]

2) 논문 글쓰기의 형성 —『신흥』과『국어국문학』

문학이 학술적 연구의 대상이 된다는 것은, 문학연구가 학술지를 통해 재생산되고 축적되기 시작했음을 의미한다. 이론적 근거를 통해 도해와 분석이 가능해짐으로써 문학이 사적인 감상 수준을 넘어선 논문 글쓰기의 대상이 되었음을 말해주며, 이러한 과정 자체는 학술적 글쓰기가 성립되고 고착되어온 사적 흐름과 맞물려 있다.

각주와 참고문헌을 갖춘 글쓰기 형식의 등장은 학술지의 형성과 그 궤를 같이한다. 물론 이는 제도를 통해 유통된 학문적 방법론의 유포와도 무관하지 않다. 이와 관련해서 교지 등에 대한 엄밀한 고찰이 심화될 필요가 있다. 식민지 시기의 학술 담론은 대학 제도에

---

45) 문학연구와 비평의 경계 설정에 관한 문제가 아카데미즘과 저널리즘의 갈등 관계를 재현하는 것으로 볼 수 없는 근거들이 여기에 있다. 실질적으로 문학연구와 비평은 문학이 학문이 되고 지식이 되어야 한다는 지향 속에서 함께 움직이고 있었다. 무엇보다 중요한 것은 양자 모두 그 지향을 좀더 심화시키는 방향, 이전 시기에는 시기상조였던 이른바 "비평기준으로서의 비평이론의 체계화"(유종호,「비평의 반성」,『비순수의 선언』, 민음사, 1995, pp. 199~200) 요청에 구체적으로 응답해가고 있었다는 사실이다.

46) 물론 엄밀하게 말해 '실증주의' 연구방법론과 '뉴크리티시즘'은 텍스트를 이해하고 다루는 방식에서 매우 이질적이며, 따라서 이 차별적 지점에 대해서는 좀더 세밀한 검토가 덧붙여져야 할 것이다. 그러나 그런 이질성에도 불구하고 '실증주의' 연구방법론과 '뉴크리티시즘'이 문학연구의 대표적 방법론으로 자리 잡게 된 것은 두 방법론이 문학을 학적으로 다루어야 한다는 요청에 부응하고 있었던 점 때문이다.

기반한 본격적 학술장이 미비한 상황에서 충분히 활성화되지 못했고 유통 구조도 매우 취약했기 때문이다.

당시의 교지는 "우리 母校의 敎育 우리 校友의 奮鬪 努力과 또는 우리 學友들의 將來에 對한 進就 如何를 싸러서 朝鮮運命이 左右될 그것을 생각하오면 우리는 다 갓치 그 責任이 얼마나 重大한 것을 늣길 것입니다.〔……〕싸라서 本誌가 이 社會에 出現될 째에 가지고 온 그 使命 그 責任 그 目的을 말하면 자못 重大하며 深遠할 것임니다. 要컨대 時鍾은 우리 母校의 鍾인 同時에 우리 學友의 鍾이며 우리 學友의 鍾인 同時에 우리 交友의 鍾이며 우리 交友의 鍾인 同時에 現時代 全般의 警鍾일 것입니다"[47]와 같은 창간사를 통해서도 알 수 있듯, 성격상 교내 배포용에 한정된 교내 잡지가 아니었다. 학술적 글쓰기에 입각한 담론이 실렸고, 교외의 학생과 지식인에게 판매되었다. 당시의 교지는 실질적인 학술지의 역할을 담당했다. 학술잡지 성격을 띤 인쇄 매체는 학교와 사회, 학생과 지식인을 연결하는 통로 역할을 맡고 있었다.[48]

학문장에서 실증주의 연구방법론이 안착되는 동안, 점차 논문 글쓰기 형식도 형성되고 구축되었다. 실증주의 연구방법론과 논문 글쓰기 형성 간의 상호작용은 한국에서 학술연구가 시작된 제국대학 시절을 기원으로 한다. 논문 글쓰기 형식은 경성제국대학 법문

---

47) 「創刊辭」, 『시종』 창간호, 1926. 1, p. 2. 원문의 표기를 그대로 옮기되 띄어쓰기는 읽기에 편리하도록 현대 표기법에 따름.

48) 교지에 대한 검토는 오문석, 「식민지 시대 교지(校誌) 연구」(1), 『상허학보』 8, 2002; 박헌호, 「『연희』와 식민지 시기 교지의 위상」, 『현대문학의 연구』 28, 2006; 박헌호, 「근대문학의 향유와 창조」, 『한국문학연구』 34, 2008 참조.

학부 출신들이 발행한 잡지인 『신흥』(1929. 7. 15.~1937. 1. 18. 통권 9호)에 실린 학술논문과 그 글쓰기 형식에서 원형을 발견할 수 있다. 『연희』(연희전문), 『보성』『시종』(보성전문), 『이화』(이화여전), 『숭실학보』(숭실전문) 등의 잡지가 문예란과 논문란의 적절한 안배로 구성되었던 것과는 달리, 『신흥』은 전문적인 논문 소개에 주력했으며, 과학적 이론에 근거한 학문 경향을 선도하고자 했다.

(1) 朝鮮의 모든 情勢는, 드듸어 「新興」을 誕生식히엇다. 過去의, 우리의 모든 運動에 잇서서 누구나 痛切히 늣기든 것은, 우리에게 確乎한 理論-科學的根據로부터 울어나오는, 行動의 指標의 缺如함이엿다. 〔……〕 우리는 朝鮮에 잇서서, 至今까지에이만치 眞實한 意味의 學術論文을, 多數登載한 雜誌가 잇섯슴을, 記憶치 못한다.[49]

(2) 時調字數考
一. 朝鮮語와 詩形
二. 從來의 時調形式論
三. 統計上에 낫타나는 時調字數
四. 結論[50]

(3) 헤-겔 百年祭와 「헤-겔 復興」
第一. 序論的 考察

49) 「編輯後記」, 『신흥』 창간호, 1929. 7.
50) 조윤제, 「時調字數考」, 『신흥』 4, 1931. 1, p. 88.

第二. 生의 哲學에 잇서서의 헤-겔 復興

第三. 칸트 學派에 잇서서의 헤-겔 復興

第四. 結論[51]

(4) 註一. Aesthetic(Benedetto Croce, Translated by Douglas Ainslie) 2nd Ed. 1922. P. 155.[52]

(5) 註 一 Mark, K.: Lohn, Preis und Profit. 3. Aufl. S. 46./ 註 二 a. a. O. S. 42.[53]

『신흥』에 실린 논문에서는 '주'와 참고문헌으로 이루어진 논문 글쓰기 형식이 발견되는데, (독일) 철학 등의 분야에 관한 논문에서 그 형식성이 좀더 엄격하게 적용되었다. 예컨대, 『신흥』 2호에 실린 철학 관련 논문 「現象學의 眞理說에 對하야—Husserl의 「論理學研究」를 中心으로—」에서 '주'는 "註, Rickert의 眞理觀에 對하야는, 後日 다시 詳述하기로 約束하고, 眞理의 獨立性에 對하야는, 筆者의 小論文 「眞理와 正確의 區別에 對한 言」(新興第一號)와 比較參考하시기를 바란다"[54]는 형식으로 보충 설명이 필요한 문장 바로 옆에 부기되고 이후 참고문헌에서 정확한 서지 사항이 명시되었다. 『신흥』에 실린 연구논문을 통해 논문 글쓰기 형식성의 전범이 어떤 학

---

51) 신남철, 「헤-겔百年祭와 「헤-겔復興」」, 『신흥』 5, 1931. 7, p. 17.

52) 고유섭, 「美學의 史的 槪觀」, 『신흥』 3, 1930. 7, p. 41.

53) 이성용, 「經濟的 同盟罷業의 任務」, 『신흥』 5, 1931. 7, p. 3.

54) 『신흥』 2, 1929. 12, p. 56.

문적 기원을 갖는가를 유추해볼 수 있다. 장시간에 걸친 변화를 거칠게 요약하자면, 경성제국대학 중심의 학술장을 기반으로 (일본을 경유해서) 서구에서부터 유입된 이러한 방식의 논문 글쓰기 형식이, 해방과 전쟁 이후 국문학 분과학문이 체계화되는 과정에서 학문의 역사성과 과학성을 인증받을 수 있는 조건으로 안착하게 된다.

그럼에도 불구하고, 해방 이후 지식장의 재편 과정에서 논문 글쓰기 형식의 중요성이 '점진적으로' 강화되어온 것은 아니다. 국어국문학 연구를 중심으로 말해보더라도 논문 글쓰기 형식은 1970년대를 거치면서 윤곽을 마련했고 형식적 확립을 논하게 된 것은 비교적 최근의 일이다.[55] 따라서 1952년에 창간된 『국어국문학』지에

---

55) 국문학을 포함한 인문/사회과학 분야에서 학술연구 생산물이 각주와 참고문헌을 갖춘 글쓰기 형식을 거부할 수 없는 강제로 요청받은 것은 그리 오래된 일이 아니다. 연구자에게 논문 글쓰기 형식은 학문적 정당성을 담보로 하는 '요청된 당위'였을 뿐, 피할 수 없는 '강제'는 아니었다. 각주와 참고문헌을 학술연구에서 빠뜨려서는 안 되는 필수요소로 갖추고 선행 학술연구에 대한 충분한 검토를 수행한 지점인 바로 거기에서 학문의 진전이 이루어질 것이라는 신념 혹은 거부할 수 없는 강제성이 강력한 효력을 발휘하게 된 것은 한국학술진흥재단(현 한국연구재단, 이하 '학진') 시스템이 본격적으로 가동된 2000년대 이후이다. 이와 관련해서 문학연구가 처한 최대 난점은 무엇보다 국가 시스템에 의해 지식인·지식 담론·지식 사회가 거대한 규율화의 흐름에서 벗어날 수 없게 되었다는 사실 자체이다. 한국에서 1996년경부터 확산되기 시작한 '대학원 중심 대학'이라는 개념은 이후 관 주도 지식인('신지식인')의 창출로 이어졌고, 그 결과 비판적 성찰의 주체인 지식인이 '전문가'로 재범주화되는 현상이 발생했다. 학문장의 재편을 가속화시킨 움직임의 중심에 '학진'이 놓여 있었는데, 그 가운데에서도 '학진'에 의한 학문 정책 중의 핵심은 학술지 규정과 운영을 체계화하는 작업이었다. 등재지 정책에는 깊은 논의가 필요한 긍/부정적 효과가 담겨 있는데, 여기서 짚고 넘어가야 할 것은 등재지 정책이 연구자에게 특정한 글쓰기 형식(논문 글쓰기)을 강요하게 되었다는 사실이다. 이 정책의 무엇보다 심각한 폐해는 비판적인 학술 담론의 장 자체를 위축시켰을 뿐 아니라 (자기)표절과

실린 논문 지향적 글쓰기가 뚜렷하게 논문 형식을 보여주었다고 단언하기는 쉽지 않다.

(1)「ㅎ助詞 研究—ㅎ末音 名詞와 助詞—」(1952)

차례

一. 序

二. 세 가지 觀點

 1. 問題의 對象 2. 音韻上으로서의 ㅎ 3. 助詞로서의 ㅎ 4. 名詞로서의 ㅎ

三. 古文의 字 方式

四. 몇 가지 根據

1. ㅎ音의 本質 2. ㅎ音의 性質 3. 末音(받침) 규칙(Law of final sound)

五. ㅎ助詞에 對한 檢討

1. 語法上으로 2. 音韻上으로

六. 結論

七. 課題[56]

(자기)복제의 확산을 불러왔다는 데 있다. '학진'의 학문정책에 대한 상세한 논의는 김원, 「1987년 이후 진보적 지식생산의 변화」, 『경제와사회』 77, 2008; 도면회, 「인문한국 프로젝트와 연구자의 고민」, 『역사와현실』 66, 2007; 임형택·서경희·신정완·백영서 좌담, 「주체적이고 세계적인 학문은 가능한가」, 『창작과비평』 2004년 겨울호; 천정환, 「신자유주의 대학체제의 평가제도와 글쓰기」, 『역사비평』 2010년 가을호 참조.

56) 김민수, 「ㅎ助詞 研究—ㅎ末音 名詞와 助詞—」, 『국어국문학』 1, 1952. 11.

(2)「東仁의 短篇小説考―作品 傾向과 觀點을 中心으로―」(1969)

차례

『국어국문학』 창간호는 다섯 편의 논문을 싣고 있다. 그 가운데 인용문 (1)처럼 서론과 결론으로 구성된 논문 형식을 취한 것은 실상 두 편이다. 각주와 참고문헌도 갖추어져 있지 않았다. 1960년대에 접어들어서도 『국어국문학』지에 실리는 논문들에서 학술논문의 글쓰기 형식이 의식적으로 강조된 흔적은 뚜렷하지 않다. 창간호 이후로 호를 거듭하면서 드물게 주와 참고문헌까지 갖춘 논문 형식의 글이 실리기도 했지만,[58] 학위 취득과 연관된 논문이 아니라면 대개 각주와 참고문헌을 포함한 글쓰기의 형식성은 편의적으로 취택될 수 있었다.

특히 학술적 연구 결과물이 축적되었던 국어학이나 고전문학 분과와는 달리, 국어국문학의 한 분과 영역으로 막 자리 잡아가던 현

---

57) 김상태, 「東仁의 短篇小説考―作品 傾向과 觀點을 中心으로―」, 『국어국문학』 46, 1969. 12.

58) 김용숙의 논문인「思悼世子의 悲劇과 그 精神分析學的 考察―'한중록' 研究―」(『국어국문학』 19, 1958. 12)는 190개의 미주와 참고문헌을 포함한 50여 쪽 분량의 연구논문 형식을 갖추고 있다.

대문학의 경우에는 논문 형식의 글인 경우에도 각주와 참고문헌을 갖춘 논문 글쓰기의 형식성이 비교적 덜 강제되었다. 1950년대부터 본격화된 근대 초기의 문학에 대한 연구를 통해서도 확인할 수 있듯,[59] 이른바 '선행연구'가 전무한 상황에서의 논문은 글쓰기 형식에서 좀더 자유로울 수 있었다. 이후 현대문학 연구가 축적되면서 현대문학 분과에서도 인용문 (2)와 같이 점차 형식성을 갖춘 논문들이 등장하기 시작했다. 예컨대, 김상태의 논문은 약어를 사용하여 원문의 정확한 출처를 밝혀준다. 논문에는 조연현과 백철, 김동리와 정한모, 김우종과 이인모 등으로 구체화된 선행 연구자의 업적과 연구 방법론으로 활용된 서구 이론의 출처[60]가 각주 형식으로 정확하게 표기되어 있었다. 매우 완만한 변화였으나 각주와 선행연구를 통해 논거를 마련하는 방식으로 점차 논문 글쓰기 형식이 틀 지워지고 있었다. 물론 이 과정은 문학이 실증과 과학의 중요성을 강조하는 아카데미즘의 영역으로 진입하는 과정과 맞물린다. 논문 글쓰기가 가진 형식성의 권위에 의해 문학연구의 장에서 실증주의적 방법론은 좀더 확고한 지위를 마련하게 된다.

59) 정한모의 「孝石文學에 나타난 外國文學의 影響」(『국어국문학』 20, 1959. 2)이나 백철의 「現代文學과 言語問題」(『국어국문학』 20, 1959. 2)에 비하면, 전광용의 「新小說 昭陽亭 攷」(『국어국문학』 10, 1954. 7)나 송민호의 「新小說 「血의 淚」小考」(『국어국문학』 14, 1955. 12)는 논문 글쓰기에 더 가깝다. 그러나 후자의 논문들 역시 '서론, 본론, 결론'의 형식성을 갖추고 있을 뿐이다.

60) 예를 들자면 서구 이론의 출처는 "C. Brooks. &. R. P. Warrens: Modern Rhetoric(Harcaurt, Brace & Co. 1949), pp. 293~96"과 같은 식으로 밝혀져 있다. 김상태, 「東仁의 短篇小說考—作品 傾向과 觀點을 中心으로—」, 『국어국문학』 46, 1969. 12, p. 32.

4. 남는 문제들

　문학이 학문적 대상이 된다는 것은 무엇을 의미하는가. 문학과 제도의 상관성에 대한 관심에서 출발한 이 글은, 그 상관성이 문학을 둘러싼 학술 담론이나 연구 경향, 나아가 연구 방법론의 선별적 수립과 유포, 사후적 효과로서 글쓰기의 형식성을 고착화시키는 과정과 어떤 영향 관계가 있는지에 대한 고찰에 가닿았다. 이 고찰의 와중에 문학이 학문적 대상이 된다는 것이 대학의 설립, 국어국문학과와 문예창작과의 형성, 현대문학 분과의 수립, 학술지와 학회의 등장과 조응한 결과임을 파악했고, 문학을 메타적으로 다룬다는 것이 문학을 과학적이고 체계적인 아카데미즘의 영역에 포함시키는 과정이었음을 확인했다. 제도적 추동력에 의해 가속화된 '문학을 학문적 대상으로 삼고자 한 경향'이 기존의 아카데미즘/저널리즘, 국어국문학과/문예창작학과, 문학연구/비평이라는 대립쌍을 나누는 기준이라기보다 명쾌하게 분화되지 않는 대립쌍을 낳은 토대였음도 확인했다. 학문적 대상으로 온전히 전환되지 않는 문학 영역이 문학 자체와 문학을 메타적으로 다루고자 하는 방식, 그리고 그 방식이 제도적 틀을 갖추는 과정 자체에 균열적 틈을 만들어내고 있었다. 반대로 말하자면 문학을 학문의 대상이자 지식으로 다루어야 한다는 논리, 문학을 학적으로 다루어야 한다는 논리가 제도적 토대와의 조응 속에서 결과적으로 문학을 아카데미즘의 영역에 가두는 결과를 야기한 것이기도 하다. 학회와 학술지, 실증주의적 연구방법론과 논문 글쓰기 형식의 고착이 갖는 연관성에 관심을 기울여야 하는 것은 이러한 맥락에서다. 논문 글쓰기의 형식성이 강조되면서 문학연구의 학문적 고립화와 아카데미즘화가 심화되었다. 문학연구 영역이 점차 동시대 문학에서부터 멀어진 것은 '개입'을 허용하지 않으며 대상에 대한 객관화만을 요구하는 어떤 경향, 문학연구 영역을 관통하는 실증주의적 영향력과 무관하지 않다. 학문의 공고화가 적절한 방법론의 수립을 통해 이루어지는 것이라고 할 때, 문학의 학문적 대상화와 지식화가 심화된 경향이 실증주의 방법론의 고착화 현상에 심대한 영향을 미쳤음을 누구도 부인하기 어렵다. 문학연구에서 문학을 구하기 위해서는 실증주의 방법론의 여파에 대한 깊은 천착이 필요하다.

5. 문학사의 젠더
―여성, 문학, 비평

1. 문학사에 젠더를 기입하는 일

문학연구 총결산의 의미를 가진다는 문학사 서술은 문학연구 장에서 도전 의식을 불러일으키는 매력적인 연구과제가 더는 아니다. 2000년대 초 고전과 현대를 아우르는 '한국문학사 대계'의 공동 편찬이 합의되고 기획이 마련되었으나 불발에 이르고 준비를 위한 심포지엄에서의 논의들만이 『한국문학사 어떻게 쓸 것인가』(한길사, 2001)로 남겨진 사정이나, 과학적이고 진보적인 시각에 입각한 한국문학사의 결핍에 부응하여, 본격적 문학사 서술에 앞서 한국문학사의 주요 문제들을 항목화함으로써 한국문학사의 흐름을 종합적으로 인식하는 데 기획 의도가 있었다던 1995년판 『민족문학사 강좌』의 전면 개정판 격인 『새 민족문학사 강좌』 1·2권 (창작과비평사, 2009)이[1] "'민족문학'과 '탈(비)민족문학' '근대성'과 '탈근대성'이 충돌하며 혼재하는 분열적이고 원심적인" 텍스트가 되어버렸다는 평가를 피할 수 없게 된 사정 등은 문학사 서술에 대한 무관심이 연구자 개인의 능력 여부나 연구장 내 유행의 문제로만 한정될 수 없음을 시사한다. 문학사 서술 기획이 직면한 난관과 곤경은 "문학사의 체계와 방법을 논의하기 전에 문학사라는 담론틀 자체에 대한 회의와 동요"[2]로 요약된다.

　문학사 서술 자체의 필요성을 회의적으로 돌아보게 한 원흉은 1990년대 등장해서 위세를 떨치기 시작한 탈근대 — 탈식민, 탈민족 — 담론으로 지목된다. 학계와 문단에 폭넓게 근대의 자명성에 대한 회의가 시작된 1990년대 이후로, 근대, 민족, 문학, 역사에 대한 신화 깨기가 돌이킬 수 없는 방향성을 획득한다. 서구의 궤적을 전범으로 삼는 관점이 회의에 부쳐지고 신화 깨기는 '이식' 혹은 '수입'이라는 인식틀에 대한 대안적 상상으로서 문학사 기술의 문제에도 대입되었다. 큰 틀에서 보자면 탈근대 담론의 역설 혹은 역습이라고도 할 수 있는바, 근대의 자명성에 대한 회의는 문학사 기술의 새로운 가능성 쪽으로 나아갔다기보다는 문학사 기술의 무용성 쪽으로 귀결했다고 말해도 과언이 아닐 것이다. "文學史는 결국 民族文學史"이고, "그 민족문학사의 틀 속에서 언어의 可用量을 어느 정도 확대할 수 있느냐 하는 점" 즉 '민족 언어'의 가치를 통해 그 의미가 평가되는 것이며,[3] 이른바 역사적 관점을 근저로 한

---

1) 김시업, 「책을 펴내며」, 민족문학사연구소 엮음, 『새 민족문학사 강좌』 1·2, 창비, 2009, p. 5.

2) 김명인, 「문학사 서술은 불가능한가」, 『민족문학사연구』 43, 2010, pp. 10~12.

3) 민족과 민족문학을 논했던 백낙청, 염무웅 등의 논의에서는 말할 것도 없고, 문학과 지성사가 본격적 출판업을 시작하면서 문학에 대한 입장의 선언처럼 제출한 첫 출간물(논문 모음집) 『문학이란 무엇인가』에서도 역시 문학사 기술은 문학연구의 주요 과

문학사 기술이 '민족-문학사' 구축이었음을 부인할 수 없다고 할 때,[4] 극단적으로 말하면 "문학사라는 것"은 "근대 국민국가의 부르주아 지배권력이 문학이라는 이데올로기 형태를 매개로 자기들의 권력을 역사적으로 재구성하고 정당화한 '민족문학사'라는 이름의 상상의 서사에 불과한 것"[5]으로 평가될 수 있다. 이렇게 보자면 보편으로서의 근대에 대한 반성이 '민족-문학사' 구축의 불가결성에 치명상을 입히는 귀결을 피하기는 어려울 듯하다. 구성주의적 문학 관념이 유력해진 이후로 역사적 관점을 기저로 한 문학사에 대한 관심이 급격하게 희박해진 것은 우연이 아닌 것이다.

사정이 이러하다면, 탈근대 담론의 위세와 함께 문학사 서술의 무용성이 확정되었다고 해야 하는가. 문학사 서술을 둘러싼 그간의 논의를 통해 문학사 서술이 내장한 함정들에 대해서는 적지 않게 짚어낸 것이 사실이다. 주체 구성 메커니즘의 폭력성과 정체성론의 치명적 한계를 중심으로 문학사 서술의 저변에 흐르는 이데올로기적 경향성, 즉 민족, 부르주아, 남성 중심의 발전사관에 기

제 중 하나로서 다루어졌다. 김주연, 「文學史와 文學批評 — 한국문학사를 어떻게 볼 것인가」, 김현·김주연 엮음, 『文學이란 무엇인가』, 문학과지성사, 1976, p. 164.

4) 『새 민족문학사 강좌』(2009)에서 이루어진 집중적 반성은 "'민족'이라는 가치에 대한 다소 편향"으로 모아졌고, 한국문학사의 입체적이고 복합적인 면모를 좀더 풍부하게 보여주려는 취지는 "여성문학과 대중문학, 아동문학 등의 하위 주제들에도 지면을 할애"하는 방식으로 구체화되었다. 김시업, 「책을 펴내며」, 민족문학사연구소 엮음, 『새 민족문학사 강좌』 1·2, 창비, 2009, p. 7.

5) 김명인, 「문학사 서술은 불가능한가」, 『민족문학사연구』 43, 2010, pp. 15~16. 물론 이 글에서 김명인 논의의 강조점은 근대에 대한 환멸과 우상파괴가 곧 근대의 물리적 극복이 아님에 대한 확인과 함께 "기원을 은폐하고 자기동일성을 옹호하는 나르시시즘적 민족(문학)사/쓰기가 아니라 그 기원과 바깥을 성찰하면서 이루어지는 내파적 글쓰기로서의 민족(문학)사/쓰기의 유효성"에 대한 역설로 모아진다.

반한 문학의 선별 작업과 가치 판정이 지닌 편향성에 대한 비판적 검토가 이루어졌다.[6] 민족의 물질성이 여전히 강고한 현실을 두고 문학사 서술의 역설적 필요성을 요청하는 쪽이든, 유례없는 구성주의적 관점의 홍수 속에서 문학사 서술의 새로운 가능성을 발견할 수 없어 우두망찰하는 쪽이든, 문학연구장에서 문학사 서술이 가졌던 지위가 흔들린 사태에 대한 원인 분석은 크게 다르지 않다. 그 분석의 타당성에 대한 검토와도 무관하지 않은바, 문학사 서술에 대해 겨누었던 비판의 과녁이 무엇이었는가에 대해서는 되짚어 따져질 필요가 있다. 문학사 서술의 무용성 논의의 거점이 그 언저리에서 마련되고 있었다고 해야 하기 때문이다.

세심하게 돌이켜보건대, 비판의 과녁은 근대를 지탱했던 주요 관념들과 영향력 그리고 그 부수적 효과로서 근대적 세계 구성의 메커니즘으로 향해 있었다. 근대, 문학, 역사, 민족의 자명성의 아우라가 깨지고 그것이 한갓 관념적 구성물의 차원으로 한꺼번에 내동댕이쳐졌다. 구성물의 이음새가 짚어졌고 빈틈이 헤집어졌다. 문학사에 전제되었던 유기적 완결성과 발전사적 타당성, 즉 총체적 인식이 상상에 불과한 것임이 지적됐다. 문학사 서술이 배제와 망각의 원리를 은폐하고 있었음이 폭로되기도 했다. 이러한 비판적 검토 작업은 그간의 문학사가 보지 않았던 혹은 볼 수 없었던 문학

---

6) 이 작업은 문학연구 전반에 대한 비판적 검토와 긴밀한 연관성을 갖는다. 박헌호, 「'문학' '史' 없는 시대의 문학연구──우리 시대 한국 근대문학 연구에 대한 어떤 소회」, 『역사비평』 2006년 여름호; 권보드래, 「민족문학과 한국문학」, 『민족문학사연구』 44, 2010; 강진호, 「문학과 사회, 그리고 문학연구」, 『상허학보』 37, 2013 등 참조.

영역을 향한 새로운 문을 열어젖혔다. 그런데 연구장과 비평장의 제도적 정비가 이뤄지고 민족적 정체성이 재호명되면서 한국문학사의 필요성 논의가 한창이던 1970년대에 이미, 문학사 기술의 핵심이 개별 작가들 사이의 문학적 제 관계의 수립임을 되새기면서 피할 수 없는 질문으로 품어 안았던 것이 '문학사는 가능한가'이었음을 환기하지 않더라도, '한국문학사'라는 틀 안에서 역사적 진화의 설정은 가능하며 '작가와 작품 사이의 문학적 제 관계'에 대한 충분한 수립은 과연 가능한가라는 질문 앞에서 선뜻 긍정적 확언을 하기는 쉽지 않다.[7] 문학사 서술은 '보편-민족'의 실질을 채우는 내면으로서의 '개별-문학'을 둘러싼 구심적 구성 작업이지만, 동시에 문학 생산을 둘러싼 사회문화적 환경에 대한 인식이자 문학에 대한 가치 판정과 깊이 연루될 수밖에 없는 작업인 때문이다.

유물사관에 입각하든 보편사를 지향하든, 그간의 문학사 서술의 실질을 두고 보더라도, 백철의 『조선신문학사조사』 상·하(1947/1949), 조연현의 『한국현대문학사』(1956), 김윤식·김현의 『한국문학사』(1973) 이후의 문학사 서술이—그만큼 한국문학 자체의 부피와 연구의 층이 두터워진 때문이기도 하거니와—문학사 전반에 관한 총괄적 서술로서 시도되기보다는, 장르별, 양식별 서술의 형태를 취했고, 무엇보다 주요한 문제와 시대적 주요 특질이 느슨한 역사적 일관성 속에서 다소간 나열되는 형식을 취한다는 사실을 무시하기는 어렵다.[8] 이는 문학사 서술의 수행과정이 불러

---

7) 김주연, 「文學史와 文學批評—한국문학사를 어떻게 볼 것인가」, 같은 책, 1976, pp. 149~52.
8) 작가와 작품의 소개인 정영자의 「1950년대의 한국여성문학사 연구」(『비평문학』 17,

온 어려움과는 다른 차원에서 다루어져야 할 문제일 터, 이러한 점은 새로운 문학사를 만든 작업이 그간의 문학사 서술의 완전무결성과 실현 가능성을 거꾸로 상정하고 있었던 것은 아닌지 돌이켜볼 필요를 야기한다.[9] 문학사 서술의 실질이 '문학과 사회(현실/시대)'의 관계 설정과, 문학의 가치판단 기준의 설정, 나아가 문학에 대한 재정의 작업을 연쇄적으로 이끄는 것이라는 점까지 환기하자면, 탈근대 담론의 비판의 결과로 논의되는 문학사 서술의 무용성을 '민족' 문학사의 시대적 부정교합에 대한 판정으로 이해하면서, 문학사 서술의 본래적 불가능성이자 바로 그 자리에서 시작되어야 하는 문학사 서술의 반복성으로 교정해도 좋지 않을까 고려해보게 된다. 문학사 기획의 예정된 실패가 문학사 자체에 '예정에 없는' 변화를 가져올 수 있지만, 문학사 기획에 내장된 불가능성의 확인

2003)의 경우도 그러하거니와, 다음 서술의 일면에서 확인할 수 있듯, 여성문학사의 경우도 사정은 크게 다르지 않다. "그동안 여성문학과 관련해 해왔던 생각들을 모아서 책으로 낸다. '여성문학사'라는 말에는 여성의 눈으로 새로 보는 문학사라는 뜻과 여성의 문학적 활동에 관한 역사라는 양쪽의 뜻이 들어 있다. 여기에 실은 글은 대부분 후자에 해당하는바, 근대 한국 여성의 문학적 활동을 복원하거나 재해석하는 의미를 가지는 것들이다. 물론 여성의 눈으로 문학사 전체를 새로 볼 때 그 이전에는 간과했던 여성의 문학 활동도 당연히 들어오게 되겠지만, 여성의 눈으로 문학사를 새로 보고 쓴다는 것은 여성의 문학 활동에 대한 복원과 재해석을 넘어서서 정전 비판하기, 정전 해체하기와 같은 의미를 띠는 또 다른 종류의 작업에 속할 것이다. 그러나 한국의 근대문학사는 식민지와 분단의 역사 속에서 일반적으로 공감할 만한 정전 자체가 아직 성립되어 있지 않으며, 그런 점에서 어쩌면 아직은 해체할 대상도 없다고 생각한다. 그래서 여성의 눈으로 보는 한국 근대문학사를 쓰겠다는 꿈을 잠깐 뒤로 한 채, 그 기초 작업의 하나로 근대 한국 여성의 문학활동에 대해 연구를 집중한 셈이다"(이상경, 「책머리에」, 『한국근대여성문학사론』, 소명출판, 2002).
9) 정전화 작업이 내장한 원칙의 비논리성과 배제 논리 간의 모순에 대해서는 이종호, 「1970년대 한국문학전집의 발간과 소설의 정전화과정 ─어문각 『신한국문학전집』을 중심으로」, 『한국문학연구』 43, pp. 63~65.

이 문학사 서술의 무용성으로 곧바로 환원될 수는 없으며, 반복적 재기술의 필요성을 무화하는 것도 아닌 것이다.

그렇다면 여성문학사의 경우는 어떠한가. 여성문학사 서술이 여전히 필요하고 또 가능하다고 말해도 좋은가. '민족'이 그러하듯, '여성'이라는 보편이 상정될 수는 있으나 그 실현이 보증되지는 않으며 개별 관계 설정의 끝에서 저절로 구축되지도 않을 것이다. 주체 구성 메커니즘의 불완전성이나 정체성론의 한시적 유효성에 비추어보더라도, '민족'문학사 서술과 마찬가지로 '여성'문학사 서술이 끝내 실패할 기획임에는 분명할 것이다. '민족'이 아니라 '여성'이어서라기보다, 문학사로 응집되는 보편성에 대한 열망의 귀결이 결국 실패할 것이기 때문인데, 이는 또한 '보편'의 구축에 적대적인 정체성 정치identity politics 본래의 성격이 야기한 결과라고도 말할 수 있을 것이다. 따라서 문학사의 '일국성'을 교정하고 보완하기 위해 '여성문학사'가 등장해야 하는 것은 아니며, 문학사에 젠더 인식을 기입하는 일이 문학사 서술의 가능성에 대한 재고에서 출발해서 '여성문학사'의 기술을 통해 완수되는 것도 아니라고 해야 할 것이다. 엄밀히 말하면 문학사에서 여성문학이 홀대받은 사정이 곧 여성문학사의 필요성을 정당화하는 것도 아니다. 기존의 '보편적' 경험이 남성 지배계급의 경험이라면 여성뿐 아니라 피지배계급 남성 역시 동일한 상황에 놓여 있다는 점에서, 조금 과장하자면 여성문학사의 필요성은 피지배계급 남성문학사의 정당성까지 보증할 수 있어야 한다. 문학사에 젠더를 기입하는 일이 여성문학 중심의 문학사 재기술이나 여성작가의 발굴에 그칠 수 없는 이유가 여기에 있다.[10] 문학사에 젠더를 기입하는 일의 일환인 '여성'

문학사 서술 기획은 여성 작가의 발굴이나 여성성, 여성적인 것의 발굴 작업의 의미로 한정되지 않으며 문학사 인식의 시각적 전환의 거점을 마련하는 일이자 문학사 서술의 가능성에 대한 틀을 새롭게 짜는 것까지를 포괄한다. 나아가 현재 한국문학을 둘러싼 연구와 비평장의 난점에 대한 해소의 실마리로서, 즉 비판적 독해법의 발견과 쇄신된 '문학이란 무엇인가'라는 질문과의 대면 가능성을 지시하기도 하는 것이다.[11]

2. '여성/문학'(연구)의 게토화와 리셋의 가능성

□ '여성문학'의 문서고를 들여다보는 작업이 정전에 대한 재해석과 그간 문학사가 지웠던 여성 작가를 발굴하고 그 안에 담긴 '여성성'의 의미를 재구성하는 작업에서 나아가, 근대적 세계 재편

---

10) 이봉지, 「왜 여성문학사가 필요한가?」, 『한국프랑스학논집』 64, 2008, pp. 179~82.
11) '여성'문학사 기획을 문학사 서술과 문학 이해의 새로운 가능성의 차원에서 이해하려는 입장에서, 여성주의 비평으로의 전환과 새로운 인간 해방의 비전 제시가 요청된다. 임금복, 「한국 현대문학사에 나타난 여성문학의 위상과 그 극복」, 『국제어문』 9·10, 1989; 김미현·황도경·곽승미, 「한국현대여성문학사-소설—여성언어의 사적 전개를 중심으로」, 『어문연구』 30(1), 2002; 권명아, 「여성 수난사 이야기, 민족국가 만들기와 여성성의 동원」, 『여성문학연구』 7, 2002; 이경하, 「여성문학사 서술의 필요성에 관하여」, 『여성문학연구』 11, 2004; 최기숙, 「젠더 비평: 메타 비평으로서의 고전 독해」, 『한국고전여성문학연구』 12, 2006; 이혜령, 「젠더와 민족·문학·사」, 『한국소설과 골상학적 타자들』, 소명출판, 2007; 이봉지, 「왜 여성문학사가 필요한가?」, 『한국프랑스학논집』 64, 2008; 최기숙, 「"고전-여성-문학-사"를 매개하는 "젠더 비평"의 학술사적 궤적과 방향—"한국고전여성문학연구"의 학술사적 의의와 과제」, 『한국고전여성문학연구』 25, 2012; 김양선, 「여성성, 여성적인 것과 근대소설의 형성」, 『민족문학사연구』 52, 2013 등.

기획이 가부장제 이데올로기와 결합하면서 어머니와 아내의 자리 그리고 모성을 민족의 이름으로 호명하고 훼손되지 않은 자연성을 처녀성의 이름으로 대체하는 과정에 대한 연구 성과로 축적되었음을 새삼 강조할 필요는 없을 것이다. 이는 남성/여성, 중심/주변, 제국/식민, 이성/감성, 정신/육체, 고급/저급, 순수/통속으로 무한히 변주되는 근대의 이분법에 대한 전면적 대결 의식의 소산이며, '여성문학' 연구에서 시발된 다종다양한 연구들의 성과로서 평가되어야 할 것이다. '여성문학'의 문서고를 들여다본 그간의 작업을 통해 여성을 보편적 인간의 결여태로 상정하는 인식틀, 사소한 일상을 다루어 문학세계가 좁다고 판정하거나 역사의식의 결여를 지적하고 그러한 성격에 '여성다운' 혹은 '여류적인'의 수식어를 덧씌우는 방식, 여성 작가에 대한 연구를 그들의 사생활에 대한 것과 등치시킨 논의는[12] 상당 부분 교정되었다. 그러나 이러한 성과의 축적과는 별개로, 현재 문학연구와 비평장에서 '여성문학'에 대한 관심은 많지 않으며, 여성주의 비평의 영향력도 뚜렷하지 않은 것이 사실이다. '여성'문학사의 재기술 가능성을 논의하기 위해서는 그간 어떻게 '여성문학' 연구의 게토화가 진행되어왔는가를 둘러싼 재검토가 필요하다. 이에 대해서는 그간의 선행 작업에서 다각도의 검토가 이루어졌지만 여전히 더 짚어질 필요가 있기도 하다. '여성문학'의 문서고를 들여다보는 작업의 의미는 매번 지금-이곳의 시선을 통해 재규정되어야 할 작업인 때문이다.

---

12) 임금복, 「한국 현대문학사에 나타난 여성문학의 위상과 그 극복」, 『국제어문』 9·10, 1989, p. 91; 황도경, 「지워진 여성, 반쪽의 문학사 ─ 근대문학연구에 나타난 '여성'의 부재」, 『한국근대문학연구』 1, 2000, pp. 12~17.

최근 들어 女性文學은 뒤늦은 관심의 대상으로 부각되고 있다. 특히 8, 90년대 이후 부쩍 증가하기 시작한 女性 作家들의 양적, 질적 확대와 페미니즘 이론의 활발한 受容 속에서 女性文學은 조금씩 그 다양한 면모를 드러내고 있고, 이에 대한 論議 역시 한층 심화, 다양화되어 있다. 더욱이 現代 페미니즘 批評이 초기의 抑壓的인 男性 이데올로기에 對抗하기 위한 運動的 차원의 論議에서 점차 女性 固有의 經驗과 特性 등에 가치를 부여하고 이를 적극적으로 읽어내려는 방향으로 전개되어왔듯이, 우리의 女性文學에 대한 논의 역시 **女性解放運動**의 일환으로 시작되어오던 것에서 점차 **女性 固有의 詩學**에 대한 관심으로 변모, 발전해오고 있음을 알 수 있다. 그러나 이러한 작업은 여전히 몇몇 作家들을 중심으로 단편적이고 부분적으로 이루어지고 있을 뿐, 現代文學史의 큰 줄기 속에서 女性文學의 系譜를 通時的으로 검토하고 동시에 그 고유의 特性과 位相을 점검하는 작업은 본격화되고 있지 않은 실정이다. 우리는 이러한 問題意識 위에서 우리의 **女性文學을** 보다 총체적으로 조감함과 아울러 **女性의 詩學**을 발견해내는 작업을 하고자 한다.[13)

여성문학과 여성문학론은 1990년대 들어 우리나라 비평계와 창작계 양쪽에서 가장 인기 있는 화두가 되었다. 이는 세계적으로 냉전체제의 와해를 계기로 그 이전에 이데올로기 문제에 밀려 주변에

---

13) 김치수·김현숙·황도경, 「한국문학과 여성 II」, 『어문연구』 89, 1996, p. 107. 이하 강조는 인용자의 것이다.

있던 것들에 관심을 쏟게 된 것과 때를 같이하여 여성작가들이 대거 등장하고 고등교육을 받고 여성으로서의 자의식을 갖게 된 여성 집단이 그들의 작품에 구매력을 가지면서 가능해진 것이다. 그러나 한편으로 1990년대의 폭발적인 페미니즘 열기는 문학 연구의 '또 하나의 새로운' 방법론으로, 혹은 더 많은 고객을 끌어들이기 위한 문화상업주의와 맞물려 진행되면서, 억압에 저항하고 여성의 인간다움을 지향하는 '여성문학'이라는 본래의 의도는 희석되어가고 있는 듯한 느낌도 없지 않다. 이제 한국 여성문학 연구가 새로운 단계로 발전하고자 하는 자기 내부의 욕구에 직면한 이 자리에서 우리가 걸어온 길을 돌아본다면 나아갈 길의 방향도 보일 것이다.[14]

1990년대 근대 비판과 근대 이후를 모색하는 움직임들 속에서 여성문학론은 탈근대 기획을 대표하는 문학이론으로 자리 잡는다. 탈근대 담론은 동일성보다는 차이, 통일성보다는 다양성이 빚어내는 틈과 균열에 주목했고, 그 와중에 여성문학론은 탈근대 담론이 내세우는 차이의 정치를 효율적으로 수행할 수 있는 이론으로 여겨졌다. [……] 범박하게 말해 1990년대 여성문학 연구가 여성성, 여성적 글쓰기, 여성작가들의 작품 발굴과 재해석을 중심으로 이루어졌다면, 2000년대 여성문학 연구는 기왕의 연구성과를 수렴하면서 문학제도사와 일상사, 문화사 등 학제 간 연구로 그 범위를 넓히고 있다. 또한 근대성, 민족주의, 식민주의, 파시즘 등을 젠더 정치학이나 젠더 위계질서와 관련

---

14) 이상경, 「한국 여성문학론의 역사와 이론」, 『한국근대여성문학사론』, 소명출판, 2002, pp. 9~10.

하여 조망하는 작업이 활발하게 진행되고 있다.[15]

　여성문학론자들이 다양한 방식으로 요약한 여성문학을 둘러싼 연구사를 굳이 반복해서 정리하자면 큰 흐름에서 다음과 같이 분류할 수 있을 것이다. 1990년대 전후 본격화된 학술운동의 일환으로 외국 이론에 기대지 않고 여성이 처한 한국적 현실과 문학작품에 대면해야 한다는 요청에 부응하기 위한 시도로서 여성문학에 관심을 기울였던[16] 흐름에서 시작하여, 구체적인 텍스트 분석과 작가 의식이 검토되었다. 민족모순을 날카롭게 짚은 작품 가운데에도 여성을 성적으로 대상화한 사례는 흔했고, 특정 작가·작품에 한정되지 않고 젠더적으로 불평등한 면모를 무심결에 드러내는 텍스트가 허다했다. 이른바 정전 해체 작업이 시도되었고, 텍스트와 작가 인식의 근간에 놓인 가부장제 이데올로기를 비판하는 작업이 이어졌다. 탈근대 담론의 대거 유입과 함께 여성주의 이론의 깊이가 뚜렷해지면서 이후 여성주의 비평은 전복적 독해로 구현되었고 새로운 문학연구 방법론이자 비평적 독해법으로 널리 공감대를 마련하기에 이른다. 이 과정은 여성주의 연구/비평이 문학의 독해법 개발에 한정되지 않고 문학의 인식틀 변화를 마련하며 그러한 변화를 야기한 조건에 대한 연구까지를 포함하는 시야 넓은 방

---

15) 김양선, 「여성의 관점에서 본 근·현대문학사의 (재)구성」, 민족문학사연구소 엮음, 『새 민족문학사 강좌』 2, 창비, 2009, p. 496.

16) 이상경, 「여성의 눈으로 본 한국문학의 현실」, 『한국근대여성문학사론』, 소명출판, 2002, p. 306(정은희·박혜숙·이상경·박은하, 「여성의 눈으로 본 한국문학의 현실」, 『여성』 1, 창작과비평사, 1985).

법론으로 자리매김되기 시작했음을 말해준다.[17]

    ② 여성문학론을 둘러싸고 같은 듯 다른 계통수를 마련하고 있
는 논의들의 검토를 통해 세 갈래의 연구 흐름이 지속되고 있음을

17) 구체적으로는 다음과 같은 저서를 거론할 수 있다. 임금복, 『현대여성소설의 페미
니즘 정신사』, 새미, 2000; 권명아, 『가족이야기는 어떻게 만들어지는가』, 책세상,
2000; 송명희, 『섹슈얼리티·젠더·페미니즘』, 푸른사상, 2000; 이상경, 『한국근대여
성문학사론』, 소명출판, 2002; 김미현, 『판도라 상자 속의 문학』, 민음사, 2001; 김
미현, 『여성문학을 넘어서』, 민음사, 2002; 태혜숙, 『한국의 탈식민 페미니즘과 지
식생산』, 문화과학사, 2004; 권명아, 『역사적 파시즘』, 책세상, 2005; 김복순, 『페
미니즘 미학과 보편성의 문제』, 소명출판, 2005; 심진경, 『여성, 문학을 가로지르
다』, 문학과지성사, 2005; 심진경, 『한국문학과 섹슈얼리티』, 소명출판, 2006; 이혜
령, 『한국 근대소설과 섹슈얼리티의 서사학』, 소명출판, 2007; 이혜령, 『한국소설과
골상학적 타자들』, 소명출판, 2007; 김미현, 『젠더 프리즘』, 민음사, 2008; 이상경,
『임순득, 대안적 여성 주체를 향하여』, 소명출판, 2009; 김양선, 『경계에 선 여성문
학』, 역락, 2009; 김양선, 『근대문학의 탈식민성과 젠더정치학』, 역락, 2009; 한국
여성문학학회, 『한국 여성문학 연구의 현황과 전망』, 소명출판, 2008; 김복순, 『"나
는 여자다" 방법으로서의 젠더』, 소명출판, 2012; 김양선, 『한국 근·현대 여성문학
장의 형성』, 소명출판, 2012; 송명희, 『페미니즘 비평』, 한국문화사, 2012; 권명아,
『무한히 정치적인 외로움』, 갈무리, 2012; 권명아, 『음란과 혁명』, 책세상, 2013. 덧
붙여 현재까지 지속되고 있는 식민지 시기 여성 주체와 하위 주체(신여성, 여성 노
동자, 기생, 하녀 등) 연구의 성과를 간과할 수 없으며, 글쓰기, 몸의 문제 등 다양하
게 확장되어간 연구(영역)의 의미도 충분히 검토되어야 할 것이다. 그간의 축적된
연구 성과에 대한 검토는 '여성주의'라는 범주로 수행된 연구에 대한 검토만을 의미
하지 않으며 현재 한국문학 연구/비평이 처해 있는 방법론적 난국의 타개와도 긴밀
하게 연관된 작업이다. 이에 따라 연구 성과에 대한 총괄적 검토는 1990년대 이후
로 한국문학에 관한 그간의 쇄신의 작업 전반에 대한 평가를 포함하는 일이라고 말
할 수 있을 것인데, 이런 사정은 방대한 작업에 대한 평가를 '여성문학사'라는 관점
으로 들여다보려는 본고의 피할 수 없는 한계를 드러내주는 것이라고 해야 한다. 새
로운 방법론의 모색이라는 과제까지 포함해서 이에 대한 명쾌한 분석과 뚜렷한 대
안을 논의하는 일은 필자의 역량을 넘어선다. 본고에서는 '문학사'라는 분석 범주로
포착할 수 있는 핵심적 문제들을 중심으로 새로운 문학연구 방법론의 가능성을 짚
어보는 것으로 만족하고자 한다.

확인할 수 있다. 논자에 따라 1980년대, 1990년대, 2000년대 식 시대 구분의 선분 위에 이 흐름을 겹쳐놓기도 하고, 근대와 탈근대 시대라는 변곡점을 거치면서 야기된 사회문화적 현실 변화를 흐름의 배경으로 덧붙이기도 하며, 탈경계적 학문화 경향과 문학 혹은 문화연구와 비평장의 주된 관심사 변동 추이와의 관련 속에서 여성주의 비평과 여성문학사 기획의 의미와 공과를 따지기도 한다. 오해를 없애기 위해 짚어두자면, 굳이 분류한 세 갈래의 흐름이 (거듭되는 변주를 포괄적으로 포함한) 연속성 속에서 사적 계보를 이루고 있는 것도, 세 갈래의 흐름 사이에 서로 다른 연구자 그룹이 배타적으로 포진해 있는 것도 아니라는 사실이다.

일면 한계의 극복 차원에서 논의의 지점이 가로질러지거나 겹쳐지기도 하지만 그 갈래 자체는 현재까지도 어느 정도 유지되고 있으며 또 유지될 수밖에 없는 게 현실이기도 하다. 이는 세 갈래의 흐름이 연구사의 내적 동력에 의해 통합되거나 분리될 수 없음이 역설적으로 드러나는 대목이기도 하다. 여기서 여성주의 비평과 여성문학사 기획의 의미가 정치사회적 문맥과 역사적 국면을 벗어난 채 확정되기 어려운 사정을 환기해두어도 좋을 것이다. 이러한 상황은 그대로인 채로, 최근까지의 추세로 보면 문학과 정치를 가로지르려는 대표적 시도 가운데 하나인 '여성문학' 연구는 점차 '근대문학'에 대한 젠더/섹슈얼리티 연구로 이동했으며, 문학연구장에서 각광받던 여성문학 연구와 여성주의 비평의 범주가 타자에 대한 폭넓은 관심 속에서 형해화되기 시작하고 대표 타자로서의 여성에 대한 학문적 관심도 서서히 감소해왔다.

'여성문학' 연구의 게토화 현상은 문단과 비평계 상황을 통해 좀더 분명하게 확인할 수 있기도 하다. 따지자면, '여성'이 문학사적 맥락에서 중점적 논의 대상으로 부상한 것은 1990년대 중후반 이후다. 기성의 문학사가 '여성'을 다뤘던 방식을 재검토하고 계통수를 재구축할 필요성이 논의된 것은, '여성'에 대한 관심의 다변화된 담론적 영향력과 긴밀한 상관성이 있다. 선후 인과의 논리를 따질 수 없을 정도로 동시다발적으로, 한국문학에 여성주의와 여성문학에 대한 관심이 집중됐고 그것에 값하는 작품이 생산됐다. 탈근대, 탈민족 담론의 여파가 여성주의 비평에 대한 관심을 북돋웠으며 여성 시학 혹은 문학을 통한 여성성의 구축을 목표로 하는 여성문학사 서술을 기획하게 했음을 간략하게 언급했지만, 우선 거대서사라는 이름으로 삭제했거나 다소간 소홀히 다루었던 문제들로 눈길을 돌리는 작가들의 등장을 두드러진 현상으로 꼽을 수 있다. 흥미롭게도 '성별' 구분을 의식하게 될 정도로 '여성' 작가들의 약진이 두드러졌다. 은희경, 신경숙, 전경린 등으로 대표되는 '여성' 작가들이 '여성'을 둘러싼 문제와 '여성적' 시각에서 바라본 세계를 다루었고, 폭넓은 독자군을 이끌면서 문단의 중심부에 안착하고 있었다.[18]

2000년대 중반 이후로 최근 한국 문단에서 문학 생산 주체의 성별은 따로 언급될 만한 특성이 될 수 없어졌으며, 인간 존재 가운데 여성이 특화된 존재로서 다루어질 필요성도 많지 않아졌다. 최근 신춘문예 등을 통해 새롭게 문단에 진입한 작가나 문단을 대표

---

18) 식민지 시기의 대표적 여성 작가인 나혜석, 김명순, 김일엽 등에 대한 연구에서부터 시작해서 오정희, 박완서, 박경리 등의 소설에 대한 문학사적 관심이 뚜렷해진 것도 이즈음이다. 이후 축적된 학술 연구를 통해 이들의 문학사적 위상은 높아졌고 문학적 가치에 대한 해석의 층위도 다양해졌다.

하는 문학상을 수상한 작가들의 성별도, 따지자면 '여성'인 경우가 많지만, 그 사실 자체는 더 이상 관심이나 논의의 대상이 아니게 되었다. 현실 사정의 변화는 '여성문학'이나 '여성적 시각'을 주장하는 입장을 고루하거나 구태의연한 것으로 치부하려는 경향을 불러오기도 했다. 타고난 성별의 문제든 사회적으로 구성된 젠더의 문제든, 오늘날 섹스/젠더 구분을 뛰어넘는 인류 보편의 문제들, 글로벌리즘으로 압축되는 경제적 문제들 앞에서 그러한 구분의 유용성이 많지 않음이 지적되거나 문제의 복합성을 복합적으로 다룰 수 없게 하는 편협한 인식틀로 매도되기도 했다.

③ 그러나 섹스/젠더의 구분이 사회 문제의 핵에 놓여 있지 않은 것처럼 보이는 이러한 변화가 여성적 시각에 입각한 문학사의 재구축 혹은 그에 상응하는 인식의 전환에 값하는 것이었다고 판정하기는 쉽지 않다. '여성문학' 연구가 게토화되고 여성 문제가 더 이상 논의의 대상이 되지 않는 것은 여성 문제에 관해 충분히 논의된 결과라기보다 글로벌리즘의 국내적, 사회적 여파로서 이해되어야 할 측면이 있는 것은 아닌지, 그나마도 2000년대 후반 이후로 타자/소수자 문제 전반에 대한 사회적/학적 관심 저하의 일면으로서 여성 문제 역시 충분히 논의되기도 전에 흐지부지된 측면이 있다고 해야 하는 것은 아닌지 고려해볼 필요도 있다. 이러한 사정은 역설적으로 '여성문학' 연구의 게토화를 연구자의 능력이나 방법론의 한계로 폄훼할 필요가 없음을 말해주는 것이기도 하다. 문학사 서술 기획에서 주요 논점이 여성 작가의 수용 여부가 아니라 '여성적 시각'의 확보에 있다는 지적이나[19) 탈근대 담론에 입각한

논의들이 대상 텍스트만 달리하는 동어반복에 함몰되어 있으며,[20] 여성문학 연구 전반에서 문학연구의 신경향을 받아쓰고 있다는 비판은[21] 여전히 유효하지만, '여성문학' 연구의 게토화는 여성문학 연구가 '문학과 현실' '문학과 정치'의 접점을 마련하려는 작업임을 역설적으로 입증하는 지점이며, 그 작업이 불가피하게 직면해야 하는 딜레마의 부조(浮彫)이기도 하기 때문이다.

여성주의 비평에 대한 공격과 불인정의 대표적 언설로 리타 펠스키Rita Felski가 언급한 논평의 한 대목──"일부 여성주의 비평가들마저 텍스트를 제대로 읽어내지 않는다고 말하려는 것은 아니다. 다만 텍스트를 제대로 읽어내려면 인종-젠더-계급이라는 규범적 기대치에 대비하여 텍스트를 측정할 것이 아니라 텍스트가 말하고 있는 것 자체에 주목해야 한다. 말하자면 여성주의 비평가들은 여성주의자로서가 아니라 비평가로서 행동해야만 했다"[22]──에서도 쉽게 확인할 수 있듯, 문학과 문화, 예술과 현실, 미학과 정치의 깊은 상관성에 대한 이해의 요청인 여성주의 비평은 종종 이데올로기적 강박을 텍스트에 강요하는 작업이나, 그리하여 과도한 정치적 편향에 사로잡혀 문학의 의미를 협소화하고 단순화하는 작업으로 오해

19) 황도경, 「지워진 여성, 반쪽의 문학사──근대문학연구에 나타난 '여성'의 부재」, 『한국근대문학연구』 1, 2000, p. 29.
20) 김양선, 「탈근대, 탈민족 담론과 페미니즘 (문학) 연구──경합과 교섭에 대한 비판적 읽기」, 『민족문학사연구』 33, 2007, p. 76.
21) 김양선, 「한국 여성문학 연구장의 변전과 과제──〈한국여성문학학회〉를 중심으로」, 『여성문학연구』 28, 2012, p. 665.
22) 리타 펠스키, 『페미니즘 이후의 문학』, 이은경 옮김, 여이연, 2010, p. 21(John M. Ellis, *Literature Lost: Social Agendas and the Corruption of the Humanities*, Yale University Press, 1999, p. 235).

될 위험에 노출돼 있다.[23] 여성주의 연구와 비평의 이론 과잉의 지점이 도식적이고 경직된 해석을 야기했다는 비판으로 변주되기도 하는데, 이는 과소한 문학과 과잉한 이론/이데올로기라는 논리로 리얼리즘론이나 문화론 연구가 비판되는 맥락과 궤를 같이한다.[24]

더구나 여성주의 비평이 처한 딜레마가 문학과 정치를 가로지르려는 난망한 시도에만 놓여 있는 것은 아니다. 여성주의 비평에 대한 비판이 탈민족/탈근대 담론에 근거한 연구나 문화론에 입각한 연구와 '함께' 비판되기도 하지만, 여성주의 비평은 종종 탈근대 담론과의 만남에서 부득이하게 발생하는 모순의 지점을 노정한다. 권위라는 가부장적 관행 해체 작업은 극단에 이르면 여성문학의 존속 자체를 위협하는 논리가 된다. 가령, 저자에서 독자로, 작품에서 텍스트로 이동해간 롤랑 바르트의 '저자의 죽음'에 대한 선언을 전면적으로 수용하면서 그것에 기대어 여성문학의 정체에 대한 논의를 이어가기는 쉽지 않다.[25] 저자의 권위에 대한 의심과 거부는 그 저자의 젠더를 묻는 지점에서 멈추지 않으면 여성 저자에 대한 논의를 지속할 근거마저 상실하게 만들 수 있다.

이러한 난국을 돌파하려는 시도는 여성문학, 여성주의 비평, 여

---

23) 리타 펠스키, 같은 책, pp. 21~25.

24) 문학의 특수성을 고려하지 않고 사료 일반으로 처리하는 방식에 대한 비판이 국문학 영역에서 이루어지는 문화론에 대한 비판의 일반적 언술이다. 문학을 이데올로기나 사료로 해소해버리지 않으면서 확장된 시야에서 문학을 어떻게 다시 독해해낼 수 있는가는 한국의 경우만이 아니라 문화연구로 이동해간 문학연구자들의 지속적인 고민거리 가운데 하나다. Michael Bérubé(ed.), *The Aesthetics of Cultural Studies*, Wiley-Blackwell, 2004, pp. 28~43.

25) 리타 펠스키, 같은 책, p. 99.

성문학사 서술 사이에 놓인 '방법론'과 '대상' 사이의 층차를 좁히려는 쪽으로, 정체성론의 한계가 불러오는 방법론적 난점을 해소하기 위해 '여성문학' 연구가 젠더/섹슈얼리티 연구로 움직여가는 방식으로 이루어졌다. 그 과정에서 이른바 '문화사나 풍속사, 문화연구' 등에서 문학연구와 비평의 혁신을 이끌기 위해 적극적으로 활용하는 방법론으로 채택·통합되기도 했다. 이는 사회과학의 성맹성gender-blindness과 여성의 배제·누락의 상황 타개를 위한 개념 도구이자 분석 범주로서 등장한 '젠더'가 점차 문화연구의 방법론 일반으로 통합되어간 경향과도 유비적으로 이해될 수 있다.[26] 이러한 경향성을 두고 기원적 성격과 정치적 함의의 상실을 비판적으로 지적할 수 있으며, 역설적으로 (젠더/섹슈얼리티를 포함한) 여성주의의 분석 범주가 연구와 비평 영역 전반에 영향력을 행사하게 된 상황을 적극적으로 읽어낼 수도 있다.

결과적으로 현재로서는 여성문학의 사적 재구축 작업이 여성주의 연구의 대부분을 차지하는 것으로 보이기도 하지만, 그렇다고 여성문학 연구의 게토화가 곧바로 여성문학 연구에의 요청을 약화시킨다고 단언해서는 곤란하다. 그러한 판단은 탈근대론과 접합점을 마련하면서 전개되어온 여성주의 연구/비평의 현재적 상황에 대한 착시의 결과이거나 여성문학과 여성주의 비평에 대한 다수의 무관심 속에서 증폭되고 있는 오해인지 모른다. 따라서 여성주의의 급진적 정치성이 '문화사나 풍속사, 문화연구'로 꽤 많이 흡수

---

26) 배은경, 「사회 분석 범주로서의 '젠더' 개념과 페미니스트 문화 연구—개념사적 접근」, 『페미니즘연구』 4, 2004, pp. 57~59, 80~90.

되어버린 상황을 두고 여성주의의 무용성을 섣불리 주장할 필요는 없을 것이다. 그보다는 오히려 여성주의 관점을 호명해야 했던 상황에 대한 환기와, 그것의 현재적 유의미성에 대한 고찰이 좀더 적극적으로 요청된다고 말해야 한다. 여성문학 연구의 왜소화가 현실 사회의 '여성'의 위치 변화에서 야기된 것임을 환기하자면, 젠더/섹슈얼리티 연구를 포함한 여성주의 비평이 공존하기 어려운 '이론 혹은 방법론'의 딜레마 앞에서, 게토화의 극복을 위해, 양자택일의 선택지를 두고 끝내 어떤 선택을 해야 하는지에 대해 유연하게 대처할 필요가 있는 것이다.

3. 방법론적 동력으로서 '차이/보편'의 배리

[1] '국학'의 위상 변동에 따른 국문학 연구의 지위 변동, 즉 '국학에서 한국학으로의 전환'이 특권적 존재로서의 국문학을 개별자로서의 한국문학으로 되돌려놓은 현실에 비추어,[27] 민족문학사와 여성문학사, '민족'과 '여성'의 상관성에 대해 다시 짚고 넘어갈 필요가 있을 것이다. 여성주의 비평과 여성문학사 서술 문제가 문학연구장 전반의 논점으로 확장되지 못한 채 게토화된(/되었다고 평가되는) 상황이 '여성'의 이름으로 행해지는 비평과 문학사 기획이품고 있는 난제들과 연관이 깊다는 점을 부인하기는 어렵다.[28] 젠

---

27) 서영채, 「소설과 문학사, 기원의 담론」, 『민족문학사연구』 53, 2014, p. 258.
28) 근대 초기의 나혜석, 김명순, 김일엽으로부터 1930년대의 강경애, 최정희, 박화성, 1970년대의 오정희, 박완서의 소설작품에 할당된 문학사적 위상이 여전히 '여성'이

더, 페미니즘, 섹슈얼리티 담론까지 포함해서 '여성'이라는 범주에
긴박된 생물학적 본질론을 상대화하려는 작업이 지속되어왔으나,[29]
섹스/젠더의 분리 불가능성을 승인하고 기표로서의 젠더와 담론
수행성을 강조하고자 하는 버틀러의 논의를 굳이 끌어오지 않는다
해도, 그 작업의 성공 여부를 가늠하기 쉽지 않은 것이다. 게토화
된 영역으로서의 '여성' 문제에 국한하지 않고 문학과 근대 전반에
대한 비판적 쇄신의 거점을 마련하고자 한 시도들—젠더적 관점
과 섹슈얼리티 연구, 파시즘, 풍속사 연구까지 포함해서—이 어
떤 성과를 마련하고 있는지에 대한 검토까지 포괄한다는 점에서,
한국문학을 논의하는 자리에서 '여성'의 위치를 따져보는 일은 이
후 지금껏 '여성문학'이라는 이름으로—혹은 그것에 대한 대항적
가능성의 모색까지 포함해서—행해진, '문학사에 젠더를 기입하

라는 범주에서 그리 멀지 않은 사정을 떠올려보아도 좋을 것이다. '여성'이라는 키
워드는 문학사의 구조 자체를 해체하거나 재구축하는 데까지 이르지 못했으며, 여
전히 문학사의 잉여이자 부가적 영역 가운데 하나로 다루어지고 있다. 평가의 기준
자체에 대한 논의 없이 가치의 가중치 조정을 통해 평가 기준에 대한 전면적 재편이
무마된 형국이라고 말할 수도 있을 것이다. 이런 사정을 두루 고려하자면, 우리는
어쩌면 '여성'이라는 키워드로 문학사를 다시 들여다보는 일에 관한 한, 산적한 작업
의 요청 앞에 놓여 있으며, 보다 확장된 시야 속에서 보자면 한국문학은 소수자/타
자와 문학의 상관성을 둘러싸고 그간 당면한 문제들 가운데 어떤 것도 뚜렷하게 구
체화시키지 못했다고 말해야 하는지도 모른다.
29) 가령, 여성문학을 연구하거나 여성주의적 관점을 견지했던 한 연구자가 토로한 불
안—"수년 동안 한국 근대소설의 섹슈얼리티란 테마로 공부를 해온 나에게도 내 논
문이 페미니즘 쪽 연구로 오해되지 않기를 바라는 다소 전도된 불안"—은 문학사
서술에서 '배제되고 주변화된 영역'으로 다루어질 때에야 비로소 문학사에 편입될
수밖에 없는 여성문학의 역설의 지점에 대한 비판적 문제제기의 의미를 갖는다. 이
혜령, 「젠더와 민족·문학·사」, 『한국소설과 골상학적 타자들』, 소명출판, 2007, pp.
240~41.

는' 작업의 스펙트럼을 조망하고 폐색된 출구를 마련하기 위한 작업이 될 수 있을 것이기 때문이다.

'여성문학' 연구라는 범주 혹은 용어가 관련 연구자에게 야기하는 불편함은 그것이 여성성 혹은 여성적인 것의 추출에서 시작되는 차이의 정치학이자 중심성을 지향하는 정체성 정치의 일환이기 때문이다. 앞서 언급했듯 탈근대 담론을 기반으로 방법론을 구축하자면 연구가 그 범주의 존립 자체를 불가능하게 하는 자승자박의 지점으로 내몰리게 된다. 연구자 자신도 그러하지만, 여성문학의 확장된 외연까지 포함하더라도, 여성문학에 대한 시선에는 '여성이 공통된 심리나 정체성을 공유할 것'이라는 가정이 전제되기 쉽다.[30] 여성주의 이론이 '여성의 범주'를 통해 이해되는 정체성의 현존을 가정해왔다는 점에서 여성주의와 정체성 정치 사이에는 피할 수 없는 모순이 존재하는 것이다.

보편성의 허구적 면모를 두고 그간 여성주의 비평이 견지해온 비판의 치열함에서 여성주의 연구의 여전한 유효성이 찾아지는 것에서도 엿볼 수 있듯이[31] 정체성 정치에 기반한 동시에 여성주의 비평은 보편성과 불편한 관계를 지속해왔다. '민족'과 '여성'의 상관성에 대한 논의를 대표적으로 거론할 수 있을 것이다. 그간 '민족'이라는 대주체의 '타자'로서 '여성'이 상정되는 방식, 즉 '민족'과 '여성'의 상관성이 그것에 대한 전면적 거부를 표명하는 논의에서도 전제로서 활용될 수밖에 없었다. '농민'을 '민족'의 이름으로

---

30) 여성문학/여성주의 비평의 핵심 개념들인 여성성, 여성적 글쓰기 등이 새로운 독해의 거점으로 충분히 평가받지 못하는 연유가 여기에 있다.

31) 강진호, 「문학과 사회, 그리고 문학연구」, 『상허학보』 37, 2013, pp. 33~34.

소환하고 '농촌소설'의 위상을 민족문학의 대표성 속에서 확인하고자 했던 1970년대 민족문학론 수립의 전개에 비추어볼 때,[32] 문학사에서 배제된 존재로서의 여성에 대한 발견이 정체성론을 기반으로 한 식민사관의 극복을 목표로 했던 민족문학론의 수립에 배치되는 일이 아니었음을 유추하기는 어렵지 않다.

이후의 작업을 통해 이 관련성에 대한 비판적 검토가 이뤄졌지만, 따지자면 대거 유입된 첨단의 여성주의 이론에 의해 여성과 여성문학의 위상이 전면적으로 재조정됐는지 의구심을 떨칠 수 없는 것도 사실이다. '여성'을 '민족'의 일원으로 새롭게 발견해야 한다는 입장이 가졌던 한계, 내부적으로 '민족' 담론의 폭력적 배제 논리를 반복할 수밖에 없는 일면은 근대 구성 원리의 대표적 체현물이기도 한 '민족' 담론의 메커니즘에 대한 검토를 통해 통렬하게 비판됐다. 하지만 그 비판이 '민족'과 '여성'의 상관성 속에서 이뤄지기보다 '민족' 담론의 폐기에 대한 요청 속에서 함께 수행된 측면이 없지 않다. 그간 보편적이라 여겨졌던 것들을 남성성의 구현이라는 이름으로 비판해오면서 여성을 특수한 사례로 간주할 수밖에 없는 역설에 처하기도 했거니와, '민족'의 타자로서의 여성이 수많은 다른 타자들과 어떻게 관계 맺을 것인가에 대한 고민을 보편에 대한 논의와 함께 폐기하거나 외면한 측면이 없지 않은 것이다.

정체성 정치의 한계가 보편에 대한 논의 자체의 폐기를 통해 극복될 수 있는가의 문제는 차치하더라도, 현실 상황의 변화와 분화가 지속되고 있음을 고려하지 않을 수 없다. 여성이 처한 현실적

32) 좌담 「농촌소설과 농민생활」, 『창작과비평』 1977년 겨울호 참조.

정황이 역사적 문맥 속에서 점진적으로 더 좋은 쪽으로 움직이고 있다 해도, 국내 계층별, 인종별, 지역별 차이가 점차 심화되고 있으며 이에 따라 특정 계층에게는 과거의 일이 돼버린 현실 문제가 특정 지역이나 인종에게는 가장 심각한 문제로 대두되고 있기도 하다. 여성이라는 범주만큼이나 그 내부의 차이도 심화되고 있는 추세다. 이러한 사정에 대한 고려의 목소리는 여성/젠더/섹슈얼리티 문제를 다루면서 계급, 인종, 국적, 지역, 성적 취향 등 정체성을 구성하는 다양한 인자들에 대한 관심을 놓치지 말아야 한다는 당부, 말하자면 담론, 대표/재현, 정체성 문제에 대한 연구 성과를 축적하면서도 그것이 "또한 궁극적으로 물적 현실을 겨냥해야 한다"[33]는 다짐, "새로운 종류의 연대나 차이와 이질성을 인정하는 윤리의 정립"[34]에 대한 요청으로 되새겨지기도 한다. 그럼에도 이러한 정치사회적 환경 변화에 대응하면서 '민족'의 젠더를 묻는 차이의 정치학에 기반해 있으면서도 '여성' 내부의 차이를 배제하거나 외면하게 되는 자체 모순을 해결하기 위해 보편론 자체를 폐기하는 방식이 과연 유효한 대책인지 되짚어질 여지가 남는다.

2 여성 범주를 의도와 무관하게 이음새 없거나 안정적인 것으로 상정하게 되면 그렇게 만들어진 배타적 영역이 그 구성의 강압적이고 규제적인 결과를 드러낸다. 여성주의 내부의 파편화나 여성주의가 재현하고자 하는 '여성들'이 여성주의에 배치되는 역설

---

33) 이혜령, 같은 글, pp. 254~55.
34) 김양선, 「2000년대 한국 여성문학비평의 쟁점과 과제」, 『안과밖』 21, 2006년 하반기 호, p. 51.

적 상황이 야기되며, 정체성의 정치학이 갖는 필연적 한계도 여기서 폭로된다. 그러나 따져보면 '여성'이라는 정체성이 특정한 한 인간의 전부를 가리키지는 않으며 사실 그럴 수도 없다. 젠더화된 '인간'이 젠더의 특정한 고유정치를 초월한 존재이기 때문이 아니라, 젠더는 다른 역사적 맥락 속에서 늘 가변적이고 모순적으로 구축되는 것이기 때문이다. 젠더는 일정한 사회적 제약과 시간의 흐름 속에서 성취되고 구체화되는 과정(으로서)의 성격을 띠고,[35] 젠더의 경계는 담론적으로 성립된 정체성의 인종적, 계급적, 민족적, 성적, 지역적 양상들과 부단히 마주치는 자리에서 형성된다. 젠더는 늘 바로 그 접점에서 생산되고 유지되기 때문에, '젠더'를 정치적, 문화적 접점에서 분리해내기란 불가능하다.[36] 이런 점에서 문학사에 젠더를 기입하려는 작업이 문화연구의 성격을 띠게 되는 것은 자연스러우며, 여성문학 연구의 유의미성은 연구 방법론이 불러오는 '차이/보편'의 배리의 정치학에서 분출되는 것이라 말해도 좋을 것이다. 그렇다면 차이와 보편의 배리로부터 새로운 연구 방법론의 도출이라는 동력을 마련하기 위해서는 여성주의에 내장된 정체성론의 한계보다는 여성주의 내부를 관통하는 이질적인 정체성의 파편과 여성주의의 '대표/재현' 시스템에 주목해야 하는 것인지 모른다.

소수자의 문학/문화 활동에 관한 평가 작업이 직면하게 되는 난점 가운데 하나는 그 평가를 소수자의 권리 획득 과정과 분리해서

---

35) 리타 펠스키, 『근대성과 페미니즘』, 김영찬·심진경 옮김, 거름, 1998, p. 50.
36) 주디스 버틀러, 『젠더 트러블』, 조현준 옮김, 문학동네, 2008, pp. 85, 89, 91.

처리할 수 없다는 점에 있다. 소수자의 정치적 권리가 마련되지 않으면 평가의 대상인 문학/문화 활동 자체가 존재할 수도 존속될 수도 없다. 문학/문화 활동 전반에 관한 논의가 일단 생산 주체의 문제에서 시작되는 것은 이러한 사정과 연관되어 있다. 가령, '여성문학' 혹은 여성주의 비평에 대한 논의가 시작되기 위해서는, 우선 여성이 문학의 생산과 소비의 장에 주체로서 등장해야 하며 문학적 주제로서 다루어져야 한다. 새삼 강조할 것도 없이, 이는 문화적으로 열등한 존재라는, 여성을 둘러싼 오해가 불식되고 여성이 적극적으로 사회 활동을 할 수 있는 주체로서의 정치적 권리를 획득해야만 가능한 일이다. 또한 '고급한' 활동이자 '정신'의 활동으로 인식되는 문화 활동이 소수자의 것이기도 하다는 점을 밝히고자 할 때, 이러한 작업이 우선적으로 타파해야 할 문제는 '고급/저급' '정신/육체' 등의 이분법으로 구현되는 권력의 위계화이다. 여기서 여성주의와 정체성 정치 혹은 정체성론과 보편성에 대한 비판이 야기하는 모순의 지점을 가로지를 수 있는 거점이 마련될 수도 있을 터, 담론 효과에 대한 천착과 전복적 인식론을 가동시킬 원천으로서의 삶/현실과의 관련성에 대한 지속적인 이해 없이는 그 효과에 대한 가치 파악이 온전히 이루어질 수 없는 것이다. 이런 의미에서 '여성문학'에 대한 정당한 평가를 시작한다는 것은 사회 전반에서 효력을 발휘하는 차별과 위계 문제 전체를 문제 삼고 그것에 저항하고자 하는 일, 즉 사회 전체와 대결하는 거대한 저항의 몸짓이 되(어야 하)는 것이다.

'여성문학'에 대한 논의의 요청이 구태의연하고 고색창연한 것으로 치부되는 사정이 비판되어야 하고, 더 이상 '여성' 범주가 문제가 될 수 없는 것처럼 보이는 오늘날 '여성'과 '여성문학' 그리고 '여성적' 시각의 필요성이 요청되어야 하는 이유가 여기에 있다. 소수자의 문화 활동에 대한 평가가 이끄는 이 거대한 문제에 대한 '해결책 없음' 혹은 '손쉽게 해결되지 않음'이라는 사정은 종종 평가를 소수자의 정치적 권리 획득 문제로 대치시키거나 최소한도로 협소화된 형태로만 다루게 한다.[37] 이 또한 문제제기의 진지함에 한계가 있다거나 철저함이 결핍되어 있다고 비판될 일은 아니다.[38] 그러나 인식의 전환이 어떻게 가능한가를 둘러싸고 토대 마련 작업과 함께 구체적 방안에 대한 적극적 논의를 '동시적으로' 진행할 필요가 있음은 분명하다. 이는 좁게는 문학사에 젠더를 기입하는 작업이며 넓게는 소수자/타자라는 키워드로 현실 사회의 시스템을 재고해보려는 시도로서 구현되어야 할 것이다.

4. 왜 (여성) 문학사는 반복되어도 좋은가

① 젠더/섹슈얼리티 연구의 '이후'에 대해서는 어떻게 말해야 하

---

37) 가령, '여성문학'의 경우 평가의 대상에서 배제되었던 '여성' 작가의 복원이나 '여성'을 다룬 소설에 대한 발굴로 한정되고 거기서 마무리되곤 한다. 인식의 전환 혹은 정당한 평가는 대개 이 '복원'과 '발굴' 작업 앞에서 포기되는 경우가 많은 것이다.

38) 사회 전체와 대결하는 일의 첫발, 즉 비판의 토대를 마련하는 일. 구체적으로는 '복원'과 '발굴' 작업 자체가 대개 어마어마한 일이 될 가능성이 높은 편이다. 더구나 근대 이후로만 따져보더라도 백 년 이상의 조정 국면을 통해 정립된 사회의 제 면모를 전면적으로 재구조화하려는 작업이 기껏해야 수년 혹은 수십 년 안에 손쉽게 이루어질 수 있을 것이라는 기대가 순진한 믿음이거나 안이한 발상일 수 있는 것이다.

는 것인가. 언급했듯이 '근대=민족=문학'을 구축하는 모더니티 프로젝트 비판의 주요 방법론이 되면서 젠더/섹슈얼리티 연구가 근대 비판의 방법론과 결합된 양상을, 문학사에 젠더를 기입하려는 시도의 역설적 성취로서 규정하는 것이 과도하지는 않을 것이다. 하지만 정치사회적 현실 변화와의 교호 관계 속에 여성문학 연구의 의미와 범주가 재규정돼야 한다는 점에서, 젠더적 관점에 입각한 연구 방법론을 문학 범주에 대한 질문과 문학과 현실의 상관성에 대한 고민으로 통칭할 수는 없을 것이며 그래서도 안 될 것이다.

정전을 대상으로 한 세심해진 전복적 독해의 실천들은 말할 것도 없이, 현재 진행 중인 하위자 연구나 정동 이론, 감성/감정 연구, 양자를 결합한 연구 등에서 젠더/섹슈얼리티 연구의 확장 영역을 가시적으로 확인할 수 있을 것이다.[39] 근대 원리에 대한 폭로성 비판이 저항의 가능성이나 대안 모색에 취약했던 점, 시스템의 원리 분석이 다소간 동어반복적 결론으로 귀결된 점 등을 극복하고 이분법적 틀에 대한 비판에서 나아가 그 틀이 포착할 수 없었던 '흐름'을 짚어내고 근대의 '여백'에 대한 포착에서 나아가 '근대 비판'의 '여백'을 짚어내고자 시도했다. 또한 그간 직접적 논의가 충분히 이뤄지지 않았던 하위자/소수자 내부의 권력 위계와 그것이 구현된

---

39) 구체적으로는 다음과 같은 작업을 거론할 수 있다. 앨리 러셀 혹실드, 『감정노동』, 이가람 옮김, 이매진, 2009; 에바 일루즈, 『감정 자본주의』, 김정아 옮김, 돌베개, 2010; Melissa Gregg and Gregory J. Seigworth eds., *The Affect Theory Reader*, Durham & London, Duke University Press, 2010; 권명아, 『음란과 혁명』, 책세상, 2013; 박헌호 편, 『센티멘탈 이광수』, 소명출판, 2013; 소영현, 「1920~30년대 '하녀'의 '노동'과 '감정': 감정의 위계와 여성 하위주체의 감정규율」, 『민족문학사연구』 50, 2012.

일상 층위의 다양한 양상들에 주목함으로써, 주체에서 일상, 문화, 시대적 감성 구조에 이르는 폭넓은 연구 스펙트럼을 마련하고 있으며, 그간 시대나 장르, 양식에 제한됐던 연구 대상의 암묵적 경계틀을 재편하는 시공간적 가로지르기 작업이 시도되고 있다.

젠더/섹슈얼리티 연구 '이후'의 진전이 갖는 의미에 대한 비판적 검토도 지속적으로 수행되어야 할 것이다. 그러나 이러한 작업을 통해 여성문학 연구 전부가 이미 완수된 것으로 치부된다면 곤란하다. 여성문학 연구는 문학 담론 내부는 말할 것도 없고 소수자/타자가 처한 외부 현실로부터도 지속적으로 요청되는 것이기 때문이다. 민족의 외연을 구축하는 자리에서 여성(성)이 호출된 메커니즘에 대한 분석이 '여성의 이중 식민화'의 문맥 속에서 심도 깊은 논의를 이끌어왔지만, 이 폭로의 위력이 담론 바깥으로 얼마나 유포되었고 실질적으로 얼마큼의 현실 변혁을 이끌었는지 돌이켜 보자면 현실의 사정에 관한 한 그리 긍정적 판정을 내리기는 어려울 것이다. 사실상 여성의 타자화와 배제의 논리는 여전히 강고한 현실로서 지금-이곳에서 작동하고 있으며, 더구나 그 작동 원리는 자본의 위세와 결합하여 좀더 은밀해지고 미시화되고 있다. 자본의 영속을 위해 여성(성)이 재배치된 측면에 대한 분석은 향후 보다 천착해야 할 문제로서 우리 앞에 놓여 있다.[40] 여성을 포함한 소수자/타자 문제가 끊임없는 재환기를 요청한다는 사실을 외면하거나 망각하지 말아야 하는 것이다.

40) 신경숙의 『엄마를 부탁해』(창비, 2008)와 같은 작품의 등장을 시대착오적인 돌출이 라거나 혹은 대중적 감성에 호소하는 문학 이전 혹은 이후의 것이라고 판정하는 것 으로 문제가 온전히 해결되지는 않는다.

자본의 논리가 여성성을 삭제한 어머니를 재호명하는 장면을 최근 소설의 한 대목——"1997년 말, 최악의 외환위기를 겪던 한국은 결국 IMF 관리 밑에 들어갔다. 위태위태하던 명호의 사업도 단번에 무너져버렸다. 기업의 연쇄 부도로 직장을 잃은 사람들이 기하급수적으로 늘어났지만, 일부 부유층은 고금리 혜택으로 더 많은 부를 축적했다. 살기 어려워지자 전쟁 후와 비슷한 이유로, 사회는 다시금 강한 어머니와 현모양처를 강조하기 시작했다. 자신의 욕구와 감정은 억누르고 자식과 가정을 위해 헌신하는 어머니가 주인공인 드라마가 쏟아졌다. 전통적인 어머니상과는 먼, 수다스럽고 욕심 많고 억척스럽고 무식한 엄마들에겐 '아줌마'라는 이름을 덧씌우고 무시하며 욕했다. 사회가 원하는 건 아줌마가 아닌, 오직 헌신과 희생밖에 모르는 엄마였다. '보리밥이 더 맛있다'고 말하던 엄마는 '자장면은 싫다'고 말하는 엄마로 바뀌었다. 아름다운 엄마란, 나눠 먹는 방법을 가르치는 엄마가 아니라 오직 내 자식에게만 모든 것을 먹이는 엄마였다."[41]——에서 여실히 확인할 수 있듯, 잊고 있던 '엄마'의 삶을 환기하는 신경숙의 『엄마를 부탁해』의 등장은 글로벌리즘과 결합한 가부장제의 역습이 시작된 구현물로서 이해될 수 있을 것이다.[42]

② 하나의 소설작품의 문학사적 위치를 가늠해보는 일, 이는 문학연구와 비평의 출발지로, 당대의 문학관과 문학으로 텍스트화된

---

41) 최진영, 『끝나지 않는 노래』, 한겨레출판, 2011, p. 263(강조: 인용자).
42) 더구나 신경숙이 포착한 '엄마'의 운명은 2000년대 이후 소설에서 꽤 많이 반복되고 있다. 이에 대한 상세한 논의는 필자의 글 「엄마의 귀환」, 『하위의 시간』, 문학동네, 2016 참조.

현실관을 총괄적으로 재고하는 의미를 지닌다. 문학사라는 말 앞에 국가 혹은 민족이라는 말을 투명 망토처럼 두르고 있는 문학사의 유일무이성은 문화사, 풍속사, 사회사에 대한 관심의 확산과 더불어 정당성을 꽤 상실했음에 분명하다. 그러나 획일적 문학사의 타당성을 회의의 시선에 가둔다고 해서 단일하고 획일적 기준에 입각한 문학사의 영향력이 저절로 소멸하거나 해체되는 것은 아니다. 문학의 고정된 범주를 재고해봄으로써 문학의 본래적 기능과 의미를 회복하고자 한 시도가 문화사로 통칭되는 작업 경향을 이끌었지만, 우리는 현재 문학과 문학 아닌 것의 경계 자체가 무화되는 지점에 서서 처치 곤란의 사태를 두고 문제에 직면하기를 회피하고 있는지도 모른다. 더 넓은 시야로 돌렸던 시선과 그 작업을 통해 얻은 통찰을, 문학이 무엇이며 또 무엇이어야 하는가를 둘러싼 질문에 답하기 위해 문학 쪽으로 되돌려야 할 때이다.[43] 우리가 문학사 기획에의 열망을 상실했다면 그것은 문학의 존재 의미에 대한 신뢰를 상실해서다. 문학이 연구와 한 편의 논문을 위한 죽은 대상이 아니라 삶과의 상관성이 불러온 작가 혹은 시대의 고민의 결과물임을 부인하지 않는다면, 문학적으로 짚어진 삶의 국면들을 어떻게 읽을 것인지, 문학을 통해 어떻게 시대와 소통할 것인지에 대한 고민을 멈출 수는 없을 것이다. 문학사의 메커니즘을 '여성' 문학사가 반복할 수밖에 없다는 점에서 문학사 서술은 정체성론의

---

43) 기우 삼아 덧붙여두자면, 문학으로 시선을 돌려야 한다는 이 요청은 문학을 미학적 완결체로서 재소환/독해하자는 주장과는 정반대로, 탈근대 담론, 문화사, 여성주의/젠더/섹슈얼리티 연구 성과의 축적을 통한 새로운 방법론 개발로 나아가야 하지 않는가라는 생산적 제안의 성격을 갖는다.

위험에 노출되어 있는 것이 사실이다. 그럼에도 여성문학사를 포함한 복수의 문학사 서술 기획이 반복적으로 요청되어야 하는 이유는, 실패를 거듭하는 문학사 기획의 완수 자체가 아니라, 그 기획이 불러올 '문학과 사회'의 관계성에 대한 조절, 문학인가 아닌가의 판정까지 포함한 문학에 대한 관점의 재조정, 그리고 문학을 판정할 수 있는 가치에 대한 논란과 독해법의 새로운 발견, 나아가 소수자/타자라는 키워드로 불거져 나온 현실 사회의 시스템 자체의 재고와 깊은 관련이 있기 때문이다.[44]

44) 물론 실제적으로 그것의 가능성을 논의하기는 쉽지 않다. 가령, 신경숙의 소설 『엄마를 부탁해』를 놓고 말해보자. 신경숙의 『엄마를 부탁해』는 한국문학사에서 어떤 위상을 가지는가. 어떤 위상을 갖는다고 해야 하는가. 『엄마를 부탁해』는 그 문학사적 의미를 인정받기도 했고, 소설이 담고 있는 모성 판타지로 이데올로기적 위험성을 비판받기도 했다. 한국문학 분야에서 좀체 드문 판매부수를 기록한 『엄마를 부탁해』는 유수의 출판사를 통해 잘된 번역본으로 해외에 소개되었으며 베스트셀러 순위에도 기록을 남길 정도로 큰 관심을 끌었다. 신경숙 특유의 이른바 '여성적' 문체가 독자를 끌어들이는 원동력이기도 하고 2인칭 시점 서술의 효과가 탁월하게 활용되고 있다는 점에서, 『엄마를 부탁해』는 독자 흡인력을 발휘할 수 있는 충분한 역량을 가진 소설이다. 그러나 사실 『엄마를 부탁해』를 두고 '엄마의 상실'에 감정적으로 호소하는 통속성과 '가부장제'나 전통적 공동체/가족의 존재방식의 옹호로서 표출되는 이데올로기적 위험성을 지적하는 비평도 적지 않다. 소설이 '읽을거리'에 그치지 않고 '좋은' 소설이 되기 위해서는 독자의 위안과 위무에 그쳐서는 안 되며, 사회의 불편한 진실에 대해서도 동의하거나 영합하지 않고 되돌아볼 수 있게 하는 성찰의 힘을 제공해야 한다는 것이 그러한 비판의 대강의 요지이다. 그 비판에 깔린 계몽의식의 위험성을 경계할 필요가 있으며, 그 계몽의식이 '순수/통속' 문학의 위계를 전제한다는 점을 염두에 둘 필요가 있다. 그러나 하나의 소설이 '읽을거리'를 넘어선 의미를 가질 때에 비로소 '좋은' 소설이 될 수 있을 것이라는 인식에서 비롯된 비판의 타당성을 부인해서도 안 될 것이다. 많이 팔린 소설이 곧 '좋은' 소설은 아니라는 식의 비판의 취지와 논의에 거의 전적으로 동의하지 않을 길도 없을 듯하다. 양자의 평가 사이에서 절충적 대안을 마련하기가 쉽지 않은 것이다.

6. 실천 행위로서의 비평 혹은 독서

작가는 자신의 공간을 만드는 창설자이며, 언어의 땅을 경작하는 옛 농부의 상속인이며, 우물 파는 사람이며, 집 짓는 목수다. 이와 반대로 독자는 여행객이다. 남의 땅을 이곳저곳 돌아다니고, 자기가 쓰지 않은 들판을 가로질러 다니며 밀렵하고, 이집트의 부를 약탈하여 향유하는 유목민이다. 저작writing은 생산물을 축적하고, 저장하고, 어떤 공간의 설정으로 시간의 흐름에 저항하며, 재생산이라는 확장을 통해 그 생산물을 더욱 증식시킨다. 독서reading는 시간의 침식에 대처하지 못하고(사람들은 자기를 잊고 독서를 잊는다), 얻은 것을 지켜내지 못하거나 겨우 지켜내며, 들르는 장소 하나하나가 실낙원의 반복이다.

—미셸 드 세르토

1. 사회적 공감대와 독서

1990년대 이후로 한국 소설은 적지 않은 위상 변화를 겪었다. 한국 소설은 교양으로서의 지식에 기반한 사회적 공감대가 존재했던 이전 시기와는 다른 문맥을 갖게 되었다. '다른 문맥'의 대표로서 개별 주체의 자율적 영역에 대한 관심 증대를 빠뜨릴 수 없다. 개성과 취향이 강조되는 시대로 진입하면서 사회적 의제와 미래에 대한 발전적 구상을 논의할 수 있는 지반인 사회적 공감대 자체에 대한 본질적 재검토도 시작되었다. 검토 과정에서 사회적 공감대가 형성되는 동안 개별자의 인식과 감정이 배제되거나 부인되기도 했음이 부각되었고, 보편감각이라는 이름이 때로 특수한 감각을 배제하는 기제로 작동하기도 했음이 지적되었다. 보편과 특수, 자유와 평등의 가치우선성 문제를 두고 당대 사회의 요구를 반영한 사회적 요청이 무엇인가에 대한 적극적 문제제기가 이루어지기 시작한 것이다.

한국 소설의 사적 계보에서 중심축에 놓였던 소설관, 즉 주요 모순에 기초한 현실 개입이라는 소설의 공공적 임무의 가치를 인정하면서도 1990년대 중후반 이후로는 주변부적 모순으로 소설적 시야가 확대되어야 한다는 요청이 힘을 얻고 있었다. 비가시 영역이나 타자에 대한 관심이 서사적 테마로서 중요한 위상을 차지하게 된 것은 이러한 맥락과 연관된다. 거꾸로 말하자면 서사를 만들어내는 주체인 저자가 갖는 권위가 의문에 부쳐졌다고도 할 수 있다. 그간 서사의 대상이 될 수 없었던 대상들에 대한 시야가 폭넓게 열렸고 소설적 시야가 개입해야 하는 현실이 무엇이며 어디까지인가에 대한 질문, 즉 현실의 범주에 대한 재구성 작업도 이루어졌다. 장르문학 요소들이 소설 창작에 적극적으로 활용되기 시작한 것은 이 시기를 지나면서부터다. 결과로서 한국 소설은 이전에는 결코 만날 수 없었던 타자의 얼굴을 포착할 수 있었다. 좀더 낮은 곳으로 스스로의 지반을 옮김으로써 한국 소설은 하나의 정의로 포괄할 수 없는 말 그대로의 풍요로움을 만끽하게 되었다.

한편으로 형식과 소재, 서사화 방식의 다양함은 개별 작품을 다른 소설과 공유할 수 없는 하나의 고유한 세계로서 이해해야 할 정도로 극단화되어갔다. 말하자면 소설이 창조한 현실이 저자의 내부로 회수되어버릴 만큼 왜소화되는 경향이 발생한 것이다. 한국 소설은 보다 풍요로워진 동시에 보다 개별화되었다고 말하는 것도 가능하다. 그간 도외시되었던 공간을 위한 열린 시선이 아이러니하게도 소설을 현실 자체와 멀어지게 하는 결과를 불러온 것이다. 한국 소설과 현실의 거리는 연동한 귀결점으로서 독자와의 거리를 만들어냈다. 2000년대 중반에 시도된 장편소설 대망론이라는 고육지책은, 문단과 출판계로부터 마련된 독자와의 거리 좁히기 노력의 일환이었다.

문학과 독자의 거리는 전문적 독자에게도 마찬가지 상황을 초래했다. 보편적 사회 문제와의 연결 지점을 발견하기 어려워진 한국 소설의 새로운 경향이 전문적 독자인 비평가들에게도 그간의 소설 독법에 대한 성찰의 시간을 불러왔다. 한국 소설이 점차 개별 작가의 사적 기록의 형식을 취하게 되면서 '한국 소설을 어떻게 읽을 것인가'가 새삼 비평의 중심 문제로 떠올랐다. 전문가 그룹과 소설 애호가 그룹을 두루 포함해서 한국 소설을 어떻게 읽을 것인가에 관한 광범위한 질문이 제기된 것이다.

소설의 독자 또는 소설과 독자의 관계를 논의하기에 앞서 근본적 차원에서 한국 소설의 위상을 재점검해야 하는 것은, '독자'라는 말이 가진 고정된 함의가 좀더 철저하게 재검토될 필요가 있기 때문이다. 독자에 관한 논의는 '대중화 담론'과 함께 움직여왔다. 소설의 대중화 또는 대중소설에 대한 논의가 이루어지는 때에야 비로소 소설의 독자가 주인공으로 등장할 수 있던 것이다.[1] 말하

1) 오늘날에도 상황은 크게 달라지지 않았다. 김영찬의 글 『공감과 연대―21세기, 소설

자면 이때의 독자는 전문가와 애호가 사이, 개인과 집단 사이에 있는 어떤 존재다. 소설 독자라는 명명은 대개 불특정 다수의 독서군을 지칭하는 것이다.

르봉Gustave Le Bon의 『군중심리La psychologie des foules』(1895)나 오르테가 이 가세트José Ortega y Gasset의 『대중의 반역The Revolt of the Masses』(1930)에서부터 규정되기 시작한 대중이라는 용어가 그러하듯, 소설 독자라는 말은 개별 존재로서의 취향이나 독법과는 다른 집단적 독서 관행을 내포한 용어로서 이해된다. 뚜렷한 구분을 전제하지 않지만 전문적 독자와는 차별적인 집단으로 인식되는 것도 사실이다.

소설과 독자를 본격적으로 논의하기 위해서는, 소설의 독자를 다루는 자리에서 의도하지 않았음에도 불거진 문제들, 독자를 불특정 다수라고 상정하는 습관적 논의 지평을 '의식적' 차원에서 짚어보아야 한다. 저자의 창작물인 소설의 수동적 향유자로 독자를 규정하는 방식과 거리를 두면서 생산과 소비의 상호작용 속에 놓인 독자의 영역을 들여다볼 필요가 있다.

의 운명」(『창작과비평』 2011년 겨울호)이 다시 확인시켜주듯, 신경숙의 『엄마를 부탁해』(창비, 2008)나 공지영의 『도가니』(창비, 2009), 김애란의 『두근두근 내 인생』(창비, 2011) 등의 옹호 논리로 호출되는 키워드가 바로 독자다.

2. 1966년과 1968년 사이, 독자의 위상 [2]

1966년 창간된 계간지 『창작과비평』은 권두논문인 백낙청의 「새로운 창작과 비평의 자세」를 통해 고질적인 비평계의 문제를 짚었으며 『창작과비평』이 지향하고자 하는 바를 가시화했다. 백낙청의 「새로운 창작과 비평의 자세」는 순수-참여 논쟁으로 압축되는 혼탁한 문단 사정을 비판적으로 쇄신할 방법론을 모색했으며, 사르트르의 「문학이란 무엇인가」를 빌려 문학의 사회적 기능을 재고하고자 했다. 그 인식의 지반으로 문학의 이월 가치(문학의 보편성, 역사와 시대 현실을 넘어서는 문학의 보편성)와 창작 활동의 자율성 즉 문학의 진정한 순수성에 대한 긍정을 요청한 바 있다. [3]

문학 독자가 문제시된 것은 문학의 사회적 기능을 논의하기 위해 '대중에게 읽히고 대중을 움직이는 문학'을 요구하는 지점에서였다. 백낙청은 독자의 위치를 민중과 대중의 사이 어디쯤에 배치하고 있었다. [4] 당대의 관점에서 독자들은——그들은 때로 시민으

2) 짧은 지면을 통해 독자에 대한 고정된 오해가 어떻게 형성되었는가에 관한 사적 고찰을 체계적으로 수행할 수는 없다. 이 글에서는 오늘날의 관점에서 형성의 계기가 된 근 과거인 1960년대 후반을 잠시 둘러보면서 뼈대가 되는 흐름을 살펴보고자 한다.

3) 백낙청, 「새로운 창작과 비평의 자세」, 『창작과비평』 창간호, 1966년 겨울호, p. 12. 백낙청의 지적은 경향문학과 순수문학으로 대립되고 있던 문단의 한계를 극복한 지점에서의 문학 논의라 할 수 있다.

4) 이는 백낙청의 독자론이 철저한 엘리트주의적 시각에 입각해 있음을 단적으로 말해준다. 따지자면 현실 독자에 대한 부정적 입장이 백낙청의 것만은 아니었다. 1970년대를 거치면서 민족주의에 대한 새로운 사상적 개안이 이루어지기 전인 1960년대 중후반은 사상계 전반에서 서구를 기준으로 한 역사발전론의 구도와 후진국 담론이 영

로, 민중으로, 대중으로 불리곤 했는데 백낙청은 이 시기에는 아직 집단 주체의 이름을 일관된 형태로 호명하지 않았다—문학의 사회적 기능이라는 문맥에서 볼 때 신뢰할 만한 존재가 아니었다. 백낙청과 『창작과비평』으로 대표되는 새로운 비평 감각에 의해서도 "대부분의 시민에게 문학은 건전한 오락도 불건전한 오락도 아니며 그렇다고 오락 아닌 다른 무엇도 아"닌 상황, "한국에서 정말 대다수 민중이란 아직 문학독자가 아"니며 "문학을 읽을 여유도 능력도 의욕도 없는" 상황으로 인식되고 있었다. 대중에 대해서도 입장은 다르지 않았는데, "독자층 가운데서의 대중이란 사실 대중도 아니거니와 그렇다고 소수 엘리트로서의 자각과 수준을 지닌 것도 아"닌 상황에 놓인 존재로 규정되고 있었다.[5]

이러한 사정으로 문학의 가치가 '현실의 독자'에게 널리 읽히는 것에 있지 않다거나 문학도 '미래의 독자'를 위해 쓰여야 한다는 논리가 힘을 발휘하고 있었다. 현실의 독자가 아니라 사르트르의 개념을 빌려 '잠재적 독자public virtual'를 고려한 문학 창작이 강조되었던 것이다. 이러한 입장은 '현실의 독자'를 '잠재적 독자'의 수준으로 끌어올리는 것을 창작과 비평의 일차 목표로 삼게 했는데,

<hr />

향력을 행사하던 시절이다. 박정희 정권에 의해 경제개발 정책이 실시되고 점차 그 효과가 가시화되면서 근대화에 대한 열망을 지속하는 한편으로 근대화 담론 자체에 대한 열등감이 약화되어갔다고 말해도 좋을 것이다. 정치적 상황이 아니더라도 탈식민적 성격의 한국 사회가 해방과 전쟁을 거치면서 철저한 초기화 시간을 맞이했음을 감안한다면, 생계 자체가 문제였던 시절에 사회 전반에 걸친 문학/문화에의 관심을 발견하기는 쉽지 않았을 것임에 분명하다. 시대적 격차에 따른 인식의 수준 차이를 감안하고 1966년 겨울의 시대적 감각을 충분히 인정할 수는 있을 것이다.

5) 같은 글, p. 17.

바로 이 대목에서 비평 영역이 뚜렷한 위상을 구축하기 시작했다고 해야 한다. '잠재적 독자'를 위한 저자의 노력을 정당하게 평가할 시선, 즉 "얼마나 성공했는가를 가릴 만한 감식안과 현실감각도 갖춘"[6] 시선이 우선적으로 요청되었기 때문이다. 이는 작가 스스로가 그런 감식안을 가져야 함은 물론이며 무엇보다 작가의 수준을 가늠해줄 수 있는 비평적 감식안이 절대적 필요성을 요청받았음을 말해준다.

이런 상황에서 '너무나 삶에 쫓기고 있어 문학이 아무리 좋다 해도 문학인이 직접 그들 자유의 증대에 공헌하지 않는 한 문학을 용납할 마음이 안 나는' 현실 독자를 대신해서 문학인은 문학인 이상의 문학인이 되어야 하며 그런 의미에서 작가와 비평가는 근대화의 참된 기수가 되어야 한다는 주장이 힘을 얻고 있었다. 1960년대 후반의 한국 문단에서 독자는 긍정적 의미로 자리매김될 수 없었다. 새로운 문학에의 요청 속에서 독자는 '근대화의 기수(지식인 비평가)'에 의해 '아직 오지 않은, 만들어져야 할, 도래해야 할' 존재로 규정되고 있었다.

3. 이야기의 과잉 또는 과소, 저자에서 독자로

백낙청이 현실 독자에 대한 계몽의식에 불타고 있을 즈음에, 1960년대 후반의 유럽 문단에서는 롤랑 바르트가 선언한 저자의

6) 같은 글, p. 18.

죽음에서 확인할 수 있듯 구조주의의 한계를 내적으로 극복하려는 다각도의 노력이 시도되고 있었다. 문학 영역을 두고 말하자면 문학의 의미를 전면적으로 재규정하는 '저자에서 독자로의 인식 전환'이 촉구되고 있었다. 「저자의 죽음」을 통해 바르트는 근대적 개인의 위상이 뚜렷하게 가시화된 시기와 밀접하게 연관되어 있는, 저자의 훼손될 수 없는 권위의 기원을 탐색했다. 저자의 기원이 갖는 역사성을 도해하면서 저자의 권위가 텍스트 해석에 미친 영향을 비판적으로 검토했다. '투명한 허구의 알레고리를 통해 거기에는 결국 언제나 하나의 유일하고 동일한 사람의 목소리가 존재하는 듯한'[7] 가상 세계를 구축하게 한 것이 저자의 아우라임을 폭로한 것이다. 저자의 권위가 불러온 가상의 아우라를 깨고 보면 무엇이 보이는가. 이것이 바르트가 던진 질문의 핵심이었다.

저자 중심성이 불러온 가상-현실(작품)의 아우라가 깨지고 나면 무엇이 남는가. 물론 거기에 의미로 통합되지 못한 의식의 파편들만 남아 있는 것은 아니다. 오히려 유기적 완결체 개념의 해체는 텍스트에 대한 좀더 열린 감각을 불러온다고 해야 한다. 텍스트의 복수성이 열리고 나면 텍스트를 해독한다는 의미의 비평 개념 또한 흔들리게 되는 것이다. 바르트식으로 과격하게 말하자면 이 과정에서 비평의 주요 임무가 작품 내부에서 저자를 발견하는 것이었음을 새삼 깨닫게도 된다. 바르트의 말을 빌리자면 "저자의 통치는 역사적으로 비평의 통치였으며, 이런 비평이 오늘날 저자와 더

---

7) 롤랑 바르트, 「저자의 죽음」, 『텍스트의 즐거움』, 김화영 옮김, 동문선, 1973, p. 28.

불어 붕괴되어가는 일은 놀랍지 않"[8]은 것이다.

　문학작품을 유기체이자 진리 담지체로만 한정했던 시각에서 벗어난 소설적 계보가 한국 소설에서도 없는 것은 아니다. 1930년대 후반에 신세대 작가로 등장한 최명익으로까지 거슬러 올라갈 수 있는 이 계보는 1950년대의 장용학, 서기원 등을 거쳐, 1970년 8월에 창간된 잡지 『문학과지성』을 기반으로 이후 등장한 탈-서사적 작가들인 이인성, 최수철 등으로부터 정영문, 박성원, 김종호, 서준환, 김태용, 한유주, 이갑수, 정지돈으로 이어지고 있다. 이들은 이제 분류와 명명이 어려울 만큼 유기체이자 진리 담지체로서의 문학작품이라는 의미와 거리를 둔 자유로운 글쓰기 세계를 구축하고 있다.

　말하자면 여전히 유기적 완결성에 대한 요구가 강력한 편인 문단에서, 김태용이나 한유주의 소설은 한국 소설이 나아갈 수 있는 최전선을 가늠하는 중이다. 가령, 김태용의 장편소설 『숨김없이 남김없이』(자음과모음, 2010)나 소설집 『포주 이야기』(문학과지성사, 2012)는 '이야기가 될 수 없거나 되지 않는' 이야기를 기록하면서 도돌이표 안을 맴도는 듯한 서사를 통해 언제 어디를 펼쳐 읽어도 무방한 뫼비우스의 띠 복합체를 실험하고 있다. 그는 글을 쓰는 이의 말놀이가 계속되는 이야기 다발 형태의 소설을 통해, 한국 소설에서 저자의 권위가 더 이상 자명한 것으로 주어져 있지 않음을 글쓰기로서 확인하게 한다.

　한유주의 소설집 『나의 왼손은 왕, 오른손은 왕의 필경사』(문학

8) 같은 글, p. 33.

과지성사, 2011)는 한유주의 지향을 절묘하게 드러내는 제목을 통해 '창조주-저자'로부터 '필경사-소설가'로의 위상 변화를 단면적으로 확인하게 한다. 바르트가 언급했듯이 저자를 계승한 필경사는 더 이상 작품의 지배자인 감정과 느낌을 가진 존재가 아니며, 단지 옮겨 적을 단어들을 가진 존재일 뿐이다. 단어들로 가득 찬 백과사전이 되는 일, 보르헤스가 열망했듯이 백과사전을 베끼는 일이야말로 필경사의 필생의 바람이 아닐 수 없다.

물론 말놀이를 통한 언어관만이 저자의 것으로 온전히 환원될 수 없는 잉여를 드러내는 유일한 방책인 것은 아니다. 저자 혹은 소설 안에 존재하는 것으로 간주되는 내포-저자는 김연수의 소설에서 종종 그 또는 그녀의 이야기를 전달하는 전달체로 격하되곤 한다. 이야기하는 화자가 3인칭 주인공들을 완전히 장악하지 '않거나 못하는' 경향은 『나는 유령작가입니다』(창비, 2005) 이후로 뚜렷해졌으며 김연수의 소설을 특징짓는 개성적 요소로서 자리하고 있다. 김연수의 소설은 이야기하는 주체의 권한을 조정하고 인칭을 변주하면서 저자의 권위가 최소한의 영역으로 축소되는 장면을 보여준다.

이런 의미에서 김연수, 김태용, 한유주는 이야기의 과잉과 과소의 극단을 보여주면서 한국 소설의 영토를 확장하고 있음에 분명하다. 특히 한국문학의 최전선을 개척하는 소설들, 글쓰기라 부르는 편이 더 적절한 김태용이나 한유주의 소설은 한국 소설에서 저자의 권위가 축소될 수 있는 최대치를 보여준다. 그들의 소설에 주목해야 하는 것은 그 소설들이 비평의 임무에 대한 다른 인식을 가능하게 하기 때문이다. 작품이 더 이상 진리의 담지체가 아니라면 비평 또한 진리를 포착하려는 시도에만 머무를 수 없다. 비평은 저자의 것으로 확인될 숨겨진 의미를 발견하는 해독법과는 다른 존재 방식을 고민해야 하는 것이다.

독자의 위상이 재배치되는 것은 바로 이러한 변화의 한가운데에서다. 텍스트가 담고 있는 다문화적 기원을 갖는 복합적 글쓰기의 의미는 그 안에 담겨 있다고 가정되었던 '비밀'로 환원되지 않는다. 그것은 오히려 독자를 통해 매번 다시 재-의미화되어야 할 미지의 것이 된다. 요컨대, 저자의 죽음을 통과하고 나서야 비로소 우리는 독자의 탄생을 목도하게 된다. 이로부터 독자는 저자가 일방적으로 제공한 진리를 받아들이는 수동적 존재에서 텍스트 자체를 다채롭게 구성할 수 있는 역동적 존재로 재규정될 수 있다. 이에 따라 독서에 대한 규정도 달라진다. 독서는 이전과는 달리 특정한 행위와 공간, 습관 등에서 구체화된 독자의 실천으로 자리매김될 수 있다. 독자를 이해하기 위해서는 독서 대상인 책뿐만 아니라 독서공동체, 독서전통, 독서법 등에 대한 세심한 고찰이 동반되어야 하는 것이다.[9]

4. 실천 행위로서의 독서

이제 지나가버린 화려한 과거가 되었지만, 소설 장르가 등장했

---

9) 로제 샤르티에·굴리엘모 카발로 엮음, 『읽는다는 것의 역사』, 이종삼 옮김, 2011(초판: 2006) 참조.

던 초기에는 동서양을 막론하고 소설에 상상을 초월하는 강력한 정서적 환기력이 있었다. 그 정서적 환기력이 그저 독자의 눈물을 짜내는 데에서 그치지도 않았다. 가령, 리처드슨, 루소, 괴테의 소설은 그것을 읽는 이들의 생활까지 바꿔놓았다. 『파멜라』나 『신엘로이즈』는 연인, 부부, 부모에게 관계에 대한 새로운 영감을 주고, 그들의 가장 친밀한 관계를 재고하게 했으며 그들의 행동 양식을 변화시켰다. 한국의 경우에도 마찬가지이지만 초기 로맨스 소설들은 오늘날의 시선에서 참을 수 없을 정도로 감상적이지만 그것이 등장한 초기에는 저항할 수 없을 만큼의 진정성으로 독자의 가슴을 울렸다. 흥미롭게도 저자와 독자, 독자와 텍스트 사이에 새로운 관계가 만들어진 것은 바로 그때였다.[10]

따지자면, 현재 우리가 접하는 책은 책 본래의 모습이 아니다. 널리 읽히기 전에 책은 기록보관소의 역할을 담당해왔다. 과거로부터 내려온 혹은 후대로 전수해야 할 기록들에 대한 보존 역할을 책이 담당하고 있었다. 널리 읽힌다는 점은 책의 본질적 기능이 아니었다. 두루마리형 책에서 책자형 책으로 대체되기 시작한 것은 서양에서도 2세기 이후의 일이다. 이른바 '쪽'을 가지고 있으며 양면에 기록이 가능한 책이 등장하면서 읽기 경험은 혁명적으로 달라졌다. 시기적 차이를 차치한다면 서양에서든 동양에서든 개별화된 독서 체험은 두루마리형 책에서 책자형 책으로 이동하면서 시작되었다.

두루마리로 된 기록을 펼쳐보는 장면을 떠올려보라. 대개 그 장

10) 로버트 단턴, 『책과 혁명』, 주명철 옮김, 도서출판 길, 2003, pp. 349~50.

면은 '듣고 있는' 자들에게 기록된 뭔가를 전달하는 장면을 연상시킨다. 국가 차원의 포고문이 전달되는 장면을 연상해도 좋으리라. 두루마리형 책은 눈으로 읽는 것이라기보다 소리로 읽는 것이거나 뭔가를 듣는 일을 연상시킨다. 반면, 책자형 책은 앞서 읽은 것들에 대한 참조와 다시 읽기를 보다 용이하게 하는 측면이 있다. 책자형 책은 책과의 개별적-직접적 대면의 가능성을 높여주고 개인적 성찰과 읽기 경험을 연결시킬 수 있는 가능성을 열어주는 것이다.

책과 독서의 역사를 전문적으로 연구한 샤르티에나 단턴의 지적대로, 책자형 책의 등장은 물질적 기반으로서의 근대적 인쇄술이 획기적으로 발전한 과정과 긴밀하게 연관되어 있다. 그 과정은 독서 문화에 혁명적 변화를 가져왔다.[11] 근대적 인쇄술의 발전 이전에 독서란 대개 정독을 의미했다. 책 자체의 수요가 적기도 했으며 접근성도 용이하지 않았기 때문에, 특정한 텍스트를 대상으로 한 반복적 읽기가 독서의 주된 방식일 수밖에 없었다. 물론 정독은 눈으로 문자나 이미지를 접하는 것만을 의미하지 않았으며, 반복적 독서를 통한 암기의 형식까지 포함했다. 이러한 의미 변화 속에서 독서는 대상이 된 책에 대한 깊은 이해를 이끌어낼 수 있었다. 정독의 대상이었던 책으로 서양에서는 성경을 동양에서는 경전 등

11) 책과 독서의 역사에 관해서는, 알베르토 망구엘, 『독서의 역사』, 정명진 옮김, 세종서적, 2000; 로제 샤르티에·굴리엘모 카발로 엮음, 『읽는다는 것의 역사』; 로버트 단턴, 『책과 혁명』; 로버트 단턴, 『책의 미래』, 성동규·고은주·김승완 옮김, 교보문고, 2011; 마에다 아이, 『일본 근대 독자의 성립』, 유은경 옮김, 이룸, 2003; 나가미네 시게토시, 『독서국민의 탄생』, 다지마 데쓰오·송태욱 옮김, 푸른역사, 2010; 천정환, 『근대의 책읽기』, 푸른역사, 2003 등 참조.

을 거론할 수 있는데, 문자를 해득(解得)할 수 없는 이들에게 이 책들은 음성적 형태로 전달되기도 했다. 이는 독서가 개별적 존재의 지적 만족을 위한 과정인 동시에 집단적 지식 공유의 방식이기도 했음을 시사한다. 근대 이전의 독서는 말하자면 정치적 윤리에서부터 생활 규범에 이르는 지식의 일상화와 내면화의 통로였던 것이다.

물론 정독이 근대 이전의 유일한 독서 방식이었던 것은 아니다. 정독과 대별되는 다독은 학문을 업으로 삼는 이들에게 불가피한 독서 방식이었다. 그럼에도 다독이 보편적 독서 방식으로 자리 잡게 된 것은 책의 수요가 기하급수적으로 증가하게 되는 근대 이후의 일이다.[12] 특히 실천적 독서 행위와 관련해서 다독 시대를 연장본인은 의외로 소설이었다. 소설은 한마디로 독서에 열광하는 분위기를 만들었다. 책 속에 깊이 빠져들어 현실과 책의 세계를 혼동하는 지경에 이르게 되는 것은 대개 소설 읽기 경험의 결과였다. 신문, 잡지 등의 정기 인쇄 간행물에 대한 폭발적 관심이—신문에 실렸던 이광수의 『무정』이 증명하듯—연재소설이었던 것은 한

12) 오해를 줄이기 위해 덧붙이자면 독서법의 흐름이 정독에서 다독으로 변화했다고 판단하는 것은 독서법에 대한 편협한 접근법이다. 근대 이후로 정독과 다독은 독서의 필요에 따라 취사선택될 수 있는 독서법으로 자리 잡았다. 정독과 다독의 대상이 된 책은 서로 달랐다. 인쇄술이 발달함에 따라 대중서와 입문서, 실용서 등이 다량으로 출간되었는데, 대량 출판물이 대개 다독의 대상이 되었다. 책에 대한 접근성이 용이해지면서 정독과 다독이 적절한 배합을 통한 고유의 영역을 마련해갔다. 권위적이고 학구적이던 독서 경험이 근대 이후로 개인적이고 내면적인 경험으로 바뀌게 된 것이다. 흥미롭게도 새로운 읽기 경험은 새로운 의사소통 구조를 만들어내기도 했다. 정서적으로 고립된 독자가 통감하는 고독감과 익명성이 독서 경험을 통해 공동체의 일원으로서의 의식을 창출하기도 했다. 새로운 독서법은 다독의 거대한 흐름 속에서 정독의 가치를 재구축하는 과정이었다.

국민의 특수한 현상이 아니었다. 동서양을 막론하고 소설은 독서 열풍을 불러오며 폭넓은 독서층을 만들어내고 꼼꼼한 반복적 읽기와는 다른 선택적 독서 경향을 만들었다. 아울러 소설과 저자의 긴밀한 상관성에 대한 관심을 높였고, 저자를 중심으로 작품을 읽어가는 문화를 만들었다. 이러한 문맥에서 보자면 한국문학의 생산과 소비를 둘러싸고 이제야 비로소 저자와 함께 독자가 적극적 고려 대상이 되었다고 말하는 것도 가능할 것이다.

5. 소설과 독자

그런데 독자에 대한 관심이 본격화되기에는 오늘날 문단과 미디어 상황이 그리 녹록지 않은 게 사실이다. 책에 대한 인식 변화도 주요한 요인으로 말해질 수 있다. '아는 것knowledge이 힘'이라는 말은 '읽는 것이 힘'이라는 말로 바꿔 써도 무방하다. '아는 것'은 육체의 경험보다는 이성의 작동 혹은 사유의 결과물에 더 가까운데, 시각이 근대의 감각으로서 각광받았던 것도 이런 사정과 맞물려 있다. 말하자면 눈으로 보고 머리로 사유한 결과가 바로 '아는 것'의 실체다. '읽은 것'이 곧 '아는 것'일 수는 없지만 '아는 것'이 '읽은 것'일 가능성이 높아졌으며, 따라서 '읽을 수 있는 자', 즉 '문자를 아는 자'가 '아는 자'일 확률이 더 높아진 것이다.

문맹률이 현저하게 낮아진 현대에 이르면서, '읽을 수 있는' 능력만으로 곧 '아는 자'가 될 수는 없는 보다 복잡한 메커니즘이 생겨나기 시작했다. 종이에 인쇄된 기록물을 '눈'으로 읽는 행위를 독서라 부를 수 있는가에 대한 질문도 등장하게 되었다. 따지자면 낭독된 시를 듣거나 그림을 보거나 심지어 표지판을 읽는 행위와 독서를 구분할 수 있는 기준을 제시하기도 쉽지 않아졌다. 기술 혁명의 결과로서 글자와 그림 사이의 구분이 애매해지고 있고 무엇보다 문자는 곧 정보가 되었다. '읽을 수 있는가'의 여부보다 고평되는 것은 '정보'에 '접근할 수 있는가'의 여부이다.

연동한 결과로서 이러한 사정이 독서 행위에 대한 인식의 변화를 가져왔다. 독서 행위 자체의 중요성을 새삼 강조할 필요는 없을 것이다. 독서 행위는 배우고 익히고 의견을 표명하고 또 가르치기 위해, 무엇보다 소통하기 위한 행위로서 매우 유용하다. 그런데 소설과 사회 현실의 거리가 멀거나 혹은 그 거리를 쉽게 가늠하기 어려워진 상황을 반영하고 있는 현대소설을 염두에 두고 보자면 소설과 독자의 거리는 꽤 멀어졌다고 해야 한다.[13] 물론 거시적 안목에서 돌이켜보건대, 소설을 읽는 일이 유용한 독서로서 공식적으로 인정받던 때가 그리 많지 않기도 했다. 어쩌면 과거의 특정한 시기에 벌어졌던 소설 특수는 드물게 발생한 특별한 현상이었는지도 모른다. 더구나 문자 기록물인 책에 대한 관심이 전자적인 것 쪽으로 빠르게 움직이고 있는 오늘날의 미디어 현실은 소설이 처한 사정을 더욱 열악하게 만들고 있으며 위상 하락을 추동하고 있기도 하다.

이는 소설이 정치사회적 현실과는 무관한 지점에서 생산되고 소

---

13) 한때 소통을 위한 도구로 소설이 활용되었으며 독자의 적극적 실천도 이루어졌던 것이 사실이다. 현실에 보다 밀착해서 소설이 적극적으로 현실에 개입하던 시절, 가령, 1980년 전후의 시기에 문학의 공식적 위상은 상당히 높았다.

통된다는 이해가 폭넓게 자리 잡고 있음을 보여주는 현상이기도
하다.[14] 물론 문학과 정치사회적 현실과의 관계는 직접적이지 않

14) 이러한 경향과 관련해서 당대 문단을 두고 여성 소설가의 약진 현상에 주목할 필요
가 있다. 과거와 달리 현재 문단을 대표하는 작가 가운데는 생물학적 성별의 구분에
따르자면 여성 우위의 경향을 뚜렷하게 확인할 수 있다. 글로벌 시장에서 약진하고
있는 신경숙이나 사회 현실에 대한 직접적 개입을 통해 영향력을 행사하고 있는 공
지영을 단적으로 거론할 수 있는바, 여성 작가들은 폭넓게 독자와 만나고 있다. 사
실 문단의 다수가 남성이었던 시절이 길고 길었다. 여성 작가들의 활동을 두고 해석
을 요하는 현상으로 이해하는 시선 자체가 매우 왜곡된 것이기 쉽다. 근본적으로 남
성/여성 작가가 쓰는 작품의 성격이 남성적/여성적 성격을 띠고 있지도 않을 것이
다. 소설 혹은 독자의 젠더화를 말할 수 있다면 소설의 지향이나 기술 층위의 섬세
한 검토가 부가되어야 할 것이다. 그런 후에도 특이한 경향성을 발견하기는 아마도
어려울 것이며, 기껏해야 피상적 변화만을 포착하게 될 것이다. 그럼에도 생물학적
성별이 여성인 작가들이 점차 증가 추세인 것을 부인하기는 어렵다.
가령 단적인 사례로『현대문학』4월호(혹은 5월호)에 실리는 그해의 신춘문예 당선
자들을 거론해보아도 좋다. 『현대문학』이 새해 벽두에 작가로 등단한 신인들에게
지면을 제공하기 시작한 것은 1996년부터이다. 1996년부터 2017년까지『현대문학』
이 22년에 걸쳐 소개한 신춘문예 당선자들 가운데 생물학적 성별이 남성인 등단자
는 갈수록 줄어들고 있다. 다음 페이지에 실린 표〈1996~2017 신춘문예 등단인 명
단〉은『현대문학』에서 지면을 제공한 신춘문예 등단자이며, 소설만을 대상으로 만
들어졌음을 밝혀둔다. 생물학적 성별을 보여주고자 남성에 짙은 음영을 표시했다.
　좀더 정확한 경향성을 파악하기 위해서 지방지를 포함한 등단 통로 전부에 대한
검토가 필요하며, 장기적이고 지속적인 변화 양상에 대한 고찰이 필요할 것이다. 아
울러 등단 후에 지속적으로 활동하는 작가들을 대상으로 한 보다 세밀한 검토도 보
충되어야 할 것이다. 여기서는 월간『현대문학』을 상징적 사례로서 다루고 있는데,
등단자 모두가 여성이었던 2003년을 전후로 성비의 차이가 있음을 확인할 수 있다.
　남성들이 문학을 생산하고 소비하는 주류였던 시대에는 전혀 불거져나오지 않던
작가의 성별 편향성을 둘러싼 우려가 여성 작가가 증가한 현상 속에서는 가십처럼
회자된다. 공식적 자리나 문서화된 형태로 진지하게 논의되는 것이 아닌, 술자리나
사담의 자리에서 가볍게 농담처럼 언급되는 편이다. 그 우려에는 문학의 여성화, 일
상화, 왜소화에 대한 논의가 깔려 있기도 하다. 앞서 강조했듯, 여성 작가의 증가 자
체는 전면적으로 논의되어야 할 '문제'가 아니다. 그것을 '문제'로 삼는 것이야말로
문단을 넘어 사회적 이슈가 되어야 할 '문제'일 것이다. 그러나 사정이 그리 단순하
지만은 않은 것도 사실이다. 바로 그런 방식으로 논의되고 있기에, 즉 문단의 주요

〈1996~2017 신춘문예 등단인 명단〉

2017	2016	2015	2014	2013	2012	2011	2010
남궁지혜	김봉곤	사익찬	김덕희	송지현	강화길	백수린	연규상
김홍	최정나	한정현	나푸름	문미순	김의진	손보미	김미선
위수정	김유담	도제희	이세은	조수경	김종옥	서현경	김은아
이상희	김갑용	이은희	이태영		김가경	차현지	이은선
고민실	최예지	장성욱			박송아	천재강	이유
		정희선			악숙경	설은영	박지영
		이지			백정승	이시은	김지숙
					김솔	라유경	이지원
					정경윤		

2009	2008	2007	2006	2005	2004	2003	2002
현진현	조현	유대영	유민	황정은	허혜란	백진	가백현
이동욱	정소현	이은조	박상	류은경	주정안	임정연	권정현
황지운	홍희정	서진연	이민우	정찬일	김효동	김나정	김계환
진보경	전윤희	황시운	김이설	우승미	김미월	염향	김지현
박화영	양진채	김희진	이준희	기노	정영	장혜련	서문경
김성중	김성진	류진	박찬순	반수연	김채린	한순영	손나경
김금희	진연주	배영희	윤이형	장은진	이우현	이정은	신현대
채현선		유용오	김애현	송옥영	전유선		정다일

2001	2000	1999	1998	1997	1996
김도연	김종은	구경미	강영숙	김창식	김후량
부희령	송은상	김도언	김정진	김현영	신승철
김주욱	오영섭	나유진	양선미	김혜진	윤인수
노재희	이염임	박정란	이상인	류시영	이한음
백가흠	조민희	윤성희	이수경	박영현	이환제
남문석	천운영	은미희	조윤정	박자경	정지아
박현경	편혜영	이우상	조헌용	우광훈	조경란
최치언	황광수	이혜진	최인	유경희	하성란
		진명정	한지혜	은현회	

이슈로는 다루어지지 않기 때문에, '문단의 여성화' 담론이 오히려 더 폭넓은 담론적 영향력을 행사하면서 제어되지 않은 채로 상식처럼 받아들여지고 있는지도 모른다.

가부장적이고 이데올로기적으로 편향된 사회 현실을 염두에 두고 보면, 여성 작가들이 증가한다는 사실과 그것을 가십처럼 언급해버리는 경향 양자는 소설에 대한 사회적 인식의 한 단면을 보여주는 징후로서 이해되어야 한다. 말하자면 이는 소설을 쓰거나 읽는 행위라는 것이 경제적 효율이 떨어지는 행동으로, 사회에서 일차적으로 수행되어야 할 행위는 아닌 것으로 치부되는 경향을 반영한다. 소설과 독자에 관한 이해에 사회에서 통용되는 젠더적 가치 위계가 틈새 없이 결합되고 있는 현상으로도 독해될 수 있는 것이다.

다. 매개 없는 소설과 현실의 거리는 소설의 생산과 소비를 둘러싼 유익한 영향 관계로 귀결되지도 않는다. 현대소설이 현실의 직접적 반영으로 나아갈 수도 없으며 그러한 자질이 유의미한 소설의 전제조건도 아니다. 그럼에도 독자에 대한 관심이 소설의 통속성을 옹호하는 논리로만 호명될 때, 그것만으로 독자에 대한 논의가 충분하지 않다는 사실에 이의를 제기하기는 어려울 것이다.

게릴라적 시도가 없지 않지만 한국 소설은 여전히 독자에 대해 아는 것이 많지 않으며 관심도 없는 편이다. 독자에 대한 접근법은 여전히 전문가/애호가의 구분을 넘어서지 못한다. 사실상 장르 문학과의 친연성이 더욱 긴밀해진 오늘날의 상황을 염두에 두고 보면 소설의 외연은 점차 넓어지고 있다. 소설에 대한 인식은 그에 따라 매번 재구축될 필요가 있다. 여전히 본격문학으로서의 소설에 대한 정의에 갇혀 있는 문단에, 확장된 외연에 합당한 소설과 그 독자에 대한 인식을 마련하는 일이 우선적으로 요청된다. 소설과 독자에 관한 논의는 새로운 의사소통 체계를 구축할 수 있는 토대, 즉 즐거운 쓰기/읽기라는 맥락에서 지금 다시 시작되어야 하는 것이다.

7. 공적 상상력과 감성적 사유

당신이 전번 편지에서 비평에 대해 말했지요. 그것이 곧 사라질 것
이라구요. 나는 반대로 그것이 지금 여명기에 있다고 생각합니다.
[비평이 공격되고 있는 듯이 보이는 것은] 선례에 대하여 반격하는
것뿐, 그 이상 아무것도 아니에요.
　　　　　　　—플로베르, 「조르주 상드에게 쓴 편지」, 1869년 1월[1]

1. 문예지 제도와 비평의 위상

　유서 깊은 반복이든 시의에 반응하는 일회적인 것이든, 비평의
위기에 대한 논의가 들끓는 사태는 비평가에게 비관하거나 낙담할
일이 아니다. 논의의 끝에서 위기론은 대개 비평의 쇄신론을 상상
하게 한다. 가령, '문학비평이 무엇을 할 수 있는가'라는 질문보다,
넓은 의미에서 '비평'이란 무엇인가, 비평이 무엇을 할 수 있는가,
비평은 무엇이 될 수 있는가에 대한 논의가 우선되어야 하며, 따라
서 문학비평은 '문학의 바깥'을 사유해야 하고, 문학비평이 아니라
비평의 새로운 존재방식에 대해 생각해야 한다는 입론[2] 역시 문학
비평의 흔들리는 지위에 대한 성찰로부터 마련되었다. 계간 『문학

---

1) 제라르 델포·안느 로슈, 『비평의 역사와 역사적 비평』, 심민화 옮김, 문학과지성사,
　1993, p. 81 재인용.
2) 좌담 「'문학의 시대' 이후의 문학비평」, 『문학동네』 2006년 가을호, p. 152.

과사회』가 100호를 기념하여 마련한 좌담과 문학의 위상을 재점검
한 특집도 쇄신론을 이끌고 있다는 점에서 고무적이다. 작가론, 작
품론, 서평으로 좁아진 비평의 입지를 되돌아보는 계기가 되고 있
어 생산적 논의가 기대된다.

　비중과 무게로 곧바로 등치될 수는 없지만 문학 환경의 차이에
도 불구하고 계간『창작과비평』이 창간 10주년을 기념하여 마련
한 좌담은『창작과비평』의 역사를 되짚어보면서도 문학의 오늘과
내일을 회고하고 전망하려 했던 면에서 함께 봐두어도 좋을 듯하
다.『창작과비평』창간 10주년 기념 좌담회는 출판 업무를 위해 문
우출판사나 일조각, 신구문화사 등 기성 출판사의 도움을 받을 수
밖에 없었던 사정, 원고료도 제대로 지불할 수 없어 결간할 수밖에
없었던 사정 등 잡지 발간 자체가 쉽지 않았던 혹독한 시절의 풍경
을 비교적 소상히 알려주며, 외래 지향적 성격을 극복한 의미와 다
소 편파적이고 편의적이었던 청탁의 한계에 대해서도 자성의 목소
리를 낸다.『창작과비평』의 역사에 대한 소회를 밝히고 동인지 성
격의 "쎅트sect"를 이룬다는 비판에 해명을 덧붙이면서『창작과비
평』고유의 성격이 마련되는 과정과 텔레비전 보급과 함께 열린 대
중적 소비문화 시대가 상업주의에 편승한 문학 붐으로 이어진 현
상에 대해서도 비판적으로 지적한다.[3] 문학 이외의 학술적 작업이
나 이론적 작업에도 주력하면서 "진정한 민족문학, 민중문학의 터
전으로서 〈창비〉"[4]가 제 소임을 다할 수 있어야 한다는 다짐으로

---

3) 좌담 「〈창비〉 10년―회고와 반성」,『창작과비평』 1976년 봄호 참조.
4) 같은 글, p. 32.

좌담은 마무리된다.

『문학과사회』100호 기념 좌담 역시, 문학이 문학으로만 존재하기 어려웠던(정치적 실천이나 사회적 발언의 우회로이기도 했던) 엄혹한 시절을 지나 다시 잡지를 발간하게 된 사정, 『문학과사회』편집동인 1세대가 사회과학의 세례를 받으며 세대적 정체성을 새롭게 구축한 사정, 문학의 자율성과 소통을 중시하던 세대를 거쳐 피할 수 없는 자본의 위력 앞에 선 세대에 이르는 세대 유전의 역사를 전한다. 2000년대로 접어들면서 출판시장의 외적 성장과 함께 상업주의적 경향이 노골화되면서 『문학과사회』 고유의 성격이 문화 산업이나 상업주의에 대응하는 쪽으로 모아졌고, 잡지의 관심이 하위문화, 소수문학, 비주류 문학으로 집중된 사정도 알려준다. 정도의 차이는 있지만 거대 자본이 세계 전체를 집어삼킬 수는 없다는 확신을 공유하면서 『문학과사회』의 존재 의의와 생존법이 틈새의 작은 목소리에 주의를 기울이거나 그것을 적극적으로 복원하는 쪽으로 향해야 한다고 합의하는 한편, 지성적인 비평 담론이 위축된 현상에 대한 책임의 일부를 통감하면서 자본의 시대에 대응한 비평의 가능성 탐색과 비평의 윤리 회복을 한목소리로 강조한다.[5]

『문학과사회』가 고유의 성격을 마련해간 사정을 단순히 『창작과비평』의 기념 좌담을 통해 유비적으로 고려함으로써 헤아릴 수는 없을 것이다. 다만, 군부 독재의 조치로 강제 폐간의 고초를 겪고 이에 대한 대응으로 비정기 간행물을 출간해 암흑의 시대를 견디

---

5) 좌담 「도전과 응전―세기 전환기의 한국문학」, 『문학과사회』 2012년 겨울호 참조.

면서 잡지 고유의 성격을 유지하고자 한 점을 두고 『문학과지성』
이나 『문학과사회』 『실천문학』 그리고 『창작과비평』의 생존 방침
사이에 생겨날 수밖에 없었던 느슨한 유사성을 눈여겨둘 수 있다.
기억해두어야 할 공유의 지점도 없지 않다. 이후 한국 문단에 등장
해 뚜렷한 족적을 남기고 있는 또 다른 계간지인 『문학동네』나 부
침을 반복하는 여타의 계간지들을 함께 두고 말할 수도 있다.

　『문학과사회』 좌담은 잡지의 지향을 갈음하는 자리에서 비평의
임무가 막중하다는 암묵적 합의를 전제한다. 시대와 상황의 전면
적인 변화에도 불구하고 『창작과비평』과 마찬가지로 문학의 미래
를 전망하는 자리에서 비평의 위상은 독보적이다. 비평가 지망생
이 없거나 비평의 독자가 사라지는 상황이 비평의 위상을 위협하
는 게 아니다. 비평이 더 이상 교양 독서 목록에 오르지 않지만 비
평의 영향력이 줄어들었다고 말하기도 어렵다. 대중독자를 향해
발신하는 잡지임을 강조하면서도 잡지들은 동인지적 성격을 띤다
는 점에서도 공통적이다. 알다시피 잡지의 틀 만들기는 주로 비평
가로 구성된 편집진이 맡으며, 편집진은 말의 본래 의미에 준하는
'편집'보다는 청탁과 잡지의 성격을 가다듬는 업무를 담당한다. 정
치적 입장의 차이를 따지기에 앞서, 잡지의 지면을 채울 작품이나
작가를 선정하는 일이 곧 선별과 평가를 동반하는 일로 수렴되고
그 반대의 과정도 연이어 이루어진다. 이런 사정으로 언어적 형식
화인 비평 자체는 가장 나중의 작업이 되거나 선별과 평가를 마친
작품에 찍히는 검증 마크의 역할에 그치기 쉽다. 잡지를 기반으로
문학과 비평에 대한 집합적이고 동질적인 입장이 마련된 듯 보이
는 것은 이러한 사정과 무관하지 않다.

2. 비평 노동, 엔터테인먼트 비평, 비평의 머뭇거림

□ 잡지만의 고유 성격을 갖출 수 있는 능력은 과소평가될 일이 아니다. 집합적이고 동질적인 비평관 자체가 문제일 수는 없다. 고유의 성격을 마련하는 일의 가치도 높지만, 삶의 복합성에 반응하는 문학의 본래적 기능에 비추어보아도 다양한 문학관의 공존은 권장될 일에 더 가깝다. 그러나 어찌해도 아직 오지 않은 문학만큼 다채로울 수 없다는 면에서, 다양한 문학상 제도의 주체이자 촘촘하게 세분된 비평 그룹을 거느린 출판사를 기반으로 한 잡지가 집합적이고 동질적인 비평관을 가질 때 아쉽게도 예기치 못한 새로운 문학의 등장을 촉진하는 힘이 되기는 어렵다. 『창작과비평』 좌담이 허심탄회하게 밝혔듯, 잡지가 고유한 성격을 마련해가는 일에 의도 여부와 무관하게 청탁을 받은 작가와 비평가도 무의식중에 동참하는 일이 없지 않다.[6] 부정적 역효과까지 문제의 본질로서 다룰 필요야 없겠지만, 작가와 비평가가 잡지별 맞춤형 글을 쓰는 사태가 발생하는 원인을 건조한 눈으로 돌아볼 필요는 있다.

돌이켜보건대, 집합적이고 동질적인 입장이 존재했음을 인정하더라도, 고유한 입장으로 내세워진 잡지들(비평관) 사이에 뚜렷한 차별성이 있었는지 단언하기도 쉽지 않다. 가령, 문학과 정치 논쟁을 두고 보아도 그렇다. '문학 자체가 정치적 실천'이라는 말은 그것이 품은 아우라에 비해, 말만으로 진실성을 입증하기 어려운 말

6) 좌담 「〈창비〉 10년 ― 회고와 반성」, 같은 책, p. 32.

이다. 그 말의 진실성의 징표는 문학 자체보다는 문학이 처한 상황이나 시대적 조건에 있었던 편이다. 2000년대 이후 등장했던 문학과 정치 논쟁 참여자들이—엄밀하게는 논쟁의 불씨를 매번 되살리는 작업이 더 강조되었으며, 실상 문단 전체를 수렴하는 인력을 가진 논쟁도 아니었지만—한국문학의 역사에서 문학관이나 현실관을 뛰어넘는 '문학과 정치' 실현의 대표 주자로서 공히 김수영을 거론한 일은 우연이 아니다. 이념이나 진영의 구별이 차이를 위한 차이라는 공공연한 비밀도 랑시에르에 대한 너나없는 열광을 통해 여실히 드러났다.

곡진한 마음을 담고 있었지만 문학과 정치 논쟁으로 표출된 문학과 문학 바깥의 거리를 좁히려는 시도는 종종 강박이나 당위처럼 보이기도 했다. 정치적 현실의 퇴행이 뚜렷하게 가속화되었으며, 시대를 대표하는 재현 양식의 가능성이 약화되었고, 실제로 문학 자체의 위상이 격감하면서, 문학이 무엇을 할 수 있는가에 대한 고민은 쉽게 정돈될 수 없는 균열이자 시인과 시민을 한 몸에 품은 존재의 파열음으로서만 드러났다. 그간 문학과 정치 논쟁이 점화되지 못한 채 공회전만 일삼은 사정은 『문학과사회』 좌담을 통해서도 확인할 수 있듯,[7] 논쟁이 한창이던 때에도 자발적으로 논쟁에 참여하겠다고 나선 비평가가 많지 않았고, 대개는 청탁받은 원고를 통해 수동적으로 입장을 드러낸 편에 가깝다. 논의에 새로울 것이 없다는 냉소의 표현이기보다는 참여자들 사이에서 뚜렷한 입장 차이를 발견할 수 없었고, 참여하지 않는 비평가들조차 제3의

7) 좌담 「도전과 응전—세기 전환기의 한국문학」, 같은 책, pp. 362~63.

입장을 가지지 않았기 때문이다.

문학과 정치 논쟁이 징후적으로 보여주었듯, 문학의 존속 가능성은 잡지나 문단 내에서만 논의되는 형편이다. 문학에 종속되어 있거나 긴밀하게 결부되어 있는 비평의 사정도 다르지 않다. 문학 바깥을 어떤 이름으로 명명하든, 가령 현실이든 사회든 정치든, 포섭과 배제 관계에 놓인 문학과 문학 바깥의 근본적 연루와 재해석을 요하는 연루의 면모들은 다소간 기시감을 불러일으키는 문학과 정치 논쟁으로 재연되고 비평의 쇄신 담론으로 연출된다. 문학의 하위 영역들이 세분화와 전문화를 거듭한 결과도 하나의 원인이라면, 분화와 재통합의 반복 운동인 모더니티의 동력이 약화된 것도 하나의 원인이다. 재통합의 계기를 마련하지 못하는 비평이 제도로서의 비평의 명목만을 유지한 채 본래적 성찰력을 상실하고 제 소임을 다하지 못하고 있는 상황인 것이다. 비평의 대상인 실물의 성격이 다채롭지 못한 것도 무시해서는 안 될 원인 가운데 하나이지만, 무엇보다 비평적 실천의 함의 폭이 크지 않은 지금 이곳에서 이론적 실천의 범주는 이전보다 더 협소할 수밖에 없기 때문이다.

실감의 수준에서 문학과 정치의 관계는 논쟁 당시보다 이즈음 더 본격적 논의를 요청한다. 현실 문제에 직접 개입하고자 하는 문학가들의 활동에 법적 제재를 가하는 한편, 문학가의 활동 범위를 문학 내부로 축소시키려는 순치화 경향도 뚜렷해졌다. 그간 청산되었던 정권에 대한 문학의 순애보 장면도 연출되었다. 이 땅의 작가들에게 편집권과 비평적 검토에 대한 트라우마를 남긴 사상적 검열 문제가 제기되었고, 유서 깊은 문학상의 수상자들이 수상을 거부하는 사태도 발생했다.[8] 문학과 정치 논의가 띠고 있던 다소간의 추상성이 단번에 해체되면서 문학과 정치의 관계는 문학과 권력(정치권력)의 문제로 뚜렷한 몸피를 드러내기 시작했다. 문학과 정치가 아니라 문학 내의 정치가 문제로 떠오른 형국이다. 최근 이루어진 비평의 쇄신론은 어떤 분석이든 비평이 자체 내재성이나 자기 완결성과 거리를 두면서 세계 진리와 사회 윤리와의 관련성을 회복하는 쪽으로 선회해야 한다는 요청에서 동일하다. 비판정신의 회복을 이구동성으로 강조한다.[9] 그런데 비평의 쇄신에 대한 논의가 새롭게 가시화되던 문단 풍경에 비추어보자면 비판적 논의

---

8) 상세한 내용은 언론사 문학 담당 기자들을 중심으로 이루어진 좌담인 「2013년 한국문학의 표정」, 『21세기문학』 2013년 겨울호 참조.

9) 『문학과사회』 좌담을 통해 강동호는 새로울 것 없는 논의임을 인정하면서도 여전한 "비평의 비판 정신 회복"을 요청했다. "작품과 이론에 대한 자세한 읽기"를 통한 비판 정신의 회복이야말로 "우리의 현실과 역사를 억압하는 모든 기제들을 발견하고 비판하려는, 어떤 반성 행위를 위한 수단이자 목적"(「도전과 응전—세기 전환기의 한국문학」 p. 369)이라는 지적에 얽매이지 않는다 해도, 앞선 논의에 비추어볼 때 그가 강조한 '비판 정신의 회복'이 작품의 선별이나 평가 논리에 대한 이론화 작업으로 한정되지는 않는다. 정과리가 궁극적으로 문제 해결을 위한 지평, 즉 "집단 내부의 인간들의 상호관계와 집단들 간의 관계를 바꾸고자 하는 의지와 그 가능성"을 "사회적 지평"(정과리, 「문학의 사회적 지평을 열어야 할 때」, 『21세기문학』 2014년 봄호, p. 206)으로 명명했을 때, 이 또한 지나간 시절의 영광만을 반추하는 일이 아니라 공론장으로서의 비평의 기능에 대한 확장 요청이다. 김영찬이 다시 확인하고 있듯, "문학비평의 자의식은 그 자신의 토양이자 숙주로서 문학 텍스트의 운명과 불가분 결속되어 있으며 지금 한국문학의 상황 자체가 비평의 가능성과 불가능성의 조건으로 작용한다. [……] 무엇보다 비평은 그 대상으로부터 분리될 수 없"다. "비평은 그 자체가 대상을 반영하면서 동시에 그 자신을 반영하며, 비평의 주체는 그 속에서 불가피 자기 자신을 대면"(김영찬, 「폐허 속에서, 오늘의 비평」, 『문학동네』 2013년 가을호, p. 460)해야 하는 요청을 피할 수 없다. 사회적 지평을 향한 문학의 탐구 열망은 1970, 80년대는 말할 것도 없이 문학의 존재 조건이자 오늘날에도 여전히 포기될 수 없는 문학의 기본 자질 가운데 하나다.

로서 가시화된 직접적 관심은 희미한 편이다.[10] 비평의 쇄신론이 들끓고 있지만 비평의 머뭇거림이 뚜렷한 시절이다.

②비평의 머뭇거림이 뚜렷한 사정을 이론에 대한 무분별한 의존이나 종언론/위기론과 같은 담론의 효력으로 볼 수만은 없다. 스스로 이론이 되는 비평을 만나기 쉽지 않다. 지금 이곳의 이론 출현을 보기 위해서는 기다림의 시간을 좀더 가져야 할 수도 있다. 하지만 그 시간이 위기를 이러저러한 담론으로 환원하는 자리에서 단축되지는 않는다. 다양한 기원을 가진 이론에 대한 풍부한 이해와 적용을 통해 지금 이곳의 비평의 고유성이 마련되는 것도 아니다.

지금 이곳의 사정을 말해보자면, 비평은 비평의 위기를 알지 못하며 위기를 살고 있지도 않다. 그리하여 비평의 위기론은 자본의 위협에서 탈출구는 없다는 인식만큼이나 사실성을 띠면서도 공허하다. 비평의 이름에 값하는 것인가라는 질문을 덧붙일 수도 있겠으나, 사실 비평 작업의 영역은 확장 일로에 있다. 언어적 기록물로 한정되지 않는 다양한 형식의 비평 작업이 성업 중이다. 자본의 위력이 세지는 동안 작품과 독자의 매개로서의 비평 역할이 부각되었고 다양한 비평 작업이 개발되는 중이다. 알리고, 소개하며, 안내하는 일로 비평이 전문화되고 세분화되고 있다. 동시에 비평은 자동화되고 매뉴얼화되고 있다. 젊은 비평가를 더 많이 필요로 하지만, 비평적 독창성을 마련할 기회는 더 드물어진다. 끊임없이 '활동'하고 있지만 대개 그 '활동'으로 '소모'되는 중이다. 이러한

10) 서영인, 「문학장의 존재방식과 비평의 이데올로기」, 『21세기문학』 2014년 봄호 참조.

흐름을 비평의 세속화 현상으로 그저 긍정할 수만은 없다. 비평 활동을 통해 세분된 정보로 다양한 독자군과 만나고 있지도 않다. 그럴 짬이 없다고도 말할 수 있다.

전 지구적 자본주의 시대에 자본의 위력이 불러오는 진짜 공포는 모두가 노동의 기회를 얻을 수는 없지만, 그렇다고 소수의 선택된 노동자의 삶이 그것보다 낫지도 않다는 사실에서 온다. 기회를 얻지도 못하거나 선택되어 노동의 과부하라는 불지옥을 살거나, 삶은 어떤 경로로든 파국에 이르게 될 뿐이다. 노동의 과부하는 그들을 어디에 있는지도 어디로 가야 했는지도 살필 수 없게 만든다. 바깥을 둘러보기는커녕 사유 자체를 불가능하게 만든다. 문학의 상업화가 전 지구적 자본주의 시대 문학장의 주요 면모라면, 비평이 노동 활동인 한, 비평장에도 자본의 법칙은 고스란히 적용된다. 자본과 노동의 관계성이 상실되고 자본의 축적 시스템이 '크레딧(신용)'의 무한 루프를 반복하게 된 것이 어제오늘 일은 아니다. 국가의 경쟁력이나 신용도가 상승한다고 해도 개별 주체의 삶이 나아지지 않으며 앞으로도 나아질 가능성이 봉쇄되고 있는 시절이다. 더구나 노동 환경과 미디어 환경 변화는 노동과 일상(/생활/생존)의 관계를 분리시키고 있다. 사태 자체의 곤혹스러움은 이러한 사정이 일시적인 것이 아니며 앞으로도 호전될 가능성이 많지 않다는 사실에 있다. 전 지구적 자본주의는 더 이상 노동이라는 동력을 필요로 하지 않는 시대의 도래를 이끌고 있다. 인간 주체가 성장 혹은 변혁의 에너지가 될 수 없는 시대가 열린 것이다.

이러한 시대에 처한 비평가 역시 비평 '활동/노동'에 허우적대면서도 스스로가 처한 상황을 알지 못한다. 그나마 비평 '활동/노동'에 참여하는 이들도 소수에 불과하다. 비평의 위기는 비평가 개인의 것이 되었고, 비평가 집단 내에서는 위계 구조가 뚜렷해졌다. 비평 언어가 공동화되고 있으며 비판 자체의 가능성이 퇴색해 간다. 이는 현실의 문맥에서 보자면 말할 수 없는 자와 말할 수 있는 자의 분리가 심해지고 비엘리트, 비문화 집단의 목소리가 소거되고 있는 현상과 병존한다. 비평장 자체를 성찰할 수 있는 시간은 쉽게 주어지지 않는다.

3. 비평가의 독창성과 비평 공동체

[] 비평 언어가 공동화되는 상황을 자본의 위력에 기초한 출판사와 잡지 공조 시스템의 문제로만 돌릴 수는 없다. 따지자면 비평이 머뭇거리는 원인이 비평장의 힘의 불균형에서 나오는 것만도 아니다. 한편으로 '~에 대한'의 존재론, 즉 다른 무엇과 맺는 관계 속에서만 존재할 수 있는 비평 본래의 애매성과 불완전성을 고려할 필요가 있다면, 구조 변화를 야기할 역능으로서 개별 비평가의 가능성을 고려하지 않을 수 없다. 비평에 입문한 젊은 비평가를 위한 황현산 선생의 당부의 말은 새삼 비평적 입론을 세우는 일 자체가 비평가가 되는 일의 전부임을 되새기게 한다.

비평가가 작품의 독창성을 발견했다는 것은 바로 자신의 독창성을 확보했다는 뜻도 된다. 비평가가 모두 거기에 이르는 것은 아니다. 이름이 알려진 비평가는 많아도 그의 글이 기억되는 비평가는 사실 많지 않다. 철철이 평문을 발표하고, 비평집이 벌써 여러 권이며, 연조가 있어 문학상을 타기도 하지만, 그가 무엇을 썼는지 알려면 낡은 잡지를 들춰보거나 비평집을 다시 펼쳐야 하는 비평가는 불행하다. 그러나 저 자신은 그 불행을 모른다. 제 불행을 안다는 것도 어떤 독창성의 결과이기 때문이다. 문체가 독특하거나 참신한 것도 아니고, 새로운 지식을 제공하거나 까다로운 작품을 공들여 읽어낸 것도 아니고, 섬세한 생각을 명확하게 드러낼 유용한 표현법을 선보인 적도 없으며, 새로운 비평 개념을 개발하거나 중요한 의제를 제시한 적도 없는 비평가가 그 이름밖에 다른 것으로 기억되기는 어렵다. 그는 누구의 발자취를 끝까지 따라가본 적이 없고, 따라서 제 독창성에 이르지 못했으니 그의 발자취가 없고 또한 존재감이 없다. 당신이 말하려는 작품의 독창성은 바로 당신의 독창성이다.[11]

좋은 비평가라는 이름은 자신의 능력과 관심사와 문단의 요청을 버무리고 작품과 함께 미답의 길을 마련하기 위해 모험을 감행하는 일을 시작하지 않은 자에게 주어지지 않는다. 비평을 열망하는 개인이 작고 큰 글쓰기를 통해 성장하여 문단의 주요 제도의 발전적 동력이 되는 과정은 순탄하지도 손쉬운 일도 아니다. 개별 비평가가 자신의 세계를 마련하고 매번 모험의 길을 떠나는 열정과 길을 잃고 헤맨 실패의 기록을 축적하는 사이에 비평의 영역도 그만큼 더 넓어지고 단단해질 것이다.[12] 시와 소설의 발굴, 시인과 소

---

11) 황현산, 「젊은 비평가를 위한 잡다한 조언」, 『21세기문학』 2014년 봄호, pp. 283~84.
12) 실패는 젊은 비평가의 모험의 결과라기보다 비평의 속성이자 문학 본래의 자질이

설가의 계발에 비평 노동의 상당 부분을 투여하면서도 비평계가 비평의 발굴, 비평가의 계발에 무심했으며 그저 뿌린 것 없이 저절로 뭔가가 자라나는 마술의 땅으로 여겼던 것은 아닌지 돌아볼 필요도 있다. 비평계 대표 선수들이 최대치의 기량을 발휘할 수 있는 길이 이제 막 비평에 입문한 초보 비평가가 스스로의 존재감을 만들어내려는 열망들 속에서 한 뼘 더 넓어진다는 것을 기억할 필요가 있는 것이다.

서로의 작은 오해를 지적하는 일에 골몰하여 실상 동일한 이야기를 반복하고 있을 뿐임을 아무도 깨닫지 못할 때 혹은 알고도 외면할 때, 비평의 신개지는 열리지 않는다. 비평의 머뭇거림은 차별적 비평관이 개별 비평가의 독창성으로 빛나는 경우가 점차 드물어지는 사정에 깊이 연루되어 있는지 모른다. 비평의 쇄신의 길은 비평가의 쇄신을 통해 다시 돌파될 필요가 있다. 당연한 말이지만, 비평가의 독창성이 스타일로 구현될 수 있지만 스타일에서 완성될 수는 없다. 더구나 비평가의 독창성이 마련되는 일과 비평가가 보편타당한 판단과 평가 기준을 마련하기 위해 스스로를 단련하는 일은 상충되기보다는 근본에 있어 같은 말이다.

2 비평가의 독창성이 획득되는 자리에서 비평의 새로운 지평이 탐색되고 윤리가 회복될 수 있으리라 전망하는 일은 포기될 수 없다. 그러나 개별 비평가가 독창적 입론을 마련하는 일이 문예지 제

다. 실패담으로서의 문학에 대해서는 황현산, 『잘 표현된 불행』, 문예중앙, 2012 참조.

도를 통해 점점 강고해지는 비평계 내부의 위계 구조를 단박에 해체하는 해법이 될 수는 없다. 독창적 입론을 세우는 일이 곧바로 서로의 입장과 지향을 인정하는 열린 장을 이끌기도 쉽지 않다. 이즈음의 비평가들은 태생적으로 구조적으로 독창적 입론을 세우는 일 자체가 쉽지 않은 사정에 처해 있다. 비평가의 독창성에 대한 강조는 제도적 변혁을 차치한 유일무이의 대안으로 제안되기보다 구조적 변혁 위에 겹쳐져야 할 변혁 주체에 대한 요청으로 이해되어야 한다. 이러한 전망이 문학과 비평을 둘러싼 상황의 현상 유지를 역설하는 낭만적 포장술이나 알리바이가 되기를 거절할 수 있는 실질적 대안도 마련될 필요가 있다.

　관련하여 문학을 메타화하는 방식의 딜레마를 해결하기 위한 노력이 전면적으로 확대될 필요가 있음을 짚어두고자 한다. 해방 이후 특히 1970년대 전후로 누구에게나 열린 '감상'의 대상이었던 문학이 학문장에 진입하면서, 문학은 전문가가 다루어야 할 고유한 영역으로 자리매김되었다. 전문적 영역을 확보한 대신 아카데미즘화된 문학은 '학문의 대상이 된 문학이 과연 누구를 위한 것인가'라는 질문에 직면해야 했다. 문학의 학문적 대상화와 비평의 전문화는 문학 관념을 점차 보수화하고 비평을 자기 시대와 단절시키며 비평의 독창성도 상실하게 한 계기임에 분명하다.[13] 그러나 문학연구와 비평의 엄밀한 분화가 불가능하다는 사실을 부인하기도 어렵다. 문학을 메타적으로 다루는 방식들, 문학연구와 비평은 종종 아카데미즘과 저널리즘적 경향으로 이해되기도 하고 글쓰

13) 제라르 델포·안느 로슈, 같은 책, p. 57.

기와 발표 매체 등 외적 형식에서 이질성이 강조되기도 했지만, 애초에 문학에 대한 이해를 과학화하고 학문화하려는 시도라는 점에서, 논의 지반을 공유한다. 문학연구 주체와 비평 주체가 서로의 차별성을 강조하고도 있지만, 실제로 현재 활발하게 활동하는 비평가 가운데 대학 혹은 대학원 수업을 통해 문학연구 방법론을 습득하지 않은 경우가 드물다. 문학을 메타화하는 방식, 즉 전문화하고 체계화해야 한다는 요청은 향유 대상으로서의 문학의 존재론과 공존하지 못한 채 종종 균열을 드러낸다. 문학연구와 비평은 문학이 향유 대상인 동시에 학적 대상이 되어야 한다는 요청 혹은 딜레마가 만들어낸 불가피한 두 영역이라 말할 수도 있다. 누구나 향유할 수 있는 문학의 가능성을 뒤로하고 전문화와 체계화의 극단에 이르고자 할 때 문학연구와 비평 독자 너머의 문학 독자와 만날 수 있는 접촉점은 희미해질 수밖에 없다.[14] 향유 대상으로서의 문학의 가치가 훼손될 수 없는 한, 문학연구와 비평의 어정쩡한 공존은 지속되어야 하며, 문학연구와 비평의 협업은 좀더 역설되어야 한다.

향유 대상으로서의 문학 영역을 복원하려는 시도는 문학연구와 비평의 협업에 대한 요청에 그치지 않는다. 분과학문 차원에서 국문학 범주 바깥을 불러들이는 일이기도 하다. 민족문학에 대한 논의가 한창이던 1970, 80년대를 거치면서 문학의 국적에 대한 질문에서 우리는 조금쯤 자유로워졌다. 그러나 우리의 문학 활동은 여

---

14) 소영현, 「제도와 문학: 문학의 아카데미즘화와 학술적 글쓰기의 형성」, 『근대문학연구』 22, 2010, pp. 267~73(이 책의 4장); 김영찬, 「끝에서 본 기원과 비평/문학 연구」, 『상허학보』 35, 2012, pp. 128~36 참조.

전히 '한국'문학 담론의 영향 아래 놓여 있다. 굳이 언급할 필요도 없이 문학의 생산은 다국적적 영향 관계 속에서 이루어진다. 한국 문학의 참신성이 한국문학사라는 계통수 내부에서만 발견되지 않는 것이라면, 독자층에서 보아도 한국문학과 외국 문학 독서가 한데 섞여 수용의 지평을 만들어낸다는 사실을 외면하기는 어렵다. 한국문학과 비-한국문학의 엄밀한 구분은 문학의 생산과 소비 혹은 문학에 대한 연구나 비평에도 그리 유용하지 않다. 한국문학이라는 순결한 영역은 우리의 상상 속에서나 있을 가능성이 높다.

문학의 다국적적/탈국적적 성격에 대한 열린 관심을 확대하는 한편, 문학에 대한 메타적 이해에 관심을 둔 영역 전반에 걸친 협업도 재고되어야 한다. 이른바 외국 문학 연구자들과의 폭넓은 협업이 다시 논의되어야 할 때이다. 문학의 아카데미즘화가 요청될 때에 문학연구와 비평 전문화의 주된 동력이었던 외국 문학 연구자는 현재 문단에서 거의 사라진 상황이다. 국문학 연구의 비약적 발전에 힘입은 바 크고, 외국 문학연구의 매개 역할이 그 효용을 다한 탓도 크다. 스스로를 외국 문학 소개자의 자리에 놓거나 혹은 한국문학을 여전히 서구적 기준에 미달한 것으로 볼 때, 외국 문학 연구자들이 한국문학과 만날 자리는 넓지 않다. 비평가는 어떻게 동료를 얻게 되는가. 비평 공동체는 어떻게 형성되는가. 이 질문의 실질적 답안은 문학연구와 비평장 안에서의 다층적 협업 가능성 속에서 찾아질 수 있을 것이다.

③ 개인화되는 비평의 위기는 어떻게 비평장 전체의 것으로 되돌려질 수 있는가. 비평장 자체에 비판적으로 개입하는 일을 한국

사회에서 비판의 회복 가능성이 점쳐지는 출발지로 삼는 일은 가능하면서도 중요하다. 비평의 위상과 쇄신을 고민해온 이글턴을 빌려 말해보자면, 비평 언어가 비평가와 사회, 작품과 독자 사이에 '개입한다'는 생각은 그릇된 공간적 은유다. 한국 사회는 말할 것도 없이 텍스트화된 현실은 접안의 프리즘을 통해 이해되고 포착된다. 독창적 비평이란 바로 이 프리즘의 다른 이름이다. 이 프리즘은 한국 사회에 대한 더 나은 이해를 가져다줄 기구이다.[15]

그러나 소모 노동이 되어버리는 비평의 엔터테인먼트화, 비평의 독창성을 마련하기는커녕 서평의 기회조차 얻지 못하는 수많은 비평-실업자의 편재화, 이것이 만들어내는 비평계 내부의 무용한 위계화를 타개할 방책을 두고 비평의 필연적 요청에 관한 원론적 논의를 재확인하는 작업 이상의 것을 현재의 나는 알지 못한다. 스스로 알지 못하는 미래를 향한 자기 응시의 바늘구멍과 같은 틈을 마련하려는 시도, 즉 푸코식 혹은 김현식으로, 어떻게 되어갈지 알지 못하는 미래/진실에 다가갈 수 있는 유일한 방법이 비판임을 재확인하는 일,[16] 한 시대의 상상 체계가 이미 자기 세대의 상상 체계를 파악하는 데 낡아버린 것이라는 자각에 입각한 위기의식을 언어화하는 일,[17] 그리하여 현재에 대한 우리의 비판이 우리에게 부과된 한계들을 역사적으로 분석하는 동시에 그 한계들을 넘을 수

---

15) 테리 이글턴, 『이론 이후』, 이재원 옮김, 길, 2010, pp. 137~38.
16) 미셸 푸코, 「비판이란 무엇인가」, 이상길 옮김, 『세계의문학』 1995년 여름호, p. 125.
17) 김현, 「한국 비평의 가능성」(『68문학』, 1968), 『현대 한국문학의 이론/사회와 윤리』, 문학과지성사, 1991, p. 95.

있는 가능성을 실험하는 에토스를 확보하는 일[18] 이상을 상상하지 못한다. 변화하는 현실에 주의 깊은 시선을 지속적으로 던져야 할 필요는 글쓰기 형식 이전에 존재하는 비판의 기원적 속성에서 비롯하는 것임을, 비평의 새로운 형식화는 현실에 개입하고 미래를 전망하면서 실패로 끝날 형식화 작업을 반복하는 일임을, 미지근하고 무용한 듯한 이러한 논의의 확인이 비평의 새로운 형식화를 가능하게 할 유일한 가능성임을 확인해둘 수 있을 뿐이다.

하여, 알지 못하는 미래를 상상하는 시도 자체는 매번 실패로 귀결될 것이다. 그럼에도 우리가 출구 없는 현실에 대한 비판의 성찰성을 말할 수 있다면 그것은 귀결된 실패의 예기치 못한 효력 때문이다. 비평의 새로운 형식화는 현실에 개입하고 미래를 전망하면서 실패로 끝날 형식화 작업을 반복하는 일이자, 엄밀하게 말하자면 형식화 자체가 아니라 축적된 실패가 만들어내는 예기치 못한 효과를 통해 가닿을 수 있는 일이다. 이와 관련하여 역사적 전환기가 요구하는 새로운 글쓰기를 모색하고자 했던 발터 벤야민의 비평에 대한 사유는 유용한 인식의 실마리가 된다. 벤야민은 역사적 전환기에 개인과 사회의 파괴가 지속되는 과정을 중지시킬 수 있는 정치적 태도를 요구했다. "삶을 구성하는 힘은 현재에는 확신 überzeugung보다는 '사실Fakten'이 훨씬 더 가까이 있다. 한 번도 그 어느 곳에서도 어떤 확신을 뒷받침한 적이 없었던 '사실' 말이다. 이러한 상황에서는 진정한 문학적 활동을 위해 문학의 테두리 안

---

18) 미셸 푸코, 「계몽이란 무엇인가」, 김성기 편, 『모더니티란 무엇인가』, 장은수 옮김, 민음사, 1994, p. 365.

에만 머무르라고 요구할 수 없다. 그러한 요구야말로 문학적 활동이 생산적이지 못함으로 보여주는 흔한 표현이다. 문학이 중요한 성과를 거둘 수 있는 것은 오직 실천과 글쓰기가 정확히 일치하는 경우뿐이다. 그러기 위해서는 포괄적 지식을 자처하는 까다로운 책보다, 공동체 안에서 영향력을 행사하기에 더 적합한 형식들이 개발되어야 한다. 그와 같은 신속한 언어만이 순간 포착 능력을 보여준다."[19] 물론 벤야민은 신속한 언어의 사례를 포스터 등에서 찾는다. 여기서 주목할 점은 글쓰기의 형식보다는 그것이 미치는 '공동체 안에서의 영향력'의 여부이다. 이를 사회비평에 대한 요청이라 말해도 좋으리라.

4. 인문적 교양이라는 프리즘, 사회비평 선언

⯁ 비판의 불가능성이 비평 언어의 공동화로 구현되는 지금, 말할 수 없는 자와 말할 수 있는 자의 분리가 심해지고 비엘리트, 비문화 집단의 목소리가 소거되고 있는 이곳에서 비평의 임무는 무엇인가, 무엇이어야 하는가. 비평의 관심은 인간 범주의 바깥으로 내몰리는 존재들, 나아가 인간이란 무엇이며 또 누구인가에 대한 질문으로 모아져야 한다.

---

19) 발터 벤야민, 『일방통행로 사유이미지』, 김영옥·윤미애·최성만 옮김, 길, 2007, pp. 69~70.

우리는 사회과학이라는 창을 통해서 세상을 봤다. 이건 의미심장한 얘기다. 인문학의 창을 통해서 세상을 본다는 것은 인문주의적 교양의 시선으로 세상을 바라본다는 얘기고, 그것은 근대 사회 내부의 자리에서 근대 사회를 비판적으로 반성하는 역할을 했다는 의미를 띠고 있다. 〔……〕『문학과지성』과『창작과비평』은 1970년대에 인문적 교양의 시선에서 한국적 자본주의를 비판적으로 성찰하는 역할을 했고, 그들의 작업은 제3공화국의 몰락에 얼마간 기여를 했다고 할 수 있다. (p. 326)

『문학과사회』세대가 어떤 면에서는 전 세대에 대한 부정이라는 문제의식을 민족·민중문학론자들과 상당 부분 공유한 면이 있었다는 얘기가 된다. 다만 우리와 민족문학론자들 사이에는 근본적인 상이점이 있었다. 민족·민중문학론자들은 말 그대로 문학을 무기로 쓰려고 했다. 문학은 정치에 복무해야 한다고 주장하면서 거친 마르크스주의의 도식적인 개념들에 근거해서 문학을 재단하려고 했다. 그런데 우리가 하고자 한 일은 조금 다른 것이었다. 문학 자체가 새로운 세계의 건설이자 정치적 혁신으로 이어지는 것이어야 한다고 생각한 거다. 문학을 통해서가 아니라 문학 자체가 정치여야 한다는 것. (p. 327)

『문학과사회』 100호 기념 좌담(「도전과 응전—세기 전환기의 한국문학」)에서 확인된『문학과사회』의 자리는 두 개의 선긋기를 통해 마련된다.『문학과사회』의 고유성은, 자기규정에 따르면 인문학적 교양의 시선을 거부하고 이념 지향적 문학론과 거리를 두면서 마련되었다. 『문학과사회』의 실제 위상이나 문학적 지향은 보다 복합적 문맥 위에서 엄밀하게 평가되어야 할 것이다. 다만 지금 이곳의 비평이 처한 난감한 처지를 염두에 두자면 교양으로서의 인문학에 대한 거리두기는 비평과 문학의 범주에 대한 재고를 위해 짚고 넘어가야 할 사안이다.

②『창작과비평』 2009년 여름호 특집은 '이 시대에 문학을 포함한 인문학은 무엇을 할 수 있는가' '이 시대는 어떤 인문학을 요구하는가'라는 질문에 대한 답안 가운데 하나로 "삶에 대한 총체적 이해와 감각을 길러주고 현재의 '삶에 대한 비평'의 역할을 하는 인문학"[20]이 되어야 한다는 인문학 혁신론을 요청한 바 있다. 특집으로 묶인 글들은 논의의 귀결로서 인문학의 성찰, 소통, 실천성의 회복을 강조했다. 오늘의 인문학은 "한낱 정보나 지식이 아니라 '다른 삶'에 대한 상상을 촉발해야 한"[21]다거나 인문학이 추구해야 할 보편적 가치는 "민주주의적 가치와 소통, 그리고 인간 윤리의 재구성"[22]이어야 한다는 혁신을 위한 처방들을 제안했다. 어원적으로 인문학humanities의 본래적 의미는 '인간 혹은 인간의 삶에 대한 탐구'임에 분명하지만, 인간, 인간의 삶, 인간적인 것에 대한 규정은 시공간적 장소성을 고려하면서 시작되어야 한다. 개별 논의들은 인문학의 새로운 지평이 인문학의 본래적 출발지인 인간

20) 최원식·백영서, 「대화—인문학의/에 길을 묻다」, 『창작과비평』 2009년 여름호, p. 18.
21) 고봉준, 「당신의 '앎'에는 믿음이 존재하는가」, 『창작과비평』 2009년 여름호, p. 61.
22) 오창은, 「인문정신의 위기와 '실천인문학'」, 『창작과비평』 2009년 여름호, p. 54.

혹은 '인간적인 것'에 대한 재고에서부터 그리고 '인간적인 것'을 둘러싼 논의틀에 대한 비판적 성찰에서부터 열리는 것임을 환기한 점에서 유의미하다. 인간, 인간의 삶, 인간적인 것에 대한 되묻기 과정이 새로운 인문학에 대한 요청의 시작점이라면, 구체적 대상 (현실)에 대한 해석/개입/음미/판단인 비평(정신)은 혁신을 가능하게 할 구체적 방법론인 것이다.

새로운 인문학의 정립과 그것을 가능하게 할 방법으로서의 비평 혹은 비평정신의 회복에 대해서 말하자면, '구체적 대상(/사건)에 관한 감성적 사유로서의 비평 행위를 통해 보편의 가능성을 탐색하는 작업이야말로 삶과 삶에 대한 학문으로서의 인문학을 복원하기 위한 선결 과제가 되어야 한다. 문학적 경향과 성취를 현실과의 상관성 속에서 고려하고, 문학/문화와 현실의 경계를 넘나들면서 문학/문화를 통해 이 시대가 요구하는 인간, 인간의 삶, 인간적인 것에 대해 가늠하는 일이야말로 비판이 본래 지향해야 할 목적지인 것이다. 관련하여 문학적/예술적 상상력의 효과, 즉 인간 본성의 회복과 상상력을 통한 타자와의 접속 가능성을 신뢰하는 마사 누스바움Martha Nussbaum의 윤리적 독서로서의 비평의 가능성을 언급해둔다. 그의 말마따나 비평이 올바른 사회의 미래를 꿈꾸는 일 전부를 책임질 수는 없지만, 비평은 (보다 인간적인 삶을 향한) 행위의 강력한 동기가 되는 올바른 감정 형성의 계기가 될 수 있을 것이다.[23]

---

23) 마사 누스바움, 『시적 정의』, 박용준 옮김, 궁리, 2013, p. 46.

③ 현대비평의 영역이 마련되었던 1960년대 후반 이후로, 사회비평을 의식적으로 개념화한 작업은 없으나, 반대로 사회비평은 문학과 사회의 관계를 강조하고자 하는 자리에서 널리 사용되던 용어다. 가령, 김윤식은 혁명성의 이데올로기를 근간으로 한 정론성을 띤 프로문학을 사회비평으로 이해했다. 이때 사회비평은 정론성을 띤 장르로서의 비평을 의미했다.[24] 백낙청은 문학의 사회적 의미를 강조하면서도 문학사회학으로 학문적 영역을 마련하는 일보다는 문학을 통해 우리의 삶 전체를 보려는 입장과 거기서 머무르지 않고 실천으로 구체화하려는 시도가 보다 중요하다는 입장을 취했다. 백낙청은 사회 현실에 대한 비판의식을 사회비평으로, 이에 따라 문학작품 자체를 사회비평의 구현물로 이해했다.[25]

사회에 대한 관심을 표명한 문학에 대한 비판적 검토에서 이데올로기적 지향성을 가진 문학의 출현을 이끌고자 한 시도에 이르기까지, 어떤 경우든 감성적 사유라 불러도 좋을 사회비평에의 요청은 개인의 정신적 창작물임에도 불구하고 근간에서 사회와의 연관성을 내장하지 않은 문학이 존재하지 않는다는 전제를 공유한다(사회비평에 대한 요청이 사회에 대한 관심의 즉물적이고 직접적인 환기를 의미하지 않는 것임을 덧붙여둘 필요는 없을 것이다. 문학과 정치 논쟁의 반복이 우리에게 제공한 합의점의 수준은 그리 낮지 않다). 이러한 공통 지반으로 사회의 불평등과 부정의에 대한 비판적

24) 김윤식, 『한국근대문예비평사연구』, 일지사, 1976, p. 14.
25) 백낙청, 「문학의 사회적 의미와 사회학적 연구」(『문학과 정치』, 1979), 『민족문학과 세계문학 Ⅱ』, 창작과비평사, 1985, pp. 145~46; 백낙청, 「사회비평 이상의 것」(『창작과비평』, 1979), 『민족문학과 세계문학 Ⅱ』, p. 292.

개입은 어떻게 가능한가를 묻게 되며, 이에 따라 비평은 지평에서 사라진 것처럼 보이는 정치성을 회복하고 그것이 결국 실패로 귀결할지라도 보편적 가치의 형성에 주력하게 된다.[26] 보편적 가치를 만들어내는 일은 실질적으로는 말할 수 없는 배제된 자, 독자라는 말로 대체될 수 있는 집합적 주체의 상상력 회복에 주력하는 일과 다르지 않다.

사회비평이 가닿아야 할 지점이 사회의 문제에 대한 메타적 인식과 비판적 개입이라면 그 출발점은 문학이 가진 공감의 힘을 복원하는 일에 놓인다. 이는 "문학에 있어서의 개인적인 체험은 개인적인 체험이면서 또 많은 동시대인의 체험"이라는 사실, "아무리 소외되고 고립된 사람의 문학이라 할지라도 共感을 불러일으킬 수 있다는 사실" "문학이 우리에게 일깨워주는 교훈은 사람이 개인으로 있으면서 또 보다 큰 전체 속에 있"[27]음을 재확인하게 하는 일임을 바꿔 말한 것이다. 문학을 통과해서 얻어지는 공적 상상력의 힘을 믿는 누스바움의 견해를 다시 빌려 말해보면, 비평이 이끌고 문학이 열어젖힌 개별 삶과 사회의 고통에 대한 공감은 직접적 해결책을 제시하지는 못한다 해도, 적어도 그것을 우리가 해결해야 할 문제로서 주목하게 만든다.[28] 이것이 공감의 힘이자 그것을 복원하고자 하는 사회비평의 힘이다.

---

26) 거창하게는 보편적 가치 모색을 방법으로서의 소통 가능성에 대한 모색이자 개별체가 목적이 될 가능성에 대한 모색으로 구체화할 수 있다.

27) 김우창, 「나와 우리: 문학과 사회에 대한 한 考察」(『창작과비평』, 1975), 『궁핍한 시대의 시인』, 민음사, 1977, p. 395.

28) 『시적 정의』, p. 152.

8. 변해야 비평이다

—사회, 감성, 비평

> 가장 친밀하고 사적인 층위에서도 우리는 사회적이다.
>
> —주디스 버틀러, 『불확실한 삶』

1. 질문의 반복——문학, 사회, 비평

비평을 둘러싼 생산적 논의의 진전을 위해 사회비평을 요청한 바 있다. 사회비평의 발신에 집중하면서 범주를 마련해줄 거점으로 '감성'에 주목하고 있음을 뚜렷하게 명시하지 않은 탓에, 문학비평, 문화비평, 역사비평, 미술비평 식으로 비평의 대상을 명기하는 명명법에 비추어, 비평 대상이 '사회'라는 오해를 불러일으킬 소지가 있었다. 감성을 키워드로 한 사유로서의 비평 행위를 강조하고 이를 통한 보편의 탐색을 가늠하고자 한다는 지향을 밝혀두었으나, 사회비평에 대한 논의로서 충분하지는 않았다.

사회비평이 무엇인가에 대한 만족할 만한 설명을 제출하려는 시도와는 무관하게, 사회비평의 엄밀한 정의에는 실패할 가능성이 높은 게 사실이다. 원칙적으로 어떤 수식어를 포함하든 '비평이란 무엇이고 방법론은 또 무엇인가'라는 식의 접근법은 신뢰할 만한 수많은 비평가들이 합의하거나 반복적으로 강조했듯, 불가능하거나 무용한 측면이 없지 않다. 사회비평으로 명명하지 않더라도 비평 행위와 지향에서 유사 범주에 속한 비평가들, 가령 웨인 부스나 백낙청도 동일한 맥락에서 그 무용성을 지적한 바 있다.[1] 리얼리즘 문학론에서처럼 규정적 정의와 체계적 방법론을 수립하는 일이 사회비평의 의미와 효용 전부를 결정하지도 않는다. 하지만 실행적 작업들practice을 두고 말하자면 사정이 달라진다. 사회비평에 대한 논의를 '문학과 사회/현실('예술과 삶' '미학과 실천')'과의 관계성 차원에서 언급하는 일은 무용하기보다 되풀이되어야 할 것에 더 가깝다. 비평의 실행적 작업을 두고 시대적 타당성을 따지는 일, 비평이 무엇이고 무엇을 해야 하는가라는 질문을 비평 작업이 이루어지는 시공간과의 관계성 속에서 반복하는 일은, 비평을 비평으로 만드는 폐기 불능의 비평적 속성으로, 반드시 되풀이되어야 하는 것이다.

문학이 담지한 사회적 상상력이 개별 작품에 포착된 사회의 즉물적 일면으로 획득되는 것이 아님을 새삼 강조할 필요는 없을 것이다. 보다 세분화되고 복잡해지는 사회에 대한 문학적 포착은 지

---

[1] 백낙청의 경우, "문학의 사회기능을 추상적으로 정의한다는 것은 문학의 본질을 붙잡으려는 것만큼이나 헛일이 될 것"이라 지적했다(「새로운 창작과 비평의 자세」, 『창작과비평』 창간호, p. 13). 웨인 부스의 경우, "비평이라는 이름으로 행해지는 모든 행위 간에는 비트겐슈타인이 말하는 친족 유사성조차 없다. 문학이론, 문학사, 사회의 목적에 대한 성찰, 민족분류법, 인류학, 철학적 심리학, 서평 및 서적 선전, 언어 사용의 정신분석, 기호학, 정치적 선전, 신학, 학문의 사회학, 해석학, 수사학의 이론을 가리키는 용어—이것은 개념이 아니라 거의 아수라장이다"라고 언급했다(포올 헤르나디 엮음, 「비평문화—세 가지 비평이 필요한 이유」, 『비평이란 무엇인가』, 최상규 옮김, 정음사, 1984, p. 201).

엽적이고 개별적일 수밖에 없다. 사회비평은 그 부분적 일면을 사회적 관계망 속에 재배치하는 작업이다. 사회비평의 발신은 비평의 기능 가운데 현재 보강이 필요한 지점인, 시공간적으로 전체적이고 거시적인 시야에 대한 환기다. 문학이 지닌 사회적 상상력의 의미를 재확인하려는 시도인 것이다.[2]

2. 방법으로서의 비판사유, '사회학적 상상력'

문학의 사회적 상상력에 주목하는 사회비평은 문학과 사회(예술과 삶)의 상관성을 핵심 논점 삼아 1970년대 전후로 뚜렷하게 영역을 마련한 비평 범주다. 백낙청의 「새로운 창작과 비평의 자세」 (『창작과비평』 창간호)나 김현의 『문학사회학』(민음사, 1983)에서 지적되었듯, 한국 비평사에서 문학과 사회의 상관성 논의는 형식적 대립물이라는 가짜 대립 구도 속에서, 즉 순수/참여 문학, 리얼리즘/모더니즘 등 다양한 논쟁으로 변주되어 반복되었다.[3] 사회비

[2] 사회비평에 대한 이 글의 제안이 비평의 기능을 사회학적 상상력이라는 프리즘으로 한정하자는 논의는 아니다. 비평의 기능이 시대 초월적으로 확정되거나 고정될 수 없다는 점을 상기해도 좋을 것이다. 비평의 기능적, 형식적 다양성이 마련될 필요가 있다는 점에서, 비평의 시야를 사회로 넓히고 그렇게 확보된 시야를 다시 개별 문학작품으로 되돌리는 비평 본래의 역능을 복원하자는 취지가 사회비평 제안에 명기되어 있다.

[3] 물론 이러한 대립 구도로는 의미가 포착되지 않는 소설군이 대거 등장한 2000년대 중반 이후로 문단의 중점적 논쟁지로서의 의미는 상당 부분 퇴색했다. 최근에도 드물게 계간지 특집으로 '문학과 사회'의 상관성에 대한 논의가 제기된다. 『창작과비평』 2014년 여름호 특집 「우리 비평담론의 사회성을 찾아서」도 그 가운데 하나일 터, '창작과

평에 대한 요청은 1970년대 이래로 비평 범주의 주요 구성 요소였으나 그 의미가 희미해지거나 역설적으로 과도하게 부풀려진 영역에 대한 복원과 재해석으로 압축된다. 오해를 없애기 위해 짚어두자면, 이 복원과 재해석은 그간 망각된 낡은 것의 돌연한 호명 작업을 의미하지 않는다. 역사적 기원을 환기하는 자리에서 보다 뚜렷해질 사안으로, 사회비평의 복원 요청은 지금-이곳의 문학적, 정치사회적 환경이 요구하는 비평적 기능의 재환기와 밀접하게 연관된다.

사회비평의 이론적 기원인 '사회학적 상상력'은 라이트 밀스의 『사회학적 상상력』에서 연원한 개념이다. 한국 비평사에서는 1968년 『창작과비평』 여름호에 김경동의 번역으로 『사회학적 상상력The Sociological Imagination』(1959) 1장이 소개되면서[4] 사르트르의 「현대의 상황과 지성」(『창작과비평』 창간호)과 함께 비평의 주요한 의미 영역 가운데 하나로 자리매김되었다.[5] 앤서니 기든스가 사회학의

비평'이 견지해온 비평 담론의 성격을 재확인하는 것에서 나아가 현재 비평이 처한 난점에까지 가닿았다고 말하기 어렵기에, 개별 논문의 충실성과 유의미한 문제제기에도 불구하고 울림이 크지 않다.

4) 『창작과비평』 창간호에 잡지의 미래 구상을 보여주는 사르트르의 『현대』지 창간사와 함께 라이트 밀스의 「문화와 정치Culture and Politics」(1959)가 백낙청의 번역으로 실렸다. 지식인의 사회적 의미를 강조했던 라이트 밀스에 대한 당시의 관심이 매우 컸음을 확인할 수 있는 대목이다.

5) "우리의 잡지는 인간의 자율성과 권리를 지기키 위해서 힘을 모으고자 한다. 우리는 이 잡지를 무엇보다도 연구기관으로 생각한다. 내가 지금까지 피력한 思想은 현실 문제를 구체적으로 살핌에 있어서 지도이념의 구실을 할 것이다. 우리는 모두 하나의 공통적인 精神下에 이 문제들을 다루어나갈 것이다. 그러나 어떤 정치적이나 사회적인 프로그램을 가지고 있는 것은 아니다. 各論說의 책임은 오직 그 필자에게만 있다. 우리는 다만 종국에 가서 한 일반적인 路線을 抽出할 수 있게 되기를 바랄 따름이

대표 이론과 쟁점들을 정리한 저서인 『현대사회학』 1장에서 '사회학이란 무엇인가'를 설명하기 위해 가장 먼저 언급하는 것이 바로 라이트 밀스의 '사회학적 상상력'으로, 이때 '사회학적 상상력'의 원용은 "익숙해진 일상생활의 타성에서 벗어나 모든 것을 새롭게 바라볼 것"[6]의 요구였다. 가장 사적인 관계에서 발현되는 '사랑'이 사회적 요청에 의해 구현되는 것임을 밝힌 감정 사회학자 에바 일루즈의 작업과 마찬가지로 '사회적 상상력'이란 사회적, 제도적 차원에서 개인과 사회를 재사유하는, 거시적 관점의 도입을 의미한다.[7]

　　사회학적 상상력sociological imagination은 그것을 가진 사람으로 하여금 보다 광대한 歷史的 사태를 이해함에 있어서 그것이 다양한 개인들의 내면생활과 外的인 생애에 관하여 갖는 바 의의가 무엇인가

다. 동시에 우리는 우리의 구상을 독자에게 널리 알리기 위해서 모든 문학의 장르를 이용할 것이다. 그런 구상에 토대를 둔 詩나 小說을 산출할 수만 있다면, 그것은 우리의 생각을 전개함에 있어서 이론적인 글보다도 한결 효과적인 풍토를 마련해줄 수 있으리라. 그러나 이와 같은 사상적 내용과 새로운 의도는 형식 그 자체와 소설생산의 방법에 反作用을 가할 위험성이 있다. 그러기 때문에 우리의 企圖에 가장 작합한 문학적인 테크닉(新舊如何를 가리지 않고)의 일반적인 윤곽을 잡는 방향으로 우리는 문학비평을 시도할 것이다"(장 폴 사르트르, 「현대의 상황과 지성」, 정명환 옮김, 『창작과 비평』 창간호, p. 131). 상황이라는 현실적 제약과 사회적 배경 가운데에서도 예측불허의 영역으로 남아 있는 자유의 가치를 강조하며, 이러한 입장에서 참여문학에 대한 정당성을 확보하는 사르트르의 『현대』지 창간사(1945)는 문학비평의 지향에 대해서도 간과해서는 안 될 입장을 표명한다. 인용문에는 참여문학의 방향타를 조정하는 것이 문학비평의 역할임이 뚜렷하게 개진되어 있다.

6) 앤서니 기든스, 『현대사회학』, 김미숙 외 옮김, 을유문화사, 2011, p. 24.
7) 에바 일루즈, 『사랑은 왜 아픈가』, 김희상 옮김, 돌베개, 2013, pp. 16~17.

라는 관련 속에서 이해할 수 있도록 해준다. 사회학적 상상력을 가진 사람이면 개인들이 어떻게 하여 그들의 일상적인 경험의 渦中에서 자기네의 사회적인 위치에 관하여 흔히 잘못된 의식을 갖게 되는가를 고려에 넣고 생각할 수 있게 된다. 바로 그와 같은 혼란 속에서 현대 사회의 틀〔構造〕을 찾아내게 되며 그러한 틀 속에서 다양한 男女人間들의 心理學이 규명되는 것이다. 이와 같은 방법으로 개인들의 불안은 外現的인 문제에 초점을 옮기게 되고 公衆의 무관심도 公共問題에 대한 參與로 변형되는 것이다.[8]

밀스가 사회학적 상상력의 과제이자 약속으로 강조한 것은 '개인과 역사 양자의 관계를 사회라는 테두리에서 이해하게 하는' 틀의 마련이었다. 관련하여 그가 주목한 것은 사적으로 경험되는 개별화된 문제들을 공적 쟁점으로 파악할 수 있는 '능력'이다. 사회학적 상상력을 그는 정신적 자질로서 파악한다. '인간과 사회, 개인의 일생biography과 역사history, 그리고 자아self와 세계world 사이의 상호작용을 파악할 수 있게 하는' 자질, '세상이 어떻게 돌아가고 자신들 내부에서 무엇이 일어날 것인지를 보아 설명할 수 있게 해주는' 정신적 자질을 '사회학적 상상력'으로 규정한다. 사회학적으로 생각하는 법을 배운다는 것 자체가 우리의 상상력을 개발하는 것이라는 기든스의 지적처럼,[9] 사회학적 상상력은 삶에 대한 구조적이고 역사적인 관점의 획득이라는 의미의 거시적인 상상적

8) C. 라이트 밀스, 「사회학적 상상력」, 김경동 옮김, 『창작과비평』 1968년 여름호, p. 340.
9) 앤서니 기든스, 같은 책, p. 24.

사유를 의미한다.

당대 사회가 처한 문제와 해소법에 대한 고민 속에서 사회학적 상상력을 요청했던 밀스는 불안과 무관심의 시대가 야기하는 문제의 원인을 이성과 합리성에 입각한 분석으로는 뚜렷하게 밝힐 수 없음을 짚고 그에 따른 방법론적 전환을 요청했다. 그 해법을 과학주의적 문화 시대로부터 인문주의적 문화 시대로의 이동 속에서 파악하고자 했다. 이는 세속적이고 인본주의적인 관점에 입각한 해결이 절실하다는 판단을 반영하는 것으로, 사실상 이러한 관점은 글로벌 자본주의 시대의 개인이 겪는 피로와 불안과 위험—이것은 개별적으로만 경험되는 대표적 집합감정이다—의 극복을 위한 해법을 요청하는 지금 이곳에서 절실하다 하겠다.

밀스의 사회학적 상상력이 전체적 관점의 요청으로만 집약되는 것은 아니다. 그에 따르면, 사회학적 상상력의 과제는 쌍방향적이고 복합적인 상상력을 통해 실현될 수 있다. 그 과제는 개인 안에 응축되어 있는 거대한 사회 구조와 역사적 흐름을 포착하는 동시에 사회의 형성과 역사의 진보를 이끌 행위자로서의 개인의 공헌을 놓치지 않을 틀을 마련하는 데에서 완수될 수 있다. 이렇게 볼 때, 사회학적 상상력에 대한 요청은 통계나 경향으로 환원되는 개인의 경험을 외면하지 않으면서도 그 경험이 갖는 의미를 총괄적 시야로서 객관화하려는 노력이라는 점에서, 개인 혹은 개인들의 집합체라는 접근법으로는 포착되지 않는 틈새에 대한 관심의 환기에 가깝다. 사회학적 상상력은 말하자면, 전체 혹은 네트워크적 시선을 통해 획득되는 것이 아니라 개별 이해관계를 넘어서는 공적인 것에 대한 인식을 통해 확보되는 것이다.[10] 따라서 '정신적 자질'인 '상상력'이야말로 네트워크적 시선 자체보다 중요한 자질이 자 총괄적 시선에 앞서 이미 발휘되어야 할 자질인 것이다.

3. 사회적 상상과 감성적 보편[11]

사회비평이란 문학의 사회적 기능에 대한 포착이 아니며, 문학의 제도화에 대한 고찰도 아니다. 그것은 오히려 문학이 내장한 사회적 상상의 계기에 대한 포착을 이르는 말이다. "존재하지 않는 가능성에 대해 상상하고, 하나의 사물을 다른 것으로 볼 줄 알고, 다른 것 안에서 그것을 발견하며, 인식된 형태에 복잡한 삶을 투영할 수 있는 능력"[12]이 소설로서 어떻게 구현되고 발전되는가를 살피는 일, 사회비평의 임무는 이것에 다름 아니다. 개별적으로만 경험되지만 그 원인이 개인의 내부에 놓이지 않으며, 특별한 개인의 경험만으로 한정되지 않는 시대적, 세대적, 지역적, 젠더적 공통 경험의 계기가 되는 것, 사회학적 상상력의 결절점인 감성은, 정치경제학과 심리학적 세계 인식 사이를 아리아드네의 실처럼 연결해

---

10) 외부에서 부과되는 도덕이 아니라 공동체 전체를 위한 윤리가 무엇인가가 중요해지는 것은 이 대목에서인데, 그 윤리가 공동체 일원의 합의점만을 가리키지 않기 위해서는 '정의'에 대한 논의가 보충되어야 한다. 사회적 합의와 공동체 윤리가 붕괴 일로에 있는 전 세계적 흐름에 비추어보면 마이클 샌델의 『정의란 무엇인가』와 같은 책이 베스트셀러가 된 현상은 예측 밖의 기이한 일이 아니다.

11) 이 장에서 주로 다룰 작품은 권여선의 『비자나무 숲』(문학과지성사, 2013)과 편혜영의 『밤이 지나간다』(창비, 2013)이다.

12) 마사 누스바움, 『시적 정의』, 박용준 옮김, 궁리, 2013, p. 31.

줄 수 있는 통로이자 사회비평의 지반이다.[13]

밀스가 지적한 바 있듯이, 사회학적 상상력이라는 정신적 자질은 "문학 작품과 정치 분석에서도" 한결같이 필요하다. "지도적 위치에 있는 비평가들이 이러한 자질을 보여주며 진지한 저널리스트 역시 마찬가지이다. 〔……〕 일반적인 비평범주——예를 들면 고급, 중급, 저급——는 이제는 심미적인 것만큼이나 사회학적이다. 진지한 작품으로 인간 현실의 가장 광범위한 규정을 구현하는 소설가들 역시 흔히 이러한 상상력을 지니고 있으며, 이 상상력의 요구에 답하기 위하여 노력한다."[14] 개인의 가장 내밀한 감정에 집중하는 (것처럼 보이는) 권여선과 편혜영의 최근 소설은 존재의 개별성을 폐기하지 않은 채 인간의 보편성에 가닿는 방식으로 그 상상력의 요구에 화답한다. 한국문학의 수준을 한 단계 끌어올린 이들의 세련된 사회적 상상의 방식은 감성을 키워드로 한 비평적 시야를 통해 좀더 뚜렷하게 그 모습을 드러내는데, 이를 사회비평이 포착한 새로운 보편의 가능성이라 말하는 것도 가능하다.

① 권여선의 소설은 그간 보이지 않으며 쉽게 잡히지 않을 뿐 아니라 언어화를 거부하는 감정들과 그 미묘한 결을 복합성 그대로 살리면서, 개별적 차원을 넘어 보편적 공감이 가능한 영역을 포

---

13) 밀스가 사회학적 상상력의 구현을 가능하게 할 거점으로 '자기성찰'과 함께 강조하는 것도 바로 '감수성'이다. C. 라이트 밀스, 『사회학적 상상력』, 강희경·이해찬 옮김, 돌베개, 2004, p. 21. 김경동 번역의 「사회학적 상상력」(『창작과비평』 1968년 여름호, p. 342)에서는 '사색과 감수성'으로 제시된다.

14) C. 라이트 밀스, 『사회학적 상상력』, p. 29.

착하는 쪽으로 움직여왔다. 『비자나무 숲』에서도 작가의 감정 포착 능력은 여지없이 발휘되고 있으며, 특히 사람들 사이에 존재하는 미묘한 힘의 논리와 그것이 은폐한 사회 구조적 권력관계까지를 감정적 위계를 통해 뚜렷하게 가시화한다는 점에서 이채롭다. 소설 「은반지」와 「진짜 진짜 좋아해」에서 표면 서사는 이러저러한 사정으로 동거를 하게 된 이들 사이의 미묘한 감정적 어긋남의 면모와 권력관계에서 각기 다른 위치에 놓인 이들의 반응에 대한 것이다. 들추어보자면 소설이 보여주는 것은 감정적 어긋남이나 서로 다른 입장 차이만은 아닌데, 실제로 소설은 경제적 조건이 강제한 불편한 동거와 그것이 은폐한 권력관계, 위계적 관계의 상층부에 놓인 자가 보이는 위선적 자기기만의 속성과 하층부에 놓인 자가 품은 관계 전복적 복수의 면모를 들여다본다.

두 사람이 같이 살기 시작한 지 1년이 지난 무렵이었을 것이다. 그때 오 여사는 평생 심 여사를 거두겠다는 결심을 했고 그 기념으로 한 쌍의 은반지까지 맞춰 나눠 끼었다. 그런데 배은망덕도 유분수지 그 반지를 더럽다고…… 아니, 그러고 보니 그전에 심 여사가 뭐라고 더 심한 말도 한 것 같았다. 한밤중에 뭘 어쨌다고 했는데…… (「은반지」, p. 83)

"아 나한테 왔으면 되잖아요?"
오 여사가 시무룩하게 물었다.
"오 여사님, 말씀은 너무 고마우신데, 기껏 빠져나온 개골창에 도로 처박힐 순 없지요."

[······]

"아니, 오 여사님. 여사님 댁이 그렇다는 얘기가 아니라, 세상이 다 그렇고 인생이 다 그렇다는 뜻이죠. 자나 깨나 제가 오 여사님 은혜를 한시라도 잊은 적이 있는 줄 아세요? 돈 한 푼 없는 저를 여사님 빌라에 보증금도 없이 들어와 살게 해주시고, 저도 물론 생활비를 매달 반씩 대긴 했지만, 몇 번은 왜 제때 못 내서 밀린 적도 있었잖아요?" (「은반지」, p. 72)

소설에 따르면 관계의 평등성을 믿는 이들은 친밀성을 나누는 사이라 해도 종종 관계의 우위를 차지하는 이들일 뿐이다. 친밀함으로 가려진 관계의 권력 구조는 대개 일상에 착색되며 '개별 존재의 성정의 차이처럼 보이게 될 만큼' 자연스럽다. 사회를 채운 다층적 위계가 종종 개인의 성격 차이로 포착되는 연유다. 권여선은 감정을 통해 개인을 통과하는 사회적이고 역사적인 네트워크를 따라 결과적으로 개인의 성격으로만 포착되는 사회 구조적 층차와 상시적으로 그 층차를 채우는 하위자에 대한 폭력까지 투시하는 시야를 확보한다.

참아주고 베풀어주며 견뎌주는 것이라는 상층부의 관계 이해법이 언제나 자기기만이자 착각일 뿐임이 폭로되는 장인 동시에 종종 하층부의 르상티망ressentiment이 은밀하게 해소되는 공간이라는 점에서 권여선의 소설은 2000년대 이후의 한국문학에서 희귀한 영역을 확보한다. 감정의 위계가 경제적 층차에서 전이된 것임을 보여주는 방식으로 권여선의 소설은 위계 구조의 전복을 꿈꾼다. 때로 권여선의 소설은 현실세계를 채운 구조적 폭력을 일상적 관계

로부터 섬세하게 포착하고 현실에서는 불가능할 르상티망의 해소
지점을 부려놓으면서 다른 관계 방식과 새로운 미래를 꿈꾼다. 권
여선의 소설이 보여주는 것이 비정한 현실의 차가운 반복일 뿐임
에도 거기서 우리가 작은 위안을 건네받는 것은 그 전복적 희열의
통쾌함 때문이다.

  ② 편혜영의 소설 「밤의 마침」이나 「비밀의 호의」 「해물 1킬로그
램」 역시 위계적 관계에 상시적으로 내장된 폭력성을 감정의 교환
관계와 전이 구조로 포착한다는 점에서 주목을 요한다. 관계에서
피할 수 없는 위계를 감정을 통해 들여다보면서도, 편혜영의 소설
은 권여선의 소설과 마찬가지로 선악이나 정위의 구분법에 포섭되
지 않은 채로 사악하거나 비굴한 인간의 면모들, 개인의 성격으로
환원할 수 없는 미지의 영역을 포착한다.
  여기에 더해 편혜영의 소설은 우리가 일상적으로 순수하게 자기
것이라 여기는 감정이 실질적으로 우리의 정체를 보증해주는 유일
한 증거가 될 수 없음을, 비밀이라는 이름의 징표마저 우리 존재의
특이성을 입증해주지 못한다는 사실을 폭로한다. 고교 동창 술자
리에 참석했다가 화장실에서 더러운 변기에 걸터앉은 채 졸고 있
던 여자아이에게 행했던 한 남자의 추행은 그 여자아이의 흐릿한
기억으로 누구에게나 닥칠 수 있는 공교로운 불운으로 처리되었
고 「밤의 마침」에서 끝내 밝혀지지 않은 비밀로서 남겨진다. 남자
는 자신의 "난데없는 충동이 준 모멸감"(p. 51), 아니 죄의식을 여
자아이에게 무고죄로 되돌리기까지 하며 자신의 비밀을 지켜낸다.
하지만 따지자면 그 비밀들이 지켜져야 할 특별한 이유를 가진 것

들은 아니었다.

폭로되는 순간 엄청난 반전 효과를 불러들이는 것이 비밀의 힘이라면, 편혜영 소설에서 그런 힘을 가진 비밀은 없다. 소설 내에서 비밀은 비밀이라는 기호로 남겨진 것들일 뿐이라고 말하는 것도 가능하다. 나이 차가 많이 나는 남매가 어쩌면 서로를 이해할 수 있는 계기가 되었을지도 모를 여동생의 비밀스러운 나흘의 공백을 환기하는 「비밀의 호의」에서도 비밀은 그저 누구에게나 있으며 모두가 지키고 싶어 하는 자신만의 영역을 의미할 뿐이다. 오히려 「비밀의 호의」는 누구에게나 있을 특별한 비밀이 사실 그 자체로 특별한 가치를 품는 것은 아니라는 생의 치명적 서글픔을 폭로한다.

이웃에게 그런 사실이 알려졌다고 해서 그가 비난을 받거나 입방아에 오르는 일은 생기지 않았다. 그를 힐끔거리거나 뒤에서 작게 수군거리는 사람도 없었다. 아무 일도 없었다. 오래전에 아내가 집을 나간 것은 자신에게나 특별한 일이지 다른 사람에게도 그런 것은 아니었다. 절친한 사람을 예기치 못한 일로 떠나보내는 것은 누구에게나 일어나고, 믿었던 사람의 변심은 흔하디흔한 것이어서 위로나 격려를 받을 사건도 못 되었다. 교장 행세도 유별난 것은 아니었다. 사람들은 풍파를 경험한 늙은이라면 누구나 과거의 일부를 과장하고 허세를 떤다고 생각했다. 아무 일도 없다는 것, 그 일은 그에게만 충격을 주었다. 그는 그럴듯한 노인이라는 명분으로 인생을 포장해온 자신과 직면했다. 겸연쩍었고 참을 수 없이 슬퍼졌다. 그의 슬픔은 자신이 대단치 않음을 깨달아서였고, 사람들이 이미 그것을 알고 있어서였다. 무엇보다 그가 어떤 노인이건 적막과 고독 속에서 지내야 한다는 게 자명해서였다. (「비밀의 호의」, pp. 103~4)

처음 모임에 갔을 때 엠이 자신의 일부가 훼손되었다고 생각한 것은 그 때문이었다. 엠은 모임에서 만난 여자들이 유사한 고통을 저마다 개별적으로 겪고 있다는 걸 받아들이기 힘들었다. 엠은 그동안 자신의 고통을 유일한 것으로 치켜세움으로써 고통을 견뎌왔다. 여자들은 고통의 내막을 설명하려 했고 어떻게 잠식되는지 얘기했는데, 그것은 놀랍도록 엠과 유사했다. (「해물 1킬로그램」, p. 78)

편혜영의 소설은 존재 가치를 훼손당하는 듯한 수치심과 모멸감에 직면하면서까지 끝내 숨기고자 한 비밀이 폭로되어도 우리 삶에서 결정적 전변은 일어나지 않음을 말한다. 비정하지만 그것은 아이를 잃고 아이와 함께 보낸 시간보다 더 많은 시간이 흐른 뒤 여전히 죄의식 속에서 애도를 지속하고 있는 이들에게도 해당하는 불변의 진실이다. 편혜영의 소설은 언어로 잡아낼 수 없으며 표현할 수도 전할 수도 없는 개별적 고통이 개별적인 채로 그만한 사건을 겪은 이들이 누구나 겪게 되는 감정임을 보여줌으로써, 나눌 수 없는 고통조차 자신의 것이 아님을 깨닫는 절망까지를 짚어낸다. 감정의 '개별적인 동시에 보편적인' 성격의 활용에서 편혜영 소설은 이처럼 절묘하다.

그러나 거꾸로 '개별적인 동시에 보편적인' 감정의 이 특별한 성격의 활용 덕분에, 편혜영 소설은 언어라는 길을 통과하지 않고서도 그 고통과 불안과 죄의식을 누군가에게 전달하거나 누군가와 함께 겪을 수 있음을 역설하게 된다. 타인이 '인간'임을 잊지 않는 한, 복합적 감정을 따로 또 함께 겪을 것임을 상상할 수 있는 한, 인간의 본성을 환기하는 것만으로도 우리는 타인과의 열린 접속을 포기하지 않아도 된다는 사실을 새삼스레 전한다. 감정의 사회적 상상 기능을 활용함으로써 권여선의 소설과 마찬가지로 편혜영의 소설은 그간 공전을 면치 못하던 문학과 사회의 다소 일면적인 상관성을 복합성으로 재소환한다. 그 복합성의 의미를 기꺼이 따져보는 작업이야말로 사회비평의 가능성이 열리는 자리가 될 것이다.

4. 비판의 사사화와 '감정-하는' 비평의 옹호

1975년에 개최된 미국근대어문학협회Modern Language Association of America의 컨퍼런스 결과물로서 1978년 출간된 『문학이란 무엇인가』(인디애나대학 출판부)에 이어 1981년 같은 출판사에서 출간된 후속편 에세이집 『비평이란 무엇인가』에 실린 에세이에서 신비평의 대가로 알려진 웨인 부스는 흥미롭게도 '잘 빚어진 항아리'에 대한 분석이 아니라 '윤리적 비평'의 필요성을 강조했다. 누구나 별반 노력을 기울이지 않아도 가치판단을 할 수 있다고 믿는 이들과, 예술의 윤리적 판단과 도덕적 판단을 분별하기는 불가능하다고 믿는 이들 사이에서, 어째서 어떤 '잘 만들어지고, 현명하며, 심오하고 통일성 있으며, 자기해체적인 아름다운' 작품이 다른 '잘 만들어지고, 현명하며, 심오하고 통일성 있으며, 자기해체적인 아름다운' 작품보다 우수한가를 논의할 필요가 있음을 선언했다. 그는 기법 차이에 대한 기술이 작품별 가치 차이를 판별해줄 것이라는 믿음에 분명한 선을 그었다. 반대로 그는 공동체 내의 수다한 상대적 가치 가운데에서 보편적 가치를 판정할 수 있는 자질에 주목했다. 그러한 판정 작업을 윤리적 비평이라 명명했다. 윤리적 비평과 정치적 비평의 차이를 무시하지는 않았지만, 예술이 갖는 윤리적 가치와 정치적 가치의 구분에 지나치게 집착하기보다 자아에 유익한 것과 사회에 유익한 것 사이의 구별에 더 집중했다. 그로부터 문학의 가치를 정치적이고 사회적인 효력이나 필요와 연관시키는 사회적/정치적 비평의 옹호로 나아갔다.

윤리적 비평의 의의는 서사 형식과 무관하게 개인과 사회를 개선시키기 위한 시도 속에 놓였는데, 부스가 비평가의 독서 윤리("ethics of reading")를 특별히 강조한 것은 이러한 맥락에서다. 그에 따르면, 윤리적 비평이란, 우리의 오해와는 달리, 도덕적 규준에 따른 문학작품에 대한 판정이 아니라 문학작품으로 매개된 개인과 사회 사이의 다양한 가치 체계를 판정할 수 있는 표준을 만드는 일이며 문학작품의 에토스와 자아와 사회의 (미덕의 총합으로서의) 에토스의 관계성을 보여주는 작업이다.[15] 이는 문학작품이 인간의 자아와 사회에 갖는 의미를 둘러싼 논쟁의 부활이자 문학작품에 인간과 사회의 역사적 관계성을 대리하는 기능을 되돌리려는 시도다.

---

15) 웨인 부스, 「비평문화──세 가지 비평이 필요한 이유」, 『비평이란 무엇인가』, pp. 202~11; Wayne C. Booth, *The Company We Keep: An Ethics of Fiction*, University of California Press, 1988, pp. 3~12.

문학이 담지한 사회적 상상력과 문학작품이 사회에 갖는 의미에 주목하고 그 의미를 포착하려는 비평의 복원에 집중하고자 한다는 점에서 웨인 부스의 윤리적 비평을 사회비평의 범주를 마련하는 자리에서 하나의 실천적 사례로서 참조해두어도 좋을 듯하다. 비평의 실행 차원에서 윤리적, 정치적, 이데올로기적 필터의 시대적 유용성을 재고하려는 이 시도를 미/추로 현현되는 문학작품의 특이성에 대한 무시로, 도덕과 관념으로의 일방적 환원으로 오해할 필요는 없다. 오히려 이는 그간 미/추에 대한 기술이 자체 완결적 방식을 통해 충분히 이루어지지 못했음에 대한 성찰이며, 미/추의 의미를 그 규정적 조건 속에서 그리고 조건과의 관계성을 통해 보다 충실하게 기술할 수 있음에 대한 새로운 앎의 계기라고 해야 한다. 말하자면 사회비평에의 요청은 인간과 사회의 관계 변화에서 야기된 시대적 요청에 비평의 범주와 기능을 시대정합적으로 교정하는 과정의 일환이다.

우리 시대를 비판이 없는 시대라 말하는 것은 타당한가. 개인화된 사회의 문제적 특질을 두고 바우만이 언급했듯이 비판은 사라지지 않고 사사화되었다. 개인의 의견으로 수많은 비평적 논평이 이루어질 수 있으며 사회적으로 용인되기도 하지만, 개인의 범주를 넘어서는 순간 그 비판은 대단히 위험한 것으로 취급된다. 가령, 사회비판적 소설을 창작하고 출간하거나 다양한 독자와의 만남을 개진할 수 있다. 현 정치권력을 '문면으로' 비판하고 글로벌 자본주의를 '이론적으로' 거부하는 일도 얼마든지 가능하다. 그러나 밀양 송전탑 투쟁이나 용산 참사, 세월호 참사와 같은 국가적 재난의 해결을 위해 직접적으로 나서는 작가-시민/학자-시민의 활동은 법적 제재의 대상이 된다.[16] 사회적 상상력의 문학적(/예술적) 구현이 개인화된 세계에서 사회에 대한 인식을 불러오는 일이나 시민의 정체성을 마련하는 일과 접속되기 쉽지 않는 현실이다. 예술이 담고 있는 사회적 상상력에 대한 적극적 해명과 길 만들기의 작업이 절실한 것이다. 문학이 담지한 사회적 상상의 가능성 환기에 그치지 않고 그것을 공공적 감정 차원에서 독해할 수 있는 틀로서의 사회비평을 적극적으로 요청하는 까닭이 여기에 있다.

16) 가령, 대선 기간에 정권 교체를 바라는 젊은 시인, 소설가 들이 신문에 광고를 실었다는 이유로 중앙선거관리위원회에 의해 고발되었고 소설가 손홍규가 2013년 1월 18일 경찰에 소환되어 조사를 받았다. 『한겨레』 2013년 1월 18일 자.

9. 감성적 사회비평의 가능성
―자본, 정념, 비평

1. 그나마 남은 비평의 작은 의무

21세기의 10년 단위 첫 분절마저 훌쩍 흘려보낸 이곳에서 문학은 어떤 행보를 이어가고 있으며 비평은 무엇에 관심을 기울이고 있는가. 2000년대 후반부터 지속되었던 퇴보와 하강의 경향은 2014년 세월호 침몰과 함께 더 이상 물러설 수 없는 퇴로 앞에 우리를 세웠다. 사회 시스템 전반에 대한 점검을 요청하는 질문들이 던져졌고, 그간 덮어두었던 국가 차원의 트라우마가 새롭게 일깨워졌다.[1] 사회가 근간부터 흔들렸으며, 이 지옥의 출구를 마련하려는 모색이 이어졌다. '어떻게 살아야 하는가'라는 물음이 가장

---

[1] 가령, 한강의 『소년이 온다』(창비, 2014)에서 확인할 수 있듯, 역사화된 '광주항쟁'의 사건성에 대한 검토가 좀더 개별화되고 세분된 형태로 깊어졌으며 우리 각자에게 '광주항쟁'은 무엇인가를 묻는 방식으로 구체화되어 애도에 대한 좀더 진지한 논의가 이루어지기 시작했다.

시급히 논의되어야 할 절체절명의 질문으로 우리에게 대두되었다.

한국 사회에 던져진 이 질문의 무게를 외면하지 않은 채로, 아니 바로 그 무게를 온전히 가늠하기 위해 각도를 달리한 질문이 이어질 필요도 있어 보인다. 결정적 사건을 가리키는 말인 '위기crisis'로 '세월호 참사'의 의미를 규정하는 것은 가능한가. '4·16'은 한국 사회에 중대한 변화를 야기할 결정적 전환점으로 불려 마땅한가. 1997년 IMF 구제금융 사태는 한국 사회의 위기였다고 말해도 좋은가. 이제 우리는 치명적 경제 위기에서는 벗어났는가. 최근 한국 사회가 겪어야 했던 참담한 사건들을 두고 말해보면 어떤가. '용산 참사'는 위기인가 아닌가. 그 위기는 세월호 참사나 1980년 광주항쟁과는 어떻게 같고 또 다른 것인가.[2] 확답할 수 없는 질문들이 연이어 뒤를 잇게 된다. 2014년의 한국 사회는 이전에는 알지 못했던 새로운 '위기'에 봉착했는가, 우리는 지금 더는 미룰 수 없는 치명적 모멘텀을 통과하고 있는 것인가. 우리는 위기를 사는가, 위기의 '여파aftermath'를 살고 있는가.[3]

문예지와 사회비평지의 '세월호 참사' 특집이나 특집을 엮은 발간물(김애란 외, 『눈먼 자들의 국가』, 문학동네, 2014)은 문인들이

---

[2] 한강은 예민한 촉수로 "2009년 1월 새벽, 용산에서 망루가 불타는 영상을 보다가 나도 모르게 불쑥 중얼거렸던 것"을 떠올린다. '그것이 광주라는 것을.' "그러니까 광주는 고립된 것, 힘으로 짓밟힌 것, 훼손된 것, 훼손되지 말았어야 했던 것의 다른 이름이었"으며, 그렇게 "광주가 수없이 되태어나 살해되"고 "덧나고 폭발하며 피투성이로 재건되"고 있음을. 한강, 『소년이 온다』, 창비, 2014, p. 207.

[3] 그리스어에서 유래한 '위기'라는 말은 '분리하다, 자르다, 고정시키다, 정착시키다 또는 정하다'라는 뜻을 가진다. 마누엘 카스텔스 외, 『여파』, 김규태 옮김, 글항아리, 2014, pp. 46~54.

고통과 분노를 문학적으로 승화할 여유도 없이 시민으로서 발언할 수밖에 없었던 급박한 사정을 엿보게 한다. '세월호 참사' 이후 문인들 다수가 글이 씌어지지 않는 고통을 호소했으며, 국가적 트라우마의 문학적 승화가 쉽게 이루어지기 어려운 사안임을 새삼 확인하게 했다. 분노든 고통이든 부끄러움에 의해서든, 참사를 통과한 문인들이 '차마 쓸 수 없는' 사태에 직면해 있었다면, 이 사태의 보이지 않는 근원은 글의 무용함에 대한 새삼스러운 확인과 그것이 불러온 언어의 무력함과 연관되어 있을 것이다. 문학은 말할 것도 없이 쓰는 일 자체의 무용함에 몸서리치게 하는 이런 상황은 문학 본래의 위기의 소산인가 정치사회적 위기의 여파인가.

문학(비평)의 쇄신을 위한 내적 동력이 소진된 상황이 지속되고 잠시 회생의 기운이 외부에서 유입되었다는 판단, 문학(비평)의 위기론은 문학(비평) 본래의 역설적 생명의 터전이라는 판단, 위기에 대한 전면적이고 격렬한 거부의 제스처, 사실 이 모든 것이 다양한 양태로 모습을 드러낸 위기론의 면모들이다. 문학의 연명이 위기론을 거점 삼아 지속되고 있었다는 자학적 비판이 위기론에 대한 더 깊은 논의를 막아버린 경향도 없지 않지만, 1990년대 이후로 문학장의 주조음으로 깔려 있던 문학의 위기론이 이렇게 2015년 이 땅에 다시 얼굴을 드러내고 있다고 해야 할지 모른다. 그러다 문득 지금 이곳에 대한 깊은 관심이 유발한 이 질문들이 역설적으로 지금 이곳의 위기를 관리하고 조율하는 일에 일조하고 있는 것은 아닌지 되돌아보게 된다.

비평이 무엇이며 또 무엇을 해야 하는가(/할 수 있는가)를 둘러싼 질문, 비평의 정의와 기능에 대한 관심이 다시 환기되어야 하

는 것은 분명 우리가 지금 삶의 다른 국면으로 진입하고 있다는 판
단에서다. 그런데 과연 그러한가. 우리가 통과해야 하는 이 시기
에 대한 협소한 이해는 '어떻게 살아야 하는가'라는 질문에 대한
답안으로서 얼마만큼의 의미를 가지는가. 비평의 최소한의 의무는
지금 이곳의 사태에 대한 기술로서 충분히 완수된다고 말해도 좋
은가.

2. 비평 보호구역

돌이켜보면, 이데올로기적 진영 대결이 한창이던 시절을 지나
1990년대 중후반부터 '후-''탈-' 담론의 유행과 함께 비평장을 채
운 것은 근대 이후를 모색하는 다양한 사상들이었다. 아도르노, 루
카치, 이글턴, 제임슨의 논의 범주를 크게 벗어나지 않던 비평장이
푸코, 데리다, 들뢰즈는 말할 것도 없이 가라타니, 지젝, 슬로베니
아 학파, 아감벤, 랑시에르로 이어지는 서구 사상의 다양한 스펙트
럼으로 채워졌다. 여기에 프로이트, 라캉으로 이어지는 정신분석
학의 계보와 스피박, 버틀러에 이르는 젠더 이론의 계보도 덧붙여
져야 하며, 블랑쇼, 낭시, 바디우로 이어지는 추가 목록도 첨부되
어야 할 것이다.
사상과 이론이 어떤 것이든 그 시대의 요청이자 응답이라고 해
야 한다면, 특정 사상에 기대어 한국문학을 논의하려던 경향 역시
비평적 개성의 과도한 과시나 인문학계를 휩쓴 지적 유행병으로만
치부할 수는 없을 것이다. 제대로 된 이론적 원용이냐의 여부를 묻

는 것도 대대적인 유행의 단면을 드러낼 수 있는 적확한 질문은 아니라고 해야 한다. 이른바 위기 담론이 바로 이 경향의 다른 일면으로서 풍미하고 있었음을 떠올려보자면 더욱 그러하다. 학문적 후진성에 대한 열패감이 남긴 글쓰기의 습속이자 여전히 지속되는 학문적 식민성의 흔적으로 비판되기도 하지만, 이론 열풍이 근대 이후로 변주되어 반복되는 '새것 콤플렉스'로서 비난되어서는 곤란하다. 그간 풍미했던 이론 열풍은 개별 비평가의 취향이나 이론적 선진성 혹은 참신성의 맥락보다는 위기 담론에 대응하는 문단 전체의 반응이었던 것으로 이해될 필요가 있다.

비판적 지성의 그나마 남은 작은 의무 혹은 존재 의의를 두고 지젝이 지적했듯, 비평의 존재 의의는 지배 담론과의 '거리'를 유지하는 것에 놓여 있다. 삶의 다른 국면에로의 이행을 통해 새로운 질서가 수립되는 동안 내내 그 기원적 장면들을 주시하고 그것이 자연화되어 어느덧 기원의 흔적을 지우고 세계의 영원성을 주장하는 때에 이르더라도 사라져가는 기원의 지점과 사라져버린 꿰매진 자리를 주시하는 일, 거기에 비판적 지성을 위한 작은 영토가 남아 있는 것이다. "존재하는 것을 단순히 주어진 것으로서 받아들이지 ("그건 그렇다!" "법은 법이다!" 등) 않고, 우리가 현실적인 것으로서 조우하는 무언가가 또한 어떻게 가능한 것인지에 대한 물음을 제기하는"[4] 것, 이것이 비평(비판적 지성)의 주요 기능임을 환기하자면, 거의 철학에 육박한 이 비평이 이론 열풍의 형태로 이 시기 내

4) 슬라보예 지젝, 『부정적인 것과 함께 머물기』, 이성민 옮김, 도서출판 b, 2007, pp. 10~12.

내 모색을 요청했던 것이라 말하는 것도 가능할 것이다.

실상 하나의 이론이 다른 이론으로 뒤를 이어가며 문학의 기능과 효력을 해명할 수 있는 유력한 자격을 주장하는 사이, 비평의 성격은 어떤 변화를 겪고 있었으며, 그것은 사사화(私事化)의 기미로서 등장했다. 문학의 공적 기능에 대한 무심함이 극대화되고 있었다는 말이라기보다, 기성 문학의 영역 안으로 비평이 함몰되고 있었음을 의미한다고 해야 한다. 시대 환경이, 사회가, 개별 작품이 짚어내는 세계가 문학 범주를 둘러싼 새로운 인식을 요청하고 있었다. 이론으로 화려한 외양을 한 비평이든 텍스트 바깥으로는 조금도 눈 돌리지 않는 해설이나 서평이든, 그러한 요청을 외면하는 자리에서 비평의 사사화는 가속화되고 있었던 것이다.

문학 범주를 불변의 것으로 상정하고 비평을 문학 범주 내부에서 이루어지는 텍스트 다시 쓰기로 한정하면서 비평은 보호구역 내에서 생존을 보장받는 인류학적 소수 인종처럼 그렇게 스스로를 고립시켜온 것이다. 문학 범주의 고정불변성을 승인하는 대가로 비평은 문학 쪽으로부터 생존 구역을 할당받지만, 세계와의 거리는 멀어질 수밖에 없었다. 삶에서 멀어지면서 비평의 입지는 좁아졌고 비평은 점차 게토화되었다. 이러한 경향은 문학의 게토화를 불러오는 데에도 적지 않은 기여를 하고 있다. 선후의 인과를 따지기는 어렵지만 후원자patron를 상실하고 자율성을 획득했던 문학은 이제 국가라는 거대하고도 유혹적인 후원자의 자력에 문학의 영토를 조금씩 내어주고 있는 실정이다. 곳곳의 공공기관과 문화재단이 문학/문화의 적극적 후원자로 나서는 상황에서 문인들도 각종 지원금을 타기 위한 공모와 지원에 적극 나서고 있다. 문학이 국가의 얼굴로 등장한 후원자를 새롭게 영접하고 있는 셈이다.

소설의 의미를 논의하기 전에 우선 팔려야 하고 그렇게 살아남아야 한다거나 문학이 자본에서 자유로운 자리에 놓일 수 있을 것이라는 망상에서 벗어나 세속화되는 과정을 회피 없이 받아들일 필요가 있다는 범사회적 충고를 허투루 흘리려는 것은 아니다. 문학을 포함한 인문학 전반에 대한 자본의 효용성 논리는 위험천만인 채로 비가역적 가속력을 더하고 있지만, 비평의 여전한 의무에 대한 논의는 문학의 상품화에 대한 저항과는 직접적으로 아무런 관련이 없다. 오히려 비평은 이것과 저것 사이에 놓인 틈이자 시선이며, 현실 혹은 텍스트화된 현실을 들여다볼 수 있는 접안의 프리즘이라고 해야 한다. 삶 혹은 문학의 다른 국면으로의 진입을 놓치지 않고 그 전환의 장면을 주시하고 전환의 공간을 점유하는 것, 말하자면 비평은 새로운 세계를 탄생시키는 그 현실성의 국면이 아니라 '가능성의 조건들'을 사유함으로써 새로운 세계 출현의 토대를 세우는, 말 그대로 이론적 실천인 것이다.

최근 비평에서 눈에 띄는 이론 쏠림 현상은 없다. 비평적 논의가 특정 이론가의 사상적 지반 위에서 전개되는 경우도 거의 찾아지지 않는다. 이론 열풍이 거품 가라앉듯 사라지면서 문학은 이론에서 자유로워졌으나 비평은 문학 텍스트의 다시 읽기/쓰기 안에 갇힌 듯 보이기도 한다. 이론 혹은 철학에 육박한 비평이 '가능성의 조건들'을 탐색하기 위해 유의미한 의무를 다할 수 있음을 고려하자면, 이론 열풍조차 흐릿해진 현재의 비평 상황은 그간 조금쯤 더 나쁜 쪽으로 이동한 결과인지 모른다. 비평장에서 뚜렷한 쟁점이 사라지거나 거의 생성되지 않는 사정도[5] 비평이 생존을 위해 포기한 것들과 무관하지 않다고 해야 하는 것이다.

3. 자본과 정념 ── 현실의 재구축, 인간본성의 탐구

비평이 외면하고자 한 비평의 바깥, 삶이라 불릴 그곳은 어디인
가. 그곳의 텍스트화인 문학은 무엇을 포착하거나 환기하고 있는
가. 당겨 짚어두자면 지금 이곳의 문학적 경향에 대한 세심한 고찰
이야말로 '감성적 사유'로서의 사회비평이 담보한 시대적 타당성
의 확인 작업이 될 것이다. 2000년대를 거치면서 한국문학에 다채
로운 타자들이 제 얼굴을 마련한 것은 주지의 사실이다. 시체, 유
령, 동물, 태아, 게임 캐릭터, 좀비 등 인간 범주에 포함되지 않았
던 타자에 대한 문학적 관심이 폭발했으며, 급기야 인간 범주의 재
규정이 진지하게 논의되기에 이르렀다. 이러한 경향과 함께 두드
러진 변화로서 한국문학에서 가시화되지 않는 감정이나 정서 혹은
정념이라 불러도 좋을 영역에 대한 관심이 증가해왔다.
　세심한 주의력을 기울이지 않고 대강의 경향만 살펴보더라도 그

---

5) 그간 문학과 정치를 둘러싼 논쟁이 지속되었고 간헐적으로 장편소설 논쟁이 이어졌
다. 리얼리즘과 모더니즘의 회통이 논의된 이후로 논쟁은 정치적 현실 변화에 반응하
는 문학적 실천 범주와 가능성에 대한 논의로 한정되었는데, 다소간 의아하게도 시
장르를 중심으로 이루어진 문학론이 소설 장르로까지 확대된 연계 논쟁의 성격이 있
다. 현재 소강상태인 이 논쟁들에 관해서는 논의의 진영(이데올로기적 진영을 가리키
는 것은 아니다. 더구나 논의의 진영이 반드시 대결 구도를 이루어야 한다고도 생각
하지 않는다)이 뚜렷하게 나뉘지 않는 사정과 함께 다른 누구라도 논점의 해소를 위
한 새로운 대안 마련이 어려운 상황에서 종결되었다.

범위는 폭넓은 편이다. 우리가 쉽게 떠올릴 수 있는 감정들, 즉 사랑, 불안, 분노, 증오, 회한, 고통, 절망, 질투, 동정, 공감과 같은 사물이자 대상으로서의 감정에 대한 텍스트적 포착으로 구체화되기도 하지만, 이 경향에는 보이지 않지만 감지할 수는 있는 관계의 형국들, 사람을 둘러싼 풍경이나 관계 맺음의 과정에서 생기는 힘의 작용이나 흐름 모두 포함된다. 최근에는 김숨(『여인들과 진화하는 적들』, 현대문학, 2013)이나 황정은(「누가」, 『문예중앙』 2013년 겨울호)의 소설에서 볼 수 있듯, 감정이 상품화된 현실까지 거역할 수 없는 삶의 국면으로 포착되기에 이르렀다. 한강, 권여선, 편혜영, 김연수, 김애란 등의 소설은 말할 것도 없이 김사과, 박솔뫼, 정소현, 손보미, 기준영, 김엄지 등 비교적 젊은 작가들의 소설에서 정념의 분출과 보이지 않는 복합감정의 포착은 간과할 수 없는 공통적 특질로서 공유되고 있다.

본디 문학이 인간에 대한 탐색의 결과물이자 감정적 존재로서의 인간에 대한 기록임을 환기하자면, 한국문학이 감정에 대한 관심을 폭넓게 드러내고 있다는 지적은 새삼스러운 일이 아니다. 그럼에도 한국문학이 최근 능란하게 다루고 있는 감정에 좀더 주의를 기울일 필요는 있어 보인다. 그 감정은 누군가의 소유물이거나 인간의 내부에서 발현된 어떤 것이나 대상화가 가능한 사물이 아니라, 삶의 갈피에서 피어오르고 관계를 통과하면서 증감을 반복하는 흐름들에 가깝기 때문이다. 최근 한국 소설은 특히 그것이 전달되거나 증폭되거나 무언가에 대한 영향으로서 감지되는 장면들을 포착하는 데 집중하는 경향을 보인다. 특히 그것은 언어적 재현에 의해서가 아니라 문장과 문장 사이, 언어화될 수 없는 간극의 틈에서 만들어지는 어떤 것으로서 포착된다. 한강의 『소년이 온다』 전체를 채운 것이 애도될 수 없는 역사적 트라우마이자 언어화될 수 없는 상처와 고통이라면, 손보미의 「폭우」(『그들에게 린디합을』, 문학동네, 2013)나 「산책」(『21세기문학』 2013년 봄호)이 포착한 것 또한 대화의 교차점이나 사람들 사이의 관계에서 만들어지는 어떤 기운이자 흐름들이다.

특별히 환기해두어야 할 것은 감정 쪽으로의 관심 이동이 결코 우연의 산물이 아니라는 점이다. 얼핏 무관해 보이는 사회의 자본화 경향은 복잡하고도 미묘한 이 변화의 내막에 깊이 연루되어 있다. '부자 되세요'를 유행어로 만든 카드회사 광고(2001)가 구제금융 위기를 겪으면서 한국 사회의 일면이 변화된 사정, 전 지구적 자본화가 한국 사회의 일상에 착색되기 시작한 기점적 선언으로서 이해될 수 있다면, 그 시기는 1990년대 후반 본격화된 '인간 본성' 탐구의 좀더 구체화된 형태가 가시화된 시점이기도 했음을 짚어둘 필요가 있다. 2000년대 이후 지금껏 우리가 신자유주의형 인간으로 개조되고 있었던 것은 분명하지만, 이러한 흐름이 우리를 자본의 노예로 만들었다는 속단으로 이어져서는 곤란할 것이다. 사실 '부자 되세요'라는 광고 문구를 통해 분명해진 것은 표면화되지 않던 속물성의 사회적 유포이기도 하지만, 그에 앞서 이 시기를 거치면서 사회 전반에 걸쳐 '욕망과 이해관계interests' 사이가 조정되고 욕망에 대한 사회적 용인이 시작되고 있었음을 환기할 필요가 있다. 욕망의 해방구였던 1990년대를 거치면서 합리성의 폐해가 지적되고 이성의 무용성이 과장되었다면, 이후로 그렇게 쏟아져 나온 욕망이 구제금융 사태와 같은 외적 계기에 의해 관리되고 조정되어야 할 것으로 다루어지기 시작한 것이다.

자본주의 정신의 등장과 유포에 관한 흥미로운 해석을 보여주는 『열정과 이해관계』의 저자 알베르트 허슈만Albert Hirschman에 따르면, 서구 지성사에서 인간 행위 동기 분석의 전통적 범주였던 이성과 열정은 자본주의 발흥으로 등장한 신인간형의 행위 동기를 충분히 설명해주지 못하게 되었고, 이러한 상황은 이성과 열정이라는 설명 범주 사이에 '이해관계'를 끼워 넣는 새로운 해법을 찾게 했다는 것이다. 다소간 편의적이고 애매한 '이해관계'의 자리가 감성의 파괴적 위험성과 이성의 무력함을 벗어난 곳에 마련되었다는 것인데,[6] 자본주의 발흥기에 도입된 '이해관계' 범주에 대한 이러한 설명은 2000년대 전후 한국 사회의 변화를 이해하는 데에도 유용한 지침을 준다. 이성에 대한 회의는 시작되었으나 봉인이 풀린 감성의 영역이 정치경제적 시대 조건 속에서 제어되고 관리되어야 할 상황이었다. 이 난국을 해결한 것이 '부자 되세요'라는 문구로 대표된 '이해관계'라는 행위 동기이며, 예상을 깬 대중의 호응은 사회가 '이해관계'를 인간 행위의 동력으로 승인했음을 보여주는 단적인 사례라 해도 좋을 것이다.

1970년대를 거치면서 새롭게 전 지구적 힘을 행사하게 된 신자유주의는 사회와 개인의 인식과 가치에 호소하는 개념적 장치로서 '인간의 존엄성과 개인의 자유'에 관한 정치적 이상을 내세웠는데 실상 지구상에서 이 장치에 매혹되지 않은 지역은 많지 않았다.[7]

---

6) 앨버트 허쉬만, 『열정과 이해관계』, 김승현 옮김, 나남출판, 1994, pp. 49~54.
7) 데이비드 하비, 『신자유주의』, 최병두 옮김, 한울, 2007 참조.

'전 국민의 자산가화'라는 모토가 부시나 사르코지에 의해 선거공약으로 내세워졌을 때, 대국민적 호소의 지점은 결과적으로 기만으로 판명된 '사적 사유권의 유지와 공존하는 국민의 부의 실현'이었다. 1990년대 후반에야 비로소 금융화된 자본주의의 실체를 실감한 한국 사회도 돌이켜보자면 크게 다르지 않다. 자본화로의 전회에 그리 쉽게 방어선을 무너뜨린 것은 신자유주의가 내건 모토의 (기만적) 매력과도 무관하지 않다. '이해관계'가 지배하는 세상을 반기게 된 중요한 이유로 '이해관계'가 행위 동기를 지배하는 세계의 주요 특성인 예측성과 불변성에 대한 기대도 한몫했다. 인간의 가변성과 예측 불가능성이 '이해관계'를 통해 제어되고 규율될 수 있다고 믿(고 싶)었기 때문일 것이다.[8]

'자본주의의 엔진'은 특유의 신용 장치와 독특한 통화 시스템을 염두에 두지 않는다면 전혀 이해할 수 없다는 슘페터의 주장이[9] 되새겨지는 것은 신자유주의형 인간이 신용 장치의 발전에 대한 이해 없이는 특징화될 수 없는 존재이기 때문이다. 물론 서구 사회에서 그러했듯 우리의 경우에도 모두가 이러한 해법의 유용성을 믿지는 않았다. '이성에 의해 제어되고 조절되는 이기심'에서와 같은 조절적이고 중재적인 성격이 희박해지고 점차 물질적인 이익만을 의미하게 되면서 '이해관계'라는 범주가 사회적 갈등을 해소시킬 것이라는 신뢰도 결국은 깨지게 된다.

금융화된 자본주의의 출현과 함께 '이해관계'의 자리를 대신한

8) 앨버트 허쉬만, 같은 책, pp. 54~59.
9) 제프리 잉햄, 『자본주의 특강』, 홍기빈 옮김, 삼천리, 2013, 1·4장 참조.

'금융'은 우리가 조절해야 할 어떤 것이지만 더 이상 "이성적으로 제어해야 할 '인간 본성'의 탐욕과 물욕의 표현들 중 하나"가 아니라 "권력관계"를 의미하게 되었다. 이제 "자본주의는 어떤 하나의 시스템 혹은 구조가 아니"며, "착취와 지배의 명령에 따라 생성·변화하는 동시에 조직·조정" 가능한 어떤 것이 되었다. "자본주의 권력은——자신이 지배하고 소유하고 싶어 하는 세계와 마찬가지로——항상 생성되고 있는 중"[10]인 상황이 된 것이다. 재난마저 여행 상품으로 개발되고 기획되는 시대를 맞이하여 재난을 위한 비극까지 연출할 만큼 위력이 강한 자본의 일면을 고발한 윤고은의 『밤의 여행자들』(민음사, 2013)은 말할 것도 없이 인간의 가치가 신용으로 환산되는 역전적 장면을 포착한 「로드킬」(『1인용 식탁』, 문학과지성사, 2010)이 가감 없이 보여주고 있듯, 지금 이곳은, 우리의 바깥 어딘가에 존재하며 체제를 유지하는 시스템을 따로 마련하고 있는 것이 아니라 세계의 일원인 우리가 그 시스템을 수용하고 또 수정하고 진화시키면서 자본주의의 에이전트이자 주체가 된 참혹한 시공간인 것이다. 신자유주의가 우리를 노예로 만드는 것이 아니라 새로운 주체성을 출현시킨다는 사실은 이런 의미로서 이해되어야 한다.

---

10) 마우리치오 라자라토, 『부채인간』, 허경·양진성 옮김, 메디치, 2012, pp. 47~48, 154~55.

4. 타자 없는 세계, 어떻게 살아야 하는가

정치적 퇴행의 가속화 경향까지 포함해서 우리는 이 사회의 현재 상황을 서슴지 않고 우리의 바깥, 신자유주의라는 악의 탓으로 돌려왔다. 출구 없는 미로에 갇혀 있음을 탄식하기도 했다. 실제 삶에 대한 기술로서 부당하지만은 않은 태도다. 하지만 살펴보았듯이 금융화된 자본주의인 신자유주의는 우리 자신에 의해 좀더 정교하게 움직이는 권력관계에 가깝다. 세계 바깥이 아니라 우리 자신에 대한 탐구가 절실한 것이다. 그러나 신용과 대출로 이루어지는 자본화 혹은 사회관계가 호명한 새로운 주체성을 말했거니와, 그것은 특이성을 인정받는 개체의 존재 원리와는 아무런 관련이 없으며 곧바로 '자유로운' '인간자본'이 되는 형성 원리이자 작동 메커니즘 자체다. 이곳에서 인간은 통제와 규율을 통해 '유순한' 존재가 되며 나아가 '살게 만들고 죽게 내버려두는' 조절 작동에 의해 통계의 수치로 환산될 수많은 생명체 가운데 하나가 된다.[11] 그리하여 지금 이곳에서 스스로를 들여다보는 일은 전대미문의 어려운 일이 되었다.

분노의 정념에 활활 타오르면서도 비판의 타격 지점을 쉽게 마련할 수도 없다. 가령, 누군가가 실업급여를 받으며 집에 머무르다 결국 금융권 전화 상담원으로 나서게 되는 것은, 집의 맞은편 핸드폰 가게에서 바깥을 향해 설치한 스피커의 소음을 피할 수 없다는

---

11) 미셸 푸코, 『사회를 보호해야 한다』, 박정자 옮김, 동문선, 1998, pp. 280~89.

계급적 현실에 대한 인식에서다.[12] 중심과 주변을 가르고 배제와 차별화의 논리로 세계를 구축해왔던 그간의 중심화 원리와는 달리, 중심과 주변의 가름선은 더 이상 뚜렷하지 않다. 차별적 시선이나 태도는 특정한 누군가의 소유물이 아니라 모두의 것이 될 수 있으며, 그것은 종종 감정이나 정서 혹은 정념이라는 말로 표현되어야 할 어떤 것, 보이지는 않지만 모두에게 영향력을 행사하는 에테르적인 것으로서 사회 전체를 채우게 된다. 세계를 조망할 감시하는 눈 따위는 없으며 고정되어 형체를 가진 타자도 따로 존재하지 않는다. 중심과 주변의 구분은 잘게 쪼개진 위계로 변주되고 공동체 내부의 인종주의처럼 우리 모두를 등급화 구조 속으로 밀어넣었다. 사회의 이러한 구성 방식은 '내가 주체로 존재하기 위해 배제된 영역을 만들고 그곳으로 타자를 밀어내는 방식'과는 정반대로, '나쁜 인종, 열등한 인종 혹은 퇴화된 인간이나 비정상적인 인간의 폐기로 인류 전체가 좀더 건강하고 순수한 삶을 보장받는다'는 식의 생명체적 작동 원리에 의해 운용된다.[13] 그리고 이 운용 원리는 곧바로 도덕적 판정으로 가치화된다.

오래전 헤어진 남자와 그의 가족에 대한 회상인 황정은의 「상류엔 맹금류」(『자음과모음』 2013년 가을호)에서, 가난한 남자와 그 가족과의 헤어짐은 그들의 부도덕한 삶의 태도에 대한 거절로서 표

---

12) "어떻게 막을 도리가 없었다. 그녀는 그때 자신이 계급적 인간이라는 것을, 자신이 속한 계급이라는 걸 알았다. 이런 거였구나. 이웃의 취향으로부터 차단될 방법이 없다는 거. 계급이란 이런 거였고 나는 이런 계급이었어." 황정은, 「누가」, 『문예중앙』 2013년 겨울호, pp. 55~56.

13) 미셸 푸코, 같은 책, pp. 293~97.

명된다. 번듯하던 살림이 기운 후 다시 회복되지 못했어도 "자신의 양심과 도덕"에 따라 자식을 버리지 않고 키워낸 일에 자부심을 가진 옛 남자친구의 어머니의 삶의 태도를 화자인 나는 부도덕한 것으로 판정한다. 가난한 부모가 가족에 대한 책임을 다하는 것이 자식을 유기하지 않는 것으로 충분한가를 물어야 할 시대가 왔음을 알려주는 전환적 인식의 일면이 아닐 수 없다. 남자의 부모는 자식을 버리지는 않았지만 가난을 자식에게 물려주었고 자식들은 부모가 언젠가 경험했던 번듯한 삶의 근처에도 닿지 못한 생을 보내게 된다. 그런 가족사를 두고 화자는 "자신들의 양심과 도덕에 따랐지만, 딸들의 인생을 놓고 봤을 때는 부도덕한 선택이 아니었을까"[14]를 자문한다. 그 가족을 채웠던 '친밀함'과 '상냥함'은 화자에게 나누어 갖고 싶을 만큼 탐나는 것이었지만, 그녀는 이미 그런 것들의 가치가 예전과는 달라졌으며, 가난이라는 부도덕이 그런 미덕들보다 더 나쁘다는 사실을 알고 있다. '친밀함'과 '상냥함'의 세계와의 결별은 그렇게 가난이 부도덕이 된 세상과 함께 왔음을 「상류엔 맹금류」는 선언한다.

  그러니 어떻게 살아야 하는가. 아니 어떻게 살아남을 수 있는가. 다른 자리에서 들끓는 정념의 소설로 주목받았던 김사과가 보여준 것은 정념의 현시 자체라기보다 그런 세계를 어떻게 살아내야 하는가에 관해서였다. '어떻게 나를 잘게 쪼개지 않고 살아남을 수 있으며 남은 생을 견딜 수 있겠는가.' "영이야. 아이들이 영이를 불렀다. 영이는 뒤를 돌아보았다. 그러니까 영이까지 합쳐서 다섯 명

---

14) 황정은, 「상류엔 맹금류」, 같은 책, p. 67.

의 영이가 뒤를 돌아보았다." "그런데 영이의 영이는 뭔가? 영이의 영이니까 진짜 영이일까? 아니 영이의 영이는 영이의 영이일 뿐, 그러니까 수많은 영이들 중 하나일 뿐이다."[15] '나가 뒈져라와 개새끼'의 세계에서 영이는 '죽고 싶은' 자신을 구제하기 위해 영이를 수많은 영이로 쪼개고, 영이 바깥에 진짜 영이(=순이)의 자리를 마련한다. 고통도 슬픔도 느낄 수 없는 무정념의 존재를 만들어내고 진짜 영이의 자리를 자신의 바깥에 만들고서야 영이는 미치지도 죽지도 않으면서 오늘을 견디고 또 오늘 같은 내일을 맞이할 수 있게 된다.

'어떻게 살 것인가'라는 질문을 두고 박솔뫼의 소설이 보여주는 것 같은 자족의 세계, 가족은 말할 것도 없이 관계나 공동체에 대한 관심도 미미한 채 '소울메이트'로 이루어진 자족적 관계로 세계를 대치하려는 시도가 시대의 생존법으로 대두되는 경향도 주목할 필요가 있다. 타인의 욕망을 욕망하는 삼각형 같은 것은 여기에 없다. "나와 누나만이 있을 뿐이다."[16] 존재의 유일한 실감은 체온을 느끼는 육체적 관계를 통해서만 얻어지며, 그 외의 모든 것은 불확정적인 것으로 남겨질 뿐이다. "계속 보면 맞는 거 같은데 처음 쑥 봤을 땐 확실히 틀렸다고 생각"되는 것, "다시 정신 차리고 뭐가 틀리긴 틀렸을 거야 하고 들여다보면 분명히 뭔가 조금씩 이상한"[17] 그런 것, 과거의 경험은 기억이 그러하듯 불확실한 것일 뿐이며, 유일하게 변하지 않는 것은 감각적 실감일 뿐이라고 이들은

15) 김사과, 「영이」, 『02』, 창비, 2010, pp. 8~9.
16) 박솔뫼, 「차가운 혀」, 『그럼 무얼 부르지』, 자음과모음, 2014, p. 14.
17) 박솔뫼, 「해만의 지도」, 같은 책, p. 180.

믿는다. "다른 거는 안 해. 껴안는 거만 하고 그렇게 껴안고 자는 거. 그러면 다음 날도 행복해지고 우리는 힘들지 않을 거야. 계속 계속. 우리는 부족한 것이 없을 거야. 계속 계속 아주 오래 행복할 거야."[18] 그러니까 바깥 공간에 대한 열망과 그곳을 향한 '지도'에의 열망은 실제로는 순간의 영속성을 갈구하는 감각적 실감의 기록 열망과 다르지 않다. 말하자면 이들에게 지도는 종이 위에 복원된 공간이 아니라 확실성의 감각으로 붙잡고 싶은 그들의 지나간 시간이다. 정교하고 세밀한 선분은 그 위에 표시된 별표들, 그곳에서 있었던 사건 혹은 경험의 환기와 봉인을 위해 존재한다. "백 행을 쓰고 싶다"[19]라는 열망 또한 지도 그리기에 대한 열망과 조금도 다르지 않다.

5. 시대 정합적 비평의 얼굴

우리가 통과해야 하는 이 시기가 문학의 자리와 비평의 기능을 둘러싼 치명적 전환점인가를 물었지만, 이 질문의 용처는 현재 한국문학이 처한 문제를 두고 원인과 결과라는 식의 접근법으로는 해소되기 어려운 사정을 환기하는 데 놓여야 한다. 우리는 큰 위기와 작은 위기 들이 파도처럼 반복되는 시대를 살고 있다. 반복되는 위기의 파도는 실상 위기의 끝을 말하기 어렵게 하는데, 위기들

18) 같은 책, p. 198.
19) 박솔뫼, 『백 행을 쓰고 싶다』, 문학과지성사, 2013.

이 파도로 인식되는 과정에서 위기는 극복이 아니라 관리의 대상이 되어버리기 때문이다. 끝 혹은 새로운 시작을 말하기 위해 우리가 결별해야 하는 것은 어쩌면 지속되는 위기론 혹은 위기의 파도론인지 모른다.

그렇다면 김사과나 박솔뫼가 보여준 '탈-감정적, 무-정념적 동일성의 세계' 구축은 '세계의 다른 가능성'에 대한 사유로서 충분하다고 할 수 있는가. 타자가 사라진 세상에서 위계를 거부하는 방식으로서 정당한가. 이들의 모색은 진정한 자신을 자신의 바깥에 설정하는 방식으로, 우리가 이 세계의 에이전트일 수밖에 없는 원죄를 뒤집힌 방식으로 해결하고자 한다. 이들의 모색이 얼마의 가능성을 엿보여주는지에 대해 단언할 수는 없지만, 적어도 이들의 모색이 '인간 본성'에 대한 깊은 탐구이자 '에이전트이자 주인'이 될 수밖에 없는 현실의 작동 논리를 주시하는 지속적 작업임에는 분명해 보인다.

왜 사회비평이고 그것은 왜 '감성'을 거점으로 이루어져야 하는가에 관한 답안의 일단은 여기서 찾을 수 있다. 언제 어디서건 현실은 직접 주어지지 않으며, 역사적 사건과 풍경을 설명해주기 위한 안정되고 일관된 평면적 배경-현실도 없다. 현실의 재구축 작업이 반복적으로 요청되는 것은 이러한 이유에서다. 지금 우리 삶의 배경이자 일상을 조정하는 자본의 힘은 '인간 본성'에 대한 오랜 탐구의 결과물로, 이제 그 기원을 모두 지워버리고 여기에 '인간자본'이라는 결과물만을 내놓고 있다. 감정이라는 키워드를 통과하지 않고서는 자본에 의해 탐구되어온 '인간 본성'에 대한 조절과 억압의 메커니즘을 온전히 파악하기 어렵다. '감성'을 키워드로

'현실'을 재구축하려는 시도, 이것이야말로 '부분적 일면을 관계망 속에 재배치하는' 사회비평적 실천이 아닐 수 없다. 이런 점에서 '감성적 사유'로서의 사회비평이란 정치경제적으로 뒤얽혀 있으며 자본의 원리와 인간의 본성이 봉합선을 지울 만큼 교묘하게 결합되어 있는 현실, 복잡한 사회의 복잡성을 그것 그대로 복원하려는 시도에 의해 불려 나온 시대 정합적 비평의 얼굴이다.

10. 비평의 공공성과 문학의 대중성
—2015년 문단 현장의 기록

1. 되짚어져야 할 질문들

  2015년 6월 16일 이응준 작가가 온라인 매체인 〈허핑턴포스트 코리아〉에 신경숙 작가의 표절 의혹을 제기한 글「우상의 어둠, 문학의 타락: 신경숙의 미시마 유키오 표절」을 게재한 이후로 한국 문단은 걷잡을 수 없는 추문에 휩싸인 바 있다. 한 작가의 표절 시비가 단 며칠 만에 문단 전체의 불의와 부정에 대한 윤리적 단죄 요청으로 뒤바뀌는 광풍을 겪었다. 표절 사태와 문학권력 비판을 동일한 문제의 이면처럼 여기게 된 것은, 이러한 논의 과정을 거치면서다. 작가의 표절 시비와 함께 작가의 작품을 출간했던 출판사들의 대응이 예기치 못한 문단 안팎의 분노를 야기했다. 2000년대 전후로 있었던 신경숙 소설의 표절 의혹과 문학권력 논쟁이 다시 들추어졌고 지금 이곳의 문제로 재소환되기도 했다. 마녀사냥 식 분위기가 들끓었던 반면 문단 내의 공기는 얼어붙었고 나아가야 할 방향과 갈피를 쉽게 잡지 못한 채 문단 전체가 우왕좌왕을 거듭하고 있었다. 암중모색처럼 토론회가 개최되었고 계간지 가을호를 통해 표절 시비와 문학권력 비판이 불러온 문제들이 검토되었다. 현재 문학장이 직면한 문제들—엄밀하게 따지자면 전적으로 새로운 문제들이 아니다—이 무엇인지에 대한 확인도 새삼 곳곳에서 이루어졌다. '표절 시비와 문학권력 비판' 논의의 열기만큼이나 뜨겁게 '표절 시비와 문학권력 비판 이후'에 대한 논의가 들끓었다. 추문을 불러온 논의의 반복을 멈추고 한국문학의 미래를 위한 논의로 나아가자는 데 이견은 없었다. 그렇게 계간지의 한 계절이 지나갔고 새로 한 계절을 맞이하게 되었다. 문단 바깥의 기이한 열기가 가라앉은 이때에야말로 2015년 여름에 야기된 표절 시비와 문단권력 비판을 쇄신이든 개선이든 문단에 전환적 계기로 만들 적기이기에 목소리를 모으는 중이다.

차분한 논의를 본격화하기 위해 되짚어야 할 것들이 많지만, 우선 이 글은 '광풍'을 둘러싼 '왜'를 묻는 것에서 시작한다. 테크놀로지 개발 영역에서 기술 개발을 둘러싼 표절 시비가 빈번하다. 영화, 드라마, 음악 등 대중문화 영역에서 거의 매일이다시피 표절 논쟁이 일어난다. 이 모든 표절 시비가 대규모 소송으로 이어질 만큼 당사자들에게 민감한 사안으로 다루어진다. 그에 비해 이번 사태는 법적 분쟁의 의미가 거의 없으며 이익 배분을 둘러싼 싸움으로 번질 여지도 크지 않다. 그런데 일상다반사인 표절 시비를 저작권 침해에 따른 이익 배분과 법적 분쟁 문제로 여기던 대중이 베스트셀러 작가의 표절 문제에 유독 예민하게 반응했다. 윤리적 잣대를 들이대고 사과와 절필을 요구하기까지 했다. '왜' 표절 시비와 문단권력 비판론은 문단을 넘어선 국민적 관심이 되었는가. 한국 문학의 미래를 위해 고심하던 많은 이들이 땅바닥에 내동댕이쳐지는 일은 왜 그리고 어떻게 벌어졌는가.

2. 비평의 윤리

6월과 7월에 있었던 토론회에서도 새로운 논의의 출발점으로서 이 지점에 대한 분석이 이어졌다. 이 분석은 문화연대를 주축으로 개최된 토론회를 통해 여러 계간지 가을호에 분산 게재되면서 계간지 지면을 통해서도 이루어졌다.[1] 온라인 매체와 각종 SNS의 막강한 영향력이 새삼 환기되었고 적절한 시기를 놓친 사과가 사태를 눈덩이처럼 키웠다고 말해지기도 했다. 매뉴얼화된 대처 방식이 상황을 악화시키게 될 것이라고는 누구도 예상하지 못했을 것이고, 신경숙이 한국문학의 상징적 대표인가의 여부와는 별도로,

---

1) 2015년 가을 계간지들의 논의를 두고 말하자면, 문학장의 문제가 차분하게 다루어지는 한편 진전 없는 공회전의 면모를 보여주고 있었음을 짚어두지 않을 수 없다. 『실천문학』은 전면적으로 계간지 전체를 표절과 문학권력 비판 문제로 채우고 대안에 대해서도 적극적으로 모색하는 면모를 보여주었다. 『문학과사회』와 『오늘의 문예비평』은 각기 "표절 사태 이후의 한국문학"과 "신경숙이 한국문학에 던진 물음들"이라는 제목으로 좌담을 마련해 차분한 논의가 이루어질 수 있는 토대를 마련해주었다. 『실천문학』을 포함한 『말과활』(8·9월호) 『문화/과학』 등에서 문학장에 대한 전반적 검토와 1990년대 문학에 대한 재고가 시작되었고, 계간지 시스템의 분석과 문학장의 폐쇄성에 대한 비판적 검토가 이루어졌으며, '창작-비평-출판'의 삼각구도가 만들어낸 부정적 효과들이 논의되었다. 계간지를 통해 꽤 폭넓은 논의가 이루어졌고 성찰이 시도되었다. 상대적으로 『문학동네』와 『창작과비평』은 권두언을 통해 입장을 밝히는 소극적 태도를 취했다.

폭넓게 대중적 인기를 누리는 작가이자 전 세계로 번역되어 일정한 성취를 거두고 있는 작품의 영향력도 사태의 확산과 무관하지는 않았다고 해야 할 것이다. 따지자면 표절과 도덕성이 전 국민적 관심사가 된 것은 2000년 도입된 인사청문회, 아니 2008년 서브프라임 모기지론 사태로 뚜렷해진 모럴해저드로부터라고 해야 하는데, 신경숙 작가의 표절 시비에 대한 사회적 반응은 사회 지도층의 부정부패에 대한 허탈감이 팽배한 사회 분위기와도 무관하지 않다. 이른바 '땅콩회항' 사건에 대한 국민의 공분이 채 가라앉지 않은 때였기도 하다. 『현대문학』 사태, 카뮈의 『이방인』 번역 논란, 베스트셀러 만들기와 사재기 논란, 출판사 경영권 분쟁 등 어느 영역에나 있을 법한 일임에도 문단 안팎에서 충격과 실망이 큰 것은 그 때문이다. 이런 와중에도 신경숙 작가와 해당 출판사들의 사려 깊지 못한 초기 대응이 사태를 순식간에 나쁜 쪽으로 확산시키는 계기가 되었다는 판단에는 대개 이견이 없는 편이다. 가령, 공분을 샀던 출판사의 입장 표명 가운데 한 문구[2]는 '기억이 없다'[3]는 작

---

2) "사실 두 작품의 유사성을 비교하기가 아주 어렵다. 유사한 점이라곤 신혼부부가 등장한다는 정도이다. 또한 선남선녀의 결혼과 신혼 때 벌어질 수 있는, 성애에 눈뜨는 장면 묘사는 일상적인 소재인 데다가 작품 전체를 좌우할 독창적인 묘사도 아니다. (문장 자체나 앞뒤 맥락을 고려해 굳이 따진다면 오히려 신경숙 작가의 음악과 결부된 묘사가 더 비교 우위에 있다고 평가한다.) 또한 인용 장면들은 두 작품 공히 전체에 차지하는 비중이 크지 않다. 따라서 해당 장면의 몇몇 문장에서 유사성이 있더라도 이를 근거로 표절 운운하는 것은 문제가 있다. 표절시비에서 다투게 되는 '포괄적 비문헌적 유사성'이나 '부분적 문헌적 유사성'을 가지고 따지더라고 표절로 판단할 근거가 약하다는 것이다." 「보도자료: 창비 문학출판부의 입장」에서(2015년 6월 17일).

3) 2015년 6월 17일에 출판사 창비에 메일을 보내 밝힌 입장과 「신경숙 인터뷰: "문학이란 땅에서 넘어졌으니까 그 땅을 짚고 일어나겠다"」, 『경향신문』 2015년 6월 23일 자를 참조.

가의 대응만큼이나 미숙했던 것으로 반추되고 있다.

시시각각 변했던 상황을 되돌아보자면, 들불처럼 번지는 표절 시비의 부정적 파장을 막으면서 논의를 정상화하는 일이 긴급한 사안이었기에, 사태를 키운 원인에 대한 분석은 당시에는 부차적인 것으로 다루어졌다. 따지자면 그것은 주요 논점이 아니기도 했다. "문제는 일개 작가의 표절이 아니다. 그로부터 촉발되어 만천하에 드러난 문학 제도의 폐쇄성과 경직성이다. 신경숙의 표절보다, 그에 대한 창비의 섣부른 해명과 작가 자신의 이도저도 아닌 변명보다 더 큰 문제는 일련의 사태에 앞서 문단에서 오랜 기간 이어져온 침묵과 그것을 용인한 관행에 있다"[4]는 말로 충분히 정리되었다고 생각해도 좋았다. 그런데 계간지 가을호가 발간되던 즈음에 있었던 『리얼리스트』『실천문학』『오늘의 문예비평』『황해문화』주최 공동토론회인 〈한국문학, 침묵의 카르텔을 넘어서〉(8월 26일)에서 계간 『창작과비평』 가을호의 기대에 못 미치는 대응이 짚어졌고 다음 날인 8월 27일에 계간 『창작과비평』의 백낙청 편집인이 SNS를 통해 『창작과비평』의 입장이 결코 미흡한 것이 아님을 재확인하는 입장을 표명하면서[5] 상황이 조금쯤 바뀌었다고 말해

---

4) 「실천의 말: 필요한 것은 진단이 아니다 처방이다 수술이다」, 『실천문학』 2015년 가을호, p. 9.
5) "표절시비 자체에 대해서는 신경숙 단편의 문제된 대목이 표절혐의를 받을 만한 유사성을 지닌다는 점을 확인하면서도 이것이 의도적인 베껴 쓰기, 곧 작가의 파렴치한 범죄행위로 단정하는 데는 동의할 수 없다는 입장을 밝혔습니다. 애초에 표절혐의를 제기하면서 그것이 의식적인 절도행위에 해당한다고 단정했던 일부 언론인과 상당수 문인들에게 창비의 이런 입장표명은 불만스러운 정도가 아니라 불쾌한 도전행위일 수도 있을 것입니다. 저는 이 자리에서 그분들과 각을 세우기보다, 드러난 유사성에서 파렴치 행위를 추정하는 분들이 그들 나름의 이유와 권리가 있듯이 우리 나름의

야 한다. 사태를 키운 원인, 아니 사태의 근본 원인에 대한 정확한 점검이 다시 필요한 것이 아닌가를 돌아볼 필요가 생긴 것이다.

진정 국면에 접어들었던 표절 사태는[6] 심지어 다시 윤리적 단죄나 진위 여부를 따져 묻는 광풍의 분위기로 되돌려진 듯 보이기도 했다. 마녀사냥 식으로 작가와 출판사를 타매하는 분위기에 동참할 수 없어 좀더 찬찬히 성찰할 시간을 갖고자 했던 이들이 내놓은 해법이 오히려 상황을 더욱 혼란스럽게 한 측면이 있는데,[7] 의

오랜 성찰과 토론 끝에 그러한 추정에 동의하지 않는다는 입장에 도달할 수도 있다는 점을 이해해주십사고 부탁드리고 싶습니다. 게다가 이 사태가 처음 불거졌을 때와 달리 지금은 꽤 다양한 의견과 자료가 나와 있는 만큼, 모두가 좀더 차분하게 이 문제를 검토하고 검증하게 되기를 바랍니다. 반성과 성찰은 규탄받는 사람에게만 요구할 일은 아닐 테니까요." 백낙청 편집인 페이스북 글 「창비의 입장표명 이후」에서(2015년 8월 27일).

6) 이즈음 신경숙 표절 사태에 관심을 기울인 이들의 공통된 중간 결론은 다음과 같다. "신경숙 표절 사태가 문학장에 어떤 중요한 국면을 몰고 왔다면, 그것은 신경숙 표절의 윤리적·도덕적 문제를 질타하는 것을 넘어, 그리고 2000년대 이후 문화 자본의 독점과 경쟁 논리에 종속된 문학권력을 비판하는 것을 넘어, 지배적 문학장의 내파가 시작될 수 있음을 징후적으로 읽는 일일 것이다." 이동연, 「문학장의 위기와 대안 문학 생산 주체」, 『실천문학』 2015년 가을호.

7) 가령, 『한국일보』의 김범수 칼럼은 8월 27일 백낙청 편집인의 페이스북 발언을 두고 다음과 같이 평한 바 있다. "신경숙을 형사고발한 고려대의 한 교수를 제외하면, 신경숙이 범죄를 저질렀다고 비난한 사람이 몇이나 되는지 창비에 묻고 싶다. 많은 사람들이 신경숙을 형사처벌해야 한다는 이야기를 해온 게 아니지 않은가. 또 하나는, 잠깐 들뜨기라도 한 것 같던 신경숙 사태가 가라앉으면서 정말 이 문제를 '차분하게 검토하고 검증'할 분위기가 만들어져가는 국면에서 이런 문제제기가 나와 오히려 차분하지 못한 반응을 부추겼다는 점이다. '보도자료' 사태에서도 드러났듯 창비는 구조적으로 상황을 인식하는 시야에 제약이 있는 것 아닌가 하는 의구심마저 갖게 된다." 「칼럼으로 세상 읽기: 신경숙 사태를 보는 몇 가지 시선」, 『한국일보』 2015년 8월 28일 자. "여름 내 문단 안팎을 들끓던 논란이 잠잠해지는가 싶었더니, 다시 화약고에 불을 댕긴 건 창비의 가을호 계간지 발표였다. 계간 『창작과비평』 백낙청 편집인과 백영서 편집주간이 전면에 나서 신 씨를 옹호하면서 논란이 다시 불붙게 된 것이다."

도와 무관하게 백낙청 편집인을 위시한 『창작과비평』 측의 사태에 대한 원인 분석이 원인/결과 분석의 뒤집힌 형국을 취하고 있는 듯 보였고, 사태의 국면 전환을 요청하는 분위기에 비추어 부적절해 보이기도 한 것이다. 아쉽게도 이후에도 이러한 입장에 큰 변화는 없는 듯하다. 가령, 『창작과비평』 편집위원이 '표절이나 문학권력 문제를 제기한 쪽의 선의를 조금도 의심하지 않으며' '그들의 발언 동기가 한국문학이 존경받을 만한 성과를 내는 것임'을 믿는다고 하면서도, "신경숙과 문학권력에 대한 비판자들이 자신의 동기를 달성하기 위해 필요한 자비의 원칙을 지켰는지"[8] 질문할 때, 여기서 표절 시비로 논란을 거듭하면서 어렵게 마련된 논점들—문학장의 쇄신과 관련된 논점들—은 순식간에 휘발되어버리고 만다.

"표절은 시대와 시절에 따라 기준이 변하거나 무뎌지는 '말랑말랑한 관계'가 아니"라는 입장에서 문학을 포함한 예술의 표절 판정이 사법체계와 같은 엄정성을 가져야 한다거나 표절을 개인의 윤리의 문제로 바라보고 한국의 순수문학이라는 성역이 표절이라는 비윤리적 행위로부터 훼손되어서는 안 된다고 여기는 태도는[9] 지나치게 경직된 것이자 재고되어야 할 것임에 분명하다. 문학권력 비판론이 진행되는 와중에 그러했듯이 어떤 비판도 불가피하게 인격화될 수 있다. 비판의 인격화가 불러올 가해/피해의 구도를 가급적 피할 수 있는 방법을 찾아야 하고 비판의 잔혹함과 과도한 무자

「'표절 후폭풍' 문단 지각변동」, 『매일경제신문』 2015년 9월 11일 자.
8) 김종엽, 「표절과 자비의 원칙」, 『한겨레』 2015년 10월 8일 자.
9) 이응준, 「우상의 어둠, 문학의 타락: 신경숙의 미시마 유키오 표절」, 〈허핑턴포스트 코리아〉 2015년 6월 16일 자.

비함을 조절하기 위해 인간에 대한 예의를 잃지 말아야 한다. 표절 시비가 불러온 논점들을 탈인격적으로 혹은 중립적으로 다루려는 노력이 필요하다. 비판의 공공성 확보를 위한 공유 규약의 환기는 충분히 유의미한 것이다. 그럼에도 표절 시비 논의가 대중적 인기를 누리고 있으며 전 세계로 작품이 번역되어 소개되고 있는 작가의 이름이나 해방 이후 한국문학의 기틀을 마련하는 데 기여해온 지식인의 이름을 훼손하는 데 있다는 생각은 두말할 것도 없이 과도하다. 애초에 기고문에서 제기된 문제가 온당치 못한 비판 태도 때문에 약화될 만한 것은 아니며, "문학권력으로 무장된 일각의 문학 공동체의 상징 권력과 명성을 둘러싼 패권주의"에 대한 성찰의 요청이나,[10] '이윤지상주의와 한국문학 중심주의 그리고 비평의 오만'이 만들어내는 결탁의[11] 효과가 결코 사소한 것도 이 모든 것이 그저 흘려듣고 말 문제제기인 것도 아니다.

『문학동네』의 문면적 대응과 시스템 쇄신에의 노력에 대한 점검은 따로 이루어져야 하겠지만, 꽤 많은 논자들이 표절 시비로 촉발된 논의가 표절 시비에 갇히는 것을 우려한 반면 『창작과비평』과 편집위원들의 논의가 반복해서 표절 시비 쪽으로 모아진 것은[12] 아쉬운 대목이 아닐 수 없다. 새삼 돌이켜보자면 언론에 의해 논의의 실체가 가려진 채 추문의 형국으로 다루어진 측면이 없지 않지

10) 이명원, 「신경숙의 표절 의혹을 둘러싸고: 사실, 진실, 맥락의 문제」, 『문화/과학』 2015년 가을호, p. 202.
11) 심보선, 「생태계로서의 문학 VS. 시스템으로서의 문학」, 『문화/과학』 2015년 가을호, pp. 227~28.
12) 황정아, 〈창비주간논평: 표절 논란, '의도'보다 '결과'가 본질이라면〉, 2015년 10월 7일 자.

만, 그것은 그것대로 언론의 본래적 속성으로 이해하고 보면, 시차를 두고 논의가 공전하는 듯한 이 상황에서 표절 시비와 그것이 곧 문학권력 비판론으로 전환된 사태가 그저 우연이었는가를 묻게 되는 게 사실이다. 이번 사태는 문학장의 변모라는 문맥이 우선적으로 고려되어야 할 상황으로, 초동 대처의 미숙함이 문제였다기보다 매뉴얼화된 이전의 대처 방식이 더 이상 해결책이 될 수 없으며 심지어 상황을 악화시켰음을 확인하게 했다. 무엇보다 비평의 공공성이 담론 차원의 공방을 통해서만 확보될 수는 없는 것이며 비판을 가능하게 할 공공 영역에 대한 합의와 확보 없이는 어떤 생산적 진전도 상상할 수 없음을 뼈저리게 확인하게 했다고 해야 한다.

인격화된 비판을 피하고 좀더 공정한 논의의 장을 마련하기 위해서라면 이 글은 2백 쪽쯤 되는 보고서의 형식을 취해도 불충분할지 모르며, 비평장의 논자들 모두가 이런 방식으로 글을 써야 할지도 모른다. 그러나 사실 이런 방식으로는 논의를 진전시킬 수 없다. 한국 문단이 지난 2015년 6월부터 공방을 벌였던 문제로 논의의 시야를 좁히기 위해서는, 비판적 공방이 한국문학의 미래와 문학장의 쇄신을 위한 논의로 수렴되어야 한다는 공동의 목표를 재확인할 필요가 있는 것이다. '비평의 윤리'를 위해 짚어두자면, 많은 오해를 불러왔다 해도 문학권력 비판론이 겨냥하는 것이 문학과지성사, 문학동네, 창비로 대변되는 한국의 대표적 출판사와 계간지의 기능과 역할 그리고 역사 '전체'가 아니라는 점이다. 지금과 같은 계간지 시스템이 마련되기 시작한 1970년대 전후 한글로 된 변변한 읽을거리도 없던 한국 사회에 『창작과비평』이나 『문학과지성』, 창비나 문학과지성사가 했던 공공적 역할과 기능은 오히려 고평되어야 마땅하며, 이를 부인하는 논자들은 없을 것이다. 오히려 일군의 논자들이 강조한 것은 문제를 역사적으로 문맥화하는 일이었다.[13] 거기에서 인격화된 비판을 피하고 난국의 출구를 발견할 수 있는 묘책이 마련되리라 여겼기 때문이다. 비평장에서 논자들이 합의한 최소한의 전제이자 논의 지평을 굳이 재반복해야 하는 이런 상황이 결코 무시해도 좋을 징후는 아니다. '비평의 윤리'가 '비평' 자체보다 오래도록 더 많이 논점이 되는 상황은 우리가 그간 비평이라 여겼던 것이 과연 무엇이었는가를 되짚어보게 한다. 표절 시비를 두고 작가적 윤리를 지적하는 이들이 적지 않지만, 많은 이들이 작가 개인의 윤리를 타매하는 일보다는 표절에 대한 심도 깊은 논의와 표절 시비가 끝없이 반복되는 구조적 원인에 대한 분석을 요청한다. 그리고 더 많은 이들이 윤리적 질타를 넘어 문학장의 문제에 집중하고자 한다. 후자의 목소리가 소거된 듯 다루어진 상황이야말로 비평을 가능하게 할 공공 영역이 상실되었음을 역설적으로 말해주는 것이리라.

3. 표절 프레임의 문턱

표절 시비와 문학권력 비판이 공적 영역에서 이루어지고 있음을 거듭 확인하고 난 후에도 표절 혐의를 제기하는 일의 위험성은 더

---

13) 천정환, 「'몰락의 윤리학'이 아닌 '공생의 유물론'으로──문학장과 지식인 공론장의 구조 변동을 위한 제언」, 『말과활』 2015년 8·9월호; 황호덕·김영찬·소영현·김형중·강동호 좌담, 「표절 사태 이후의 한국문학」, 『문학과사회』 2015년 가을호.

많이 강조되어야 할 것이다. 원칙적으로는 표절 시비를 작품의 성취 여부와 함께 논의할 수 있다고 말하지만 '동시적 지평에서의' 논의라는 것이 사실상 불가능하다는 것을 모두가 알고 있기도 하다. 표절이 애초에 사후적으로 확정되는 것이자 매번 번복될 수 있는 것이라는 점에서 확정된 규정력을 갖기 어렵기도 하지만, 어떻든 표절 혐의를 제기하는 일은 문학적 완성도나 작품의 성취 여부에 앞서는 것으로, 성취 여부의 판정 자체를 무화하는 것이기 때문이다.[14] 법적 분쟁으로 판정이 이루어지기 어려운 문학의 경우에 표절 시비 자체가 이미 당사자한테 혹독한 징벌의 성격을 갖게 되는 것은 그래서다. 표절 시비는 일차적으로 창작윤리로 가시화되는 작가의 비윤리적 행위의 폭로로 향하게 되기 때문에, 출판사 창비의 입장처럼 '문자적 유사성'과 '의도적 베껴 쓰기'를 섬세하게 나누고, 의식적/무의식적 표절을 엄밀하게 구분한다고 해도,[15] 그것은 기껏해야 비윤리의 소소한 양적 차이로서 다루어질 수 있을 뿐 표절 프레임 바깥을 상상할 수 없게 한다. 표절에 대한 보편적 논의나 표절에 대한 서구 혹은 동양의 역사적 규정이나 처리 방식도 참조점 이상의 규정력을 갖지 못한다. 알다시피 'literature'와 '文'이 곧 '문학'은 아니며 'novel'과 '小說'이 곧 '소설'은 아니다. 사실상 창작과 차용, 표절의 규정은 문학 공동체와 독서 공동체를 포함한 문학장의 의식적/무의식적 합의 속에서 매번 다시 확정돼야 할 영역이다. 본격적인 의미의 문학적 표절에 대한 논의가 이제

14) 윤지관과 오길영 논쟁의 주요 논점 가운데 하나는 표절 시비와 판정을 둘러싼 선후 관계다.
15) 「책머리에: 표절과 문학권력 논란을 겪으며」, 『창작과비평』 2015년 가을호, p. 3.

야 비로소 이뤄졌다는 점에서,[16] 계통 없고 맥락 없는 것처럼 보이더라도 문학 공동체와 독서 공동체를 포함한 문학장이 지금껏 어떻게 표절을 상상해왔는가를 더듬어봐야 하는 것이다.

여러 차례 강조한 것처럼 표절 프레임에 갇혀버리면 문학장의 관행들, 문학장을 구성하는 작가, 창작을 둘러싼 인식의 지체(遲滯) 자체를 질문할 수 없게 된다. 표절 시비에 휘말린 작가들을 구제하는 일보다 긴급한 것이 프레임 전환적 사고의 마련과 그것을 가능하게 할 논리의 구축인 것이다. 이런 관점에서 보자면 표절 시비를 감정적 고발 행위로 재규정하거나 표절 시비를 단순한 해프닝이나 인용 출처를 밝히지 않은 '작가의 단순 실수'로 재설정하려는 태도는,[17] 프레임의 전환이기보다는, 신경숙 작가의 「전설」을 둘러싼 표절 시비에서 표절 전반에 대한 논의로 나아가고자 하는 문단의 움직임을 가로막는 일이 될 수 있다. 신경숙 작가의 「전설」과 미시마 유키오의 「우국」을 두고 어떤 논의든 할 수 있으며 또 해야 하겠지만, 그것은 표절을 둘러싼 논의의 시작점이지 끝이 되어서는 안 된다. 신경숙의 「전설」을 표절로 판정하든 아니든 표절 시비를 신경숙 작가 개인의 문제로 다루는 한, 혼란스런 논의의 종결은커녕 빠져나올 수 없는 악무한의 원환을 맴돌게 될 뿐이다.[18] 기우를 접고 논점을 좁히자면, 「전설」의 표절 시비와 문단에서의 표절 논

---

16) 표절 관련 본격적인 논의로는 남진우, 「영향과 표절―『영향에 대한 불안』과 『예상 표절』의 사이」, 『21세기 문학』 2015년 겨울호; 「표절의 제국―회상, 혹은 표절과 문학권력에 대한 단상」, 『현대시학』 2015년 12월호 참조.

17) 최재봉, 「표절에 관한 이해와 오해」, 『한겨레』 2015년 10월 8일 자.

18) 권명아의 지적처럼, 한국문학의 제도 비판은 이런 악순환을 반복해왔다. 「야! 한국사회: 독점과 모욕의 자리」, 『한겨레』 2015년 7월 8일 자.

의는 세심하고도 엄밀하게 구분되어야 한다. 다른 층위에서 논의되어야 할 문제라는 말이다. "문학은 직접 인용부호를 삭제한 자유간접화법, 즉 표절"[19]이라는 입장, 따라서 결과적으로 표절은 없다는 입장,[20] 정반대로 표절은 문자나 문장 단위에서 확정되는 것이라는 입장[21]이 표절 규정을 둘러싸고 논란이지만, 표절을 둘러싼 기준을 마련하는 것이 유용한가의 문제를 따지는 동시에, 표절이 획일적 기준을 통해 확정될 수 없음이 고려되어야 한다. 표절에 대한 논의가 시작되어야 한다고 해도, 각기 다른 작가들이 기반한 각기 다른 창작 원리의 성격에 근거하지 않으면 안 되는 것이다.[22]

어떻든 이번 표절 사태는 사건의 경중이나 사후적 영향과 무관하게 우리가 그간 문학이라 불렀던 것의 한 시대가 끝나고 있음의 신호signal로서 받아들여야 할 것 같다. 하나의 온전한 의미의 문학이 존재하지 않은 지 오래되었으나 그 관념에 대한 관성이 여전한 위력을 행사하고 있었다면, 문학이라는 이름으로 존재하는 '문학들'이 이제 그 얼굴을 드러내게 되었다고 해야 하는 것이다. 특히 작가와 창작을 둘러싼 모순적 관념들의 충돌이 가시화되었고, 진보적 문학에 대한 향수와의 결별이 완수되었다. 당연한 말이지만 이 결절을 한국문학을 위한 부정적 신호로 해석할 필요는 없다. '민중을 지향하는 엘리트주의'처럼 위태로운 조합이 가능했거나

19) 장정일, 「문학의 '얼룩'」, 『한국일보』 2015년 9월 13일 자.
20) 장정일, 「표절을 보호해야 한다」, 『시사인』 2015년 7월 29일 자; 윤지관, 「문학의 법정과 비판의 윤리」, 『창작과비평』 2015년 가을호.
21) 장은수, 「무엇을 표절이라고 할 것인가」, 『문학동네』 2015년 가을호.
22) 김경연, 김남길, 소영현, 윤지관, 강경석 대화, 「표절·문학권력 논란이 한국문학에 던진 숙제」, 『창작과비평』 2015년 겨울호.

'네이션-문학-계몽'의 기획에 의해 부정합의 지점들이 봉합될 수 있었던 시절을 지나 (어떤 식으로든 돌이킬 수 없는 경향이 되고 있는) 모든 성역의 해체와 재구축이라는 흐름이 우연처럼 불거진 사건을 계기로 만들어낸 문학장 변화의 상징 가운데 하나로서 이해해야 한다. 그것이 비록 문학적 보수주의의 얼굴을 하고 있더라도, 이러한 변화를 퇴행이나 타락으로 단정 지을 필요도 없다. 이러한 변화를 '배신' 행위로 명명하고 이전의 면모를 회복하라는 요청은 사실 미망에 가까운데, 오늘 우리가 고민해야 하는 것은 '잃어버린' 과거의 회복이 아니라 이 시대가 요청하는 문학의 공공성이기 때문이다.

이렇게 볼 때, 보다 심각한 문제는 진전 없이 논의가 공전하는 동안 점차 문단과 출판시장의 사정이 급속도로 나빠지고 있다는 점이다. 표절 시비 자체보다 긴급 사안으로 다루어질 문제는 이 사태가 서서히 문단 안팎으로 문학 창작과 독서 문화 그리고 출판 환경에 미친 영향과 앞으로 확산될 그 여파다. 1976년에 창간되어 세계문학의 소개와 함께 문학 개념의 확장적 재편에 기여한 바가 적지 않은 계간지 『세계의문학』이 2015년 겨울호를 마지막으로 폐간되었다. 문학 계간지가 출판시장의 변화를 피할 수 없게 된 사정은 일상다반사라 할 수 있지만, 이러한 변화의 흐름이 비단 『세계의문학』의 폐간에 그치지 않을 것임을 예측하기는 어렵지 않다. 후일 『세계의문학』의 폐간, 아니 2015년 6월 이후의 사태 자체를 문학잡지를 둘러싼 전면적 변화의 신호탄으로 기억하게 될지도 모른다. 내부에서의 깊이 있는 논의가 채 시작되기도 전에 결국 자본의 이름으로 밀어닥친 힘에 떠밀려 예상치 못한 변화에 직면하게 될지도 모르는 것이다. 문단 내부의 차분하고 성숙한 논의와는 별도로, 문학의 자율성이라는 이름으로 보호되었던 한국문학 영역에 자본의 힘이 좀더 거세게 노골적인 방식으로 몰아칠 공산이 크다. 문학이라는 몸의 전면적 교체까지 상상하는[23] 열린 태도의 준비가 다각도로 절실하다.

4. 우리가 문학이라 불렀던 것의 위태로운 타협

표절 사태는 출판문화의 상업화, 일상 전반에 착색된 자본의 위력과 무관할 수 없다. 이번 사태의 주요 원인 가운데 하나로 출판 상업주의가 지적되는 것은 의외의 일이 아니다. 그러나 이번 사태를 출판사의 경제적 이익을 목표로 한 베스트셀러 작가의 가치에 대한 비호의 결과로만 보는 것은 일면적이다. 왜 신경숙 작가가 사태의 중심에 놓여 있었는가를 따져보는 일은 간단한 듯 보이지만 논의를 관통할 통찰의 시선을 필요로 한다. 텔레비전 프로그램에 출연한 이름난 작가이고 전 세계적 독자를 거느린 작가이자 여러 차례 표절 시비에 휘말렸던 작가였기 때문으로 치부해버릴 수 있지만, 구조적 차원에 입각한 깊이 있는 시선에서 보자면, 이번 사태는 대중성의 이름으로 봉합되었던 한국문학을 둘러싼 균열의 피할 수 없는 가시화라고 해야 한다. 1990년대 신경숙의 문학이 2000년대 이후로 변모되어간 과정과도 겹쳐 이해할 수 있을 터다.

---

23) 임태훈, 「환멸을 멈추고 무엇을 할 것인가?」, 『실천문학』 2015년 가을호.

1990년대 이후로 일상 전반에서 그러했듯 문단에서도 자본의 위력이 강해졌고 상업주의적 경향이 뚜렷해졌다. IMF 구제금융 사태 이후로 변화한 현실에 기반해서 문학과 자본 혹은 예술의 자율성과 상업성의 공존과 타협을 피할 수 없게 되자, 이러한 경향이 비판적으로 검토되었고 역설적으로 상업성에 저항할 수 있는 힘이 문학을 포함한 예술의 자율성 수호를 통해 모색되었다. 이런 상황은 상업성과 문학성이 끝날 수 없는 적대 전선을 형성하고 있었다는 오해를 불러온다. 돌이켜보건대 상업성 비판이 거셌지만, 문학이 갖는 자본으로서의 가치 자체가 부정되지는 않았으며, 오히려 상품의 가치와 예술의 가치의 뗄 수 없는 관계가 역설되었다. 자본이 그만큼의 위력을 행사했다기보다 문학의 생존이 역설적으로 거기에 걸려 있다고 믿었던 측면이 없지 않다. 상업성의 문제를 문학의 생존을 위해 적절한 수준에서 수용하고 조절할 수 있는 요소로 손쉽게 생각한 측면이 있는 것이다.

거칠게 정리하자면 상업성과 예술의 자율성(이 말은 이후 점차 문학성으로 대체되었다), 자본과 예술의 위험한 공존을 가능하게 한 이름으로 이때 새롭게 개발된 것이 대중성이다. 대중성이라는 명명에 대한 폭넓은 호의는 지성의 민주화 무드와 그 가운데 수행된 엘리트 교양주의에 대한 교정 차원에서 이해될 수 있다. 1990년대 이후로 한국문학이 발굴한 내면은 어쩌면 이러한 흐름과 결합하면서 새로운 의미 영역을 마련해온 것인지 모른다. 엄밀하게 따지자면, 서정성이나 감상성과도 공존하는 것으로 이해되었던 대중성의 일면은 한국에서 신문연재소설의 등장과 함께 매번 거론되었던 통속성과도 그리 다르지 않았지만, 경화된 이데올로기로서가

아니라 사회 현실의 소설화, 일상의 텍스트화를 지향하며 궁극적
으로 폭넓은 독서 공감대를 지향했던 심정적 리얼리스트와도 공명
하는 공분모적 포용력을 갖추고 있었다.

대중성의 이름으로 유포된 통속성이 이후 문학장에 어떤 영향
을 드리울지에 대해 그때는 그리 깊게 고민하지 않았던 듯하다. 정
치권의 사정이라고는 하나, 김대중과 김종필의 연합이나 노무현과
정몽준의 후보 단일화가 아름다운 타협이기만 한 것이 아니었듯,
준비 없는 타협과 봉합은 내부 균열을 저절로 사라지게 할 수 없
다. 예술성과 통속성이 어떻게든 타협점을 찾으면서 하나의 얼굴
을 마련해가리라는 전망은 돌이켜보면 안이한 것이었다. 무라카미
하루키나 베르나르 베르베르, 파울로 코엘료로 대표되는 블록버스
터형 외국(/번역)소설의 유행이 본격화되었고 그렇게 공존과 타협
이 대중성의 이름으로 용인되는 동안, 문학의 수많은 존재방식이
'문학상품(팔리는 것)'이라는 기준에 따라 획일화되었고—문학의
모든 가치가 자본으로 환산되었다기보다, 더는 문학이 상품으로서
의 가치라는 지반 없이 평가될 수 없게 되었음을 의미한다—거기
에 기만적인 이름인 '대중성' 혹은 '독서대중의 취향'이라는 표식
이 붙었으나 문학장 내부에서 그러한 변화에 정면으로 응시하려는
노력은 부족했다. 문학의 존재론적 변이를 심도 깊은 비판 없이 외
면하면서 용인하는 동안, 문학장에서 사라진 것은 역설적으로 독
자가 누구인가에 대한 관심이며 어떤 다른 존재방식이 가능한가를
둘러싼 문학의 다양성에 관한 논의였다.

5. 대중성이 봉합한 균열 혹은 문학에 대하여

2000년대 이후로 문학잡지와 출판사들이 지향한 문학의 면모에서 차별적 개성을 뚜렷하게 가늠하기는 쉽지 않다.[24] 사실 문학장 전체가 지향한 문학의 성격이나 범주도 그리 뚜렷하지 않다.[25] 문학 특히 소설을 두고 말하자면, 작가 정체성을 가진 주체가 소설의 이름으로 쓴 모든 글이 소설이 되고 있는 형국에 가깝다. 포스트모던한 경계의 해체라는 이러한 현상 자체가 문제일 수 없으나, 적어도 그간 이러한 현상이 어떻게, 왜 일어나고 있으며 그 의미가 무엇인지에 대한 비평적 검토가 충분히 이루어졌다고는 말하기 어려

---

24) 서영인이 지적했듯 문학적 가치의 분점 때문이기도 하다. 서영인, 「한국문학의 독점 구조와 대중적 소통 감각의 상실」, 『실천문학』 2015년 가을호, p. 161.

25) 이런 점에서 "문학 그 자체의 힘에 충실하면서 비평적 대화를 이어나가려는 시도가 그저 독자들에게 사랑받기만을 원하는 쪽에서 보면 '비평중심주의'이고 '자기들끼리만 통하는 문학적인 것에 대한 고집'으로 비춰질지도 모르겠다. 심판관의 권력을 꿈꾸는 쪽에서 보면 그것은 '작가중심주의'이고 '대중들에 영합하는 상업성의 추구'로 비춰질지도 모르겠다. 정확히 저 두 입장 사이에서 양쪽 모두를 비껴가는 것, 그것이 내가 아는 문학이다"라고 비장하게 문학의 고결한 입지를 선언한 『문학동네』 편집위원 권희철의 말은 "'문학적인 것'은 어느 한 시각에 의해 독점될 수 없으며 비평적 대화 속에서 점점 더 다양한 방식으로 음미되는 것"이라는 그 자신의 말속에서 용해되는 것으로 보인다(「눈동자 속의 불안—2015년 가을호를 펴내며」, 『문학동네』 2015년 가을호, pp. 10~12). 저마다의 '문학적인 것'의 '대화'에 문학이 있다는 입장에 전적으로 동의하지만, 그러나 '문학권력은 없다'는 함의를 담고자 한 이 입장이 실제로 지시하는 것은 문학의 존재방식이지 문학이 아니다. 어떻게 문학권력이 문학일 수 있는가를 아무리 강조해서 반박해도 그것이 '무엇이 문학인가'를 말해주지는 않는다. 상업성과 반-상업성의 이분법을 관통하고자 한다는 이런 태도는 역설적으로 문학이 상품이라는 사실을 뚜렷하게 각인시킨다. 의도한 것은 아닐지라도 말이다.

울 듯하다. 알다시피 2000년대 중반을 지나면서 한국 문단에는 서정성이나 감상성과 결별한 문학이 등장했다. 왜소한 주체의 등장으로 종종 명명되곤 했지만, 어떤 의미에서 이 시기에 공동체적 관계 맺음에 등 돌린, 더 나눌 수 없는 입자로서의 개인이 등장하고 있었다고 해도 좋다. 그 시기를 지나면서 타협점으로서의 대중성과 그것을 전적으로 거부한 문학의 세계가 분리되기 시작했다. 이 와중에 상상력을 자극하는 흥미로운 이야기와 묵직한 메시지를 전하는 소설, 사유를 요청하는 에세이와 같은 각기 다른 '문학들'이 맞춤한 자리를 찾지 못한 채 유동하다가 무엇 하나 뚜렷한 영역을 마련하지 못하고 엉거주춤한 상태가 되었다. 이에 따라 결과적으로 문학의 상업성과 예술성 사이에 더 깊은 골이 만들어지게 되었다. 독자를 불러 모으는 감각적 문체를 통해 예술성과 상업성의 아름다운 결합이 가능하다는 논리나 독자를 외면하는 자리에서 문학의 예술성이 획득된다는 기묘한 논리가 이로부터 역설적으로 뚜렷해지게 된 것이다. 그러니 문학장을 역사적 문맥 속에서 재고해보려는 시도가 주목할 문제는 2000년대 초반 한국문학이 맞이한 전환적 국면의 의미라고 해야 할는지 모른다. 대중성의 이름으로 한국문학 내부에 들끓던 균열이 봉합되던 그 시기를 두고 더 많은 논의가 요청된다. 대중성에 대한 비판적 검토가 이제라도 본격화되지 않는다면, 표절 시비와는 비교도 할 수 없는 위력으로 머지않은 미래에 그것은 더 큰 광풍의 회오리를 몰고 오게 될지도 모른다.

11. 비평 민주화 시대의 비평

어떤 분야건 학문의 발달은 비교적 비의적인 용어법의 발전과 정
교화를 가져온다. 그러나 문학비평가는, 전문적이든 비전문적이든
가능한 한 많은 독자들이 공통적 문학 경험을 할 수 있게 하는 사
고와 저술 양식에서 멀어지지 않도록(또는, 최소한 가끔이라도 그런
양식으로 되돌아가도록) 노력해야 한다.

―폴 헤르나디

1. 세계의 주름과 접힌 주름면

문학은 주름이 된 세계이다. 접힘 면의 갈피에 세계가 새겨져 있
기에, 접힌 주름을 다시 펼쳐내는 일은 문학을 통해 세계를 다시
읽는 일이다. 그 일을 종종 비평으로 명명하기도 한다. 앞서거니
뒤서거니 문학은, 비평은, 세계와 만나는 한길이다. 그러나 문학이
세계의 주름이라 말하려면, 문학이 텍스트화된 현실이며 비평이
텍스트를 통한 현실 읽기라고 말하기 위해서는 수많은 단서가 덧
붙어야 하는 시절이다. 우선 이런 이해 자체가 가능하지 않거나 시
대착오적인 것으로 이해되기 십상이다. 아마도 문학이 더 이상 세
계의 주름이 아니지 않은가라는 근본적 의구심이 가장 먼저 제기
될 것이다. 연이어 '나'의 문학과 '너'의 문학, 그리고 '우리'의 문학
이 같은지, 아니 각기 다른 '문학들' 사이에 공유점이 있기나 한 것
인지에 대한 강한 의구심이 제기될 것이다.

문학이 세계의 주름이 아니라면 주름을 펼쳐 갈피에 새겨진 무언가를 읽어내는 일인 비평에 대해서는 유용성의 여부를 따질 필요조차 없게 된다. 하지만 세계의 주름인 문학이 특정한 얼굴로 고정되어 있다고 오해할 필요는 없다. 한 시대를 대변할 수 있는 유력한 문학형식은 우리의 상상보다 짧은 역사를 갖는다. 지배자를 위한 문학이 시대적 형식이었던 시절이 있었고 그런 문학형식의 소실이 있었다. 동서양을 막론하고 소설이 유력한 문학형식으로 등장한 것도 불과 몇백 년 전이다. 인류의 역사 아니 문학 자체의 역사에 비추어 개별 장르들, 다양한 시대정신의 구현체들의 역사는 보잘것없는 것에 가깝다. 거시적이고 미시적인 차원에서 문학의 시대형식에 끊임없는 변화가 있었으나, 계층과 인종, 지역과 젠더를 불문하고 더 많은 경계를 열어젖히는 쪽으로 움직여왔다. 문학이 인간의 삶에 대한 기록인 한, 리듬을 품든 이야기로 이어지든 극의 형식을 취하든, 인간의 삶이 지속되는 한 문학은 계속될 것이다.

우주적이고 거시적 관점에서 보자면 그렇다. 좀 추상적으로 여겨진다면 이렇게 말할 수도 있다. 시대정신을 구현하는 문학적 형식은 교체되는 것이라기보다 보충되고 추가되는 것이라고 해도 좋다. 소설의 등장이 시의 소멸로 이어지지 않으며 비평의 등장이 소설을 위협하는 일은 없다. 소설가 정유정의 등장이 황정은이나 편혜영의 지위를 위협하는 일은 없으며, 소설가 장강명의 등장이 정유정이 만들어내는 소설형식을 위협하지 않는다. 이들의 문학(작품)이 황인찬이나 김현의 문학(작품)을 위협하는 일은 더더욱 없다. 반대로 문학의 이름은 좀더 풍요로워질 것임에 분명하다. 오늘날 문학은 여지없는 상품이지만 상품이기만 한 것이 아닌 것은 이런 면 때문이기도 하다. 개별 문학작품은 문학이라는 보편적 범주를 넘어서며 문학 범주의 전면적 재편을 이끄는 변압기 같은 것이다. 세계문학은 말할 것도 없이 한국문학을 두고 보아도 문학의 스펙트럼은 감지되지 않을 정도로 느릴 수는 있지만 깊어지고 넓어질 것이며, 문학에 대한 음미와 판정이라는 점에서 비평 또한 나름의 미래를 그려갈 것이다.

2. 누가 문학을 말하는가—노벨문학상 논란을 중심으로

표절 사태로부터 #문단_내_성폭력 사태에 이르는 일련의 참담한 상황이 문학 자체의 운명을 좌지우지하지는 않을 것이며 그럴 가능성도 많지 않다. 2015년 여름부터 휘몰아친 문단의 참담한 상황에 대한 거리두기로서 문학에 관한 우주적 관점에서 작은 위안을 얻게 되는 것도 사실이다. 하지만 2016년 노벨문학상을 둘러싼 논란이 보여주었듯, 다시 지구 위 한국 문단으로 돌아와 보면, 지금 이곳의 문학의 앞날을 두고 마냥 낙관적으로 전망하기는 쉽지 않다. 문학의 범주는 세계의 주름화(畵)인 문학작품을 통해 예기치 못한 방식으로 재구축될 것이라 말했지만, 대중가수인 밥 딜런의 2016년 노벨문학상 수상 소식은 문학의 범주를 누가 정하는가에 관한 진지한 질문을 던져보게 한다.

스웨덴 왕립학술원은 "미국 음악의 위대한 전통 안에서 새로운 시적 표현을 창조했다"는 선정 이유를 밝히면서 2016년 노벨문학상 수상자로 밥 딜런을 선정했다. 논란은 음유시인으로 비유되지만 통상 대중음악가로 분류되는 밥 딜런과 그의 작업의 위상에 관한 것이었다. 문학의 경계를 확장하는 도전적 시도로 이해하면서 적극적으로 환영하는 이들도 있으나, 문학이라는 이름 내부에도 여전히 존재하는 세부적 위계들에 대한 고려가 우선되어야 했던 것은 아닌가 하는 비난의 목소리도 없지 않다. 돌이켜보면 노벨문학상이 통상적인 의미의 시인이나 소설가를 수상자로 선정해왔던 것은 아니라는 점에서, 밥 딜런의 수상이 생각만큼 놀라운 것은 아니다.

따지자면 노벨문학상에 대한 몇몇 한국 문인이나 언론 매체의 과도한 관심에는 걸맞지 않을 정도로 문학에 조예가 깊은 이들에게조차 노벨문학상 수상자에 대한 기억은 대체로 뚜렷하지 않은 편이다. 특정 문학가의 수상 여부는 기억이 엉키는 반면, 막상 수상자 명단을 두고 보면 장르조차 알지 못하는 수상자나 시 한 편 소설 한 편 익숙하지 않은 수상자도 적지 않다. 노벨문학상이 전 세계 문학에 부여되는 최고 권위를 대변하고 있는 것도 아니다. 실제로 어떤 가치를 부여한다고 해도, 하루키가 지적했듯이 문학상은 "특정한 작품을 각광받게 하는 건 가능하지만 그 작품에 생명을 불어넣지는 못"[1]한다.

노벨문학상을 둘러싼 세세한 논점들을 모두 들추자면 끝도 없으니, 한국 문단 내부의 문제로 한정해보자. 밥 딜런의 노벨문학상 수상은 문단 내의 고민과 겹쳐져 문학의 쇄신에 대한 요청으로 받

1) 무라카미 하루키, 『직업으로서의 소설가』, 양윤옥 옮김, 현대문학, 2016, p. 75.

아들여졌다. 한국 문단의 위기에 빗대어 밥 딜런의 노벨문학상 수상의 의미를 되짚는 반쯤은 자동적인 반응을 두고, 서구를 보편으로 하는 특수한 형태의 문학에 대한 인식이 여전히 강고하다는 사실을 재확인할 수도 있다. 이와 더불어 결과적으로 세계-보편에 대한 열망에서 파생한 것이라고 해야 하는, 노벨문학상 논란의 여파를 들여다보게 된다. 밥 딜런의 노벨문학상 수상은 의도와 무관하게 문학과 문학상의 관계를 둘러싼 착시의 일면을 가시화한다.

밥 딜런의 노벨문학상이 불러온 문학 범주를 둘러싼 논란은, 문학(작품)이 문학을 쇄신하는 것이라기보다 문학상의 심사위원들이 문학을 쇄신하는 듯한 착시를 불러온다. 실질적인 의도나 권위를 행사하고자 한 어떤 의도가 없었다 해도, 결과적으로 노벨문학상 논란이 한국 문단에서는 문학에 대한 다른 정의가 필요하다는 외부적 요청으로서 수용되어버린 형편이다. 일련의 논의의 흐름은, 문학이란 결과적으로 '세계문학'이라는 이름으로 이해되는 유럽 문학〔지역 문학〕의 동의어라는 망각된 사실을 불현듯 일깨운다. 문학 범주는 누구를 어디를 중심점으로 견고해지거나 확장되는 것인가. 우주적 차원에서 문학의 미래를 낙관하면서도 지엽적으로 그 방향성을 조율하는 권력에 좀더 민감해질 필요는 이렇듯 절실하다.

3. 비평 시대의 장기 지속 이후, 독서/독자 공동체를 구축하라

⊡ 종종 비평의 기능이 협소화되고 비평가의 무용성이 강조될 때마다, 비평이 처한 전환기적 성격을 짚신의 시대에서 고무신의 시대로 넘어가던 시절로, 비평의 위기를 짚신 짜기 장인의 생존 위기로 비유해보곤 한다. 짚신의 유용성이 사라진 세계에서 짚신을 만들어내는 특별한 기술이 무슨 의미가 있겠는가라는 탄식에 빗대어 비평의 절체절명의 위기에 대한 하소연을 농담처럼 그렇게 풀어보는 것이다. 그러나 사실 문학'에 대한' 음미와 판정, 문학이라는 매개를 통한 세계 인식인 비평이 짚신을 만들어내는 장인의 기술과 비교될 수 없음을 모르지 않는다.

문학이 세계의 축도인가를 전면적으로 의심하기 시작한 1990년대 전후로 비평의 유용성에 대한 의구심은 지속되어왔다. 문학과 비평의 위기 담론을 동력 삼아 자가발전하면서도, 비평은 이미 오래전에 생명을 다한 죽은 제도의 형해만을 지금껏 이끌고 왔다고 해도 과언이 아니다.[2] 2015년 표절 사태 이후로 #문단_내_성폭력 고발 사태에 이르기까지, 최근 그 질문의 강도는 보다 근본적이고 강력해졌다. 문단 내부의 문제로 치부하거나 시대와의 호흡 속에

---

2) 아니 따지자면 역사는 좀더 거슬러 올라야 한다. 문학이 세계의 주름이라는 인식이 뚜렷해지기 시작한 1970년대 전후로 강도와 형태를 달리한 앞선 질문들이 반복되었다. 비평의 태생적 존재 조건으로서의 대상 의존성은 비평의 독립에 대한 열망이 얼마간 실현될 듯 보이던 때에도 매개적 성격이 야기한 본래적 불안을 비평의 존재론적 표식으로서 가지고 있을 수밖에 없었다.

서 문학에 요청된 변화의 일환으로만 볼 수는 없게 되었다.

흐릿하고 불투명하고 애매한 것들 사이에서 비평에 관한 한, 분명하게 말할 수 있는 것은 비평이 거대한 변화의 흐름 위에 놓여 있다는 사실이다. 비평만이 직면해야 할 변화인가 묻는다면 당연하게도 그건 아니다. 이때의 비평은 아무래도 계간지 형태의 문예지 시스템을 틀 지우고 등단과 시상 그리고 출판 시스템을 유지해온 동력을 가리킨다. 문제는 비평이지만, 문제가 비평만은 아닌 것이다. 문단권력에 대한 비판도 여기 어디쯤에서 이루어지고 있다고 해야 하는데, 문예지의 계간지 시스템, 등단 제도, 시상과 문학상 제도, 출판 시스템 전부가 비평의 이름으로 문제가 되고 있는 것이다. 한국 문단에 표절 문제가 불거지기 시작한 2015년 여름 이후로 방향과 결과의 실질적 의미와 무관하게, 이른바 비평 시대의 장기 지속이라 불러야 할, 비평 중심으로 구축되어 지금까지 지속된 문학 제도가 일정한 종말을 맞이하고 있음을 확인할 수 있다. 한국 문단과 비평(가)를 거점으로 한 문단 내 시스템들에 많은 변화가 생겨난 것이다.

문예지의 가시적 변화가 두드러진다. 편집위원의 교체가 이루어졌고, 잡지의 외양과 체제에 변화가 생겨났다. 기존 문예지의 성격에도 변화가 생겨났다면, 『실천문학』이나 『자음과모음』, 『세계의 문학』이나 『문예중앙』과 같은 문예지가 각기 다른 이유로 (근본에서는 동일하게 출판문화의 구태가 낳은 결과로서) 시대의 변화에 부응하는 잡지로의 변화를 꾀하면서 휴간되거나 폐간되면서 계간지 시스템 변화의 신호탄이 되었다. 하지만 이것이 문예지가 더는 무용하다거나 문예지의 시대가 끝났다는 것을 의미하지는 않는다.

『쓺』『더멀리』『Axt』『Littor』『문학3』 등 반년간지, 계간지와 함께 계간지와 월간지의 사이에 틈을 내는 잡지가 등장하고 있다. 동인지 형태와 상업적 잡지의 공존도 환영할 만한 일이다. 문예지는 시대의 요청에 반응하면서 좀더 다양해지고 있다고 말해도 좋다.

기존의 계간지 체제를 좀더 강화한 잡지에서, 기존 편집 체제를 대체로 유지하는 잡지, 시각적으로 화려하며 감각적인 편집이 돋보이는 잡지에 이르기까지 독자의 선택 폭은 넓어졌다. 이러한 변화도 긍정적인 것임에 분명하다. 문학 혹은 문화의 현장성을 재빠르게 간취하고 의미화하려는 노력이 이루어지는 동시에 영화, 음악, 웹툰을 포함한 다양한 대중문화로 관심이 확대되고 있으며, 다른 자리에서 문학을 둘러싼 진지한 질문이 이어지고 있기도 하다. 한편에서는 전문 독자를 타깃으로 한 진지한 메타적 비평 논의들이 강화되고 있으며, 다른 한편에서는 작품과 그에 대한 소개 혹은 메타적 분석 전반에 걸친 소프트화가 진행되고 있다. 변화의 와중에서 문학에 관한 한 비평과 서평의 대상이 한국문학에 한정되던 강박적 경향도 점차 완화되는 중이다.

하지만 한 줌도 안 되는 문예지 고정 독자 외에 얼마나 많은 독자들이 새롭게 유입되었는가에 대해서는 낙관하기 어려운 것도 사실이다. 개별 문예지가 표방하는 문학관이 따져보면 외양의 변화만큼 그리 차별적이지는 않아 보이는 것도 이런 판단의 근거 가운데 하나가 될 것이다. 더구나 꽤 다양한 변화 속에서도 문학을 통해 현실 깊이 읽기를 시도하고 문학을 통해 시대 혹은 세계의 주름을 짚어보고자 하는 비평의 현실(사회) 개입적 성격이 약화되고 있음은 되돌릴 수 없는 흐름으로서 포착된다. 비평이 현실의 문제에 대한 역사적 문맥화와 현재성의 획득을 동시에 추구해야 한다면, 지금으로서는 현실의 문제에 대한 역사적 문맥화는 문학사적 관점에 입각한 연구(자)의 몫으로, 현재성의 획득은 비평의 미셀러니화 경향 속에서 소프트 터치의 시사평과 서평으로 대체되고 있다. 공간에 대한 상념을 풀어놓은 여행기 형식의 글쓰기를 포함해서 문학평론가들의 에세이집 출간이 줄을 잇고 있는 것도 주목해야 할 흥미로운 현상 가운데 하나이다.

다각적 변화가 시도되는 가운데에서 새로운 문학의 기미는 아직 뚜렷하지 않다. 어쩌면 모색은 하고 있으나 여전히 큰 틀에서 몸통이 그대로인 문단이 새로운 문학의 출현을 가로막고 있는지도 모른다. 지금 이곳의 문학을 구성하는 제도 전반에 대한 질문이 좀더 전면적으로 이루어지지 않는다면, 문학사의 박물관으로 보내져야 할 (시대착오적인) 문학의 존재방식이 관성에 따라 언제까지나 현재성을 담지한 시대정신의 구현물로 스스로를 오인하는 시간이 끝나지 않고 지속될지 모른다.

[2] 표절 사태 이후로 『창작과비평』이나 『문학동네』는 편집위원의 교체 이외에 별다른 변화 없이 잡지의 기조와 형식을 그대로 유지하는 것으로 초기에 보여주었던 소극적이고 방어적인 태도의 속내를 드러내었다. 출판사 창비나 문학동네는 관계자들이 참석하지 않았던 표절 관련 논의의 일부를 잡지에 게재하는 방식으로, 편집위원의 책임 있는 발언 대신 각기 다른 입장을 취하는 비평계 원로들의 비평관을 앞세우는 방식으로, 표절 사태에 우회적으로 대응

했다.[3] #문단_내_성폭력 고발 사태에 대한 출판사의 대응은 출간 계획을 취소하는 등 기민하게 이루어진 것이 사실이지만, 근본에서 그 태도 역시 소극적이고 방어적인 것임을 부인할 수 없다. 표절 사태든 #문단_내_성폭력 고발 사태든, 이것은 말 그대로 문단의 적폐인 위계의 카르텔이 약한 고리를 통해 분출된 것임을 모르는 이가 없다. 좀더 진지하고 세심하게 복잡한 맥락을 복잡하게 읽어볼 노력이 필요하다. 비평의 혁신이 화두가 되어야 하지만, 그것은 가령 페미니즘 이슈를 다룬다고 해소될 수 있는 차원의 것이 아니다. 페미니즘의 의미는 그것을 연구와 논의의 '대상'으로 삼는 방식이 아니라 지금 이곳의 문제를 해결하기 위한 퍼스펙티브이자 방법론으로 채택할 때 유의미한 것이며, 따라서 젠더적 관점에 입각한다는 말은 자체로 1970년대 이후로 한국 문단이 구획되어온 틀 자체에 대한 전면적 비판이자 성찰을 시작한다는 것을 의미해야 하는 것이다.

계간지 시스템과 함께 그 중심에는 문학상 제도, 등단과 시상 제도, 출판 시스템이 놓여 있다. 소극적이고 방어적인 태도를 견지하면서 지키고자 하는 것은 무엇인가. 그렇게 해서 지켜지는 것은 무

---

3) 이것이 두 잡지의 표절 사태에 대한 대응의 전부는 아니다. 다만 『창작과비평』이 정은경의 「신경숙 표절 논란에 대하여」, 김대성의 「한국문학의 '주니어 시스템'을 넘어」, 윤지관의 「문학의 법정과 비평의 윤리」(『창작과비평』 2015년 겨울호)를 게재하고, 『문학동네』가 김병익의 「'비평-가'로서의 안쓰러운 자의식」, 도정일의 「비평은 무슨 일을 하는가?」, 최원식의 「우리 시대 비평의 몫?」(『문학동네』 2015년 가을호)을 배치하면서, 절묘하게 비평의 지형 자체를 다시 그려준다. 서로 다른 입장을 갖지만, 그러나 근본에서 비평 자체의 권위에 대한 의구심을 발견하기는 어렵다. 비평가라서 그러하다고만 보기는 어렵다.

엇인가. 그것이 문학인가. 우리는 그것을 문학이라 믿고 싶은가. 실제적으로 문학상과 등단, 시상 제도, 출판 시스템에서 혁신적인 변화가 모색되는 기미는 뚜렷하지 않다. 문학상과 등단 시상 제도는 자체로 문학의 범주를 재구축하고 새로운 문학의 등장을 가능하게 하는 통로이다. 문학이란 무엇인가, 좋은 문학이란 무엇인가와 같은 질문이 문학상 혹은 신인상 수상작을 통해 매번 다시 이루어진다. 문학을 둘러싼 제도들의 순기능을 부인하려는 게 아니다. 지금껏 등단 제도가 해온 문단 내 기능의 의미를 전부 부정하려는 것도 아니다. 그러나 현재에 이르러, 문학상이나 등단 시스템은 문학을 특수한 관계망이자 뚫을 수 없는 서클로 만드는 주요 기제가 되었음을 부인하기 어렵다. 현재 운영되는 수많은 신인상 사이의 변별점은 거의 없다. 결과적으로 등단은 문학 자격증의 취득 절차가 되었고, 문학을 한다는 것이 그 자격증을 발급하는 문단 내부로 진입하는 일이 된 것이다. 이렇게 문단은 촘촘하고 단단한 닫힌 시스템으로서 점차 더 강고해져온 것이다.

현재 운용되는 등단 제도를 통한 신진 문인 다수가 대학 국문과 혹은 문예창작과 출신이며 평론가 다수가 박사급 학위 소지자라는 점이 짚어지며 문학이 분과학문적으로 분류된 특정 영역의 산물이 되어버린 현상에 대한 우려가 지속적으로 있어왔다. 하지만 이에 대한 뚜렷한 해결책이 실제로 논의된 적은 없다(이러한 논의의 흐름과는 정반대로, 2017 신춘문예 등단과 관련한 화젯거리는 올해 특정 대학 문학 관련 학과에서 한꺼번에 많은 신인을 배출했다는 사실이었다). 독서 공동체의 육성은 바로 이런 사정으로 문학상 제도가 담당할 수밖에 없는데, 현재의 문학상은 '함께 읽는' 문화를 만드는 쪽보다 문학 공동체의 권위가 실린 독서 카탈로그 작성이나 독서에 대한 가이드라인을 제공하는 쪽으로 기능하고 있다. 현재의 문학상 수상작은 출판시장에서 일종의 상품 보증서 역할로 그 소임을 다하는 편이다.[4] 문학상의 유용성과 공정성 논의와는 별도로, 문학상 제도를 통한 단편적인 방식을 넘어서는 독자 공동체의 구축이 어떻게 가능할 것인가에 대한 좀더 진지한 논의가 함께 이루어져야 한다. 문학 공동체의 유의미하고 실질적인 유용성이 독서 공동체이자 독자 공동체의 육성에 놓여야 한다는 점을 고려하자면, 장기 지속 중인 비평 시대의 여파는 문예지의 쇄신보다 긴급하게 문제화되어야 할 사안이 아닐 수 없다.[5]

4) 세계 문학상의 기능 또한 그러한데, 그럼에도 2007년 출간된 한강의 『채식주의자』가 2016년 5월 맨부커 인터내셔널 상을 수상한 이후로, 그간의 누적 판매 부수(6만 여 부)의 열 배를 넘는 판매 부수를 넘긴 현상은 씁쓸한 여운을 남긴다.

5) 비평 시대가 장기 지속되면서 생겨난 문제에 대한 대안적 모색이 없지 않다. 시도의 유의미함에 대해 충분히 동의한다. 그럼에도 장기 지속 중인 비평 시대가 불러온 문제를 세대론적 관점에서 풀어보려는 시도에는 세심한 고찰이 보충되어야 할 것이다. 한국문학이 쇄신의 이름으로 해왔던 관행의 반복을 넘어서는 혁신적 시스템의 상상이 필요하다. 문학을 하는 일은 이제 생계를 위협하는 일이 되었다. 훌륭한 작품을 만들어내기도 전에 말 그대로 굶어죽는 일이 벌어지고 있다. 원래 문학을 한다는 것이 배고픈 일이라거나 실질적인 독자와 호흡하는 문학을 생산하면 사정은 달라질 거라는 식의 진단이 본질적 해결과는 거리가 있는 것들임을 새삼스레 강조할 필요는 없을 것이다. 문학을 포함한 모든 예술과 경제활동과의 거리는 어떻게 좁혀질 수 있으며 어떻게 결합되어야 하는가. 더 좁혀서 말해볼 수도 있다. 빈곤 노인 열 명 중 일곱 명이 여성인 현실이다. 이러한 사정은 여성 문인에게도 고스란히 해당된다. 문인 전체가 대개 그러하지만, 특히 비혼 여성 문인들은 문학가로서의 미래를 구상하기에 앞서 눈앞에 놓인 생계를 어떻게 꾸리고들 있는가. 비평 중심의 문학 제도가 장기 지속된 여파로서 따져 물어야 할 문제들이 산적해 있다. 이에 대한 본격적인 논의들은 다른 자리를 기약한다.

4. 문학과 그 바깥? 민주화 시대의 비평

여전히 미흡한 채로, 한국 문단이 점진적으로 변화하고 있는 것은 분명하다. 그런데 그렇다면 비평의 이름으로 여전히 해결되지 않는 많은 문제들을 시간의 문제로 이해하는 것은 타당한가. 점진적으로 시간이 흘러 혁신이 점차 폭넓게 확대되기만 하면, 문학상이나 등단 제도, 나아가 문학 자격증 여부와 깊게 연루된 출판 시스템에 이르기까지 철저한 비판이 이루어지기만 하면, 1970년대 이후로 지속되었던 계간지 시스템을 대체할 수 있는 혁신적 시스템이 마련될 수 있는가. 그런 가능성의 실마리가 발견될 수 있을 것인가.

계간지를 중심으로 이루어지는 혁신들이 충분히 긍정적 의미를 갖지만 그것만으로 충분하지 않다고 생각하게 되는 것은, 혁신의 내용이 불충분하거나 혁신의 자세에 진정성이 덜 깃들어서가 아니다. 오히려 그것은 비평에 요청되는 변화가 문학과 문학 내부의 것으로만 환원될 수 없다는 점 때문이다. 표절 사태로 터져 나온 문단권력에 대한 탄핵의 목소리가 세월호 참사를 겪으면서 사회 전체에서 공유된 권력층에 대한 불신이나 분노와 무관하지 않으며, #문단_내_성폭력 고발 사태가 '강남역 10번 출구 살인사건'으로 불리는 여성혐오의 범죄화에 대한 사회적 공분과 무관하지 않다. 그간 문학 바깥이라 여겼던 것들이 문학 문제 전부를 채우게 되었다고 말할 수도 있다. 표절 사태가 그러하고 #문단_내_성폭력 고발이 그러하며 문화계 블랙리스트 사태가 그러하다. 그러나 어쩌면 이러한 이해법이야말로 문단의 위기에 대한 적확한 인식과는 가장 거리가 먼 것은 아닌가. '문학과 그 바깥'이라는 기존의 인식에 여전히 머물러서는 계간지 시스템과 비평 중심의 문학 제도 이후를 상상하는 시대정신에 비스듬하게만 응답할 수 있을 뿐인지 모른다.

현재의 비평은 비평 기준을 기성의 심미안에 기댈 수 없고 그러한 기준을 적용하거나 활용하는 것에 머무를 수 없다. 2000년대 이후로 비평에서 비판과 평가가 텍스트의 선별로 점차 대치되었으며, 문학과 그 바깥이 좀더 엄격하게 구분되어왔다. 문학적 행위는 문학 내부에서의 활동인 '문학하기'와 문학 바깥의 사안에 대한 사회적 발언으로 구분되면서, 점차 문학가와 시민으로서의 정체성 분리가 자연스럽게 이루어졌다. 1990년대 이후로 문학의 자율성이 강화된 경향은 우연이 아니다. 비평의 태생적 성격인 메타성, '~에 대한' 음미이자 판정을 위한 텍스트(화된 현실)의 대상화 자체가 근본에서 위태로워진 것도 비평 행위가 문학과 그 바깥에 대한 것으로 분리되고 있는 사정과 맞닿아 있다. '문학과 정치'론이 문학과 그 바깥에 대한 고민을 진전시켜왔다는 반박이 있을 수 있겠으나, 돌이켜보자면 문학과 정치론의 공회전은 문학과 그 바깥의 거친 접면이 만들어낸 스파크를 문학 내의 담론으로 만들려는 시도이자 그 불가피한 결과인 실패를 의미한다.

사회 전반에서 이뤄진 권위의 탈중심화의 여파로 비평적 권위가 상실되면서, 비평은 비평이라기보다 개별적 취향들의 다양한 공존, 즉 취향 집합체가 되었다. 세계의 주름에 대한 읽기, 세계와 주름의 관계에 대한 깊이 읽기는 물론이고 그에 대한 판정들, 가령 새롭게 형성되어야 할 '세계의 주름'이나 세계의 미래에 대한 전망에까지 이를 때 인정될 수 있는 비평의 전문성이, 해독decoding되지 않는 자폐적 공간을 만들어내는 작업으로 한정되고 오해되기 시작했다. 전문가 시대가 끝나고 비평의 민주화가 시작된 지금 이곳에서, 이러한 비평의 전문성에 대한 오해나 비평 혹은 오늘날의 비평이 떠받치고 있는 문단 시스템의 퇴행적인 권위를 두고, 자신과의 연루를 부인하기는 쉽지 않다. 연루의 부인은 역설적으로 '자각하지 않아도 되는 특권성'에 부지불식간에 젖어 있었음을 폭로하는 일일 것이다. 대상화에서 개입으로, 보편적 교양에서 개별적 취향으로 움직이고 있는 비평 민주화 시대에 비평은 어디로 가야 하는가. 무엇을 해야 하는가.

5. 비평가의 과제

1920년대 초 비평이 몰락하는 시대를 목도하면서 비평정신의 회복을 기초로 한 비평의 갱신을 위해 벤야민은 잡지 『새로운 천사 Angelus Novus』를 기획한 바 있다. 끝내 발간되지 못한 잡지를 위한 서문에서 벤야민은 '시대정신의 현재성Aktualität'의 표출을 강조했다.[6] 어쩌면 당대적 현실성을 획득한다는 것은 독자 대중과 새로운 관계를 만들어내거나 기성의 독자 대중과는 결별하는 일인지

---

6) 발터 벤야민, 「잡지 소개: 새로운 천사」, 『서사·기억·비평의 자리』, 최성만 옮김, 길, 2012, p. 506.

모른다. 그렇다고 그것이 곧 독자 대중의 요청에 대한 직접적 수용을 의미하지는 않을 것이며, 시대정신의 포착이 가장 새로운 것의 선취를 의미하지도 않을 것이다. 가장 새로운 것의 포획은 각종 뉴스 미디어의 몫으로 남겨두어도 좋지 않은가.

벤야민식으로 말하자면 "진정으로 현재적인 것으로서 형성되는 것", 비평이 눈 돌려야 할 것은 그것이며, 진정한 당대성의 포착은 우선 문학과 문학 바깥이라는 경계의 재고로부터 시작되어야 할 것이다. "실제로는 어느 비평이든 오늘날에는 기준들이라는 것이 하나같이 유통 가치를 잃어버렸다는 통찰에서 시작해야 한다. 그 기준들은 예전의 미학을 제아무리 탁월하게 개발한다 한들 산출될 수 없다. 오히려 비평은 프로그램을 바탕에 깔고 등장해야 한다. 그런데 그 프로그램은 그것이 비평에 당면한 과제들을 감당할 수 있으려면 정치적이고 혁명적이지 않으면 안 된다."[7]

그러나 고백건대 나는 새로운 문학 풍경에 대해서는 거의 알지 못한다. 그런 까닭에 지금껏 무용한 것에 불과한 상념들을 늘어놓을 수밖에 없었으며, 당분간도 오래 고민했다는 것 말고는 특별한 의미를 담고 있다고 말하기 어려울 그런 상념들만을 펼쳐놓을 수 있을 뿐이다. 궁극의 지향은 있으나 코앞의 길을 새로 내기 어려워 방향을 잃고 맴돌고 있는 것이다.

그럼에도 여기에 광화문 광장 촛불집회의 내부에 있는 것과 그것이 외부에서 보이는 모습 사이의 간극을 빌려 비평의 미래에 관한 작은 가능성을 열어둔다. 촛불집회에 참여한 군중의 거대한 흐

---

7) 발터 벤야민, 「문학비평에 대하여」, 같은 책, p. 573.

름이 마치 일사불란하게 하나의 방향으로 움직이는 듯 보이고, 실제로 하나의 목표를 향해 수십 수백만 개의 촛불이 모이고 외치며 행진한다. 하지만 그 내부에 속한 수많은 사람들은 서로 다른 방향을 향해 움직이고 흩어졌다 만나기를 반복한다. 촛불집회의 거대한 흐름에는 뚜렷한 방향성이 있지만, 내부에서는 수많은 서로 다른 생각들이 각기 다른 속도와 방향으로 브라운 운동을 한다. 촛불집회의 힘은 브라운 운동의 온전한 합 이상이다.

촛불집회가 이전의 집회와는 전혀 다른 형식이듯, 문학의 혁신적 시스템도 이전과는 다른 방식으로 도래하지 않을까. 이전의 모든 것을 청산하는 방식이라기보다 문학이라는 시스템이 하나의 복잡성 유형에서 다른 복잡성 유형으로 옮겨가는 형태가 되지 않을까. 사후적으로만 알 수 있는 이 결과물의 도래를 위해 통렬한 자기성찰을, 실패로 귀결할 새로운 시스템에 대한 상상을, 문학과 그 바깥의 경계를 가로지르는 통찰을 각기 다른 자리에서 지속하는 일이 부분의 합보다 큰 무언가를 만들어내는 일이 될 것이다.

비평가의 존재론

비평을 업으로 삼은 이후로, 독서인으로서 큰 손실은 작품을 마냥 독자로서는 잘 읽지 못하게 된 점이다. 작품에 대한 호오의 감정을 쉽게 떨치지 못하고, 지엽적 특질이나 그 효력에 매몰되기 쉬웠던 시절의 나는 비평가로서의 균형 감각과 종합적 판정 능력을 마련하기 위해 부단히 스스로를 마모시키면서도 정련하려 했던 듯하다. 여전히 균형이나 종합이라는 말이 환기하는 어떤 것들을 좋은 비평가의 덕목으로 지향하면서도, 온몸으로 긴장된 독서를 하던 시절을 지나 모든 텍스트와 비평적 거리를 유지하는 일이 내게 여섯번째 혹은 일곱번째 감각이 되어버린 것은 아닌가를 어느 날 문득 깨닫게 되는 순간이 있다. 호오의 감정에 쉽게 휘둘리지 않으며 잘 드러나지 않는 미덕이나 흠을 짚어내고 판정의 가능성을 끊임없이 되묻는 일이 작품을 대하는 나의 기본자세가 되어버렸음을 새삼 확인하는 때가 있다. 고백건대, 그런 순간에 나를 휘감는 감정의 꽤 많은 부분은 두려움과 상실감이 채운다. 그런 때에 나의

사유는 '비평가가 된다는 것'의 의미 주변을 한참 동안 맴돌곤 한
다. '비평가가 된다는 것'은 아이러니하게도 분석을 위한 긴장 없
이 작품에 마냥 빠져드는 독서 경험을 잃어버리는 일이라 되새기
며, 비평은 무엇을 위한 일이며 과연 무엇을 누군가와 나누는 일인
가에 관해 돌이켜 생각해보게 되는 것이다.

　비평가 각자가 서로 다른 계기를 가지고 있지만, 적어도 내게
'비평가가 된다는 것'의 의미를 역설적으로 되돌아보게 하는 계기
는 비평적 거리를 의식하지 못한 채 마냥 빠져드는 독서 체험이다.
그 체험을 통해 특별한 '기쁨'을 얻는다. 위반도 잉여도 아닌, '즐
거움'이라는 말로 곧바로 대치될 수는 없는 어떤 것, 그것은 분명
코 '균형 감각이나 종합적 판정 능력'이 짚는 곳과는 다른 층위에
서 발생한다. 가령, 산동네 꼭대기에 이사 왔다 떠나간 새댁네를
다룬 권여선의 장편『토우의 집』(자음과모음, 2014)에서 새댁이 아
이들에게 들려주었던 이야기들, 토끼띠인 어머니가 수영을 못 하
는 사연〔"어머니는 수영도 잘하시지요?" 〔……〕 "아니, 못 한다."
〔……〕 "왜요?"/"토끼띠여서." 〔……〕 "토끼띠가 왜요?"/"원래 토끼
는 물만 닿으면 죽는단다." 〔……〕 "그럼 어머니, 유명한 수영 선수
중에는 토끼띠가 없어요?"/ "글쎄 그거야 가뭄에 콩 나듯……."(pp.
35~36)〕이나 효자 효녀 이야기〔"월남 고아라 친정도 친척도 없는
새댁은 이루 헤아릴 수 없이 많은 효자 효녀 이야기를 알고 있었다. 새
댁의 얘기를 듣고 있노라면, 효자 효녀의 부모는 병에 걸리기도 잘했
고 죽기도 잘했다. 〔……〕 그러나 은철에게 가장 충격적인 것은 옛날
부모들이 무섭게 먹을 걸 밝혔다는 점이었다."(p. 138)〕는 '균형 감
각이나 종합적 판정 능력'이 발휘되면 손가락 틈새로 빠져나갈 지

엽적인 것들이다. 소설 쪽보다는 내게서 더 큰 의미를 갖는 것들, 나에게 『토우의 집』을 다시 읽고 싶은 마음을 갖게 하는 대목들, 삶의 파편이자 일상의 순간인 그 지엽적인 것들이 내 독서 체험의 '기쁨'의 원천이다.

　그런데, 더 엄밀히 말하자면 비평적 거리를 망각하게 하는 독서 체험이 소중한 것은, 거기서 발생하는 '기쁨' 자체보다 '기쁨'을 둘러싼 흥미로운 작동 때문이다. 독서 체험은 '기쁨'을 대상화거나 거리화하려는 자동 작용을 거부하는 기제를 작동시킨다. '기쁨'을 자체로 보존하려는 내적 저항이야말로 나에게는 비평과 비평가에 대한 재사유를 추동하는 동력 비슷한 것이다. 보존된 '기쁨'의 실감은 그간 독서에 관심을 기울이는 교양인들에게 그 소설들을 소개하는 일로 다소간 공유되고 유지될 수 있었지만, '재미있는(/좋은) 소설을 추천해달라'는 요청이 점점 줄어들다가 거의 없어진 요즘에 이르러서는 나눌 길 없이 고여 있다가 어느 순간 흔적 없이 사라져버렸음을 알게 될 뿐이다. 그 '기쁨'을 아는 이들과 그것의 질감을 '함께' 확인하는 일이 또 다른 기쁨이라면, 그 기쁨을 모르는 이들과 나누는 일은 차원 다른 기쁨의 세계로 나가는 일이다. 혼잣말처럼 떠들어댈 수야 없으니, 누군가와 어떻게 그 기쁨을 나눌 것인가를 어제보다 더 오랫동안 고민하게 된다. 독서란 텍스트화된 삶을 만나는 일이자 결과적으로 텍스트화된 삶을 매개로 한 함께-살기이기 때문이다. 내가 비평의 존재론과 함께 비평가의 존재론과 독서/독자 공동체에 대해 지속적으로 고민하는 연유다.

참고문헌

강진호, 「문학과 사회, 그리고 문학연구」, 『상허학보』 37, 2013.

고봉준, 「당신의 '앎'에는 믿음이 존재하는가」, 『창작과비평』 2009년 여름호.

─── , 「문학비평과 미학적 아비투스」, 『자음과모음』 2010년 여름호.

공지영, 「삶의 보편적 통찰을 복원하는 장편소설」, 『창작과비평』 2007년 여름호.

구중서·김윤식·김현·임중빈 좌담, 「4·19와 韓國文學」, 『사상계』 204, 1970년 4월호.

국어국문학회 편, 『국어국문학회 삼십년사』, 일조각, 1983.

─── , 『국어국문학 40년』, 집문당, 1992.

─── , 『국어국문학회 50년』, 태학사, 2002.

권명아, 「여성 수난사 이야기, 민족국가 만들기와 여성성의 동원」, 『여성문학연구』 7, 2002.

─── , 『식민지 이후를 사유하다』, 책세상, 2009.

———, 『음란과 혁명』, 책세상, 2013.

———, 「야! 한국사회: 독점과 모욕의 자리」, 『한겨레』 2015년 7월 8일 자.

권보드래, 「민족문학과 한국문학」, 『민족문학사연구』 44, 2010.

권성우, 「4·19세대 비평의 성과와 한계」, 『문학과사회』 2000년 여름호.

———, 『비평의 희망』, 문학동네, 2001.

권여선, 『비자나무 숲』, 문학과지성사, 2013.

———, 『토우의 집』, 자음과모음, 2014.

권희철, 「진정성 이후의 비평을 위한 여섯 개의 노트」, 『자음과모음』 2010
  년 여름호.

———, 「눈동자 속의 불안—2015년 가을호를 펴내며」, 『문학동네』 2015
  년 가을호.

김건우, 『사상계와 1950년대 문학』, 소명출판, 2003.

김기석, 『한국고등교육연구』, 교육과학사, 2008.

김대성, 「한국문학의 '주니어 시스템'을 넘어」, 『창작과비평』 2015년 겨
  울호.

김동식, 「4·19세대 비평의 유형학—『문학과지성』의 비평을 중심으로」,
  『문학과사회』 2000년 여름호.

김동춘, 「한국 사회과학과 창비 30년」, 『창작과비평』 1996년 봄호.

김명인, 『자명한 것들과의 결별』, 창비, 2004.

———, 「문학사 서술은 불가능한가」, 『민족문학사연구』 43, 2010.

김미현·황도경·곽승미, 「한국현대여성문학사-소설—여성언어의 사적 전
  개를 중심으로」, 『어문연구』 30(1), 2002.

김범수, 「칼럼으로 세상 읽기: 신경숙 사태를 보는 몇 가지 시선」, 『한국일
  보』 2015년 8월 28일 자.

김병익, 「『문학과사회』를 창간하면서」, 『문학과사회』 창간호, 1988년
봄호.

———, 「90년대 젊은 비평의 새로운 양상」, 『문학과사회』 1993년 겨울호.

———, 「'비평-가'로서의 안쓰러운 자의식」, 『문학동네』 2015년 가을호.

김복순, 『페미니즘 미학과 보편성의 문제』, 소명출판, 2005.

김사과, 「영이」, 『02』, 창비, 2010.

김숨, 『국수』, 창비, 2014.

김슬기, 「'표절 후폭풍' 문단 지각변동」, 『매일경제신문』 2015년 9월 11
일자.

김애란, 『침이 고인다』, 문학과지성사, 2007.

김양선, 「2000년대 한국 여성문학비평의 쟁점과 과제」, 『안과밖』 21,
2006.

———, 「탈근대, 탈민족 담론과 페미니즘 (문학) 연구—경합과 교섭에 대
한 비판적 읽기」, 『민족문학사연구』 33, 2007.

———, 「한국 여성문학 연구장의 변전과 과제—〈한국여성문학학회〉를
중심으로」, 『여성문학연구』 28, 2012.

———, 「한국 근·현대 여성문학의 정전 만들기와 번역—새로운 여성
문학 선집 발간을 위한 시론」, 『Comparative Korean Studies』
21(2), 2013.

———, 「여성성, 여성적인 것과 근대소설의 형성」, 『민족문학사연구』 52,
2013.

김영·민종덕·이병철·채광석·안건혁, 「〈창비〉를 진단한다」, 『창작과비평』
1978년 겨울호.

김영민, 『탈식민성과 우리 인문학의 글쓰기』, 민음사, 1996.

김영민, 『한국 현대문학 비평사』, 소명, 2000.

김영찬, 『비평극장의 유령들』, 창비, 2006.

———, 「공감과 연대—21세기, 소설의 운명」, 『창작과비평』 2011년 겨울호.

———, 「끝에서 본 기원과 비평/문학 연구」, 『상허학보』 35, 2012.

김우창, 『궁핍한 시대의 시인』, 민음사, 1977.

———, 『지상의 척도』, 민음사, 1981.

———, 「나라 사랑과 인간 사랑」, 『경향신문』 2008년 9월 10일 자.

김우창·코지마 키요시(小島潔), 「'지성의 독립성'과 성찰의 근거에 대하여」, 『당대비평』 13, 2000.

김원, 「1987년 이후 진보적 지식생산의 변화」, 『경제와사회』 77, 2008.

김윤식, 「4·19와 한국문학—무엇이 말해지지 않았는가?」, 『사상계』 204, 1970. 4.

———, 「리포트: 4·19와 韓國文學」, 『사상계』 204, 1970. 4.

———, 『한국근대문예비평사연구』, 일지사, 1976.

———, 『운명과 형식』, 솔, 1992.

———, 『김윤식 선집 3: 비평사』, 솔, 1996.

———, 『백철연구』, 소명출판, 2008.

김이설, 『아무도 말하지 않는 것들』, 문학과지성사, 2010.

———, 『환영』, 자음과모음, 2011.

김종엽, 「표절과 자비의 원칙」, 『한겨레』 2015년 10월 8일 자.

김치수·김현숙·황도경, 「한국문학과 여성 II」, 『어문연구』 89, 1996.

김태용, 『숨김없이 남김없이』, 자음과모음, 2010.

———, 『포주이야기』, 문학과지성사, 2012.

김태환, 「김현 10주기 기념 문학 심포지엄을 다녀와서」, 『문학과사회』 2000년 여름호.

──, 「문학, 비평, 이론」, 『문학과사회』 2006년 겨울호.

김현, 「한국 비평의 가능성」, 『68문학』, 1968.

──, 『현대한국문학의 이론』, 민음사, 1972.

──, 『현대 비평의 양상』, 문학과지성사, 1991.

──, 『현대 한국문학의 이론/사회와 윤리』, 문학과지성사, 1991.

──, 「비평의 방법」, 『문학과 유토피아』, 문학과지성사, 1992(『문학과지성』 창간호, 1970년 가을호).

김현·김주연, 『문학이란 무엇인가』, 문학과지성사, 1976.

김현주, 『한국 근대 산문의 계보학』, 소명출판, 2004.

김형중, 『변장한 유토피아』, 랜덤하우스중앙, 2006.

──, 『단 한 권의 책』, 문학과지성사, 2008.

김홍중, 『마음의 사회학』, 문학동네, 2009.

남진우, 「영향과 표절─『영향에 대한 불안』과 『예상표절』 사이」, 『21세기 문학』 2015년 겨울호.

──, 「표절의 제국─회상, 혹은 표절과 문학권력에 대한 단상」, 『현대시학』 2015년 겨울호.

노영기 외, 『1960년대 한국의 근대화와 지식인』, 선인, 2004.

도면회, 「인문한국 프로젝트와 연구자의 고민」, 『역사와현실』 66, 2007.

도정일, 「비평의 위기와 비평의 활력」, 『오늘의 문예비평』 2007년 겨울호.

──, 「비평은 무슨 일을 하는가?」, 『문학동네』 2015년 가을호.

리처드 로티·김우창, 「문학적인 문화를 위하여」, 『문학과사회』 2001년 가을호.

문강형준, 「어떻게 하면 통치되지 않을 것인가」, 『문학동네』 2016년 봄호.

문학사와 비평연구회 편, 『1960년대 문학연구』, 예하, 1993.

민족문학사연구소 기초학문연구단, 『한국 근대문학의 형성과 문학 장의 재
　　　　발견』, 소명출판, 2004.

민족문학사연구소 엮음, 『새 민족문학사 강좌』 1·2, 창비, 2009.

박광현, 「'국문학'과 조선문학이라는 제도의 사이에서」, 『한민족어문학』
　　　　54, 2009.

박명림, 「사회인문학의 창안」, 『동방학지』 149, 2010.

박무영, 「『한국문학통사』와 '한국여성문학사'」, 『고전문학연구』 28, 2005.

박성진, 「학술지 『정신문화연구』 30년의 회고와 전망」, 『정신문화연구』
　　　　110, 2008.

박솔뫼, 『백 행을 쓰고 싶다』, 문학과지성사, 2013.

─── , 『그럼 무얼 부르지』, 자음과모음, 2014.

박연희, 「1950년대 '국문학 연구'의 논리」, 『사이間SAI』 2, 2007.

박연희, 「1960년대 외국문학 전공자 그룹과 김현 비평」, 『국제어문』 40,
　　　　2007.

박영도, 「성찰적 사회비평으로서의 사회인문학과 경계의 사유」, 『동방학
　　　　지』 150, 2010.

박헌호, 「『연희』와 식민지 시기 교지의 위상」, 『현대문학의 연구』 28,
　　　　2006.

─── , 「'문학' '史' 없는 시대의 문학연구──우리 시대 한국 근대문학 연
　　　　구에 대한 어떤 소회」, 『역사비평』 2006년 여름호.

─── , 「근대문학의 향유와 창조」, 『한국문학연구』 34, 2008.

박헌호 편, 『센티멘탈 이광수』, 소명출판, 2013.

배은경, 「사회 분석 범주로서의 '젠더' 개념과 페미니스트 문화 연구: 개념
　　　사적 접근」, 『페미니즘연구』 4(1), 2004.

백낙청, 「새로운 창작과 비평의 자세」, 『창작과비평』 창간호, 1966년 겨
　　　울호.

──, 『민족문학과 세계문학』, 창작과비평사, 1978.

──, 『민족문학과 세계문학 II』, 창작과비평사, 1985.

──, 「4·19의 역사적 의의와 현재성」, 『창작과비평』 1990년 여름호.

──, 「소설가의 책상, 에쎄이스트의 책상」, 『창작과비평』 2004년 여
　　　름호.

백영서, 「사회인문학의 지평을 열며」, 『동방학지』 149, 2010.

백철, 『백철문학전집 3: 生活과 抒情』, 신구문화사, 1968.

서동욱, 『차이와 타자』, 문학과지성사, 2000.

서영인, 「문학장의 존재방식과 비평의 이데올로기」, 『21세기문학』 2014년
　　　봄호.

──, 「한국문학의 독점 구조와 대중적 소통 감각의 상실」, 『실천문학』
　　　2015년 가을호.

서영채, 「소설과 문학사, 기원의 담론」, 『민족문학사연구』 53, 2014.

성민엽, 「전환기의 문학과 사회」, 『문학과사회』 창간호, 1988년 봄호.

소영현·강정·고봉준·백영옥·손택수 좌담, 「한국문학, 인터넷과 만나다」,
　　　〈문장웹진〉 2009년 10월호.

소영현, 『분열하는 감각들』, 문학과지성사, 2010.

──, 「1920~30년대 '하녀'의 '노동'과 '감정': 감정의 위계와 여성 하위
　　　주체의 감정규율」, 『민족문학사연구』 50, 2012.

──, 『하위의 시간』, 문학동네, 2016.

손세일 편,『한국논쟁사』, 청람문화사, 1976.

송욱,『영문학에 대한 반성』, 민음사, 1997.

신경숙,『엄마를 부탁해』, 창비, 2008.

신형철,『몰락의 에티카』, 문학동네, 2008.

심보선,「생태계로서의 문학 VS. 시스템으로서의 문학」,『문화/과학』2015
    년 가을호.

오문석,「식민지 시대 교지(校誌) 연구」(1),『상허학보』8, 2002.

오창은,「비평의 자유와 살림의 비평」,『오늘의 문예비평』2008년 여름호.

─────,「인문정신의 위기와 '실천인문학'」,『창작과비평』2009년 여름호.

우영창,「한국 문단의 최대 인맥─서라벌 중앙대 문예창작학과」,『월간조
    선』147, 1992. 6.

우찬제,「비평의 새로운 가능성과 도전」,『문학과사회』2000년 여름호.

유종호,『비순수의 선언』, 민음사, 1995.

유종호·정창범,「韓國文學風土와 批評의 모랄」,『사상계』158, 1966. 4.

윤지관,「문학의 법정과 비판의 윤리」,『창작과비평』2015년 가을호.

이광호,「문학은 무엇이 될 수 있는가?: 오늘의 문화상황과 문학의 논리」,
    『문학과사회』2000년 가을호.

─────,「'인디'라는 유령의 시간」,『문학과사회』2006년 여름호.

─────,『이토록 사소한 정치성』, 문학과지성사, 2006.

─────,『익명의 사랑』, 문학과지성사, 2009.

이동연,「문학장의 위기와 대안 문학 생산 주체」,『실천문학』2015년 가
    을호.

이명원,『타는 혀』, 새움, 2000.

─────,「신경숙의 표절 의혹을 둘러싸고: 사실, 진실, 맥락의 문제」,『문

화/과학』 2015년 가을호.

이봉지, 「왜 여성문학사가 필요한가?」, 『한국프랑스학논집』 64, 2008.

이봉범, 「잡지 『문예』의 성격과 위상—등단제도를 중심으로」, 『상허학보』 17, 2006.

──, 「1950년대 등단제도 연구」, 『한국문학연구』 36, 2009.

이상경, 「'여성'의 시각에서 본 한국문학: 여성의 근대적 자기표현의 역사 와 의의」, 『민족문학사연구』 9, 1996.

──, 『한국근대여성문학사론』, 소명출판, 2002.

이수형, 「아마추어와 전문가 사이에서」, 『자음과모음』 2010년 여름호.

이시은, 「1950년대 '전문 독자'로서의 비평가 집단의 형성」, 『현대문학의 연구』 40, 2010.

이어령 편, 『戰後文學의 새물결』, 신구문화사, 1963.

이응준, 「우상의 어둠, 문학의 타락—신경숙의 미시마 유키오 표절」, 『허 핑턴포스트 코리아』 2015년 6월 16일 자.

이장욱, 「시, 정치 그리고 성애학」, 『창작과비평』 2009년 봄호.

이종호, 「1970년대 한국문학전집의 발간과 소설의 정전화과정: 어문각 『신한국문학전집』을 중심으로」, 『한국문학연구』 43, 2012.

이혜령, 「젠더와 민족·문학·사」, 『한국소설과 골상학적 타자들』, 소명출 판, 2007.

──, 『한국 근대소설과 섹슈얼리티의 서사학』, 소명출판, 2007.

이화여자대학교한국문화연구원 편, 『국문학 연구 50년』, 혜안, 2003.

임규찬·진정석, 「왜 이 작가들인가」, 『창작과비평』 2004년 여름호.

임금복, 「한국 현대문학사에 나타난 여성문학의 위상과 그 극복」, 『국제어 문』 9·10, 1989.

임대식, 「1960년대 초반 지식인들의 현실인식」, 『역사비평』 65, 2003.

임태훈, 「환멸을 멈추고 무엇을 할 것인가?」, 『실천문학』 2015년 가을호.

임형택·서경희·신정완·백영서 좌담, 「주체적이고 세계적인 학문은 가능
　　　한가」, 『창작과비평』 2004년 겨울호.

장은수, 「무엇을 표절이라고 할 것인가」, 『문학동네』 2015년 가을호.

장정일, 「표절을 보호해야 한다」, 『시사인』 2015년 7월 29일 자.

──, 「문학의 '얼룩'」, 『한국일보』 2015년 9월 13일 자.

정과리, 「'문학'이라는 욕망」, 『문학과사회』 1988년 겨울호.

──, 「다시 문학성을 논한다?(2)」, 『문학과사회』 1992년 봄호.

──, 「특이한 생존. 한국 비평의 현상학」, 『문학과사회』 1994년 봄호.

정영자, 「1950년대의 한국여성문학사 연구」, 『비평문학』 17, 2003.

정은경, 「신경숙의 표절논란에 대하여」, 『창작과비평』 2015년 겨울호.

조동일, 「국어국문학 30년의 성과와 문제점」, 『국문학연구의 방향과 과
　　　제』, 새문사, 1985.

조영일, 「비평과 이론」, 『오늘의 문예비평』 2008년 여름호.

진은영, 「감각적인 것의 분배」, 『창작과비평』 2008년 겨울호.

──, 「한 진지한 시인의 고뇌에 대하여」, 『창작과비평』 2010년 여름호.

──, 『문학의 아토포스』, 그린비, 2014.

진재교·한기형 외 지음, 『문예공론장의 형성과 동아시아』, 성균관대학교
　　　출판부, 2008.

천정환, 『근대의 책읽기』, 푸른역사, 2003.

──, 「'몰락의 윤리학'이 아닌 '공생의 유물론'으로──문학장과 지식인
　　　공론장의 구조 변동을 위한 제언」, 『말과활』 2015년 8·9월호.

최강민, 「〈사상계〉의 '동인문학상'과 전후 문단 재편」, 『한국 문학권력의

계보』, 한국출판마케팅연구소, 2004.

최기숙, 「"고전-여성-문학사"를 매개하는 "젠더 비평"의 학술사적 궤적과 방향」, 『한국고전여성문학연구』 25, 2012.

──, 「젠더 비평: 메타 비평으로서의 고전 독해」, 『한국고전여성문학연구』 12, 2012.

최원식, 「남과 북의 새로운 역사감각들」, 『창작과비평』 2004년 여름호.

──, 「우리 시대 비평의 몫?」, 『문학동네』 2015년 가을호.

최원식·서영채 대담, 「창조적 장편의 시대를 대망한다」, 『창작과비평』 2007년 여름호.

최재봉, 「장편소설과 그 적들」, 『창작과비평』 2007년 여름호.

──, 「표절에 관한 이해와 오해」, 『한겨레』 2015년 10월 8일 자.

최진영, 『끝나지 않는 노래』, 한겨레출판, 2011.

편혜영, 『밤이 지나간다』, 창비, 2013.

한강, 『소년이 온다』, 창비, 2014.

한국정신문화연구원 편, 『1960년대 사회변화연구』, 백산서당, 1999.

한기형, 「'국어국문학(과)'의 미래지향적 변화방향」, 『고전문학연구』 25, 2004.

한유주, 『나의 왼손은 왕, 오른손은 왕의 필경사』, 문학과지성사, 2011.

허윤진, 『5시 57분』, 문학과지성사, 2007.

홍정선, 「한국 현대 비평의 위상」, 『문학과사회』 1994년 봄호.

──, 「맥락의 독서와 비평」, 『문학과사회』 1996년 여름호.

──, 「문예창작과의 증가와 국어국문학의 위기」, 『문학과사회』 2000년 봄호.

황도경, 「지워진 여성, 반쪽의 문학사──근대문학연구에 나타난 '여성'의 부재」, 『한국근대문학연구』 1, 2000.

황정아, 「창비주간논평: 표절 논란, '의도'보다 '결과'가 본질이라면」, 2015
　　년 10월 7일 자.

황정은, 「상류엔 맹금류」, 『자음과모음』 2013년 가을호.

──, 「누가」, 『문예중앙』 2013년 겨울호.

──, 『아무도 아닌』, 문학동네, 2016.

황종연, 「비루한 것의 카니발―90년대 소설의 한 단면」, 『문학동네』 1999
　　년 겨울호.

──, 『비루한 것의 카니발』, 문학동네, 2001.

──, 「민주화 이후의 정치와 문학―고은 『만인보』의 민중-민족주의
　　비판」, 『문학동네』 2004년 겨울호.

──, 「문제는 역시 근대다―김흥규의 비판에 답하여」, 『문학동네』
　　2011년 봄호.

──, 『탕아를 위한 비평』, 문학동네, 2012.

황현산, 『잘 표현된 불행』, 문예중앙, 2012.

──, 「젊은 비평가를 위한 잡다한 조언」, 『21세기문학』 2014년 봄호.

좌담 「농촌소설과 농민생활」, 『창작과비평』 1977년 겨울호.

좌담 「도전과 응전-세기 전환기의 한국문학」, 『문학과사회』 2012년 겨
　　울호.

좌담 「'문학의 시대' 이후의 문학비평」, 『문학동네』 2006년 가을호.

좌담 「〈창비〉 10년: 회고와 반성」, 『창작과비평』 1976년 봄호.

좌담 「표절 사태 이후의 한국문학」, 『문학과사회』 2015년 가을호.

좌담 「2013년 한국문학의 표정」, 『21세기문학』 2013년 겨울호.

김경연, 김남일, 소영현, 윤지란, 강경석 좌담, 「표절·문학권력 논란이 한

국문학에 던진 숙제」,『창작과비평』2015년 가을호.

최원식 · 박희병 · 유중하 · 김명인 · 신승엽 좌담, 「국문학연구와 문학운동」,
『민족문학사연구』창간호, 1990.

가라타니 고진柄谷行人,『근대일본의 비평』, 송태욱 옮김, 소명출판, 2002.

———,『언어와 비극』, 조영일 옮김, 도서출판 b, 2004.

———,『트랜스크리틱』, 송태욱 옮김, 한길사, 2005.

———,『근대문학의 종언』, 조영일 옮김, 도서출판 b, 2006.

나가미네 시게토시永嶺重敏,『독서국민의 탄생』, 다지마 데쓰오 · 송태욱 옮
김, 푸른역사, 2010.

마에다 아이前田愛,『일본 근대 독자의 성립』, 유은경 옮김, 이룸, 2003.

무라카미 하루키村上春樹,『직업으로서의 소설가』, 양윤옥 옮김, 현대문학,
2016.

유마코시 토루馬越徹,『한국 근대대학의 성립과 전개』, 한용진 옮김, 교육과
학사, 2001.

노스럽 프라이Northrop Frye,『비평의 해부』, 임철규 옮김, 한길사, 1982.

데이비드 하비David Harvey,『신자유주의』, 최병두 옮김, 한울, 2007.

라이트 밀스Wright Mills, 「사회학적 상상력」, 김경동 옮김,『창작과비평』
1968년 여름호.

———,『사회학적 상상력』, 강희경 · 이해찬 옮김, 돌베개, 2004.

레이먼드 윌리엄스Raymond Williams,『키워드』, 김성기 · 유리 옮김, 민음
사, 2010.

로버트 단턴Robert Danton,『책과 혁명』, 주명철 옮김, 길, 2003.

———,『책의 미래』, 성동규 · 고은주 · 김승완 옮김, 교보문고, 2011.

로제 샤르티에Roger Chartier 외, 『읽는다는 것의 역사』, 이종삼 옮김, 2011(초판: 2006).

롤랑 바르트Roland Barthes, 「저자의 죽음」, 『텍스트의 즐거움』, 김화영 옮김, 동문선, 1973.

리타 펠스키Rita Felski, 『근대성과 페미니즘』, 김영찬·심진경 옮김, 거름, 1998.

────, 『페미니즘 이후의 문학』, 이은경 옮김, 여이연, 2010.

마누엘 카스텔스Manuel Castells 외, 『여파』, 김규태 옮김, 글항아리, 2014.

마사 누스바움Martha Nussbaum, 『시적 정의』, 박용준 옮김, 궁리, 2013.

마우리치오 라자라토Maurizio Lazzarato, 『부채인간』, 허경·양진성 옮김, 메디치, 2012.

멜리사 페그·그레고리 J. 시그워스Melissa Gregg and Gregory J. Seigworth, 『정동이론』, 최성희·김지영·박혜정 옮김, 갈무리, 2015.

미셸 푸코Michel Foucault, 「비판이란 무엇인가」, 이상길 옮김, 『세계의문학』 1995년 여름호.

────, 『사회를 보호해야 한다』, 박정자 옮김, 동문선, 1998.

────, 『비판이란 무엇인가? 자기수양』, 오르트망 옮김, 동녘, 2016.

발터 벤야민Walter Benjamin, 『일방통행로 사유이미지』, 김영옥·윤미애·최성만 옮김, 길, 2007.

────, 『서사·기억·비평의 자리』, 최성만 옮김, 길, 2012.

사르트르Jean Paul Sartrè, 「현대의 상황과 지성」, 정명환 옮김, 『창작과비평』 창간호, 1966년 겨울호.

사사키 겡이치Sasaki Ken-ichi, 『미학사전』, 민주식 옮김, 동문선, 2002.

슬라보예 지젝Slavoj Zizek, 『부정적인 것과 함께 머물기』, 이성민 옮김, 도서출판 b, 2007.

알베르토 망구엘Alberto Manguel, 『독서의 역사』, 정명진 옮김, 세종서적, 2000.

앙투안 콩파뇽Antoine Compagnon, 『모더니티의 다섯개 역설』, 이재룡 옮김, 현대문학, 2008.

앤서니 기든스Anthony Giddens 외, 『성찰적 근대화』, 임현진·정일준 옮김, 한울, 1998.

———, 『현대사회학』, 김미숙 외 옮김, 을유문화사, 2011.

앨리 러셀 혹실드Alie Hochschild, 『감정노동』, 이가람 옮김, 이매진, 2009.

앨버트 허쉬만Albert Hirshman, 『열정과 이해관계』, 김승현 옮김, 나남출판, 1994.

에바 일루즈Eva Illouz, 『감정 자본주의』, 김정아 옮김, 돌베개, 2010.

———, 『사랑은 왜 아픈가』, 김희상 옮김, 돌베개, 2013.

자크 데리다Jacques Derrida, 『환대에 대하여』, 남수인 옮김, 동문선, 2004.

자크 랑시에르Jacques Ranciere, 『미학 안의 불편함』, 주형일 옮김, 인간사랑, 2008.

제라르 델포Gerard Delfau 외, 『비평의 역사와 역사적 비평』, 심민화 옮김, 문학과지성사, 1993.

제프리 잉햄Geoffrey Ingham, 『자본주의 특강』, 홍기빈 옮김, 삼천리, 2013.

주디스 버틀러Judith Butler, 『불확실한 삶』, 양효실 옮김, 경성대학교출판부, 2008.

———, 『젠더 트러블』, 조현준 옮김, 문학동네, 2008.

지그문트 바우만Zygmunt Bauman, 『액체근대』, 이일수 옮김, 강, 2005.

츠베탕 토도로프Tzvetan Todorov, 『비평의 비평』, 김동윤·김경온 옮김, 한국문화사, 1999.

테리 이글턴Terry Eagleton, 『비평의 기능』, 유희석 옮김, 제3문학사, 1991.

───, 『이론 이후』, 이재원 옮김, 길, 2010.

페터 지마Perter Zima, 『데리다와 예일학파』, 김혜진 옮김, 문학동네, 2001.

폴 헤르나디Paul Hernadi, 『비평이란 무엇인가』, 최상규 옮김, 정음사, 1984.

Howard Caygill, *A Kant Dictionary*, Blackwell, 1995.

Michael Bérubé(ed.), *The Aesthetics of Cultural Studies*, Wiley-Blackwell, 2004.

René Wellek(ed. Stephen G. Nichols, Jr.), *Concepts of Criticism*, New Haven: Yale University Press, 1963.

Wayne Booth, *The Company We Keep: An Ethics of Fiction*, University of California Press, 1988.